30 Great Myths about Shakespeare

셰익스피어를 둘러싼 오해와 진실

30가지
신화를
벗기다

로리 맥과이어
에마 스미스 지음

박종성 · 강문순 · 조애리 외 옮김

한울
아카데미

이 도서의 국립중앙도서관 출판예정도서목록(CIP)은 서지정보유통지원시스템 홈페이지(http://seoji.nl.go.kr)와 국가
자료공동목록시스템(http://www.nl.go.kr/kolisnet)에서 이용하실 수 있습니다. (CIP제어번호 : CIP2016009412)

30 GREAT MYTHS ABOUT SHAKESPEARE

Laurie Maguire
Emma Smith

WILEY-BLACKWELL

A John Wiley & Sons, Ltd., Publication

차 례

/

런던 올더먼버리의 성 메리 교회에 있는 이 기념비가 찬사를 바치는 대상은 둘이다. 하나는 셰익스피어이며, 다른 하나는 셰익스피어 사후 그의 연극을 모아 『희극, 역사극, 비극(Comedies, Histories, & Tragedies)』이라는 추모판을 출판한 두 명의 편집자이다. 사진: 피터 J. 듀랜트 대령(Col. Peter J. Durrant)

이 책에서 우리는 셰익스피어에 대해 안다고 여기는 것들을 모두 다시 따져볼 것이다. 이런 모든 지식을 우리는 '신화myth'라고 부른다. 왜일까? 각 장에 담긴 셰익스피어에 얽힌 내용을 두고 '신화'라고 부르고 싶은 이유는 첫째, '신화'는 이야기하는storytelling 행위를 전제하기 때문이다. 둘째, 신화는 이러한 이야기의 사실성보다 이들이 수행하는 문화적 기능을 중시하기 때문이다. 셋째, 신화는 특정한 발생 기원보다는 이를 받아들이는 믿음에 관한 것이기 때문이다. 마지막으로, 신화는 이야기 자체뿐 아니라 이러한 이야기를 만들고, 필요로 하며, 받아들이는 사람들에 관한 것이기 때문이다. 신화가 모두 사실이 아닌 것은 아니다. 이러한 믿음을 '신화'라고 부르는 것은 신화가 어리석거나 입증되지 않은 것이라고 비난하려는 것이 아니라 이런 믿음이 어떤 과정을 거쳐 고착화되는지, 그리고 어떤 과정을 거쳐 셰익스피어의 작품 해석을 확장시키는 대신 화석화시키고 가로막는지에 관심을 갖기 때문이다.

캐런 암스트롱Karen Armstrong의 『간략한 신화의 역사A Short History of Myth』 (2005)는 몇 가지 통찰력 있는 전망을 제시해준다. 신화는 역동적이기에 시간이 흐름에 따라 변하고, 문화적·역사적 변화에 맞춰 스스로 변해간다. 더하거나 삭제되며, 모순을 풀거나 더 확대시키기도 한다. 신화는 역사적으로 정확하지 않으며, 정확성으로 작동하지도 않는다. 신화는 사건이 언제 일어났는가 대신 어떤 의미가 있는가에 관심을 둔다. 그리고 사실의 전달이 아니라 모종의 효력을 갖기 위해 고안되었다는 것이 캐런의 주장이다. 신화는 다른 방법으로는 파악할 수 없는 것을 설명해주고 사람들을 편안하게 만들어준다. 그것은 한 문화의 국사國史, 종교사, 정치사의 일부로서 시대에 따라 다양한 역할을 한다. 캐런은 인간이 신화를 추구하는 동물이라고 주장한다.[1] 인간은 이야기에 끌리는 동물이라는 것이다. 그리스어 'muthos'에서 온 'myth'는 구어, 이야기, 픽션, 플롯 등과 같이 말로 하는 그 무엇이라는 뜻이다. 이후 이 말은 개인 혹은 집단이 갖는 일련의 믿음 체계를 뜻하게 되었다.

셰익스피어에 관한 신화가 많은 이유는 한편으로는 학창 시절에 들었던 가물가물하거나 시대에 뒤떨어진 지식 때문이고, 또 한편으로는 셰익스피어 자신이 쉽게 규정할 수 없는 카리스마를 가진 문화적 재산이기 때문이다. 전기나 극장 연구 등과 관련된 셰익스피어 연구를 가로막는 요소들, 즉 '저작권 문제'(신화 30)나 셰익스피어의 신앙과 성에 대한 추측 기사 등이 주 관심사로 등장하는 것 역시 신화의 주된 요인이다. 그리고 셰익스피어만큼 사람들의 관심을 받는 작가가 없기에 그를 둘러싼 신화가 사람들의 입에 오르내리면서 더욱 확장되기 때문이기도 하다. 예를 들어 독일은 영국에 앞서 이미 19세기부터 셰익스피어 연구가 활발해졌고, 인도에서도 영국보다 먼저 셰익스피어 학회가 생겼다. 셰익스피어의 작품은 세계 각국의 언어로 번역되어 아마추어 극단과 프로 극단에서 정기적으로 공연되었다. 독일인이 '우리 셰익스피어'라고 부르는 데서 알수 있듯이, 셰익스피어는 단순한 영국인 셰익스피어가 아니다. 이렇듯 셰익스피어를 둘러싼 신화는 이제 우리 자신에 관한 이야기를 하는 방향으로 진행되고 있다.

암스트롱의 꼼꼼한 설명처럼 신화는 허구일 수도 있고 잘못된 것일 수도 있다. 셰익스피어 신화의 경우에도 다 그런 것은 아닐지라도 많은 부분이 그럴 수 있다. 하지만 간과하지 말아야 할 것은 셰익스피어 신화가 종종 옥스퍼드 사전에 실린 '신화'에 대한 두 개의 연관된 정의를 따르는 것처럼 보인다는 사실이다. 첫째 정의는 다음과 같다.

초자연적 존재나 기운에 관한 전통적 이야기로 한 집단의 원시 역사, 종교적 믿음이나 제의 또는 자연적 현상에 대해 설명하거나, 인과관계를 밝히거나, 정당성을 부여하는 것.

셰익스피어가 '초자연적' 존재는 아니지만 우리가 논의하는 많은 신화는 그의 예술, 원작 여부, 문화적 가치에 대해 검토되지 않은 채 널리 퍼진 믿음을 설명해주거나 정당화시켜줄 것이다. 신화에 대한 두 번째 정의는 '사람이나 사물에 대한 진실을 과장하거나 이상화시키는 널리 퍼진 생각들'이다. 우리가 다룰 신화의 상당수가 이렇다고 할 수 있다. 인기를 끌며 반복적으로 언급되는 관념들. 그중 몇몇은 사실에 바탕을 두기도 하지만 대개는 그 근거가 과장되어 있으며 기록 자료가 보이는 틈새를 대신 메우려 한다. 우리가 셰익스피어와 관련해 의문을 느낄 때, 많은 경우 이에 대한 가장 정직한 답변은 '확실치 않다'일 것이다. 하지만 신화는 이 불확실한 자리를 대신해 관심 주제에 대한 편안하고 긍정적인 '진실'을 제공해준다. 설령 이 책에서 우리가 생각했던 만큼 아는 것이 많지 않다는 불안한 결과가 나온다 할지라도, 우리는 우리를 편히 덮어주었던 그런 덮개들을 벗겨낼 것이다.

이 책은 다른 분야의 책인『대중심리에 관한 50가지 신화Fifty Great Myths of Popular Psychology』(2009)에 대한 관심에서 비롯되었다. 이 책에는 우리에게 매우 익숙한 이야기들이 담겨 있다. 극과 극은 통한다, 우리는 뇌의 능력 중 10%만 사용한다, 아기에게 모차르트 곡을 연주해주면 머리가 좋아진다, 분노는 참지 말고 표현하는 것이 낫다 등등. 이러한 이야기는 이제 전통적인 진실, 즉 신화가 되었고, 경구를 연상케 하는 각 장의 제목이 보여주듯 사실상 거의 격언의 위치를 차지하고 있다. 책의 부제인 '인간의 행동과 관련해 널리 퍼진 오해 벗기기Shattering Widespread Misconceptions about Human Behavior'를 통해 우리는 이 책이 신화를 벗기려 한다는 것을 알 수 있다. 저자들은 다음과 같이 설명한다. "이 책을 통해 우리는 대중적인 심리학에서 허구와 사실을 구분하게 도와줄 것이며, 심리적인 주장들을 과학적으로 평가할 수 있는 일련의 '신화 부수기myth-busting' 기술을 제공할 것이다."[2] 우리는 셰익스피어에 대한 대중적인 이해와 관련해 비슷한 신화가 무엇인지 생각해보았다.

이와 같은 문제를 다룬 책은 이미 나와 있다. 스탠리 웰스Stanley Wells는『셰익스피어에 대한 사람들의 이야기는 사실일까?Is it True What They Say about Shakespeare?』[3]에서 셰익스피어의 삶과 원작자 문제를 둘러싼 89개의 신화를 밝히기 위해 셰익스피어에 대한 사전적 지식을 총동원했다. 그는 셰익스피어가 '아내가 임신해서 결혼했는지', '게이였는지', '매독으로 사망했는지', '실제로『카르데니오Cardenio』라는 작품을 썼는지', '그 자신을『템페스트The Tempest』의 프로스페로Prospero라는 인물에 투영했는지', 그리고 '어떻게 그 많은 어휘를 사용했는지' 등을 검토했다. 『대중심리에 관한 50가지 신화』처럼 이 책도 신화를 벗기는 책이다. 웰스는 각 항목을 적극적으로 검토하고 매 장마다 '가능성이 없다', '그럴듯하다', '회의적이다'와 같은 판결을 내린다. 웰스와 비슷한 항목들을 탐구하면서도 이 책을 내는 이유는 그의 결론에 동의하지 않기 때문이 아니라 우리의 관심이 다른 곳을 향하고 있기 때문이다. 예를 들어 우리는 '셰익스피어는 당대에 가장 인기 있는 작가였나?'라는 항목을 검토할 때 과연 어떤 방법으로 이런 의문에 대한 평가에 착수할 수 있는지, 그리고 이런 항목을 반박 또는 지지할 때 어떤 증거자료를 제시할 수 있는지, 그리고 과연 증거라는 것은 무엇인지(인쇄 부수, 재판 부수, 셰익스피어에 대한 사람들의 언급, 관객 수)에 관심을 갖는다. 우리는 '예 / 아니오' 식의 결론에는 관심이 없다.

이 책의 항목 수를 다른 책들과 비교해보면 우리의 목적이 다른 데 있다는 것을 알게 될 것이다. 웰스의 책에 89개, 대중심리의 책에 50개 글이 있는 데 비해 이 책에는 30개의 글이 실려 있다. 웰스의 경우는 한 문단으로 요약하거나 기억하기 쉽게 아예 한 문장으로 축약하기도 했다. 우리는 각 항목에 대해 2000~2500개 정도의 단어를 썼다. 일반 학부 리포트나 긴 신문 기사 정도의 분량인데, 이것은 우연이 아니다. 연구자들은 보통 한 항목에 대해 대략 8000개에서 1만 2000개 정도의 단어를 쓰는 것에 익숙해져 있다. 우리의 관심은 이보다 짧은 에세이 형식으로 어느 정도 글을 완성할 수 있는지를 보여주는 데 있다. 약 2000개의 단어로 채워진 에세이가 어느 정도의 정보를 다룰 수 있는지, 어디까지 논쟁을 전개할 수 있는지 보여줄 것이다. 한마디로 세세한 것에 너무 깊이 천착하지 않으면서도 논점의 근거를 추적할 수 있는지에 관심을 둘 것이다.

이런 시도를 통해 우리는 많은 것을 배웠다. 또 우리는 학생들이 이러한 글을 읽음으로써 장차 자신의 논점을 이끌어가는 형식을 배웠으면 한다.

그렇다고 해서 이 책을 학생들의 작문 교재용으로 집필했다는 뜻은 아니다. 우리는 일반적인 셰익스피어 독자나 전문가들이 이 책의 소재에 흥미를 갖고 즐겁게 읽기를 기대하며, 셰익스피어에 대해 여러 번 반복되고 익숙해진 내용들을 접하면서 이전에 몰랐던 접근 방법이나 새로운 시각을 갖게 되기를 기대한다. 우리는 각 장에서 논쟁거리가 되거나 학문적인 이견이 있는 부분에 대해 이를 공정하게 다룬 최근의 대표적인 글을 소개하고자 노력했다. 우리가 택한 접근 방법은 무엇을 규정하기보다는 계속 질문을 던지는 방식이다. 논쟁의 쌍방이 제시한 증거를 평가하고 과연 어떻게 주장이 성립되는지 살펴보는 데 관심을 두었다. 잠정적인 추측 내용이 역사상의 어느 시점에서 자명한 사실로 굳혀지는지도 살펴보았다. 이보다 중요한 것은 열정적인 지지층을 끌어들이는 셰익스피어 신화가 지닌 힘과 호소력이 무엇인지 살펴보고자 했다는 점이다. 이 책에서 신화에 대한 찬반 증거를 평가한 이유는 작가를 둘러싼 역사적인 자료가, 또는 자료의 부족이 어떻게 해석되고 어떻게 오역되는지 알기 위해서가 아니라, 이런 과정들이 우리가 국민적 작가, 아니 세계적 작가에 대해 이야기할 때 어떻게 작용하는지 알아보기 위함이다. 우리는 전지적인 입장에서 이러한 신화 이야기를 내려다보는 대신 모든 셰익스피어 독자들과 마찬가지로 논쟁에 개입하면서 신화들을 알아볼 것이다. 이 과정에서 또 다른 신화를 만들어낼 수도 있다는 것을 우리는 안다. 우선 와일리 블랙웰Wiley-Blackwell 출판사의 익명의 독자들에게 감사를 표한다. 이들은 논쟁의 핵심 부분을 지적해주었고 우리 자신의 입장을 더욱 잘 깨닫게 해주었다.

이런 책을 쓰다 보면 셰익스피어 전기에 초점을 맞추려는 유혹에 빠지게 된다. 18세기 초에 니컬러스 로Nicholas Rowe가 언급했던 젊은 시절에 사슴을 훔친 이야기를 비롯해 기록상 남아 있는 결혼 관련 내용들, 그리고 어디에도 기록되지 않은 사라진 시간 등 셰익스피어의 전기는 신화가 생성되는 풍요로운 공간이다. 어쩔 수 없이 우리도 이러한 몇 가지 예를 포함시킬 수밖에 없었지만 될 수 있으면 작품이나 시 자체에 초점을 맞추었다. 대부분의 신화가 우리 시대와 엘리자베스 시대 사이의 여러 층으로 축적된 다양한 해석과 관련되어 있지만, 셰익스피어의 작품이 이런 다양한 해석을 가로지르는 지름길이라는 것을 우리는 안다. 물론 작품의 어휘 분석만 해도 확정된 것은 거의 없다. 또한 '사실적'이라는 말 자체가 상대적이기에, 셰익스피어 극단이 어느 정도로 사실적으로 공연했는지도 알 수 없다. 1601년에 『십이야Twelfth Night』 공연을 관람한다는 것이 실제 어떤 것이었는지도 알 수 없다. 그렇지만 사실을 입증할 수 있는 그 이후의 공연들을 통해 최초 공연 당시와 흡사한 모습에 접근할 수 있다. 셰익스피어의 개인적 신념이나 사생활보다는 다양한 해석이 가능한 풍요롭고도 도발적인 영역 내에 그의 작품 세계를 위치시킴으로써 우리는 복잡한 셰익스피어의 텍스트가 색다른 의미 세계로 들어가는 몇 가지 방법을 제안하려고 노력했다.

우리는 각각의 신화를 별개의 독립적인 이야기로 생각했으며, 반복되는 부분들은 최소화했다. 너무 공들인 학문적 글들은 종종 사실을 밝혀주기도 하지만 더 혼란스럽게 만들기도 한다는 것을 알기에, 거미줄처럼 얽힌 자료에 대한 이런저런 말에 방해받기보다는 제시된 자료를 읽기 쉬운 형태로 보여주고자 했다. 지속적인 연구를 원하는 독자를 위해 책 말미에 추가로 읽을 만한 문헌들을 소개했다. 이 책에 수록된 글들이 대중

심리에 대한 책에서 우리가 발견했던 멋진 '신화 부수기 기술' 모델을 제공해주기를 기대해본다. 그리고 이렇게 얻은 기술을 통해 우리가 미처 보지 못했던 부분과 잘못된 논점들을 비판적으로 보게 되기를 기대한다.

셰익스피어 전집을 인용할 때는 스탠리 웰스와 게리 테일러Gary Taylor가 편집한 옥스퍼드판(2판, Oxford: Clarendon Press, 2005)을 사용했다. 『리어 왕King Lear』의 옥스퍼드판은 『리어 왕의 역사The History of King Lear』와 『리어 왕의 비극The Tragedy of King Lear』 두 가지인데, 특별한 언급이 없으면 모두 비극에서 인용했다. 편집되지 않은 셰익스피어 작품의 4절판quarto을 인용할 때는 다음 사이트의 사본을 사용했다. http://www.bl.uk/treasures/shakespeare/homepage.html. 르네상스 시대 텍스트의 철자는 현대 철자법으로 바꾸었다.

이 책을 셰익스피어 신화의 가장 탁월한 연구자 중 한 명인 캐서린 덩컨-존스Katherine Duncan-Jones에게 바친다. 우리가 개진한 모든 주장에 대해 그녀가 동의할지는 모르겠지만 지난 수년간 그녀와 나눈 대화를 통해 지적인 자극을 받았으며, 그 결과물로 이 책이 나오게 된 것에 대해 감사드린다.

로리 맥과이어Laurie Maguire, 에마 스미스Emma Smith

2012년 옥스퍼드에서

셰익스피어는 당대에
가장 인기 있는 작가였다?

웹사이트 가입자끼리 서로 질문하고 답하는 인기 사이트에 이런 질문이 올라왔다. "과연 셰익스피어는 당시 인기가 있었을까?" 한 가입자가 이렇게 답했다. "물론이지요, 셰익스피어였으니까요!"[1] 이런 식의 답변은 셰익스피어에 대해 사람들이 지닌 일반적인 생각을 제대로 보여준다. 사후 400년간 작품이 읽히고 공연되며, 모든 언어와 매체로 번역되고 전 세계인이 그의 작품을 즐겨 보는데 당대에 인기몰이를 안 했다면 어찌 그가 셰익스피어란 말인가? 그렇지만 인기도를 어떻게 정의할 것인가, 그리고 어떤 증거로 이런 견해를 입증할 것인가는 좀 더 생각해볼 문제이다. 또한 극장에서 얻은 인기와 작품의 인기는 구분할 필요가 있다.

우선 극장부터 살펴보자. 셰익스피어가 공동경영자 겸 전속 극작가로

서 체임벌린 극단Lord Chamberlain's Men에 입단한 1594년부터 셰익스피어의
인기는 극단의 인기와 맞물려 있었다. 이 극단의 발전과 런던 극장 경제
계에서 이 극단이 차지했던 지배적인 위치가 전적으로 셰익스피어의 연
극 덕이었다고 할 수는 없지만, 서로 관련이 없다고 할 수도 없다. 체임벌
린 극단은 1599년 런던의 극장 지구인 뱅크사이드Bankside에 3000명 이상
의 관객을 수용할 수 있는 글로브 극장The Globe을 세웠고, 이어서 1608년
에는 겨울 공연을 위해 실내 공연장인 블랙프라이어스Blackfriars 극장을 세
웠다. 1603년에는 왕위에 오른 제임스 1세James I의 후원으로 왕실 극단The
King's Men이 되어 궁중에서 정기 공연을 하게 되었다. 이 기간에 셰익스피
어의 재산 역시 증가했다. 1596년 그의 가족은 훈장을 받으면서 '젠틀맨
gentlemen'이라는 호칭을 수여받는다. 1년 후 그는 스트랫퍼드 어폰 에이번
Stratford-upon-Avon에 큼지막한 박공지붕이 5개 있는 뉴플레이스New Place라는
저택을 구입하는데, 이 마을에서 두 번째로 큰 저택으로 알려져 있다. 이
런 모든 명성과 경제적 표식은 극단과 극작가가 함께 잘되고 있었다는 사
실을 보여주며, 동시에 토머스 미들턴Thomas Middleton과 벤 존슨Ben Jonson 등
의 극작가들처럼 셰익스피어 작품 역시 인기가 있었다는 것을 보여준다.

그렇지만 이보다 자세한 사항은 알기 어렵다. 당시 극장 관객 중 자신
이 무엇을 보러 갔는지를 기록한 사람이 거의 없기 때문이다. 1602년 2월
에 미들템플Middle Temple에서 『십이야』를 관람했던 법학도 존 매닝엄John
Manningham은 그나마 특별한 경우다. 그는 이렇게 기록했다. "집사로 하여
금 과부인 그의 여주인이 자신을 사랑한다고 착각하게 만드는 내용은 재
미있다. 위조된 여주인의 연애편지에는 여주인이 집사의 어떤 점을 좋아
하고, 어떤 옷을 좋아하며, 어떤 식의 웃음을 좋아하는지가 빠짐없이 적
혀 있다. 집사가 편지 내용대로 행동하자 사람들은 그를 미친 사람으로

여기게 된다."[2] 매닝엄은 말볼리오Malvolio에게 장난을 치는 상황에서 벌어지는 유머를 즐기지만, 실망스럽게도 남장을 하고 '세자리오Cesario'라는 가명을 쓰는 비올라Viola나 그녀의 이란성 쌍둥이의 외양에 대해서는 아무런 언급을 하지 않았다. 기억에 남는 장면이나 사람들이 무엇을 즐겨 봤는지에 대해서도 언급이 없다. 제임스 1세 시대 때 『겨울 이야기The Winter's Tale』, 『맥베스Macbeth』, 『심벨린Cymbeline』의 연기에 관해 설명한 천문학자 겸 의사 사이먼 포먼Simon Forman의 글도 마찬가지이다(신화 13을 볼 것). 엘리자베스 시대의 극장 경영에 대해 자세히 설명한 유일한 자료는 셰익스피어 극단과 라이벌 관계에 있던 제독 극단The Admiral's Men과 그 경영인이던 필립 헨즐로Philip Henslowe에 관한 문서들뿐이다. 역동적이면서도 그리 도덕적이라 할 수 없는 인물 바라바스Barabas가 등장하는 크리스토퍼 말로Christopher Marlowe의 『몰타의 유대인The Jew of Malta』에 대해 언급하면서, 이 극은 가장 많이 공연된 연극 중 하나로 6개월간 10번이나 공연되었고, 이는 셰익스피어의 여느 공연 기록을 넘어선다고 기록하고 있다. 영국과 스페인 관계를 신랄하게 풍자한 토머스 미들턴의 『장기 한 판A Game at Chess』은 1624년 글로브 극장에서 히트했으며, 선풍적인 인기로 연이어 아홉 번이나 무대에 올랐다고도 기록했다. 그 어떤 셰익스피어 작품도 이런 흥행 성적은 올리지 못했다. 우리 시대에 '문학성을 갖춘 고전'의 기준점이 재담꾼 요릭Yorick의 해골을 든 햄릿이라면(신화 27을 볼 것), 근대 초기의 기준점은 셰익스피어의 극이 아니라 토머스 키드Thomas Kyd가 1590년대에 쓴, 피비린내 나는 복수극인 『스페인 비극The Spanish Tragedy』이었다. 이 작품의 전편에 해당하는 내용을 다룬 발라드 형태의 극도 나왔으며, 후배 작가들이 개작한 형태로 무대에 올라가기도 했다. 또한 극장이 폐쇄되기 전까지 다른 작가들이 이 작품을 인용 혹은 패러디해 다시 무대에 올리고는 했다. 다른 작가들이 셰익스피어 작품을 모방하고 개작하는 경우도 있기는 하지만 ─ 존 마스턴John Marston의 『안토니오의 복수Antonio's Revenge』와 헨리 체틀Henry Chettle의 『호프먼의 비극The Tragedy of Hoffman』처럼 『햄릿Hamlet』을 반영한 것이 분명해 보이는 동시대 작품들, 남녀 간의 성대결을 다룬 『말괄량이 길들이기The Taming of the Shrew』의 후속작이라 할 수 있는 17세기 초 존 플레처John Fletcher의 『여자의 승리The Woman's Prize』 ─ 당시에 키드만큼 인기를 누렸다는 증거는 찾아볼 수 없다.

당대 셰익스피어 연극이 누리던 인기는 작품의 특징이기도 한 인물 창조, 예를 들어 평판은 별로 안 좋지만 사랑스러운 퉁퉁한 체격의 폴스타프John Falstaff 경 같은 인물의 창조로써 가능했다. 『헨리 4세Henry IV』에 처음 등장하는 폴스타프는 리처드 2세가 왕위를 내놓는 과정에서 권력 다툼을 벌이는 귀족들과 대척점에 선 겁 많고 풍자적인 인물이다. 헨리 왕의 맏아들로 허세를 부리는 할 왕자Prince Hal의 동료로 등장하는 그는 정치 세계와는 다른 흥청망청 노는 선술집의 세계와 속고 속이는 세계를 보여준다. 할 왕자는 왕좌에 오르지만, 폴스타프의 역할을 통해 관객들은 연극이 지닌 정치적인 내용에서 거리를 두게 된다. 폴스타프의 인기는 아마도 순식간에 폭발한 듯한데, 후속작으로 발표된 『헨리 4세 2부』에도 등장해 전편과는 전혀 다른 공간인 윈저Windsor의 부르주아 마을에 나타난다. 윈저는 셰익스피어의 희극인 『윈저의 즐거운 아낙네들The Merry Wives of Windsor』의 배경이 되는 곳이다(신화 28을 볼 것). 그가 인기몰이를 했다는 사실은 당시 왕래된 편지들을 통해 알 수 있다. 연극 작품에 대한 당시의 모든 언급을 색인으로 엮은 『셰익스피어에 대한 언급 모음집The Shakespeare Allusion-Book』은 "색인집이라는 목적에 맞게 폴스타프를 하나의 작품으로 취급한다"고 기록했다. 또한 그에 대한 언급이 어떤 작품, 다른 어떤 부분보다 훨씬 더 많다고 밝혔다. 색인 목록에는 매신저Philip Massinger, 미들턴, 서클링John Suckling의 연극 작품에 포함된 셰익스피어에 대한 언급뿐 아니라 사우샘프턴Southampton 백작 부인이 남편에게 보낸 편지의 추신에 쓴 수다스러운 내용같이 개인적인 글도 담겨 있다. "파인트폿Pintpot 부인이 폴스타프를 머리 큰 아이의 아빠로 만들었다는 이야길 들으신다면 당신도 웃으실 거예요."[3] 또한 폴스타프는 셰익스피어 연구를 정식으로 발족시켰다고도 할 수 있다. 그의 인물에 대한 토론은 최초의 셰익스피어 연구서 가운데 하나로 발전했다. 모리스 모건Maurice Morgann은 1777년『존 폴스타프 경의 극적 성격에 대한 글An Essay on the Dramatic Character of Sir John Falstaff』이라는 책을 펴냈다.

무대에서 인기가 있었다고 알려진 작품 가운데 일부는 인쇄되지 않은 탓에 유실되었다. 가령『웨스트 체스터의 현자The Wise Man of West Chester』는 1594년에서 1597년까지 오랜 기간 지속적으로 공연되었다고 한다.[4] 셰익스피어의 작품이 어떤 과정을 통해 인쇄되었는가의 문제는 신화 4에서 자세하게 논의된다. 셰익스피어 작품 중 어느 정도가 인쇄되었는지를 통해 당대의 인기도를 알아보고자 한다면, 우선 셰익스피어 생전에 그의 작품 중 반 정도만 인쇄되었다는 사실을 감안해야 한다. 예컨대 만약『맥베스』4절판에 대한 시장의 수요가 없었다고 한다면, 연극이 인기가 없어서 구매자가 없었다는 식으로 설명할 수도 있고 너무 인기가 많아 극단이 작품을 팔 의사가 없었다는 식으로 해석할 수도 있다. 루카스 언Lukas Erne은 인쇄물 시장에서 셰익스피어가 가장 약진했던 1600년 당시 모든 장르를 아우른 그해 출판물 가운데 셰익스피어가 약 4%를 차지했다고 주장한다. 그는 셰익스피어 생전의 출판본 45개를 찾아냈는데 이는 당시의 어느 극작가보다 많다는 것이다. 판본의 수로 볼 때 특히 인기가 있던 작품은 초기 역사극으로 1616년까지 6개 판본이 있는 『리처드 2세Richard II』와 5개 판본이 있는 『리처드 3세Richard III』이며, 폴스타프 덕에 『헨리 4세』도 여기에 포함된다. 다른 연작들이 그렇듯이 2부는 성공을 거두지 못한 듯하다.[5] 『스페인 비극』 역시 같은 기간에 6개 판본이 나왔다. 재인쇄를 통해 가장 많이 팔린 작품은 작가 미상의 『무세도러스Mucedorus』라는 로맨스로 1598년 처음 인쇄된 후 30년 동안 12개가 넘는 판본이 나왔다. 런던의 도시 건립 이야기를 다룬 『로크린Locrine』(1595)과 도시 풍자극인 『런던의 방탕아The London Prodigal』(1605)를 포함해 이제는 더 이상 셰익스피어 작품으로 여겨지지 않는 작품들과 실제 범죄 사건을 다룬 『요크셔 비극The Yorkshire Tragedy』을 셰익스피어의 작품으로 돌리거나 암시적으로 "W. S."라고 표시하는 것은 당시 셰익스피어라는 이름이 상품성이 있었다는 것을 보여준다.

이에 덧붙여, 텍스트가 존재한다는 점과 그 당시에 인기가 있었다는 점이 서로 역의 관계라는 사실을 보여주는 증거도 있다. 인쇄된 작품 가운데에는 작품이 팔려 사라진 것도 있다. 『햄릿』 초판본의 경우 불완전한 형태로 남은 두 권이 있을 뿐이고, 셰익스피어의 첫 인쇄물인 『비너스와 아도니스Venus and Adonis』의 1593년 초판본 역시 한 권만 남아 있다. 이 작품은 1594년에 처음 인쇄된 내러티브 형태의 시인 『루크리스의 능욕 The Rape of Lucrece』과 함께 셰익스피어의 생전에 가장 잘 알려진 작품이다. 셰익스피어에 대한 당대의 언급 중 대부분은 두 시를 쓴 작가로서의 셰익스피어에 관한 것이었다. 이 작품들은 1616년까지 각각 9판과 5판 이상나왔다. '인기가 있다popular'는 표현의 사전적 어원은 '전반적으로 사람들에게 속해 있다'에서 왔는데, 이와 같은 의미에서 엘리자베스 시대에 인기 있는 작가가 있었다고 말하기는 쉽지 않다. 데이비드 크레시David Cressy

는 1600년 당시 남자의 문해율文解率이 30% 정도였고 여자의 경우 10%였다고 추정한다.[6] 게다가 당시에 인쇄되던 책의 부수는 권당 1500부를 넘지 못했다(글로브 극장이 관객 3000명 정도를 수용했다는 점을 기억하라). 설교문, 기도서, 성경, 주해서, 번역 찬송가 등 종교물이나 행동 지침서, 무언가를 다루는 법 등의 가사 매뉴얼 등이 주를 이루는 출판 시장에서 문학 작품은 아주 작은 부분에 지나지 않았다. 하지만 셰익스피어는 이런 제한된 영역 내에서도 분명 선두 주자였다.

인기와 개인적 명성 혹은 예술성에 대한 평가가 꼭 같다고는 할 수 없다. 우리는 현시대의 베스트셀러를 보면서 이 카테고리가 보편적이면서도 비평적인 시각에서 인정되는, 이른바 '고전' 작품에 부합되기를 기대하지 않는다. 셰익스피어의 작품이 동시대 사람들에게 인정받았다는 증거는 있다. 1598년에 쓰인 프랜시스 미어스Francis Meres의 글은 셰익스피어의 탁월함을 확인해준다.

로마의 희극과 비극 작가 가운데 플라우투스Plautus와 세네카Seneca가 최고라고 한다면, 셰익스피어는 이 두 분야에서 영국에서 가장 탁월한 작가이다. 희극의 경우『베로나의 두 신사Two Gentlemen of Verona』, 『실수연발Comedy of Errors』, 『사랑의 헛수고Love's Labour's Lost』, 『사랑의 노고의 승리Love's Labour's Won』, 『한여름 밤의 꿈A Midsummer Night's Dream』, 『베니스의 상인Merchant of Venice』이 있고, 비극의 경우『리처드 2세』, 『리처드 3세』, 『헨리 4세』, 『존 왕King John』, 『타이터스 앤드러니커스Titus Andronicus』, 그리고『로미오와 줄리엣Romeo and Juliet』이 있다.

『사랑의 노고의 승리』의 정체는 불분명하다. 다만 이 분석의 다른 부분을 보면 미어스는 작품의 질이나 인기 면에서 셰익스피어가 동시대의 작가들을 능가하기보다 그들과 같은 수준에 있었다고 보았음을 알 수 있다. 다음은 그가 설정한 '우리 가운데 최고의 희곡 작가' 리스트이다.

옥스퍼드 백작 에드워드Earl of Oxford, Edward de Vere, 옥스퍼드의 게이저 박사 Doctor Gager, 케임브리지 대학교의 저명한 펨브로크 홀Pembroke Hall 학자였던 마스터 롤리Master Rowley, 여왕 교회의 마스터 에드워즈Master Edwards, 달변에 위트가 넘쳤던 존 릴리John Lyly, 로지Lodge, 개스코인Gascoigne, 그린Greene, 셰익스피어, 토머스 내시Thomas Nashe, 토머스 헤이우드Thomas Heywood, 최고의 책략가인 앤서니 먼데이Anthony Munday, 채프먼Chapman, 포터Porter, 윌슨Wilson, 해스웨이Hathway, 그리고 헨리 체틀.[7]

이 정도면 엄선된 최고의 작가 명단이라기보다 동시대 극작가의 명단인 것 같다. 셰익스피어 사후 그의 전집이 고급 2절판Folio이라는 비싼 형태(대개 성경이나 진중한 역사서 또는 지리 서적을 출간할 때 쓰는 판)로 출판되었다(1623년)는 점은 그의 인기보다는 문학적 가치, 나아가 경제적 가치를 보여주는 증거가 된다. 2절판 편집자들은 이 책이 '글을 읽을 줄 아는 사람부터 겨우 철자를 쓸 수 있는' '모든 독자층'을 위한 책이라고 하면서 독자층의 수보다 작품의 무게가 더 의미 있다고 농담조로 말하지만, 이들은 셰익스피어 작품이 이른바 '대중적인popular' 보통 사람들이 구입할 수 있는 비용을 넘는다는 것을 책머리에서 밝힌 셈이다.

셰익스피어는 교육을
제대로 받지 않았다?

    교육받지 않은 천재라든가 자수성가한 사람이라는 말은 매우 매력적으로 들린다. 밀턴John Milton은 셰익스피어를 두고 "상상력의 총아, 자연스러운 곡조를 읊조리는"(「쾌활한 사람L'Allegro」)이라고 표현했다. 타고난 영감의 소유자라는 개념은 낭만주의 시대와 그 이후 시대를 사로잡았다. 이 스펙트럼의 반대편에는 셰익스피어의 동시대 작가인 벤 존슨이 있다. 그는 셰익스피어의 '보잘것없는 라틴어 및 이보다 못한 그리스어'를 지적했다. 앞뒤 문맥 없이 보면 존슨의 표현은 '고전 지식에 대해 거의 아는게 없는', 나아가 '교육받지 못한'이라는 뜻으로 해석할 수 있다. 하지만 이 구절은 동시대 작가뿐 아니라 고전 작가마저 무색하게 만드는 셰익스피어의 지식을 찬양하는 내용의 일부일 뿐이다. 셰익스피어는 릴리, 키드, 말로를 능가하며, 비록 '보잘것없는 라틴어 및 이보다 못한 그리스어'를 구사하지만 희극과 비극 양면에서 '모든 시건방진 그리스 작가와 오만한 로마 작가'와 견주어도 독보적이라는 의미이다(어떻게 이것을 셰익스피어를 매도하는 말이라 할 수 있는가?). 게다가 이 표현은 존슨 자신과 비교해서 그 의미를 살펴야 한다. 존슨의 천재적인 고전 지식에 견주어볼 때 당시의 작가들은 대부분 보잘것없는 라틴어와 이보다도 못한 그리스어를 구사한다는 것이다. 하지만 그럼에도 셰익스피어에 대한 이러한 존슨의 지적은 문맥과 상관없이 인용되면서 '제대로 된 교육을 받지 못한 셰익스피어'라는 개념이 지속되고 있다.

교육에 대한 이런 신화를 검증하는 방법은 여러 가지가 있다. 우선 셰익스피어가 태어난 16세기의 인본주의적 교육 환경에 대해 생각해보자. '인본주의humanism'란 고전 텍스트를 되찾자는 중세 이후의 학문적 충동을 일컫는다. 하지만 인본주의는 다층적인 의미를 지닌 야심찬 움직임이기도 하다. 윤리적 면에서는 이교도적인 고전적 사고의 최고 이상을 기독교적 우주관에 연계시키려 했고, 문체론적 면에서는 고전 작가들의 글 내용뿐 아니라 표현 방식까지 연구했으며, 변방 문학이었던 영문학이 어떤 모습이어야 할지, 또 어떻게 보여야 할지를 탐구했다. 또한 그리스와 로마의 어휘를 들여와 영어에 접목하기도 했다(신화 21을 볼 것). 교육적 면에서 인본주의자들은 저술 활동을 하면서 학교를 세웠고, 다음 세대에게 자신들의 이상을 전하려 했다. 학문적 차원에서는 책을 번역·편집하고 색인을 달며, 사전을 편찬했다. 인본주의는 신 중심의 세계관을 거부하지 않으면서도 정부나 귀족, 궁정, 공화정, 왕, 폭군 등의 개념에 대한 의구심과 함께 인간과 그 잠재력을 우주의 중심에 놓는 움직임이었기에 세속적이면서도 긍정적인 움직임이라 할 수 있었다. 토머스 엘리엇Thomas Elyot

경의 『통치자The Governor』, 카스틸리오네Castiglione의 『궁정인Il Cortegiano』, 마키아벨리Machiavelli의 『군주론Il Principe』 등등, 인본주의 서적은 종종 제목에 작가의 이름을 부각시켰다. 그리고 인쇄술의 발명은 오늘날 인터넷처럼 인본주의적 사상과 가치관이 엄청난 속도로 퍼져나가게 했다.

단순한 요약이긴 하지만, 중요한 점은 인본주의가 엘리자베스 시대의 교육 체제나 학교 발전 등에 실질적인 효과를 미쳤다는 것이다. 16세기 남학생의 경우 전국 차원에서 이루어진 새로운 교육 체제와 새로운 교육 과정의 수혜자였다. 여자의 경우 헨리 8세의 대법관이었던 토머스 모어 경의 딸 마거릿Margare같이 극소수만이 체계적인 교육을 받았고, 그나마도 학교가 아닌 가정에서 교육받았다. 벤 존슨은 웨스트민스터Westerminster에서 고서 연구가이자 역사가였던 윌리엄 캠던William Camden 밑에서 배웠고, 토머스 키드 역시 머천트 테일러스 스쿨Merchant Taylor's school에서 교육학자이자 작가였던 리처드 멀캐스터Richard Mulcaster 아래에서 교육받았다. 셰익스피어가 스트랫퍼드 어폰 에이번에서 받은 교육도 이들이 받은 교육과 별반 다르지 않았을 것이다. 셰익스피어가 그 지역 문법학교grammar school에 다녔음을 보여주는 기록은 없지만(그 기간의 기록은 남아 있지 않다) 그렇다고 해서 그가 교육을 받지 않았다고 보는 것은 더 이상한 일이다.

문법학교라고 하는 이유는 여기서 가르친 내용이 문법이었기 때문이다. 당시에는 라틴어 문법을 가르쳤다(표준 문법 교재는 윌리엄 릴리William Lyly의 책이었고, 이 책이 바로 『윈저의 즐거운 아낙네들』에서 윌리엄 페이지William Page가 공부했던, 하지만 썩 잘 읽진 못했던 책이다). 학교는 아침 6시에 시작해서 저녁 6시에 끝났고 숙제가 주어졌다. 상급 과정으로 진급한 학생들이 교실에서 대화하거나 수업을 받을 때 쓴 언어는 라틴어였다. 문법학교 학생이 졸업할 즈음이면 오늘날 대학에서 고전을 전공한 학생 수준이었다고 한다.

문법이라는 것은 단순한 문장 구문 분석보다 훨씬 더 많은 것을 의미했다. 문법은 수사학의 일부였고, 수사학에는 문체에 대한 인식을 바탕으로 하는 다양한 분야가 있었다. 문법 연습에서는 코피아copia(같은 내용을 다양한 방식으로 말하기), 모방imitatio(존경하는 작가의 문체를 모방하기), 이중 번역(라틴어에서 영어로, 그리고 이것을 다시 라틴어로 번역하는 것인데, 이는 라틴어 번역이 원본의 우아함에 근접할 수 있는지를 확인하기 위함이었다) 등을 했다(신화 15를 볼 것). 이러한 연습은 학생들이 수사학적 숙련도가 필요한 일, 즉 교회나 법조계 또는 지방행정부 등에서의 업무를 수행할 수 있도록 만들었다. 또한 작가가 되기 위한 이상적인 훈련이기도 했는데, 이를 통해 셰익스피어는 언어를 사랑하게 되고 문체적 다양성과 단어의 음악성을 더욱 사랑할 수 있었을 것이다. 오늘날 그의 작품이 높은 평가를 받는 것도 바로 이런 특징들 덕분이다.

셰익스피어는 이런 식으로 잘 준비된 상태로 학교를 졸업했다. 그렇지만 셰익스피어의 교육이 공교육에서 끝난 것은 아니다. 그의 교육을 둘러싼 신화는 여기서 모든 교육이 끝난 것으로 추정한다. 대학 교육은 받지 않았지만(이는 토머스 키드나 벤 존슨도 마찬가지다) 셰익스피어의 글 읽기는 여기서 끝나지 않는다. 셰익스피어의 작품을 보면 초서Geoffrey Chaucer, 가워John Gower의 중세 시, 보카치오Boccaccio, 친티오Cinthio 등의 이탈리아 산문, 라파엘 홀린셰드Raphael Holinshed가 쓴 당대의 역사서, 플루타르크Plutarch의 고대사, 필립 시드니Philip Sidney 경과 로버트 그린Robert Greene 등의 로맨스, 아폴로도로스Apollodorus 등의 그리스 로맨스, 프랑스 인본주의자인 미셸 드 몽테뉴Michel de Montaigne 등의 당시의 대륙 철학을 읽었다는 것을 알 수 있다. 또 프랑스어와 이탈리아어를 읽음으로써 당시 영어로 번역되지 않은 글들의 출전을 끌어왔다(존슨의 친구였던 호손던Hawthornden의 윌리엄 드러먼드William Drummond에 따르면, 존슨조차 두 언어에는 능통하지 못했다고 한다). 셰익스피어는 라틴어도 읽었다. 물론 실수를 하기도 했다. 그는 두 번이나 지하 세계의 신인 플루토Pluto를 부의 신인 플루토스Plutus와 혼동했다. 하지만 이는 치명적인 실수가 아니다. 심지어 고대 로마인도 이 둘을 혼동한 적이 있다. 로이스 포터Lois Potter는 플레처와 셰익스피어의 공저인 『두 귀족 친척Two Noble Kinsmen』에서 고전식 이름인 피리토우스Pirithous에 대한 운율 분석의 차이를 볼 때 플레처가 셰익스피어보다 그리스어에 더 능통했다고 볼 수 있다고 지적했다.[1] 그렇지만 이 작품은 셰익스피어가 학교를 졸업한 지 30년이 지난 1613년에 발표되었기에 교육을 받지 못한 것에 대한 증거라기보다 기억이 예전 같지 않다는 증거라고 할 수 있다.

당시에 여러 권으로 출판된 책들은 값이 비쌌기에 아마도 셰익스피어는 런던의 출판업자인 리처드 필드Richard Field의 도움으로 책들을 접했을 것으로 보인다. 그는 셰익스피어와 동향 출신이었으며 셰익스피어의 처녀 시집인 『비너스와 아도니스』(1593)와 『루크리스의 능욕』(1594)을 출판한 사람이었다. 위그노 출신 인쇄업자인 토마 보트롤리에Thomas Vautrollier에게 도제 수업을 받은 리처드는 토마가 죽은 후 과부가 된 그의 아내와 1588년에 결혼해 인쇄업을 인계받았고, 외국 서적 전문으로 출판업을 해나갔다. 그는 아리오스토Ariosto의 서사시 『광란의 오를란도Orlando Furioso』를 존 해링턴John Harrington의 번역으로 1591년 영어권에 소개하기도 했다. 그가 출판한 이른바 오늘날의 영문 고전과 영어로 번역된 라틴 고전 문학 전집의 수는 엄청나다. 1587년에는 라파엘 홀린셰드의 역작이라 할 수 있는 세 권짜리 『영국, 아일랜드, 스코틀랜드의 역사History of England, Ireland

and Scotland』를 출판했고, 1589년에는 인문학적 영어 작문의 시원적 형태로 간주되는 조지 퍼트넘George Puttenham의 『영시의 기술The arte of English poesie』과 토머스 로지Thomas Lodge가 6보격으로 영역한 오비디우스Ovidius의 『변신 이야기Metamorphosis』를 출판했다. 1595년에는 토머스 노스Thomas North 경이 번역한 플루타르크의 『영웅전Parallel Lives』을 내놓았다. 이 책은 1603년에 다시 인쇄되었다. 이듬해인 1596년에는 에드먼드 스펜서Edmund Spencer의 서사시인 『페어리 퀸The Faerie Queene』을, 1598년에는 필립 시드니의 산문 서사시 『아르카디아Arcadia』를 펴냈다. 셰익스피어 연극의 기원이 되는 작품 가운데 얼마나 많은 부분이 필드의 출판 서적에 등장하는지 보면 가히 놀랄 정도이다. 그 가운데 오비디우스, 플루타르크, 홀린셰드는 아마도 셰익스피어가 가장 애호하던 작가였을 것이다.

리처드 필드가 흥미로운 신인 작가의 작품과 새로 출판된 작품을 영국인에게 소개해주는 역할을 한 게 사실일까? 그리고 셰익스피어는 그 작품들을 구입했을까? 아니면 필드가 자신의 인쇄소를 마치 비공식적인 도서관처럼 쓸 수 있게 셰익스피어에게 허락한 것일까? 진실이 무엇이든 분명한 것은 새로운 사상과 새로운 문학적 발견들이 영국 시장에 도착한 순간 셰익스피어가 이를 접할 수 있었다는 점이다.

셰익스피어 작품에 담긴 법이나 궁정 등 특정 분야에 관한 전문 지식의 수준이 스트랫퍼드 문법학교의 지식수준과 맞지 않다는 이야기가 종종 나오고는 한다. 셰익스피어 작품의 원작자가 혹시 다른 사람이 아닌가 하는 의혹 뒤에는 항상 이런 주장이 숨어 있다. 법에 대한 지식수준을 볼 때 틀림없이 프랜시스 베이컨Francis Bacon 같은 법 전문가가 썼을 거라는 주장이다. 혹자는 궁정에 대한 지식수준을 볼 때 옥스퍼드 백작이 쓴 것이라고 주장하기도 한다. 식물, 항해, 새에 관한 지식과 관련해서도 같은 주장이 제기되고는 한다. 이런 식의 주장에는 많은 문제점이 있다. 이런 주장은 우선 작가들이 자신만의 직업적인 또는 감정적인 경험에 의지한다고 가정한다. 이런 가정은 셰익스피어의 소네트sonnet가 다름 아닌 셰익스피어의 감정적 경험에 바탕을 둔 자전적 이야기라는 식의 신화 18을 만들어낸다. 법 지식을 얻기 위해 꼭 법조인이 될 필요는 없으며, 특히 툭하면 소송하기 좋아했던 엘리자베스 시대에는 더욱 그랬다. 피터 빌Peter Beal은 조지 퍼트넘의 경우 한 해에 70여 건의 송사에 연루되었고 셰익스피어 자신도 6건 정도의 송사에 연루되었다고 본다. 토머스 미들턴의 도시 풍자극인 『가을 학기Michaelmas Term』에 담긴 법에 대한 풍자는 아주 전문적인 분야를 다루기보다 사람들에게 친숙한 부분을 다루기에 법보다 더욱 효과적이었다. 체임벌린 극단의 경우 궁에 초대되어 공연했기 때문에 셰익스피어가 궁정 문화에 친숙했다고 볼 수도 있다. 하지만 이보다는 『십이야』의 대사처럼 "하찮은 자들은 위대한 자가 하는 일들에 대해 떠들기 마련"(1막 2장 29)이라고 생각하는 것이 정확할 듯하다. 법조인만이 법에 대해 언급할 수 있다든가 귀족들만이 궁에 대해 말할 수 있다고 여기는 것은 한 가지 중요한 사실을 잊고 있기 때문이다. 그건 바로 상상력인데, 작가가 되기 위한 가장 중요한 자질이 바로 상상력이다.

작가는 상상력을 갖는 한편 다양한 형태의 연구 조사도 한다. 셰익스피어의 경우 역사극을 쓰면서 분명 홀린셰드의 역사서 같은 산문 형태, 새뮤얼 대니얼Samuel Daniel의 『랭커스터 가문과 요크 가문 간의 내전The Civil Wars between the Two Houses of Lancaster and York』 같은 시문 형태, 그리고 익명 저자가 쓴 『헨리 5세의 저명한 승리 이야기Famous Victories of Henry the Fifth』 같은 연극 형태의 글을 참고했을 것이다. 또한 이러한 전문적인 연구가 아닌 다른 연구도 있는데 바로 인간에 대한 관찰이다. 셰익스피어 극의 모든 것은 주위 삶을 자세히 관찰한 데서 왔다고 할 수 있다. 이는 다름 아닌 독특한 인간의 모습, 위선, 인간애, 연민, 계급제도, 역설적인 인간 상황 등이다.

존슨과 밀턴의 경우 그 자신들이 직접 주석을 단 서적들이 도서관에 남아 있다. 셰익스피어는 어떤 서적도 남기지 않았다. 대부분의 학자들은 셰익스피어가 사위인 의사 존 홀John Hall에게 이미 모든 것을 넘겨주었다고 본다. 그렇기에 셰익스피어가 무엇을 읽었는지 알려면 그의 작품을 볼 수밖에 없다. 대영 도서관에 보관되어 있는, 존 플로리오John Florio가 번역한 프랑스 인본주의자 몽테뉴의 『수상록Essays』(1603)은 오랫동안 셰익스피어가 소장했던 책으로 여겨졌다. 여백에 '셰익스피어'의 사인이 있기 때문이다. 비록 여러 번에 걸쳐 재정비된 이 책 앞표지와 후면지의 서지 역사가 복잡하긴 하지만, 분명한 사실은 사인이 적힌 부분은 18세기 말이나 19세기 초에 작성되었다는 점이다. 아마도 누군가 셰익스피어의 친필 사인이 책의 가치를 높여줄 것으로 생각했기 때문일 것이다(대영 도서관은 존슨이 소장했던 『수상록』도 소장하고 있는데, 존슨이 책에 메모를 하는 습관이 있기는 했지만 이 책에는 메모가 없다).

우리는 지금까지 셰익스피어가 무엇을 읽었는지를 주로 생각해보았지만 어떻게 읽었을까에 대해서도 생각해볼 필요가 있다. 존 플로리오의 몽테뉴 번역본은 이 문제에 도움을 줄 것이다. 셰익스피어는 지적인 면에서 몽테뉴와 잘 맞았으며 둘 다 인간의 정체성에 관심이 있었다. 몽테뉴는 '정신적인 철학자'였고 셰익스피어는 '정신적인 연극인'이었다.[2] 몽테뉴의 글이 워낙 많기에 셰익스피어가 몽테뉴를 어느 정도 읽었는지는 알 수 없다. 『템페스트』에서 이상적인 공화국에 대한 곤잘로의 대사는 몽테뉴의 글인 「식인종에 대해On Cannibals」에서 따온 것이다. 공통점은 여기저기서 찾아볼 수 있지만 인간의 이기심, 자기 성찰, 개인과 관련된 주제를 보면 둘의 생각이 일치하는지 아니면 영향을 받은 것인지 구분하기 쉽지 않다. 하지만 플로리오의 몽테뉴 번역본이 미친 영향에 특별히 주목하면서 셰익스피어의 어휘를 살펴보면 도움이 된다.

몽테뉴의 『수상록』은 존 플로리오의 번역으로 1603년 영어권에 소개되었다. 총 세 권짜리 거대한 작업이었다. 그것이 1603년 이후 셰익스피어의 어휘에 영향을 준 것을 보면 셰익스피어는 분명 번역본이 출판되자마자 읽었을 것이다. 조지 테일러George Coffin Taylor는 1925년 처음으로 플로리오의 번역판과 셰익스피어 작품 간의 유사점을 비교했으며, 1603년 이전에는 셰익스피어 작품에 등장하지 않았던 몽테뉴의 어휘 750개를 찾아냈다. 이 모든 어휘가 1603년 이후에 등장했으며 또한 플로리오의 몽테뉴 번역본에 실려 있었다.[3] 테일러가 조사할 당시는 많은 비평가들이 이런 유사한 구문 찾기에 몰두하던 시기라 너무 일상적인 구문의 경우 작가들 간에 영향을 주고받았다고 보는 것과 독자적으로 구문을 떠올렸다고 보는 것이 매한가지일 정도였다. 그렇지만 테일러가 찾아낸 어휘들은 이정도가 아니었다. 'hugger-mugger'(『햄릿』 4막 5장 82)는 셰익스피어 작품에서 처음 등장한 어휘이고, 'marble-hearted'(『리어 왕』 1막 4장 237)도 처음 나온 표현이다. 플로리오는 특히 복합어 형태의 신조어를 좋아했는데, 이런 표현들이 셰익스피어의 취향에 맞았던 것 같다. 옥스퍼드 사전에는 'holy-water'가 1583년부터 기록되어 있지만, 셰익스피어는 『리어 왕』에서야 처음으로 이 표현을 썼다. 'Court holy water'(3막 2장 10)가 그것이다. 플로리오는 번역판에서 반어적 의미에서 이 표현을 썼는데("궁에서 성수와 변덕스러운 왕자의 은혜를 찾는seeke after court holy-water and wavering-favours of princes"), 이 부분은 평범한 내용이었던 몽테뉴의 글["왕에게서 은혜의 기운을 찾는c(h)ercer le vent de la faveur des Roys(seek the wind of king's favours)"]을 플로리오가 상상력을 더해 번역한 것이다.[4]

옥스퍼드 사전 편찬자들은 플로리오가 번역판에서 처음 소개했다는 어휘들이 이전에도 사용된 예를 발견했지만 그 수가 적어서 테일러가 플로리오의 번역판에서 처음 등장했다고 한 표현들이 더 주목을 받았다. 가령 'concupiscible'은 플로리오의 번역본과 셰익스피어의 『자에는 자로 Measure for Measure』 5막 1장 98에 쓰였다. 'harping [up]on'은 플로리오의 번역본과 『햄릿』 2막 2장 189~190에, 그리고 플로리오의 'pregnant wit'는 『햄릿』 2막 2장 210~211에서 "pregnant …… replies"로 실렸다. 플로리오의 'chirurgions'는 『템페스트』 2막 1장 146(136)에서 'chirurgeonly'로 등장한다. 플로리오의 번역본과 셰익스피어의 『트로일러스와 크레시다 Troilus and Cressida』 4막 3장 23(4막 2장 100)에만 실린 'consanguinity'의 경우, 『트로일러스』가 1601~1602년경 나왔다는 사실을 의심하거나 아니면 플로리오의 몽테뉴 번역판이 원고 형태로 이미 읽혔다고 가정할 수밖에 없다.[5] 이것은 1600~1601년에 등장한 『햄릿』의 경우도 마찬가지이다. 이처럼 우연하게도 두 구문이 두 작품에 동시에 등장할 때 우리는 이를 주목할 수밖에 없다.

매티슨F. O. Mathiessen은 셰익스피어가 몽테뉴의 플로리오 번역판을 사용할 때 보여준 재미있는 양상에 주목한다. 새로운 어휘들이 1603년 직후 셰익스피어의 글에 종종 보이다가 그 이후 점차 사라졌고, 1610년 『템페스트』에 다시 등장한다는 것이다. 이 양상은 셰익스피어가 몽테뉴를 읽은 방식, 즉 처음에 푹 빠져들었다가 점차 거리를 두기 시작하고, 다시 읽기 시작했다는 것을 보여준다. 필리프 데상Philippe Desan은 셰익스피어가 몽테뉴의 사상보다 오히려 플로리오의 복합어에 더 관심을 보인 것 같다고 본다.[6] 셰익스피어가 플로리오의 번역판을 읽으면서 무엇에 관심을 가졌는가를 알게 해준다는 점에서 대상의 지적은 흥미롭다. 수사학에 대한 학교교육과 시인으로서의 경력을 볼 때 셰익스피어는 번역본에서 언어 자체에 적극적인 반응을 보였다고 해도 될 듯하다.

과연 셰익스피어가 제대로 교육을 받았을까? 그가 받은 학교교육은 분명 고전 문학과 수사학적 구문에 확실한 기반을 제공했음에 틀림없다. 분명한 것은 이러한 굳건한 기반 위에서 자리를 잡은 것은 셰익스피어 자신이라는 사실이다.

셰익스피어의 연극은 엘리자베스 시대 의상으로 공연해야 한다?

벤 존슨의 연극 『연금술사The Alchemist』에서 한 인물이 스페인 백작을 흉내 내라는 요구를 받는다. 그에게는 우선 스페인 의상이 필요한데 그런 의상이 없다고 하자 잠시 의상을 둘러싼 상황이 전개된다(이는 스페인의 복장이 영국과 다르다는 것을 알게 해준다). 다른 인물이 이 문제에 해결책을 제시해준다. "당신은 스페인 의상을 빌려야 합니다. 연극배우들과 친분이 없습니까? …… 히에로니모Hieronimo의 낡은 망토나 목도리, 모자면 될 텐데요"(4막 7장 67~71).[1]

이 제안에는 패러디 요소가 담겨 있는데, 엘리자베스 시대 때 무대를 주름잡던 토머스 키드의 『스페인 비극』에서 가장 인기 있던 인물인 스페인 사람 히에로니모를 유머러스하게 언급하고 있기 때문이다(신화 1을 볼 것). 당시 가장 비용이 드는 것이 의상이었다. 극단에서는 의상을 대여해 주지 않았다. 사실 많은 의상들은 실생활에서 구했다. 예를 들어 비싼 의상의 경우 돈 많은 주인이 하인에게 물려주곤 했는데, 당시의 사치단속령 때문에 하인들은 그런 옷을 입지 못했다. 단속령은 의상과 장신구를 사회적 신분과 연계해 누가 무엇을 입어야 할지를 규정했다. 말로의 『파우스트 박사Dr. Faustus』에서는 학생에게 비단옷을 입히는 무질서한 장면이 등장한다. 하여튼 하인들은 물려받은 의상을 배우에게 팔아서 받은 유산을 돈으로 바꿨다.

존슨의 『연금술사』는 작품이 창작되고 무대에 오른 1610년 당시의 런던이 배경이다. 다른 도시 풍자극과 마찬가지로 이 작품도 지역성을 바탕으로 한다. 동시대의 의상을 풍자하는 장면은 데커Thomas Dekker의 『구두 수선공의 휴일The Shoemaker's Holiday』(1599)부터 찰스 왕 시대의 희극인 매신저의 『도시 부인The City Madam』(1632)까지 이어졌다. 역사극조차 작품의 역사적 배경에 맞추어 의상을 정하기보다는 간편하게 당시 의상을 입었다는 증거 장면들이 있다.

당시의 셰익스피어 극을 묘사한 그림은 단 한 점 있는데, 헨리 피챔 Henry Peacham(1578~1644)이라는 작가가 1595년경에 그렸다는 『타이터스 앤드러니커스』에 대한 스케치이다. 대본 40줄을 지우고 그 위에 그린 가로 띠 모양의 스케치는 종종 대본과는 별개의 그림으로 인쇄되고는 했다. 이 그림에는 자식의 생명을 구하기 위해 타이터스에게 간청하는 고트족 여왕 타모라의 모습이 있고, 오른쪽 끝에는 검은 잉크로 그린 무어인 아론이, 그리고 왼쪽 끝에는 군인 두 명이 서 있다. 가운데에는 타이터스와 간청하는 여왕이 그려져 있다. 죄수인 아론이 칼을 휘두르는 그림을 보면 이것은 실제 공연을 보고 그린 것은 아닌 것 같고, 공연을 본 피챔의 기억과 1594년에 출판된 4절판 대본을 읽은 경험이 뒤섞인 듯하다. 무대 공연에서는 이 장면에 타모라의 세 아들이 필요하지만, 실수로 그랬는지 무대 지시문에는 두 명 입장으로 적혀 있다(신화 8을 볼 것). 피챔이 두 명만 그린 것은 자신이 본 공연 기억보다 대본을 따른 것으로 보인다. 그렇지만 의상과 시대에 대한 선별적인 혼합은 상상력보다는 공연 기억에서 비롯된 듯하다. 중요한 것은 이 그림 덕분에 셰익스피어 역사극 가운데 하나인 『타이터스』가 1590년 당시에 어떤 의상을 입었는지 알 수 있다는 점이다.

주목할 것은 의상의 경우 시대적 분위기를 상당히 반영하기는 하지만 역사적으로 정확하지는 않다는 점이다. 5세기의 허구적 인물인 타모라 여왕은 중세 또는 엘리자베스 시대의 헐거운 가운을 입은 모습이다. 타이터스는 로마 시대 토가 차림으로 창을 들고 있지만 뒤에 서 있는 두 명의 군인은 튜더 시대의 미늘창을 들고 있고 그중 한 명은(어쩌면 둘 다 일 수도 있다) 동방의 휘어진 칼인 언월도를 차고 있다. 그리고 둘 모두 엘리자베스 시대의 복장인 '베네치아식' 통 넓은 바지를 입고 있다. 모자는 엘리자베스 시대의 패션이고, 한 명은 깃털 장식이 달린 중세 시대 갑옷 복장이다.[2] 셰익스피어 시대에는 오늘날처럼 패션의 변화를 보여주는 시대별 의상 사진첩을 지닌 의상 디자이너가 없었다. 그런 자료가 필요하지도 않았고, 그것이 없다고 해서 공연에 크게 장애가 되지도 않았다. 피챔의 그림이 분명히 보여주는 것은 당시 극단들이 정확성보다 의상을 구할 수 있는가에 더 초점을 맞추었다는 사실이다.

그렇다고 해서 극단들이 의상에 신경을 안 썼다거나 의상을 멋대로 선택한 것은 아니다. 그들에게 의상은 경비가 가장 많이 드는 항목이었다. 글로브 극장의 무대에 있는 천장은 배우 보호보다는 의상 보호가 목적이었다. 필립 헨즐로는 일기에서 공단으로 짠 윗옷과 태피터 망토, 은과 동으로 짠 레이스, 금으로 짠 천, 벨벳 반바지, 털옷(한 쪽에 벨벳 보풀이 있는 소모사 옷감)에 대해 기록하면서 재단, 속감, 장신구, 색, 디자인(톱니 모양 자르기pinking, 가두리 치장하기facing, 금박 달기spangling)을 자세히 묘사했다. 그는 "극단의 가장 귀한 자산은 의상이며, 그 가치가 공연이 이루어지는 극장 이상이라 할 수 있다"고 적었다.[3]

엘리자베스 시대 무대의상이 공연 당시와 작품 속의 시대를 혼합한 모습이었다면 무대 소품과 언어 사용도 이와 같다고 할 수 있다. 『줄리어스 시저Julius Caesar』에서는 시대착오적으로 시계 종이 울리고, 경계심 많은 브루투스Brutus는 두루마리를 쓰던 시대였음에도 "읽고 있던 페이지가 넘어갔다the leaf turned down / Where I left reading"(4막 2장 324~325)고 말한다. 리어 왕이 살던 고대 브리튼 왕국의 글로스터Gloucester는 중세 시대 이탈리아에 처음 소개된 안경을 언급하며, 중세 주민인 햄릿은 1502년에야 문을 여는 비텐베르크Wittenberg 대학에 다닌다. 『트로일러스와 크레시다』의 헥토르는 트로이 전쟁 중 자기보다 몇 세기 뒤에 활동할 아리스토텔레스Aristotle를 언급한다. 마치 『리어 왕』에 등장하는 어릿광대 같다. "멀린이 이 예언을 하게 될 겁니다. 내가 그보다 앞 시대에 살기 때문이죠"(3막 2장 95~96). 시계와 서적, 그리고 안경이 이들에게 친숙한 대상이었듯 셰익스피어 시대 학교교육에서 독서의 기준은 아리스토텔레스였다. 이처럼 셰익스피어 극은 당대에 뿌리를 둔 셈이고, 만약 셰익스피어가 런던에 대한 작품을 썼다면(신화 14를 볼 것) 그것은 항상 당대의 런던이었을 것이다.

이를 가장 잘 보여주는 장르는 희극이다. 『실수연발』은 분명 플라우투스 희극에 등장하는 로마 시대의 노예를 관객에게 더욱 친숙한 엘리자베스 시대의 노예로 바꿨다. 『한여름 밤의 꿈』, 『말괄량이 길들이기』, 『헛소동Much Ado About Nothing』 역시 당시의 결혼 관습을 보여주었다. 『로미오와 줄리엣』의 희비극 세계 속에서 줄리엣은 바깥세상과 단절된 삶을 살아가는 엘리자베스 시대 부유층 여성의 전형적인 모습을 보여준다. 엘리자베스 시대 사람들에게는 이런 작품들을 당시의 의상으로 보여주는 것이 당연한 일이었다.

과연 이런 식의 공연이 맞는 것일까? 1590년 엘리자베스 시대의 의상은 당시 모던한 의상이었다. 같은 맥락에서 보면 오늘날의 셰익스피어 연극은 현대의 의상으로 입어야 한다는 논리가 있을 수 있다. 실제로 몇몇 극단에서는 이런 식으로 아주 큰 성공을 거뒀다. 트레버 넌Trevor Nunn이 2004년 10대 학생 관람객들에게 보여준 햄릿은 청바지에 모자를 걸친 벤 휘쇼Ben Whishaw였다. 이 햄릿은 항울제 약병을 쳐다보면서 자살할까 고민한다. 이모젠 스텁스Imogen Stubbs가 연기한 매력적인 중년 여성 거트루드Gertrude는 1990년대의 새로운 발견이었다. 교복 차림의 오필리어는 아이팟iPod를 들고 이어폰을 귀에 꽂은 채 침실에서 춤을 춘다. 이런 모습을 본 햄릿은 모든 여성을 향해 "매춘부 같다"(You *jig*, 3막 1장 147, 고딕체는 휘쇼의 강조)는 여성혐오적 발언을 하게 된다.

로리 키니어Rory Kinnear의 〈햄릿〉(2010)과 데이비드 테넌트David Tennant의 〈햄릿〉(2008) 역시 이와 유사한 현대 의상을 입었다. 테넌트의 〈햄릿〉에는 오필리어가 미쳐가는 장면에서 청순한 꽃무늬 모양의 스포츠 브라와 숏 팬츠를 입은 내의 차림의 오필리어가 등장한다. 이 모습은 외설스러운 노래와 함께 외롭게 등장하는 원본 모습보다 주체할 수 없는 자신의 행동에 대한 사회적인 부당함과 개인적인 상처를 더 강력하게 전달한다. 10대 여학생이 야한 노래를 부르거나 떠드는 모습은 더 이상 우리를 놀라게 하거나 관심을 끌지 못하기 때문이다. 하지만 공공장소에서 속옷 차림으로 등장하는 그녀를 거트루드가 숄로 황급히 감싸주는 모습은 충격적이라 할 수 있다. 키니어의 〈햄릿〉은 메모리용 클립보드와 워키토키 walkie-talkie를 이용해 정보를 교환하고 지침을 받는 사람들을 통해 이야기를 훔쳐듣는 클로디어스의 모습을 보여준다. 이와 마찬가지로 현대 관객들은 『로미오와 줄리엣』에서 원수 집안의 과수원 담을 타고 올라가는 로미오의 행동에서 별다른 위험성을 느끼지 못한다. 배즈 루어먼Baz Luhrmann의 영화에서 묘사하듯 CCTV 보안 시설이 설치되고 셰퍼드와 경비원이 함께 지키는 담이 나와야 비로소 우리가 이해할 수 있는 분위기가 만들어진다. 음경 주머니가 있는 의상을 착용한 사람의 사회적 지위를 '읽는' 법을 모르는 현재 상황에서는 오히려 현대 의상을 통해 사회적인 의미를 이해할 수 있기 때문이다.

무대 현대화 작업이 현대적 의상의 연장선상에 있다는 것은 당연한 일이다. 『한여름 밤의 꿈』에서 소목장이인 스너그는 자신이 연기하는 사자를 보고 무대 위 관객들이 진짜인 줄 알고 무서워할까 봐 그들에게 자신의 정체를 밝힌다. 케네스 브래나Kenneth Branagh가 1990년 연출한 무대에서는 스너그 역의 칼 제임스Karl James가 가면을 벗고 무대 위의 신혼부부들에게 다음과 같은 대사를 하며 입장한다. "이젠 제가 소목장이인 스너그라는 걸 아셨겠지요"(5막 1장 221). 그러고는 세 쌍의 결혼 덕에 자신의 가정 형편이 나아질 것을 확신하면서 사람들에게 자신의 명함을 나누어준다. 이런 무대연출과 대사는 완벽하게 조화를 이루면서 연극적인 환상을 깨는 데 기여한다.

현대화 작업이라고 해서 모든 것을 항상 지금 이 시간으로 돌려놓는 것은 아니다. 이언 매켈런Ian McKellen의 〈리처드 3세〉가 그러하듯, 셰익스피어의 작품을 공연할 때는 오히려 1930년대가 가장 적절한 배경을 제공해주었다. 후에 리처드 론크레인Richard Loncraine이 영화로 만든 이 작품은 당시 일어났던 파시즘을 리처드 3세의 독재에 비유했다. 『베로나의 두 신사』의 경우, 공연 당시가 가장 적합한 시대로 보였다. 이 작품은 남자 간의 우정이 남녀 간의 사랑보다 더 중요하다고 믿는(신화 10을 볼 것) 당시 문화의 산물이기 때문이다. 마지막 장면에서는 현재 시점에서 볼 때 아무런 심리적인 동기 없이 인물들이 급변하는 모습을 여러 번 목격하게 되며, 심지어 한 히로인은 마치 소포 전달하기 게임에서 남자들이 서로 집어던지는 물건처럼 하나의 대상으로 전락하는 모습을 보인다. 1991년 데이비드 새커David Thacker가 왕실 셰익스피어 극단Royal Shakespeare Company에 서 이 작품을 연출했을 때, 그는 1920~1930년대의 유명한 작곡가인 콜 포터Cole Porter, 조지 거슈인George Gershwins, 어빙 벌린Irving Berlin, 리처드 로저 스Richard Rogers, 로렌츠 하트Lorenz Hart의 음악 세계를 연상케 하는 무대를 만들었는데, 마치 현실 세계가 아니라 할리우드 뮤지컬 세계처럼 보이도 록 연출했다. 그렇게 함으로써 비현실적인 연출에서 또 다른 비현실적인 연출로 바꾼 것인데, 그러면서도 이번에는 우리가 이해하고 받아들일 수 있는 연출로 바꾼 셈이다.

결국 셰익스피어 극을 현대 의상으로 무대에 올리지 못할 이념적인 이 유는 없는 셈이다. 하지만 그렇게 하지 못할 논리적인 이유는 있을 수 있 다. 모든 작품이 엘리자베스 시대를 벗어날 수 있는 것은 아니다. 『말괄 량이 길들이기』의 경우 르네상스 시대의 가정에서 필수 불가결했던 원칙 (아내는 남편에게 복종해야 한다)에 바탕을 둔다. 그렇기에 이 연극을 공연 할 수 있는 시기는 아무리 늦춰도 1950년대가 한계일 것이다. 마이클 보 그다노프Michael Bogdanov가 작품 배경을 현대로 잡은 1978년 공연에서 캐서 린 역의 파올라 디오니소티Paola Dionisotti는 불편한 심경을 호소했다. "왜 벌떡 일어나 나가버리지 못했는지 줄곧 궁금했어요." 1960년대 이후 캐서린의 자유를 가로막는 방해물들이 무너져버렸기에 1978년 무대에서는 캐서린의 역할이 상식을 벗어난 것으로 보였기 때문이다(디오니소티는 나중에 다시 "요점은 그녀가 그렇게 할 수 없다는 것이죠. 캐서린은 벌떡 일어나 나가버릴 수 없었을 거예요"[4]라고 말했다). 작품 배경을 현재로 잡는 최근 무대에서는 이러한 문제를 피하기 위해 작품의 플롯을 극중극으로 만든다. 『말괄량이 길들이기』는 유랑극단 배우들이 술 취한 땜장이를 위해 마련한 극이 된다. 작품을 일상적인 삶의 영역에서 제거함으로써 인물의 행동이나 자세가 갖는 문제를 해결한 것이다. 작품상의 이슈들이 셰익스피어 시대에는 문제였지만 지금은 아무런 문제가 되지 않기 때문이다.

이와 같은 문제는 『헛소동』에도 적용된다. 현대 의상으로 꾸민 무대가 지닌 문제는 히어로Hero가 4막 결혼식 장면에서 성급하게 불신감을 드러내며 자신을 거부했던 남자와 5막에서 어쩔 수 없이 결혼하는 장면에서 발생한다. 니컬러스 하이트너Nicholas Hytner가 2007년 영국 국립극장에서 작품을 공연했을 때, 그는 마치 연극 초반의 베아트리체Beatrice처럼 클로디오가 진정으로 반성하는 모습을 보여야 결혼하겠다고 말하는 고집스러운 히어로를 탄생시켰다. 이는 남의 말을 엿듣는 히어로의 모습을 5막 3장에 간략하게 끼워 넣음으로써 가능했다. 히어로는 자신이 죽었다고 생각한 클로디오가 장례식 복장으로 그녀의 무덤 앞에 엎드려 통곡하며 묘비를 읽는 장면을 엿보게 되고, 이후 아버지와 수사에게 원작의 플롯대로 진행하라는 신호를 보낸다. BBC의 프로그램인 〈셰익스피어 리톨드 Shakespeare Retold〉는 2005년 이 작품을 뉴스 스튜디오를 배경으로 하는 현대 작품으로 만들었다. 베아트리체와 베네디크는 뉴스 앵커로, 클로디오는 스포츠 기자로, 히어로는 기상 캐스터로 등장했고, 모든 것이 같지만 마지막 장면에서 독립한 직업 여성인 히어로가 클로디오에게 복수하는 내용을 첨가했다(BBC는 마지막에 이런 대사를 넣었다. 클로디오: "여유가 생기면 아마 당신은 여기서부터 다시 시작할 마음이 생길 겁니다." 히어로: "누가 당신과 결혼한단 말이죠? 백만 년이 지나도 그런 일은 없을 거예요." 클로디오: "좋아요, 당장은 안 되겠지만······."). 클로디오가 마음 깊이 참회하고 이런 클로디오를 히어로가 받아들이도록 하기 위해서는 연출에 무언가를 첨가해야 했고, 현대의 TV 영화 버전 역시 내용을 수정해야 했다. 이는 『헛소동』의 무대가 당시 배경인 1600년대에서 멀어질 때 이야기를 전개하기 어려워진다는 것을 보여준다.

셰익스피어의 정치극과 역사극은 이미 작품 배경으로 당대가 아닌 다른 시대가 등장하기 때문인지는 몰라도 종종 무대 작업이 성공적으로 현대화되었다. 엘리자베스 시대 극작가들은 당시의 정치 상황을 다루는 것이 금지되어 있었고, 이를 어겼을 때 혹독한 대가를 치렀다. 공저로 풍자 희극인 『아일 오브 독스Isle of Dogs』를 썼던 존슨은 스코틀랜드 말투를 구사하는 배우를 등장시킨 것이 곧 영국 왕에 오를 스코틀랜드 출신 제임스 6세에 대한 불경으로 여겨져 투옥되었다. 존슨이 1603년에 로마 비극인 『세야누스Sejanus』를 쓰면서 각주를 통해 타키투스에게서 작품 소재를 끌어왔다는 사실을 밝히자 당시 학자들은 이를 자신의 학문적 자신감을 과시하는 것이라고 생각했다. 하지만 이는 자신을 보호하려는 존슨의 본능적인 모습을 보여주는 표시이기도 했다. 각주를 통해 그는 "보십시오, 나는 정치적인 소요를 자극하는 게 아닙니다. 그저 타키투스를 번역할 따름입니다"라고 주장한 것이다.

엘리자베스 시대의 신문에는 지금처럼 사람들의 정치적 견해를 표현할 수 있는 '편집장에게 보내는 글' 같은 것이 없었다. 정치적 견해는 국가의 몫이고 국민에게는 아무런 견해가 없다고 간주되었다. 그러기에 당시의 연극은 오늘날의 언론과 같은 역할을 했다. 비민주 국가에서 모든 글을 검열하듯이 연극도 검열을 받았고, 공연 전에 공식 승인을 받아야 했다. 그러므로 당시에 정치에 대해 글을 쓰는 가장 편한 방법, 아니 사실상 유일한 방법은 정치 대신 역사에 관해 에둘러 쓰는 방법이었다. 이마저도 1599년 '주교들의 금지Bishop's Ban'로 인해 풍자문학 및 기타 유해한 글 형식과 함께 검열 대상이 되고 말았다.

셰익스피어에게는 로마 공화정을 언급하는 방법 말고는 당시 국가에 대해 언급할 수 있는 승인된 방식이 없었다. 정부나 왕정에 대해서도, 폭정의 가능성을 언급하는 『줄리어스 시저』나 폭군을 묘사한 『맥베스』, "정치에 대해 그 특징을 설명한다는 것은⋯⋯"으로 시작하는 『자에는 자로』를 쓰거나 국수주의적 목적으로 타국을 침공하는 식의 도덕적으로 의심스러운 방법으로 수사적인 달인이 된 군주를 그린 『헨리 5세Henry V』를 쓰는 방법 외에는 국가나 군주제에 대해 논할 방법이 없었다. 『헨리 5세』는 외국을 침략하는 시기에는 정치극으로 자리 잡는다. 작품을 전략적으로 대폭 생략하는 방법으로 헨리 5세에 대한 긍정적인 시각을 담아낸 로런스 올리비에Laurence Olivier의 무대는 1944년 연합군의 전략에 도움이 되었다. 그는 이런 별도의 방법으로 전쟁에 참여함으로써 영국 해군 항공대의 지원을 받았다. 1982년의 포클랜드 전쟁이 끝난 지 얼마 되지 않은 1986년 마이클 보그다노프는 헨리의 군대를 축구 훌리건으로 그린 공연을 올렸다. 이들은 음조가 틀리는 응원가와 혐오스러운 국수주의적 깃발을 들고 전쟁에 나가는데, 이 모습은 영국 타블로이드판 신문에 실린 도발적인 기사 머리글을 연상시켰다. 이 도발적인 타블로이드판 신문의 머리글은 신문 비구독자가 전쟁에 참여하는 적절한 마음가짐에 대해 논쟁을 벌일 때 다시금 그들의 인쇄물 머리글로 쓰였다. 보그다노프가 그린 프랑스 전쟁 장면에서의 신사적인 태도와 분위기는(그 가운데 한 장면은 인상주의 회화로 처리했다) 이전 작품과 대조되는데, 올리비에의 현대판 연출이 친영국적이었다고 한다면, 이와는 반대로 보그다노프의 공연은 영국에 비판적이었다. 한 비평가의 언급처럼, 이 연극은 실제로 프랑스의 승리를 바랐던 최초의 공연이었다. 여하튼 두 공연 모두 셰익스피어 작품이 지닌 공연 당시의 시대적 정치성을 보여주었다.

셰익스피어에게든 관객에게든, 셰익스피어 극은 여성의 지위, 결혼의 역할, 군주의 책임, 시민의 임무, 내전의 위험성, 외국 침략의 윤리성 등 당대의 주요 문제를 다루고 있다. 현대 의상이든 엘리자베스 의상이든 별 차이는 없다. 우리는 셰익스피어 연극이 지닌 시대에 따른 적용 능력을 무시할 수 없다. 이런 이유로 오늘날도 셰익스피어를 공연하고 있는 것이다.

셰익스피어는 자신의 연극을
출판하는 일에 관심이 없었다?

　지금 당장 아무 서점에나 들어가 보라. 셰익스피어 작품 전용 판매대가 따로 마련되어 있음을 눈으로 직접 확인할 수 있을 것이다. 개별 작품으로든 전집으로든 매년 출판되는 셰익스피어 작품은 경쟁이 치열한(게다가 돈벌이도 되는) 출판 시장을 유지하고 있다. 극작가의 최종 목적지는 소설가와는 달리 출판이 아닌 공연에 있지만, 요즘 극작가들에게 자신의 작품이 출판된다는 것은 곧 그 작품이 연극 무대에 올라갈 만한 가치가 있을 뿐 아니라 문학적으로도 명성을 얻을 만하다고 인정받는다는 의미가 되었다. 이 때문에 출판은 누구나 바라는 최종생산물이 되어버렸다. 여기에 연극은 문학이라는 관련성이 존재한다. 다만, 비록 셰익스피어가 활동하던 시기의 영국에서 연극이 문학으로 변모해가고 있었다는 증언이 있기는 하지만, 그때만 해도 연극은 문학이라는 사고가 존재하지 않았다. 따라서 출판된 셰익스피어의 연극에 대해 사고하는 행위 속에는 문학이란 무엇인가, 작가로서의 이력과 정전canon이란 어떤 개념인가, 그리고 '저자'가 된다는 것에는 어떤 의미가 있는가에 관해서 사고하는 과정이 포함되어 있다. 이 모두는 16세기 후반에 연극을 쓰던 이들에게 익숙하지 않은 주제들이었다.

16세기 이전까지만 해도 영국에는 직업적인 극작가(혹은 전문적인 연극)가 존재하지 않았다. 중세 시대 연극은 전문 작가가 쓴 것이 아니라 아마추어 작가들이 썼다. 신비극mysteries(여기서 명사 'mystery'는 '수공', '직업trade'이라는 뜻을 갖고 있다)은 동업자 조합trade guild이 성경의 내용을 극화해서 매년 무대에 올리는 장편 연작극의 일부분을 일컫는다(앤서니 밍겔라Anthony Minghella는 『2개의 판자와 수난Two Planks and a Passion』에서 중세에 신비극이 준비되고 공연되는 과정을 현대식으로 훌륭하게 극화해서 보여준다). 성경과 관련 없는 내용을 다루는 도덕극morality과 막간극interludes은 전국을 돌며 공연되었지만 배우들players은 배우라는 영어 단어 'player'가 갖는 원래 의미대로 직업적인 배우들이 아니었다. 평소에 그들은 영주의 가솔의 일부로서 영주 밑에서 일을 하다가 영주가 그들을 필요로 하지 않을 때에는 순회공연을 다녔다. 가솔이 순회공연을 위해 집을 비우는 것을 허용하는 영주는 문화적 안목이 상당하다는 칭송을 듣는 것은 물론, 가솔에게 들어가는 생활비를 절감할 수 있어 경제적으로도 큰 도움을 얻었다. 영주의 집에서 열리는 연회를 항상 영주의 저택에 상주하는 극단이 담당한 것은 아니었다. 16세기 초 햄프턴코트Hampton Court에서는 헨리 8세Henry VIII의 가솔들이 헨리 메드월Henry Medwall이 쓴 『풀젠스와 루크리스Fulgens and Lucres』를 만찬 후 여흥으로 공연했다. 초기 세속 희극secular comedies으로 분류되는

『랠프 로이스터Ralph Roister』와 『감머 거튼의 바늘Gammer Gurton's Needle』은 16세기 중반 남학생들과 대학교 학생들의 공연용으로 각각 쓰였다.

제임스 버비지James Burbage가 템스 강 북쪽 강변 쇼어디치Shoreditch 구역에 있는 핀즈베리 필드Finsbury Fields(지금의 이즐링턴Islington과 EC1 경계 지역)에 건설한 런던 최초의 연극 전용 극장인 시어터 극장The Theatre이 완공된 해는 1756년이었다. 1년도 지나지 않아 같은 장소에 커튼 극장Curtain Theatre이 건립되었다. 1587년에는 남쪽 강변 서더크Southwark 구역에 로즈 극장The Rose이 세워졌다. 상설 극장이 생기면서 대규모 극단(적게는 12명에서 많게는 20명으로 구성된)은 직업적 전문 배우들을 보유하게 되었다. 우스터 극단Worcester's Men, 더비 극단Derby's Men, 서식스 극단Sussex's Men, 체임벌린 극단처럼 이들 단체의 이름 앞에는 이들을 후원하는 영주의 이름이 붙었다. 매일 공연되는(사순절 기간과 역병이 돌 때만 빼고) 연극 작품을 공급하기 위해 극작가들은 1년에 40편 이상의 작품 — 헨즐로가 쓴 『일지Diary』에 나온 1593년 12월 27일부터 1594년 12월 26일 사이에 쓰인 전체 작품 수이다(신화 17을 볼 것) — 을 써야 하는 상황이 발생했다. 그러나 당시는 극작가가 번듯한 직업이라는 개념이 존재하지 않던 때였기 때문에 말로조차 '시인인 동시에 추잡한filthy 극작가'라고 불렸다. 시와는 다르게 극작劇作이라는 단어에는 무엇인가를 비하할 때 사용되는 형용사가 늘 붙어 다녔다.

당시에 이른바 글쓰기 이력이라는 말은 시작詩作에만, 그것도 고전 시인 베르길리우스Vergilius의 시를 모방하는 글쓰기에만 해당하는 말이었다. 젊은 귀족들은 궁정에서 각자 쓴 시를 서로 돌려가면서 감상했는데 이들이 감상한 시는 출판된 시가 아니었다. 즉, 이들은 원고를 회람하는 형식을 통해 자신들의 시를 다른 사람들에게 알렸다('publish'의 원래 뜻은 '대중에게 알리다'이다). 이런 현상은 하층 계급에서도 마찬가지였다. 프랜시스 미어스가 셰익스피어를 새로운 오비디우스라고 칭송했을 때가 1598년이었는데 이것으로 보아 그 당시 셰익스피어가 쓴 소네트 몇 편이 회람되고 있었던 것은 분명하다. "셰익스피어가 묘사한 『비너스와 아도니스』, 『루크리스』, 그리고 달콤한 내용을 담은 소네트들이 친구를 포함한 여러 지인들 사이에서 회람되고 있음을 목격하고 있다."[1] 이 시점에서는 『비너스와 아도니스』와 『루크리스』가 이미 출판되었지만 소네트는 아직 아니었다. 미어스는 셰익스피어의 소네트를 원고의 형태로만 접한 것일 수도 있다.

인쇄print는 '문학'이라는 문제를 복잡하게 만들었다. 왜냐하면 시가 인쇄라는 과정을 통해 시장에 소개되었기 때문이다. '추잡한 돈벌이', 아무 때나 접할 수 있는 하찮은 것, 난잡하게 유통되는 것, 상품화된 것이라는 수식어로 인해 그동안 고상한 존재로 여겨졌던 시의 가치는 훼손되었다. 엘리자베스 1세Elizabeth I 시대에 "원고는 숫처녀, 인쇄는 창녀"[2]라는 말이 돌았다. '무엇인가를 보여준다perform'는 점 때문에 연극에도 부정적인 수식어가 붙어 다녔다. 무언가를 보기 위해 돈을 지불한다는 면에서 보면 연극이 궁정시라는 지극히 사적이고 고상한 세계와는 거리가 먼 상업적인 거래라는 점은 분명하다. 1609년에 나온 『트로일러스와 크레시다』의 여러 출간본 중 한 판版에는 출판업자가 쓴 것으로 추정되는 서문 편지prefatory letter가 실렸는데 이 편지에는 "결코 기존의 구태의연한 무대와 다른, 결코 비천한 이들이 손뼉을 치면서 난리를 피우지 않을 새로운 연극"을 보장한다는 내용이 들어 있다. 이 연극이 이전까지 한 번도 공연된 적이 없다는 표현 ― 이 말은 사실이 아닐 것이다. 이 작품의 다른 판의 표지에는 "국왕 폐하의 가솔들이 글로브 극장에서 공연한 것과 같은"이라는 문장이 나온다 ― 이 '비천한' 연극 관객과 은연중에 구별되는 잠재적 독자들에게는 매력적으로 다가온다.

엘리자베스 1세 시대에 출판된 시 작품집 중 대부분은 저자가 죽은 후에 출판되었기 때문에 저자가 생전에 자신의 작품을 홍보한다는 것은 있을 수 없는 일이었다. 필립 시드니 경이 죽은 해는 1586년이지만 그의 소네트 작품집 『아스트로필과 스텔라Astrophil and Stella』는 1591년에 출간되었다. 다른 작품집의 저자들은 자신의 작품을 출판하는 것이 내키지 않지만 계속되는 친구들의 간청에 못 이겨 어쩔 수 없이 출판을 한다고 고백하는 취지의 글을 서문 형식으로 책 앞에 싣고는 했다. 1582년에 출간된 토머스 왓슨Thomas Watson의 소네트 연작집 『헤카톰파시아Hekatompathia』의 속표지에는 "점잖은 신사분인 토머스 왓슨이 썼으며 이분의 가장 친한 친구인 점잖은 신사분들의 요청으로 출간하게 되었다"는 내용이 적혀 있다. 또 다른 작품집들에는 헌정사와 정성 들여 쓴 서문 편지가 실렸는데 여기에서는 책을 출판하는 의도가 돈을 벌기 위해서가 아니라 어느 귀족에게 헌정하기 위해, 또는 어느 후원자에게 선물로 드리기 위해서라는 점을 분명히 밝히고 있다. 셰익스피어가 최초로 출판한 두 작품은 전부 시 작품이었고 이것들은 모두 앞서 언급한 당시의 출판 사유 두 가지 중 뒤의 경우에 해당된다. 『비너스와 아도니스』(1593)와 『루크리스』(1594)는 둘 다 사우샘프턴 백작(신화 16을 볼 것)에게 헌정되었다. 속표지 어디에도 저자가 명시되어 있지 않다. 다만 후원자에게 바치는 헌정 편지가 "나리(『루크리스』에서는 '각하'라는 표현을 사용했음)에게 충성을 다하는 윌리엄 셰익스피어"라는 서명이 들어간 문구로 끝맺을 뿐이다. 비록 속표지에 저자의 이름이 명시되지 않았음에도 그 책을 누가 썼는지 알 수 있게 된 것이다.[3]

셰익스피어의 연극이 인쇄되었을 때는 저자가 쓴 서문 서한이 실리지 않았다. 출판된 연극에 서문 서한을 싣는 것은 일반적이지는 않았지만 이례적인 일도 아니었다. 존 웹스터John Webster는 『하얀 악마White Devil』 (1612)에 서문 서한을 실어 거기에 비극에 관한 자신의 견해와 그 연극이 독자들에게 수용되어온 내력을 기술했다. 벤 존슨은 여러 작품 중에서 특별히 『볼포네Volpone』(1606)와 『캐틸라인Catiline』(1611)에 서문 서한을 실었다. 서문 서한 외에도 인쇄 과정에 저자가 어떻게 관여했으며 저자들이 인쇄를 어떻게 인식하고 있는지를 설명하는 내용의 글이 책 앞에 실리기도 했다. 존 마스턴은 자신의 『불평주의자The Malcontent』를 벤 존슨에게 헌정했고 1605년에 존슨이 『세야누스』를 출간했을 때는 서문 시를 헌정했다. 존 포드John Ford는 매신저, 웹스터와 그 외 작가들이 쓴 연극이 출판되었을 때 그 안에 송덕시commendatory verse를 실었다. 셰익스피어의 연극에는 비교할 만한 게 없다. 만일 셰익스피어가 자신의 연극을 출판하는 것에 관심을 갖고 있었다면 그가 자신의 시를 출판할 때 그랬던 것처럼, 혹은 타 극작가들이 자신들의 연극을 출판할 때 그랬듯이, 셰익스피어 자신의 연극을 출판할 때 비판적 추천사를 실을 것으로 기대되지 않았을까? 반드시 그렇지는 않았을 것이다. 통계자료를 보면 흥미로운 사실 하나를 발견할 수 있다. 헌정 서문이 들어간 책의 숫자는 1583년에서 1602년 사이에 인쇄된 연극 중에서는 오직 5개(5%)밖에 없었지만 1603년에서 1622년 사이에는 22개(19%)로 늘었고, 1623년에서 1642년 사이에는 78개(58%)[4]로 치솟는다. 이 수치는 본문 외의 글paratextual material, 예를 들어 등장인물 소개 같은 곳에서도 같게 나온다. 연극은 점점 출판 정체성을 확보하게 된다. 물론 그 속도는 느렸지만.

이처럼 연극이 정체성을 갖기 시작하게 된 과정은 저자의 이름이 출판된 책의 표지에 좀처럼 드러나지 않는 이유를 설명해줄 수 있을지 모른다. 인쇄되기 시작한 셰익스피어의 초기 연극에는 셰익스피어의 이름이 표지에 없었다. 독자들이 출판된 연극을 살 때 가장 중요하게 고려하는 요소는 그 연극을 공연하는 극단이 어떤 극단인가였고, 공연이 성공적이 었다면 그 연극은 성공적인 판매가 보장되었다. 1594년에 『타이터스 앤 드러니커스』가, 1597년에는 『리처드 2세』, 『리처드 3세』, 그리고 『로미 오와 줄리엣』이 각각 순차적으로 출간되었지만 저자를 셰익스피어라고 표기한 작품은 하나도 없었다. 단지 이 작품들을 공연하는 극단의 이름 만 나와 있을 뿐이다. 1598년에 들어와 변화가 조금씩 생기기 시작했다. 그해에 『리처드 2세』와 『리처드 3세』의 재판이 나왔는데 이때 처음 저자 가 셰익스피어라고 표기되었다. 마찬가지로 1598년 『사랑의 헛수고』의 재판(초판은 현재 남아 있지 않다)이 나왔을 때 "W. 셰익스피어에 의해 새 롭게 정정되고 증보된"이라는 다소 막연한 문구를 사용해서 – 셰익스피 어가 원저자인지 아니면 셰익스피어가 정정 작업만 한 것인지 구분하기가 애매 하다 – 저자가 셰익스피어임을 언급했다. 그러나 셰익스피어의 이름이 표지에 소개되는 일은 일관된 관행이 아니었다. 셰익스피어가 평생 동안 쓴 전체 연극 중 16개의 작품이 39판을 찍었다. 하지만 그중 66%의 작품 에만 "윌리엄 셰익스피어가 쓴" 혹은 "윌리엄 셰익스피어가 새롭게 정정 한" 혹은 "윌리엄 셰익스피어가 새롭게 증보한" 같은 문구가 실렸을 뿐이 다. 그 당시에는 저자 소개가 표지에 필수적으로 들어가야 한다는 개념 이 존재하지 않았던 것이다. 서문 글이 책에 빠져 있다는 사실이 셰익스 피어가 자신의 책을 출간하는 것에 관심이 없었다는 점을 입증해주는 신 뢰할 만한 증거가 되지 않는 것처럼, 익명으로 출간했다는 사실이 셰익스 피어가 출간에 관심이 없었다는 점을 입증해주는 신뢰할 만한 증거는 아 니다.

극작가들이 자신이 쓴 연극을 출판하는 과정에 직접적으로 관여할 만한 여지는 거의 없었다. 극작가가 자신이 쓴 연극을 극단에 팔면 그 이후부터 그 작품에 대한 극작가의 권리는 사라진다. 저작권이라는 개념은 18세기에 생겨난 것이다. 따라서 엘리자베스 1세 시대의 극단들은 자신들이 소유한 연극을 자신들 마음대로 처분할 수 있었다. 하지만 이 문제는 셰익스피어 자신이 글로브 극장의 공동 출자자라는 사실 때문에 복잡해진다. 극작가가 아니라 출자자라는 자격으로 보면 셰익스피어는 극단이 재산을 사고팔 때(연극 대본은 재산이었다) 영향력을 행사할 수 있었을 것이다.

셰익스피어가 자신의 연극을 출판하는 것에 관심을 가졌는가에 관한 문제는 몇몇 작품에 이판異版, variant version이 존재한다는 사실로 인해 한층 더 복잡해진다. 『로미오와 줄리엣』이 1597년 처음 출판되었을 때 이 작품은 비교적 짧은 축이었는데 — 2225행으로 이 정도는 '무대에서 두 시간 정도면 소화'할 수 있는 길이의 작품이다(프롤로그 12) — 1599년 재판이 나왔을 때 표지에는 "새롭게 정정, 증보된, 그리고 수정된"이라는 문구가 실렸고 그 길이도 3000행으로 늘어났다. 마찬가지로 『햄릿』의 초판본(1603)은 짧았고(2115행), 문체도 투박했으며, 가끔씩 문법에 맞지 않는 문장도 포함되어 있었다. 그러나 채 1년도 지나지 않아 늘어난 길이, 섬세해진 성격묘사, 철학적이고 시적인 내용으로 구성된 신판이 나왔다. 신판의 표지에는 "새롭게 찍어낸 정본이자 길이도 구판의 거의 두 배 정도로 늘어난" 작품이라는 소개 글이 실렸다. 수치(3660행)가 이를 증명하고 있다. 정정이나 증보라는 어휘는 권위가 있는 누군가가 비공인unauthorized판을 대체한다는 점을 암시하고 있다. 이는 자신의 문학적 명성에 피해가 갈 것을 걱정하는 셰익스피어 같은 극작가가 신용할 만한 판을 출간하는 것에 매우 민감하다는 것을 반영한다.

지난 한 세기 동안 비평가들이 이런 '짧은' 4절판의 출전source이 어떤 작품인가를 추론하려 노력해왔다. 이런 판들이 무대·연극(계)의 관행이나 의도를 나타낸다는 점에는 대부분이 동의한다. 연극 지문은 행동을 연출 choreograph한다. "유모, 안으로 들어가려다 다시 돌아 나온다"(『로미오와 줄리엣』, 1597, sig. G2ʳ), "신부, 상체를 구부려 피와 무기를 본다"(『로미오와 줄리엣』, 1597, sig. K2ʳ), "라에르테스Laertes, 무덤으로 뛰어든다. …… 햄릿, 라에르테스를 따라 무덤으로 뛰어든다"(『햄릿』, 1603, sig. G1ᵛ). 셰익스피어는 공연 시간의 제약으로 분량을 줄여야만 했던 판을 쓴 것인가? 이에 대해서는 '극단이 2000행 분량의 연극만을 공연할 것이라는 점을 알고 있는 극작가가 3000행 분량의 연극을 정규적으로 썼다는 주장은 셰익스피어를 낭비벽이 심한 사람으로 보이게 한다'는 반박이 가능하다. 아니면 셰익스피어는 공연용 짧은 판을 먼저 쓴 다음에 나중에 이를 늘려 긴 판으로 만들었는가? 이에 대한 반박으로는 '짧은 4절판 중 몇몇은 내용이 명백하게 시적이지 않고 문장도 셰익스피어라면 이렇게 썼으리라 예상되는 것과는 거리가 멀다'는 주장이 있을 수 있다.

하지만 루카스 언은 긴 판은 셰익스피어가 연극용 짧은 판을 가지고 독서용으로 개발한 것이라는 주장을 옹호하고 있다. 언은 엄청나게 길어진 분량, 한층 섬세해진 성격묘사, 더 길어진 대사 등은 극장에 온 관객을 목표로 삼은 것이 아니라 숙고할 여유가 있는 독자를 목표로 삼은 것이라는 주장을 펴고 있다.[5] 이는 원래 셰익스피어가 연극용으로 쓴 것이 맞지만, 이후 출판에 관심을 가지게 되었음을 보여주는 증거가 된다. 셰익스피어는 출판을 위해서라면 기존의 연극을 기꺼이 다시 쓸 준비가 되어 있었다.

비록 언의 주장이 짧은 4절판과 긴 4절판 간의 상대적 특징(즉, 이 둘 사이의 차이)에 딱 들어맞는다 해도 출판되는 대부분의 연극들이 갖고 있는 절대적 특징에는 들어맞지 않는다. 짧은 4절판들은 오류가 많고, 긴 4절판들은 완벽함과는 거리가 멀다. 따라서 언의 이론에 의하면 셰익스피어는 작품을 출판했을 때 그 출판본이 자신의 명성을 손상시킬 것을 우려해 제대로 된 작품을 출판하고자 했지만 긴 판으로 다시 쓴 그 작품의 질이 어떨지는 미처 신경 쓰지 못한 셈이 된다.

정전이라는 개념으로 돌아가 보자. 벤 존슨은 1616년에 넓은 2절판 형식으로 자신의 작품집(연극, 시, 궁정 가면극court masque, 연회극entertainment)을 출간했다. 전집 정전에 연극을 포함시키는 아이디어는 새로운 것이 아니었다. 1750년에 토머스 노턴Thomas Norton의『논고Treatises』에는 토머스 색빌Thomas Sackville과 함께 쓴『고보덕Gorboduc』이 실렸고[6] 1753년에 조지 개스코인George Gascoigne이 쓴『갖가지 꽃들A Hundreth Sundry Flowers』에는 연극 두 편이 포함되어 있었다.[7] 새로운 것은 판형(2절판은 성경과 같이 심각한 주제를 다룰 때만 사용되던 판형이었다)과『작품집Works』(한 문인은 다음과 같이 썼다. "이봐 벤, 말 좀 해보게. 이 어찌된 연유인가? 왜 자네는 작품이라 부르고 다른 이들은 연극이라 부르지?")이라는 제목이었다. 제목 때문에 남들의 비웃음을 샀지만 이런 식의 명명법은 셰익스피어의 배우 동료 두 명, 존 헤밍John Heminge과 헨리 콘델Henry Condell이 셰익스피어의 연극을 모아 1623년에 2절로 출판(실제로 그 책이 출판되기까지는 2년이라는 시간이 필요했다)할 생각을 갖게 만들 정도로 매력적이었다.

2절판으로 연극 전집을 출판한 일은 셰익스피어의 아이디어였을 것이다. 헤밍과 콘델은 '아주 다양한 독자들'을 수신인으로 한 편지에서 다음과 같이 적고 있다.

고백하건대 저자가 생전에 자기가 쓴 글을 몸소 정리하고 출판하는 일을 감독하기를 바라는 일은 무척이나 가치 있는 일이지만 일의 운명은 다른 방식으로 정해졌습니다. 게다가 저자는 죽음으로 인해 그러한 권리를 박탈당했습니다. 이에 바라건대 여러분께서는 글들을 모아서 이를 출판하는 임무를 수고와 고통으로 이뤄낸 저자의 친구들을 시기하지 않았으면 합니다.

이 말은 셰익스피어에게 생전에 자신이 쓴 글을 모아서 이를 '정리하고' '감독할' 의도가 있었다는 점을 시사하고 있는가? 이 말은 우리가 아는 셰익스피어가 죽기 전 마지막 10년의 생애와 더 잘 어울린다. 셰익스피어는 비록 왕실 극단 활동을 많이 줄였지만 그들과의 교류를 완전히 단절했다고는 할 수 없다(셰익스피어가 1610년에 블랙프라이어스 게이트하우스 Blackfriars Gatehouse를 구입한 일은 그가 런던의 부동산을 구입한 첫 번째 사례인데 이런 일은 은퇴를 하고 스트랫퍼드로 낙향하려는 의도가 있는 사람이 할 일은 아니다). 만일, 우리가 신화 20에서 살펴볼 것처럼 1610년에 셰익스피어가 배우 생활에서 은퇴했음에도 저작 활동은 계속했다면 그 이유는 출판할 작품을 편집할 시간을 더 갖기 위해서였을 것이다.

고려할 점이 또 하나 있다. 자신의 이름을 딴 옥스퍼드 대학교 도서관의 설립자인 토머스 보들리 Thomas Bodley는 1612년에 고상한 도서관이라면 "하류계급들이 빈둥거릴 때나 …… 여행 다닐 때나 읽는 책"을 소장한다는 것은 있을 수 없는 일이기 때문에 연극 관련 책들을 도서관 소장 도서에서 빼라고 지시했다. 그로부터 11년 후 보들리안 도서관은 서적출판조합 Stationer's Company으로부터 셰익스피어의 첫 2절판 First Folio을 구입해 옥스퍼드 대학교 제본부에 제본을 맡겼다(당시 책은 대부분 미제본 상태로 판매되었다). 연극에 대한 태도에 변화가 생겼기 때문이거나 2절판 연극 전집은 보들리가 소장을 금지한, 별도의 작은 판형으로 인쇄된 "연감, 연극, 포고령"과는 다르다고 간주했기 때문일 것이다.[8] 만일 그렇다면 셰익스피어는 자신의 연극을 개별본으로 출간하는 것보다는 전집으로 출간하는 것에 관심을 보였던 것 같다.

이 신화는 실제로 여러 가지로 나뉜다. '셰익스피어는 자신의 연극을 출판하는 데 관심이 있었다.' '셰익스피어는 자신의 시를 출판하는 데 관심이 있었다.' 그러나 연극 부분은 또다시 나뉜다. '셰익스피어는 자신의 연극을 개별적으로 출판하기를 원했다.' '셰익스피어는 전집을 원했다.' 그러나 정작 셰익스피어 자신은 이 문제를 판단할 증거를 하나도 남기지 않았다.

셰익스피어는 여행을 한 적이 없다?

우리는 셰익스피어가 여행을 했다는 것을 잘 알고 있다. 요즘에는 M40 고속도로를 타면 스트랫퍼드 어폰 에이번(셰익스피어가 태어난 곳)에서 런던(셰익스피어가 활동했던 곳)까지 2시간이면 편하게 갈 수 있지만, 16세기 말에는 꽤 힘든 여행이었다. 17세기 말 민담에 따르면 셰익스피어는 밴베리Banbury를 거쳐서 간 버킹엄셔Buckinghamshire의 그렌던 언더우드Grendon Underwood에서 언어를 재미있는 방식으로 오용하는 순경 한 명을 만났는데 『헛소동』에 나오는 도그베리Dogberry는 바로 이 사람을 모델로 한 것이다.[1] 전해오는 이야기가 하나 더 있다. 셰익스피어가 옥스퍼드를 경유하는 여행을 할 때였다. 하루는 태번Taverne(나중에 크라운Crown으로 개명된다)에 머물면서 융숭한 대접을 받고 있었는데 마침 거기에 와 있던 윌리엄 대버넌트William Davenant와 조우했다는 것이다. 대버넌트는 당시 아직 어린 아이였다. 이 만남 후 존 오브리John Aubrey가 떠돌던 소문을 전했다. 대버 넌트가 "내가 셰익스피어와 동일한 기운으로 글을 쓴다는 이유로 사람들 이 나를 셰익스피어의 아들로 생각하고 있는데, 나는 이것에 충분히 만족 하고 있다"고 말하고 다닌다는 것이었다.[2] 이 두 곳에 실제로 여행을 갔 는지는(더구나 대버넌트의 아버지가 되었다는 신화는) 확인이 안 되지만 어 느 곳을 갔든 도보로 4~5일이 걸리는 여정이었던 것은 분명하다. 그리고 경제적으로 좀 여유가 생겼을 때에는 말을 빌려 타고 다니며 여행 시간을 반으로 줄였을 것이라 추측된다. 우리는 셰익스피어가 극작 활동의 본거 지인 런던과 스트랫퍼드를 얼마나 자주 왔다 갔다 했는지 모른다(신화 14 를 볼 것).

'셰익스피어는 여행을 한 적이 없다'라는 말은 대개 셰익스피어가 영국 밖으로 나간 적이 없다는 말로 이해된다. 실제로 셰익스피어가 외국에 갔다 왔다는 증거는 없다. 그리고 외국으로 가기 위해서는 공식적인 허 가가 필요했기 때문에 실제 외국을 왕래했을 수도 있다는 가정도 성립하 기 힘들다. 동시대 작가 중에서 다른 유럽 국가들을 다녀왔던 작가들은 전문적인 외교적·군사적 임무를 받고 출장의 형식으로 다녀오고는 했 다. 추밀원Privy Council의 편지 한 통에는 케임브리지 대학교의 학생이었던 말로가 정부 일로 추정되는 임무를 받고 "바다 너머 랭스Reams(Rheims)*까 지"[3] 갔다고 나와 있다. 벤 존슨은 1590년대에 저지대 국가들Low Countries 원정군으로 참전했다. 토머스 코리에이트Thomas Coryate**(1611년 출간된 『코

---

* 파리 북동부에 위치한 지역. _ 옮긴이
** 1577~1617. 영국의 여행가 겸 저술가로 도보로 유럽 대륙을 여행했다. _ 옮긴이

리에이트의 미완성품들Coryat's Crudities』)와 파이네스 모리슨Fynes Moryson(1617년
에 세 권의 책으로 출판된『독일, 보머랜드, 스위스, 네덜란드, 덴마크, 폴란드,
이탈리아, 터키, 프랑스, 영국, 스코틀랜드, 아일랜드 등 12개의 왕국을 10년간
여행한 기록이 담긴 …… 여정An itinerary …… containing his ten years' travel through the
twelve dominions of Germany, Bohmerland, Switzerland, Netherland, Denmark, Poland, Italy, Turkey,
France, England, Scotland, and Ireland』)이 쓴 책들에는 그들의 유럽 여행기가 수록
되어 있다. 물론 셰익스피어가 유럽 여행을 했다는 가정은 셰익스피어가
어디에서 무엇을 했는지를 증명할 수 있는 기록이 하나도 남지 않은
1588부터 얼추 1591년 사이의 이른바 '잃어버린 시간'을 채워줄 쓸모 있
는 여러 가정 중 하나인 것은 분명하다.

　셰익스피어가 영국 밖을 나가본 적이 없다면 다음과 같은 의문이 들지
도 모른다. 셰익스피어는 어떻게 외국 장소를, 이를테면『로미오와 줄리
엣』,『베로나의 두 신사』,『말괄량이 길들이기』,『베니스의 상인』,『오
셀로Othello』의 배경인 이탈리아, 그리고『십이야』의 일리리아Illyria(지금의
크로아티아와 슬로베니아),『햄릿』의 덴마크,『겨울 이야기』의 시실리와
튀니지,『실수연발』의 에페수스Ephesus(지금의 터키),『자에는 자로』의 비
엔나,『오셀로』의 키프로스,『페리클레스Pericles』의 지중해, 게다가『템페
스트』에 나오는, 나폴리에서 튀니지로 항해하다 조난을 당해 표류하다가
도착한 '무인도'에 관해서 알 수 있었을까? 심지어 우리는 셰익스피어가
윈저에 가봤는지조차 알지 못한다. 그러나 '셰익스피어가 어떻게 이 지역
들을 알 수 있었는가?'라는 질문에 대한 답은 '셰익스피어가 고대 그리스
(『한여름 밤의 꿈』,『아테네의 타이먼Timon of Athens』,『트로일러스와 크레시다』)
와 고대 로마(『줄리어스 시저』,『코리올라누스Coriolanus』), 고대 이집트(『안토
니우스와 클레오파트라Antony and Cleopatra』), 고대 영국(『리어 왕』과『심벨린』)

혹은 14~15세기의 영국(『리처드 2세』에서 『리처드 3세』까지의 역사극)을 가본 적이 있는가?라는 수수께끼의 답과 동일하다. 답은 이렇다. '셰익스피어는 독서를 통해 책이 데려다주는 곳을 여행했다. 셰익스피어는 이곳들을 가본 적이 없다. 단지 이곳들에 관한 책을 읽었을 뿐이다.'

셰익스피어가 외국 장소를 작품에 등장시키는 데 필요한 지식은 책을 읽기만 하면 쉽게 얻을 수 있는 지식, 혹은 그가 참조한 출전source 이야기의 일부만으로 충분했다. 『로미오와 줄리엣』과 "무대가 되는 아름다운 베로나Verona"(프롤로그 2)의 관련성을 예로 들어보자. 이탈리아 북부에 위치한 도시인 베로나에는 '줄리엣의 집'이라는 관광지가 요즘 인기가 많다. 이 집에도 연극에서처럼 발코니가 있어 연극에서 일어났던 일이 마치 이 집에서 실제로 있어났던 것 같은 느낌을 들게 해 셰익스피어가 이곳에 와서 여기에서 일어났던 일을 배우고 갔을 법하다는 생각을 갖게 만든다. 그러나 이 관광지가 조성된 시점은 연극 이전이 아니라 이후다. 이곳은 일어난 일들을 연상시키려는 목적보다는 베로나라는 장소가 문학과 관련되어 있다는 생각을 갖게 하려는 목적이 더 크다. 2009년 베로나 시위원회는 줄리엣의 집 발코니에서 결혼식을 할 수 있는 '저랑 베로나에서 결혼해요' 이벤트를 시작했다. 참가자들은 연극의 비극적인 결말을 조금도 신경 쓰지 않았다.[4] 셰익스피어가 베로나를 『로미오와 줄리엣』의 배경으로 삼은 이유는 『로미오와 줄리엣』의 주 출전인 아서 브룩Arthur Brooke의 시집 『로메우스와 줄리엣의 비극적 삶The Tragical History of Romeus and Juliet』의 배경이 베로나였기 때문이다. 이 시는 1562년에 초판이 나왔고 1587년에 재간되었다. 그리고 브룩이 베로나를 배경으로 한 이유는 시집의 출전인 이탈리아 작가 마테오 반델로Matteo Bandello가 쓴 단편소설이 베로나를 배경으로 하고 있기 때문이다. 셰익스피어는 브룩의 시를 많이 변형해『로미오의 줄리엣』의 원전으로 삼았는데, 그중에서도 특히 시가 내비치는 도덕적 태도moral temper를 상당 부분 변형했다. 시집의 서문 편지에서 시인은 부모의 말을 거역하는 것, 젊었을 때 육체적 향락에 빠지는 것, "술주정을 하고 미신을 추종하는 (가톨릭) 수도자"에 과도하게 의지하는 것이 어떤 결과를 낳는가를 가르쳐주는 것이 시집의 목표라고 밝히고 있다. "사악한 이가 저지르는 악행은 악마가 되지 말라는 경고를 우리들에게 하고 있다." 원수지간인 두 가문을 다루는 셰익스피어의 연극을 보면서 이런 생각을 하기는 어려울 듯하다. 이 외에도 셰익스피어는 머큐시오Mercutio라는 인물을 추가했다. 로미오의 유쾌한 벗인 머큐시오가 3막에서 "너희 두 가문"을 저주하면서 죽는 장면은『로미오의 줄리엣』의 비극성을 불가피한 것으로 만들고 있다. 그러나 셰익스피어가 바꾸지 않은 것 하나가 있는데 그것은 바로 배경setting이다.

이런 현상은 이탈리아가 배경인 여러 다른 연극의 원전이 되는 작품에서도 마찬가지다. 셰익스피어가『헛소동』의 배경으로 사용한 시실리는 반델로의 작품에서 따왔고(비록 야경꾼은 셰익스피어가 독창적으로 창조한 인물이지만), 베네치아에 사는 유대인 대금업자에 관한 플롯은 피오렌티노Fiorentino가 쓴『바보Il Pecorone』에서 가져온 것이다. 친티오가 쓴『100편의 이야기Hecatommithi』에 나오는 디스데모나Disdemona라는 여성과 결혼한 베네치아의 무어인에 관한 이야기는 나중에『오셀로』에 등장한다.

위에서 언급한 대부분의 연극들에서 작품의 배경이 되는 장소가 구체적으로 특정되는 경우는 상대적으로 많지 않다. 너무나 유명해서 우리가 잘 알고 있는『베니스의 상인』에 나오는 샤일록Shylock의 대사 "거래소the Rialto에서 무슨 소식이라도 있나?"(3막 1장 1)에서 거래소는 근대 초기 베네치아의 상업 구역을 지칭하고 있는데, 이는 베네치아의 유대인 거주 구역인 게토가 작품에서 한 번도 언급되지 않는 것과 같은 맥락에서 봐야한다. 셰익스피어는 베네치아라는 장소와 베네치아의 관습에 정통하지 않은 것처럼 보일뿐더러 연극을 쓰기 위해 그래야 할 필요도 없었다. 우리는 벤 존슨이 『모든 사람 자기 기질대로Every Man In His Humour』를 동시대 분위기에 맞게 개작한 것과 비교해볼 수 있다. 출전 속의 원래 장소였던 피렌체를 당대의 도시를 배경으로 하는 희극들의 배경으로 인기가 있던 런던으로 바꾸는 일은 장소라는 가장 피상적인 요소만 바꾸면 되는 일이었다. 따라서 셰익스피어가 자신이 쓴 연극 속의 장소를 바꿨다고 해도 우리는 존슨의 경우에서처럼 단지 사소한 것만을 바꿨을 거라고 예상할 수 있을 것이다. 종종, 셰익스피어의 작품 속의 장소는 잘 알려진 장소를 아주 조금 변형시키거나 혹은 아주 이따금씩만 변형시킨 것처럼 보인다. 예를 들어 『십이야』에서는 아드리아 해the Adriatic의 어느 한 해변을 배경으로 삼았음에도 명백하게 영국식 이름처럼 들리는 토비 벨치Toby Belch 경이 당시 엄청나게 큰 크기로 유명세를 탔던 기둥이 4개 달린 침대인 '웨어Ware의 침대'를 언급하는 장면이 나온다(그가 "영국에서"(3막 2장 45~46) 겪은 일을 반추하는 행위는 런던 관객들이 이를 알고 있다는 사실에 기대고 있다. 이는 『햄릿』의 마지막 부분에서 덴마크 영토가 분명한 엘시노어Elsinore•를 배경으로 "영국은 미치광이들로 가득한 나라"라는 대사를 넣어 런던의 관객들을 즐겁게 한 것과 유사하다고 볼 수 있다). 안토니오Antonio와 세바스찬Sebastian은 '남쪽 변두리'에 있는 엘리펀트the Elephant라는 이름의 여관에서 묵는데(『십이야』 3막 3장 39) 이 이름은 틀림없이 관객들에게 뱅크사이드에 위치한 동명의 여관을 연상시켰을 것이다(신화 14를 볼 것). 『헛소동』에 나오는

• 덴마크의 항구 도시. _옮긴이

도그베리와 그의 야경꾼들은 시실리 경찰이 아닌 영국 순경을 패러디하고 있다.

비록 지역 희극provincial comedy인 『윈저의 즐거운 아낙네들』를 제외하면 셰익스피어가 동시대 영국 도시를 배경 장소로 삼은 적이 한 번도 없긴 하지만, 외국 장소라는 점이 노골적으로 드러나는 곳을 연극의 배경 장소로 한 작품 역시 하나도 없다. 시간적 시대착오temporal anachronism가 시대를 초월하는 분위기를 만들어내고 있듯 — 고대 로마인들이 시계 타종으로 현재 시간을 가늠하거나(『줄리어스 시저』 2막 1장), 클레오파트라Cleopatra가 무료함을 당구로 달래는 것(신화 3을 볼 것) — 이와 같은 지리적 모호함은 연극 속의 장소가 근대 초기의 런던이라는, 관객들이 잘 알고 있는 세상이 될 수 있음을 의미한다. 이런 장소들은 셰익스피어에게는 자기 작품 속의 배경이 된다. 몇몇 배경 장소는 의도적으로 모호하게 제시된다. 『뜻대로 하세요 As You Like It』에 나오는 숲은 셰익스피어의 전원극pastoral의 출전인 토머스 로지의 『로잘린드Rosalynde』(1590)에 나오는 프랑스 아르덴Ardenne인가? 아니면 근처 워릭셔Warwickshire에 있는 아든Arden인가? 가끔 셰익스피어가 묘사하는 숲에는 영국 숲의 특징이 강조되고 있는 것처럼 보인다. 추방당한 공작은 촌뜨기merry men 무리로 둘러싸인 로빈 후드Robin Hood 같은 존재이고 오드리, 윌리엄, 그리고 아무짝에도 쓸모없는 올리버 마텍스트 경은 누가 봐도 영국인들처럼 보인다. 그러나 올란도Orlando는 "프랑스에서 제일 심한 고집쟁이"(1막 1장 133~134)이고 자크Jaques와 르 보Le Beau는 이름 자체가 프랑스식이며, "초록빛과 금빛이 나는 뱀"이 "젖이 바싹 말라붙은 암사자 한 마리"(4막 3장 109, 115)로 상승되어 결혼의 여신인 하이멘Hymen의 등장으로 환상적인 절정으로 치달을 때 이 연극의 배경 장소는 경이로움과 그럴듯함이라는 실제로는 존재하지 않는 가상의 장소가 되기보다 오히려 우리가 실제로 가볼 수 있는 현실의 장소가 된다.

우리는 이런 사실을 이후의 셰익스피어 연극 공연 역사에서 확인할 수 있다. 예를 들어 『십이야』에서 비올라의 모험이 펼쳐지는 장소인 일리리아는 연출자와 무대 디자이너들의 상상력을 통해 다양한 방식으로 재현되어왔다. 1973년에 리젠트 파크Regent's Park에서 로버트 랭Robert Lang은 이 희극 플롯의 특징인 코메디아델라르테commedia dell'arte적 특징을 강조하기 위해 18세기 베네치아를 연극의 배경으로 사용했다. 또 BBC에서 제작한 TV 영화(1974년 데이비드 자일스David Giles가 감독했다)에서는 가문 사람들의 부유하고 호화로운 삶을 드러내기 위해 존 밴브러John Vanbrugh가 디자인한 바로크풍 시골 저택인 캐슬 하워드Castle Howard를 사용했다. 1979년 왕실 셰익스피어 극단의 공연 때 테리 핸드Terry Hand가 무대를 겨울 분위기가 나도록 연출한 것을 본 어느 비평가는 "폐허가 된 파리풍 광장 밤하늘의 흐릿하고 물기가 많은 보름달"이 연상된다고 평한 적이 있다. 그 이듬해 상영된 TV 영화판에서는 토비Toby 경이 렘브란트Rembrandt 초상화를 연상케 하는 의상을 입은 모습으로 등장하는데 이 모습은 네덜란드 미술 황금기의 거장들을 생각나게 한다. 영화 연출을 맡은 존 케어드John Caird 감독은 고색창연한 나무 한 그루가 주위를 압도하는 '바위 많은 낭만적인 아테네 해변'을 배경으로 선택했다. 한 비평가는 이렇게 재현된 일리리아를 "성장을 거부하는 공작이 살고 있는 네버랜드"라고 불렀다. 이는 알랭푸르니에Alain-Fournier의 잃어버린 왕국Lost Domain(1913년에 처음 출간된 프랑스 고전 소설 『몬 대장Le Grand Meaulnes』에 나오는 곳)을 연상시키고 더 나아가 "일리리아는 우리 모두에게 존재하고 있다"라는 생각으로까지 나아간다. 낸시 메클러Nancy Meckler가 레스터Leicester 시에 있는 헤이마켓 극장Haymarket Theatre에서 이 작품을 공연했을 때(1984) 무대 디자이너 더멋 헤이스Dermot

Hayes는 무너져가는 회랑과 뒤틀린 목공에 장식품만 존재하는 폐허가 되어가는 엘리자베스 1세 시대의 극장이 연상되는 무대를 고안해냈다. 빌 알렉산더Bill Alexander가 왕실 셰익스피어 극단에서 1987년에 공연했을 때 선보인 일리리아는 '태양이 작열하는 아담한 그리스 섬에 어울리게 벽을 온통 하얗게 칠한 …… 광란의 휴가와 성적 탈선에 더 잘 어울리는' 곳이었다. 로열 스트랫퍼드 이스트 극장Theatre Royal Stratford East은 '영국의 인도 통치 막바지 시절 팽배했던 나른하고 퇴폐적인 일리리아'를 만들어내는 상상력을 발휘했다. 연출자 존 고드버John Godber의 헐 트럭 극단Hull Truck Theatre Company은 일리리아를 수도원처럼 외부 세계와 단절된, 학문적 분위기가 물씬 풍기는 장소로 꾸몄다(1989). 핍 브로턴Pip Broughton은 비올라의 상황을 '바나나 나뭇잎들이 흩뿌려져 있는 어느 해변'으로 떠밀려온 것으로 설정했다(Birminghan Rep, 1989). 어느 비평가는 "1900년쯤의 군함 피나포어H. M. S. Pinafore와 루리타니아 해군Ruritania Navy을 섞어놓은 듯한" 모습으로 오르시노Orsino 공작의 궁전을 재현한 것이 그다지 특별할 것도 없다고 평했다. 이언 저지Ian Judge가 1994년에 스트랫퍼드에서 재현한 일리리아는 셰익스피어의 고향 스트랫퍼드와 완전히 똑같았다. 프로펠러 극단Propeller은 일리리아를 '등장인물들이 상복 같은 검은색 의상을 입고 나오는 연옥•의 변방purgatorial limbo'처럼 묘사했다(1999). 미국 워싱턴에서 더글러스 C. 웨이저Douglas C. Wager가 연출한 공연에서는 '부스러진 이오니아식 기둥과 엄청난 크기의 와해된 조상彫像이 있는 호화로웠지만 지금은 폐허가 된 그리스·로마의 사원 터'가 무대였고, 또 다른 작품에서는 '각각

• 기독교 교리에서 지옥과 천국 사이에 있는 장소로 기독교를 믿을 기회를 얻지 못했던 착한 사람이나 세례를 받지 못한 어린아이 등의 영혼이 머무는 곳. _옮긴이

제멋대로 부서진 피아노 여러 대가 있는 뒤틀린 구릉으로 이루어진 곳'에 '눈이 조용히 내리는' 공간으로 꾸며졌다. 2000년에 열렸던 콜로라도 셰익스피어 축제Colorado Shakespeare Festival에서는 1930년대의 할리우드 느낌으로 디자인된 '일리리아'라는 단어가 붉은색 네온 등으로 반짝거리고 있었다.[5] 무대연출 해석이 이처럼 다양하다는 사실은 『십이야』의 무대가 궁극적으로 상상의 영역이라는 뜻이고, 이 연극의 무대는 어떤 종류의 무대든, 즉 사실주의적 무대든 표현주의적 무대든 주제와 인물에 대한 연출자의 생각을 가장 잘 보여주는 무대이기만 하면 된다는 점을 말해준다.

셰익스피어가 연극에 맞게 작품의 배경을 바꿀 때 셰익스피어의 지리학적 무지가 종종 드러난다. 셰익스피어의 이런 오류를 맨 처음 지적한 사람은 벤 존슨이다. 존슨은 『겨울 이야기』에서 셰익스피어가 내륙에 위치한 보헤미아Bohemia를 해변이 있는 장소로 그렸음을 밝혀냈다. 그러나 이것은 셰익스피어가 『겨울 이야기』의 출전인 로버트 그린의 산문 로맨스 『판도스토, 시간의 승리Pandosto, or the Triumph of Time』(1588)에 나오는 두 장소를 서로 맞바꿨기 때문에 생긴 일이다. 그린은 시기심 많은 폭군(셰익스피어의 작품에서는 레온티즈Leontes로 나오는)이 사는 궁의 위치를 보헤미아로, 퍼디타Perdita가 도피 생활을 하는 목가적인 장소를 시실리로 설정했다. 하지만 셰익스피어는 아마도 지형학적인 이유가 아닌 정치적인 이유로 이 둘을 맞바꾼 것 같다. 제임스 1세는 보헤미아를 다스리고 있던 개신교도 황제 루돌프 2세Rudolf II와 정치적으로 강력한 유대 관계를 맺고 있었다. 조너선 베이트Jonathan Bate는 왕들을 맞바꾸고 가톨릭 신도인 시실리의 왕을 "비합리적이고 잔인하고 불경스러운" 인물로 만든 것은 ― 물론 보헤미아의 왕 폴리세넥스Polixenes도 그리 성스럽지 못한 인물로 그리기는 했지만 ― "신중한" 처신이었을 것이라고 주장한다.[6] 『실수연발』에서 사건이 벌어지는 장소를 플라우투스가 쓴 『메나에크무스 형제Menaechmi』의 배경인 에피담누스Epidamnus에서 에페수스로 바꿀 때 셰익스피어는 성경에서 바울이 에페수스인들에게 서한을 보냈던 일을 염두에 두었는데, 특히 에페수스인들이 주술에 빠지는 일에는 물론이고 결혼하는 일에도 바울이 찬성하지 않았던 것을 염두에 두었다. 다시 강조하지만, 에페수스는 실제 여행을 통해서 나온 장소가 아니라 독서를 통해 얻은 문학적 장소이다.

사실 셰익스피어에 관한 이와 같은 질문의 근저에 자리 잡고 있던 것은 그의 지리적 리얼리즘이나 그 밖의 특성에 관한 의문이 아니었다. 그보다는 오히려 '저작권authorship 의혹'(신화 30을 볼 것)에 관한 논쟁의 뼈대가 되어온 그 무언가였다. 셰익스피어의 연극 같은 작품을 쓰기 위해서는 외국 장소에 대한 직접적인 지식이 필요하다고 종종 주장해온 반스트랫퍼드주의자Anti-Stratfordians•들은 셰익스피어가 외국 장소를 직접 경험했다는 증거가 없기 때문에 셰익스피어가 아니라 유럽을 다녀온 어느 누군가가 셰익스피어의 연극을 썼을지 모른다고 주장해왔다. 셰익스피어 정전의 저자authorship가 자신이라는 옥스퍼드 백작 에드워드 드비어의 주장이 가능한 이유는 그가 젊었을 때인 1750년대에 여행을 많이 했다는 사실 때문이다. 다만 이 경우 몹시 난해한 문제가 생기는데 그것은 바로 '무시해도 될 정도의 변변찮은 문학 재능을 지닌 옥스퍼드 백작이 어떻게 이 모든 업적을 이루었는가?'를 설명하는 것이다. 만일 셰익스피어의 이력이 우리에게 '외국에 가본 적이 없더라도 그곳을 배경으로 하는 위대한 연극을 쓰는 것은 충분히 가능하다'는 메시지를 전해주는 것이라면, 옥스

• 셰익스피어가 썼다고 알려진 작품들이 사실 스트랫퍼드 어폰 에이번의 셰익스피어가 아닌 다른 인물이 썼다고 주장하는 사람들을 일컫는 말이다. 이들이 진짜 저자라고 주장하는 인물로는 프랜시스 베이컨, 크리스토퍼 말로 등이 있다. _ 옮긴이

퍼드 백작은 우리에게 확증적인 암시를 주고 있는 셈이다. 여행 경험이
반드시 위대한 작품을 만들어내는 것은 아니라는.

셰익스피어의 연극은
정치적으로 올바르지 않다?

　요즘의 기준으로 보면 엘리자베스 1세 시대의 연극은 분명하면서도 불쾌하게 정치적으로 올바르지 않다. 권리를 박탈당한 소수자들은 세상 어느 곳에나 존재하기 마련이다. 흑인, 여성, 유대인, 가톨릭 신자, 하인, 신세계New World 거주민들, 동물들이 그렇다. 이번 신화에서 이루어질 논의는 셰익스피어의 연극이 인류애적인 초월적 비전으로 그가 살던 당대의 이념ideology을 넘어서는지, 아니면 당대 문화의 지배적인 규범에 (기쁜 마음으로 혹은 불편한 마음으로) 동조하는지, 혹은 그 둘을 나누는 경계 울타리에 올라 앉아 있는지를 밝히는 데서 그치지 않을 것이다. 이와 함께 셰익스피어의 연극에 나오는 소수자들을 공감의 눈으로 바라볼 수 있는 우리의 능력이 연극이 갖고 있는 실재성actuality과 잠재력 때문인지 아니면 우리의 21세기의 욕망이 반영되었기 때문인지도 함께 고민해볼 것이다.

사냥이라는 분명하고도 직접적인 예를 가지고 논의를 시작해보자. 엘리자베스 1세 시기에는 여우 사냥과 산토끼 사냥 모두 여가 활동이자 역병을 억제하는 기본적인 수단이었다. 물론 여우 사냥과 산토끼 사냥만 있었던 것은 아니고 사슴 사냥도 있었다. 셰익스피어의 머릿속에 있는 사냥은 언제나 사슴 사냥이었고 그는 아무 잘못도 없이 희생당하는 동물들에 대한 연민을 드러낸다. 학살된 맥더프Macduff의 자식들은 "죽임을 당한 사슴들"(『맥베스』 4막 3장 207)로 묘사되어 있다. 강간당한 라비니아는 "말이나 사냥개"가 아니라 강간범에 의해 궁지로 몰린 "우아한 사슴"으로 묘사된다(『타이터스 앤드러니커스』 2막 2장 25~26). 무해하고 귀먹었으며 쇠약해진 줄리어스 시저는 도륙되었다. "용맹한 심장을 가진 자여, 그대는 이제 더 이상 도망칠 곳이 없소. 그대를 잡아갈 사냥꾼들이 여기 서 있소. 오, 세상에나. 그대는 이 수사슴에게 숲과 같았소. 여러 귀족에게 잡힌 사슴처럼 그대는 어쩌다가 여기 쓰러져 있단 말이오"(『줄리어스 시저』 3막 1장 205~211. 심장heart과 수사슴hart을 이용한 언어유희pun는 당시 흔했다). 나이든 공작Duke Senior은 아르덴 숲Forest of Ardenne에서 사슴을 죽인 것에 양심의 가책을 받으며 괴로워한다[이 대목에서 셰익스피어는 정치적인 발언을 한다. 사슴을 자신들의 땅에서 피 흘리며 부당하게 죽어가는 "토박이 주민native burghers"으로 묘사하기 때문이다(『뜻대로 하세요』 2막 1장 22~25)]. 『사랑의 헛수고』의 프랑스 왕자 역시 양심의 가책으로 인한 괴로움을 토로한다(4막 1장 24~35). 16세기에 이와 같은 동정적인 반응은 예외적인 것이었다. 주목할 만한 또 다른 예를 찾는다면 모어Thomas More, 에라스무스Desiderius Erasmus, 그리고 몽테뉴 정도만이 여기에 해당될 것이다.[1] 따라서 이러한 일련의 증거들의 지향점은 명확하다. 셰익스피어는 일관되게 동정적인 자세를 취했고, 이런 태도는 당시의 지배적인 규범과 상반된다.

『말괄량이 길들이기The Taming of the Shrew』에서 말괄량이 캐서린은 여러 동물로 묘사된다. 그녀는 말벌이 되었다가, 들고양이가 되었다가, 뒤쥐shrew가 된다(뒤쥐는 작은 포유동물인 동시에 입심 좋은 여자에 대한 은유이기도 하다). 이 연극이 여성에 대해 어떤 태도(특히 히로인인 캐서린에 대한 태도)를 갖고 있는지를 평가하기는 어렵다. 이 연극의 제목이 플롯을 분명하면서도 직접적으로 요약해서 보여주는 듯하다. '활달한 여성이 자신의 성격을 죽였다.' 말괄량이를 길들인다는 이야기는 산문, 발라드, 그리고 연극 ― 영국 연극사를 보면 이는 연작 신비극mystery cycle에 나오는 노아Noah의 아내로까지 거슬러 올라간다 ― 에서 자주 나오는 전형적이고 코믹한 주제다. 그러나 비평가들이 주목하듯 셰익스피어의 말괄량이는 이전의 말괄량이들보다 좀 더 동정적으로 묘사된다. 자신이 말을 하는 이유를 설명하는 캐서린의 독백soliloquy은 짧다. 그녀는 말한다. "내 혀는 가슴속의 울분을 토해내야 해요"(4막 3장 77). 울분? 그녀는 울분의 이유를 정확히 밝히지 않는다. 우리로서는 그저 여성에 대한 고정관념을 가리키는 것이리라 추측할 뿐이다. 연극 초반부에 그녀는 여동생인 비앙카가 너무나 유순하다고 투덜댄다. 그녀는 비앙카의 행동에 대해 이렇게 말한다. "저 애의 **침묵**이 저를 더 화나게 해요" ― 루센시오는 자신이 비앙카의 '**침묵**'과 '얌전한 행동'을 사랑하게 되었다고 말했다 ― (2막 1장 29, 1막 1장 70~71, 고딕체는 저자의 강조). 캐서린의 독백은 계속된다. "억지로 참으면 내 가슴이 터질 거예요"(4막 3장 78). 코펠리아 칸Coppélia Kahn이 지적하듯, 캐서린은 말하는 것이 '그녀의 생존을 위해 심리적으로 필요한 일'이라고 주장하고 있는 것이다.[2] 캐서린의 대사는 신랄하면서 직관으로 가득하다.

이를 통해 알 수 있듯 셰익스피어는 극이 시작할 때부터 여성을 향한 이분법적 관점을 제시한다. 사회는 여성을 말이 없는(그러므로 결혼 상대로 적합한) 여성과 말이 많은(그러므로 결혼 상대로 부적합한) 여성으로 구분한다는 것이다. 캐서린에 대한 동정심을 분명히 드러냈음에도, 마지막 장면에서 캐서린은 자신의 본분을 다하는 여성으로 묘사된다. 긴 대사(그녀의 대사 중 제일 길다)를 통해 그녀는 아내란 모름지기 남편에게 복종해야 한다고 설명한다. 이 대사는 요즘 관객과 독자에게는 불편하게 들린다. 그리고 연극에서는 비평가들 못지않게 이 부분을 다양한 방법으로 합리화한다. ① 이것은 역설을 이야기하는 것 같다. 비록 그녀가 남성은 열심히 일하고 여성은 남편의 말을 따르는 호혜적인 관계를 묘사하는 것처럼 보이지만, 사실 이 연극에서 그녀가 묘사하는 것처럼 행동하는 남성은 하나도 없기 때문이다(반박: 극장에서 43행의 분량으로 역설을 제시하는 것은 불가능하다). ② 이것은 진정한 사랑 같다. 캐서린은 그녀를 길들인 사람과 사랑에 빠진 것이다(반박: 잔인함을 통해서도 사랑이 주입될 수 있는가?). ③ 이것은 일종의 연기performance 같다. 캐서린은 그저 내기에서 이기기 위해 연기하는 것뿐이다. 이는 영리한 절충 같기도 하다. 캐서린은 자기가 원하는 일(말하는 것speech)을 하면서 연극을 끝맺는다. 이제 사회적 용인을 받으며 자기가 하고 싶은 일을 할 수 있는 방법을 발견했기 때문이다. 만일 남편이 발언을 허락하거나 명령한다면, 그녀는 43행에 걸친 분량으로 말할 수 있게 된 것이다(반박: 이것은 피로스의 승리Pyrrhic victory•가 아닌가? 남들 앞에서 유순하게 행동하기만 하면 둘만 있을 때 자유를 얻을 수 있다는 것은 캐서린 개인에게는 좋은 일일지 몰라도 여성 전체의 입장에서 생각

• 명목상으로는 이겼지만 패배한 것이나 다름없을 정도로 큰 피해를 입고 얻은 승리. _옮긴이

하면 썩 바람직한 일이 아닐 것이다). ④ 이것은 기존의 페르소나가 의미도 없고 수용될 수도 없다는 것을 깨닫게 된 캐서린이 새로워졌고, 시야도 넓어졌으며, 행복해졌다는 것을 보여주는 증거 같다(반박: 여성은 오직 남성의 도움을 받아야만 자아를 발견할 수 있다는 주장은 모욕이 아닌가?). 작은 글씨로 '반박'이라고 제시한 반론들이 보여주듯 이 마지막 장면이 우리의 관점을 어느 방향으로 이끄는지는 분명치 않다. 엘리자베스 1세 시대 사람들은 이를 어떻게 바라봤을까? 이 질문의 답은 존 플레처가 1611년에 쓴, 『말괄량이 길들이기』의 속편 격인 『길들인 자 길들여지다The Tamer Tamed』를 살펴보면 찾을 수 있을 것이다. 이 연극에서 페트루치오는 캐서린이 죽자 두 번째 아내를 맞아들이는데, 이 여성은 결혼하자마자 남편에게 누가 위인지를 알려준다. "당신은 여자를 길들이는 사람으로 유명하지요." 페트루치오의 호전적인 새 아내가 남편에게 말한다. "게다가 용감한 아내를 박살내는 것으로도 악명이 높지요. 이제 한 여자가 당신이 가진 그 명예들을 없애려고 합니다"(1막 3장 266~268).[3] 이와 같은 플롯은 엘리자베스 1세 시대 사람들이 『말괄량이 길들이기』를 '지배하는 남편과 길들여지는 아내'라는 결말로 끝나는 작품으로 인식했다는 것을 보여준다. 플레처가 쓴 속편에서 이런 입장은 반대가 된다. 만일 이것이 사실이라면, 『말괄량이 길들이기』에서 캐서린이 승리했다고 보는 여러 해석들은 그저 『말괄량이 길들이기』처럼 도덕적으로 입맛에 맞지 않는 당대의 연극을 재활시키려는 우리의 욕망을 반영하고 있는 셈이다. 여기서 '당대'라 함은 1590년대를 가리킨다.

셰익스피어의 기념비적인 인물인 『베니스의 상인』의 유대인 대금업자 샤일록은 1590년대를 살던 실제 인물들의 삶과는 거리가 멀다. 비록 역사학자들이 엘리자베스 1세 시대 런던에서 유대인들이 소규모 비밀 공동

체를 구성해 살았다는 증거를 찾아내었다 해도, 타국에서 떠돌이 생활을 하기 시작한 13세기 이래 영국에서 자신을 유대인이라고 대놓고 말하며 살던 유대인은 없었다. 사실 샤일록이 연극에 나오는 장면은 기껏해야 다섯 장면에 지나지 않는다. 하지만 그는 이 연극 전체에서 얼마 되지 않는 자신의 역할을 초월해 유대인이라는 문화적인 존재감을 드러냄으로써 이 연극에서 가장 두드러진 인물이 되었다. 친구 바사니오에게 갚아야 할 돈이 없었던 안토니오는 샤일록에게 돈을 꾼다. 돈을 돌려받은 바사니오는 "굉장한 유산을 물려받은 여성"(1막 1장 161)인 벨몬트Belmont의 포샤Portia에게 구애를 하고 싶어 한다. 샤일록과 안토니오 사이에는 적의가 없다. 샤일록은 바사니오에게 "쌓이고 쌓인 원한"이 있음을 밝히고 다음과 같이 선언한다. "난 저놈이 기독교도라서 밉단 말이야"(1막 3장 45, 47). 안토니오는 자기가 적에게 침을 뱉어 쫓아버렸음을 흔쾌히 털어놓는다. 고리로 돈놀이를 하는 샤일록 같은 사람에게는 그렇게 해도 된다고 믿어 의심치 않는다(1막 3장 128~135). 여기에서 셰익스피어의 기교는 내부에서 바라보는 외부자의 입장을 우리에게 보여주는 데 맞춰져 있다. 우리는 샤일록이 단순히 희극 악당comic villain으로만 묘사되었을 때 얻을 수 있는 정보 이상으로 그 인물과 성격을 알 수 있다. 샤일록은 이 연극이 행복한 결말을 맺기 위해서 반드시 넘어뜨려야만 하는, 흥을 깨는 인물 blocking figure이라는 전통적인 역할을 하는 동시에 낭만적인 희극에서의 가능자enabler 역할도 하고 있다. 즉, 한편으로는 (제시카Jessica에게) 억압하는 아버지이면서, 또 다른 한편으로는 (바사니오에게 간접적으로) 돈 많은 아저씨 같은 존재이다. 샤일록은 제시카가 기독교도인 로렌조와 눈이 맞아 사랑의 도피를 하면서 자신의 돈을 탕진한 일을 말할 때 잃어버린 터키옥 반지 이야기를 꺼낸다. "내가 총각 때 레아에게서 선물로 받은 건데, 나로서는 수천만 마리의 원숭이와도 바꾸지 않을 물건이지"(3막 1장 120~122). 샤일록의 어조는 감상적이다(우리는 이때 말고는 레아에 관해서 전혀 들을 수 없다. 그리고 편집자들이 레아가 샤일록의 죽은 아내라고 주장해도 우리는 이를 확신할 수 없다. 이는 신화 29에서 논의한 것처럼 등장인물들을 실제 인물처럼 보이게 만드는 그러한 모호한 영역 중의 하나다).

샤일록은 연극의 주요 해석 공간interpretative space을 점유함으로써 연극에서 그에게 지정된 역할을 계속해서 뛰어넘는다. 『베니스의 상인』을 공연하거나 텍스트로 읽는 행위는 공히 '샤일록이 어떤 동기로 그와 같은 행위를 했을까?'라는 질문의 답을 찾으려는 노력이다. 샤일록을 강제적으로 개종시키는 4막의 장면을 보며 희열을 느끼는 것과 같은 반유대주의적 태도를 가지고 이 연극을 읽는 경향도 분명 존재했지만, 19세기 말 이래 샤일록을 세상에서 상처받은 아웃사이더로 동정하는 태도에서 이 연극을 읽는 경향도 매우 흔했다. 이후 나치의 홀로코스트Holocaust 이래로, 당연한 일이지만 샤일록을 인종적으로 유형화된 악당racially typed villain으로 재현하는 것은 불가능해졌다. 이는 매우 올바른 일이다. 비록 극작가 아널드 웨스커Arnold Wesker 같은 사람들이 애초에 이 작품은 공연되어서는 안 된다고 주장했지만 말이다. 사실 『베니스의 상인』은 나치 정권의 총애를 받았던 작품은 아니다. 물론 독일의 작가들과 사상가들이 오래전부터 셰익스피어의 작품과 관계를 맺어온 덕에 셰익스피어의 작품은 민족주의에 입각해 외국 예술 작품을 판단하던 히틀러 치하의 제3제국Third Reich의 정책으로부터 어느 정도 보호를 받을 수 있었다. '아리아인Aryan' 남자와 결혼하는 제시카가 샤일록의 친딸이 아니라는 식의 복잡한 각색을 거쳐야만 공연이 가능하기는 했지만 말이다(나치 정권은 『코리올라누스』가 갖고 있는 남성적 군국주의와 냉정함을 더 좋아했던 것처럼 보인다).

또한 『베니스의 상인』에는 포샤에게 "내 얼굴의 색 때문에 나를 싫어 하지는 말아요"(2막 1장 1)라고 말하는 모로코의 흑인 왕이 등장한다. 같은 모로코 출신인 오셀로는 이런 말을 『오셀로』의 배경이 되는 베네치아의 시민들에게 할 필요가 없다. 베네치아 공작은 오셀로를 적의 침략으로부터 베네치아를 구할 장군으로 예우하며 신뢰한다. 도시가 위험에 처했을 때 상원은 우선 오셀로에게 도움을 청한다. 그리고 원로원 의원인 브라반시오는 오셀로를 자기 집으로 ('종종') 초대해 오셀로의 무용담을 청해 듣는다. 그러나 5막에 이르면 에밀리아Emilia는 자신의 안주인이자 오셀로의 아내인 데스데모나가 "이런 더럽기 짝이 없는 남편을 너무 소중히 하셨어"(5막 2장 192)라고 불평할 수 있게 된다. 이와 같은 진술은 일정 부분 인종 혼합miscegenation이 이 비극의 근본적인 요인이라는 견해를 갖게 만든다.

지중해가 배경이 되는 도시에서 벌어지는 지리적·성적 정치학이 합쳐진 작품인 『오셀로』는 1590년대와 1600년대 초기에 유행했던 여행 연극travel play과 많은 관련성이 있는 것으로 보인다. 저자 미상 작품인 『토머스 스터클리 경Sir Thomas Stukeley』(1605)과 『영국 3형제 여행기The Travels of the Three English Brothers』 ─ 1607년에 존 데이John Day, 윌리엄 롤리William Rowley, 조지 윌킨스George Wilkins 공저로 출간되었다 ─ 같은 연극들은 실화에 바탕을 두고 있다. 그 외 작품들, 예를 들어 토머스 헤이우드의 『서쪽에서 온 아름다운 처녀The Fair Maid of the West』 ─ 출간된 해는 1631년이지만 1597년에서 1603년 사이에 쓰인 것으로 추정된다 ─ 는 순수하게 허구에 바탕을 둔 작품이다. 모든 작품이 유럽 바깥 지역을 여행 또는 모험하는 이야기이거나 그 지역에 동화되어 살았던 체험기들이다. 『영국 3형제 여행기』에는 3형제가 나오는데 그중 한 명은 오스만 제국의 공주와 결혼해서 딸 하나를 두었다.

이런 연극들은 기독교도가 실질적으로든(개종이나 할례) 은유적으로든('외국에서 살다가 죽는다'는 표현) 투르크인이 될 때 정체성에 가해지는 위협을 탐구한다(『투르크인이 된 기독교도A Christian Turned Turk』는 로버트 대본Robert Daborne이 1612년에 쓴 연극의 제목이다). 또한 이 같은 연극들은 이국의 흑인 여성이 백인 남성을 성적으로 유혹해 파멸로 이끌 때 가해지는 신체적인 위협을 탐색한다. 『오셀로』에서 셰익스피어는 이런 경향을 좇으면서도 한편으로는 이것을 뒤집는다. 『오셀로』는 한 아프리카인의 유럽 여행을 다룬 연극인 동시에 무슬림이 기독교도가 되는 과정을 다룬 연극이다. 『오셀로』에서는 흑인 여성이 아니라 백인 여성이 이국의 여성 타자가 되고 비극은 그녀의 성애sexuality 때문이 아니라 정절 때문에 발생한다. 진 하워드Jean Howard가 주장하듯 『오셀로』의 독창성은 유럽인의 관점에서가 아니라 아프리카인의 관점에서 타자의 경험을 관찰했다는 점에 있다.[4]

유사한 일이 『토머스 모어 경Sir Thomas More』 — 『오셀로』와 거의 같은 시기에 쓰이고 개작되었다. 최근에 『토머스 모어 경』을 편집한 존 조엣John Jowett은 이 작품이 쓰인 시기를 1600년쯤, 개정된 시기를 1604년쯤으로 판단한다 — 에서도 발견된다. 『토머스 모어 경』은 두 가지를 다루고 있다. 첫째, 런던으로 이주해온 사람들 — 외국인들을 부르는 말인 '이방인들strangers'이라는 단어는 당시에는 지금보다 훨씬 더 강한 의미를 담고 있는 말이었다 — 을 다루고 있고, 둘째, 토머스 모어 경의 죽음을 다루고 있다. 연극의 전반부에는 폭동을 일으킨 런던 사람들을 모어가 진정시키는 장면이 나온다. 모어는 입장을 바꿔서 생각해보자고 제안한다. 그는 상황이 뒤집혀 폭동을 일으킨 런던 사람들이 추방되는 일이 벌어질 경우 어떤 일이 생길지 한번 상상해보면 흥분이 가라앉을 것이라고 말한다. 이 대사는 1604년에 셰익스피어가 추가했다.

당신들은 어디로 갈 수 있겠소? 대체 어느 나라가 당신들의 잘못을 알고서
도 당신들에게 피난처를 제공하겠소? 프랑스로 혹은 플랑드르로 갈 수 있
을 것 같소? 아니면 독일 땅 어느 곳? 아니면 스페인이나 포르투갈로? 아
니, 영국 땅 아닌 곳으로는 절대 갈 수 없소. 당신들은 이방인들이 될 수밖
에 없을 것이오. 기껏 간 곳이 끔찍스러운 야만의 폭력이 난무하는 그런 나
라라면 당신들이 좋아하겠소? 대지 위에 당신들이 머무를 곳을 제공할 수
도 없고, 당신들의 목을 벨 혐오스러운 칼을 갈 뿐이며, 개처럼 당신들을
쫓아버릴 것일 따름이오…….

이런 취급을 받는다면 당신들은 어떻게 생각하겠소? 이방인들이나 이런 취
급을 받는 것이오. 이것이 지금 당신들이 보이는, 산속에 사는 사람들 내면
의 야만적인 무자비함이란 말이오.

가필Add. 2막 6장 141~156

사실 모어는 다음과 같은 말을 하고 있는 것이다. 당신들 내면의 플랑
드르인들의 목소리를 들어라. 이방인의 관점에서 생각해보라. 잘 쓰이지
않는 형용사 "산속에 사는mountainish"이 이런 식의 입장 맞바꾸기를 완벽하
게 구현하고 있다. 이 단어는 무지몽매하거나 문명화되지 않은 산속 사
람들을 연상시켜 타자성을 자아에서 찾게 한다. 이런 기교는 우리가 셰
익스피어의 작품에서 계속해서 봐온 것이다. 이를 통해 우리는 상상으로
소수자나 박해받는 사람의 관점에 감정이입을 할 수 있게 된다.

하지만 소수자들이 비판적으로 묘사될 수도 있다. 예를 들어 『줄리어
스 시저』와 『코리올라누스』에 나오는 마음이 수시로 바뀌는 군중이나,
새 주인만 모시면 자유로워질 거라고 생각하는 『템페스트』의 노예 캘리
번 같은 인물이 여기에 해당한다.

물을 막아 생선을 잡지 않을 거고, 아무리 명령해도 땔나무를 하지 않을 거

야. 상도 안 닦을 거고, 설거지도 안 할 거야.

번, 번, 캘리번에게 새 주인이 생겼어. ― 새로 하인을 구하시지.

얼씨구, 자유로구나!

2막 2장 186~192

셰익스피어가 정치적으로 올바른지 올바르지 않은지를 결정하는 일이
어려운 이유 중 하나는 셰익스피어가 정치적 올바름을 두 가지 방식으로
사용했기 때문이다. 『코리올라누스』와 『줄리어스 시저』의 현대 공연에
서는 역모를 꾸미는 자들을 압제에 맞서 자유를 위해 싸우는 투사들로 묘
사하거나 귀족들을 비민주국가에서 자신들의 이익만을 좇는 고위층으로
묘사하는 식의 화제 만들기topical costuming를 통해 연극의 정치적 입장을 중
립화하려는 노력을 해왔다. 그러나 셰익스피어의 작품에는 정치적 입장
의 중립화가 좀 더 섬세하게 진행되고 있다. 시저에게는 공화정을 해체
하면서까지 왕이 되고자 하는 절대적 열망이 있었나? 알 수 없다. 왜냐하
면 그 장면은 단지 언급될 뿐 보이지 않기 때문이다.

이 작품들처럼 정치적으로 매우 민감한 연극 몇 편을 뽑아 그 작품들
속에서 역사적 특수 상황으로 인해 문제가 되는 민감한 부분들을 빼버리
는 재맥락화recontextualize 과정 또한 가능하다. 남성 전용 극단인 프로펠러
극단이 에드워드 홀Edward Hall의 연출로 최근에 공연한 『베니스의 상인』은
무대를 현대식 감옥으로 설정했다. 수감자들은 교도관에게 알리지 않거
나 교도관으로부터 승인을 받지 않고 『베니스의 상인』을 무대에 올린다.
교도관들이 순찰을 돌 때는 바닥 걸레질을 하는 척하다가 교도관들이 지
나가면 연극을 이어나간다. 그러나 죄수들로 구성된 이 아마추어 극단은

응집력이 강한 집단이 아니었다. 연기자들은 제도화된 정치권에서 흔히 보이는 '권력을 휘두르는 그룹'과 '그들에게 희생당하는 그룹'으로 불평등하게 나뉘어 있었다. 희생자 그룹은 유대인 역할을 했고, 권력을 휘두르는 그룹은 기독교도 역할을 했다. 이 때문에 이들이 공연한『베니스의 상인』은 소수자 그룹과 다수자 그룹 간의 대결과 행동에 관한 것처럼 보인다. 갈등 상황에 있는 그룹들이 서로 경쟁하는 축구팀 서포터들인지, 인종 관련 갈등 그룹인지, 혹은 종교 관련 갈등 그룹인지는 거의 문제가 되지 않는다. 그들이 공연한 연극은 정치적 위계에 따라 종교의 혹은 인종의 정치학을 드러낸 것이 아니라 감정이 어떻게 작용하는가를 드러냈다.

이것은 셰익스피어의 연극이 정치적 올바름에 관한 논의를 초월하고 있음을 시사하고 있는가? 아니면 셰익스피어의 연극을 정치적으로 올바르지 않은 것으로 만드는 존재는 다름 아닌 바로 우리라는 점을 말해주고 있는가? 확정적으로 말하기는 불가능하다. 신화 22에서 논의하겠지만 셰익스피어의 작품이 공연용이나 독서용으로 지속적으로 우리의 관심을 끄는 이유는 일정 부분 상이한 시대를 사는 사람들에게 말을 걸면서 상이한 시대의 상이한 것들을 의미하고 있기 때문이다. 셰익스피어는 엘리자베스 시대를 살던 사람인 동시에 우리와 같은 시대를 사는 사람이다.

셰익스피어는 가톨릭교도였다?

17세기 스페인의 바야돌리드Valladolid에 소재한 영국 예수회 대학인 성 알반St. Alban's 대학교의 검열관은 도서관에서 소장 중인 셰익스피어 전집의 수정 작업에 착수했다. 신학생들이 읽어도 문제가 없도록 연극 전집에 나오는 부적절한 구절을 삭제한 것이다. 특히 외설스러운 유머가 들어 있는 구절이나 "올란도의 키스는 성스러운 빵처럼 매우 신성한 감촉을 줘요"(『뜻대로 하세요』 3.4.12~13)라는 로잘린드의 견해처럼 가톨릭 교리를 가볍게 취급하는 듯한 구절, 또는 더 실질적으로 『존 왕』에서 교황의 특사인 판덜프에게 보이는 불경 표현 등을 없앴다. 『자에는 자로』는 섹스와 협박에 의한 강압, 초짜 수녀와 윤리적으로 애매모호한 가짜 수사가 주인공으로 나오는 셰익스피어의 지저분한 이야기인데, 이 이야기는 특정 구절만 수정하는 것이 불가능했다. 결국 책에서 열두 장이 통째로 찢겨나갔다. 비평가 조지 윌슨 나이트George Wilson Knight는 종교적으로 문제가 많은 이 연극에 기독교 분위기가 가득하다고 해석했는데, 아마 이 가톨릭 검열관이 나이트의 이런 해석을 읽었다면 놀랐을 것이다. 나이트의 해석으로는 개화된 인간으로서 공작이 보여주는 통찰력과 기독교 윤리는 "예수님과 정확히 일치"하며, 이 극은 종교적 알레고리나 우화[1]로 읽혀야 한다. 이 극에 대한 윌슨 나이트의 분석에 따르면 이 극은 2절판에서 찢기기는커녕, 성 알반 대학교 신학생이 반드시 읽어야 할 필독서가 되어야 한다.

『자에는 자로』에 대한 이 같은 상반된 견해는 셰익스피어의 극이 종교적으로 얼마나 다양하게 해석되는지를 보여주는 지표로서, 셰익스피어의 극에 드러난 종교가 주로 읽는 독자의 눈에 크게 좌우된다는 사실을 암시한다. 사실 셰익스피어의 삶과 작품에 관한 종교적 논의에는 대부분 편파적인 교리와 이데올로기적 의도가 들어 있기에, 이 논의의 대상인 셰익스피어만큼이나 종교적·세속적 지지자들에 관해 많은 사실을 알려준다. 그러나 지난 20년간 셰익스피어 자신이 어떤 종교를 믿었느냐 하는 질문이 전기와 비평의 주류를 이루었다. 지금은 (편파적인 종교 비평가가 아닌) 딤나 캘러헌Dympna Callaghan이 인정한 것처럼, "셰익스피어가 개신교의 국가 시인이라는 오래된 가정은 아마도 전혀 사실이 아니"[2]라는 결론에 이르렀다.

수 세기 동안 셰익스피어 자신이 종교개혁 이후 구교인 가톨릭에 계속 충성했다는 이야기가 떠돌았다. 세 가지 주요 논의가 자주 인용된다. 첫번째는 셰익스피어 부친의 신앙에 관한 증거이다. 이 자료는 18세기 중반에 한 노동자가 스트랫퍼드의 헨리Henley 가街에 있는 집의 서까래에서 발견한 것으로, 이후 셰익스피어 연구가인 에드먼드 멀론Edmund Malone이 이를 보고 필사했다. 이 자료는 후일 유실되었는데, 멀론은 그게 가짜였다고 의심했다. 최근 셰익스피어 센터Shakespeare Centre 기록 보관 담당자인 로버트 베어만Robert Bearman은 그 증거에 관해 가장 현명한 평가를 내렸다. 멀론의 의심이 아마도 맞을 거라는 것이다. 콜린 버로Colin Burrow는 이를 매우 무미건조한 말투로 표현한다. "셰익스피어는 가톨릭교도일 수도 있고 아닐 수도 있다. 그러나 사실이라기에는 너무나 완벽한 문서가 정확하게 당신이 발견하고 싶은 지점에서 발견되었다가 기이한 상황 속에서 사라졌다면, 그것은 너무나 완벽해서 사실일 리가 없다."[3] 손실된 이 증거에 따르면 존 셰익스피어John Shakespeare는 "죄인의 피난처이자 변호자이며 예수님의 어머니인 영광스러운 성모 마리아"를 자신의 "여자 유언 집행인"이라 부르면서 이 전통적인 신앙에 불멸의 충성을 맹세했다. 이 증거가 가짜라 할지라도, 선견지명이 있었다. 이 증거가 발견될 당시만 해도 비슷한 증거가 전혀 없었지만 20세기에 들어서 유사한 증거를 담은 또 다른 문서가 발견된 것이다. 처음 문서가 정말 있었다면, 이는 아마도 1580년 에드먼드 캠피언Edmund Campion이 예수회에서 선교용으로 영국에 들여온 형판의 내용에 토대한 것으로 보인다. 이 가톨릭교도의 신앙 선언은 1592년 예배 불참으로 벌금을 낸 존 셰익스피어의 행동이 영국 국교에 대한 교리적 반항이라는 의심에 타당성을 부여하는 것 같다. 물론 셰익스피어의 부친이 사업상 끔찍하게 많은 부채를 지고 있었고, 이로 인해 채권자들을 피하고 있었다는 설명도 가능하긴 하다. 그러나 셰익스피어가 가톨릭교도였다는 이론을 지지하는 자들은 그 부채가 교회에 나타나지 않는 가톨릭 신자들이 늘 하는 변명이라고 주장한다. 또한 성공회에 반대하는 다른 가톨릭교도처럼 존 셰익스피어 역시 당국의 재산 몰수로부터 자기 재산을 감추려 했다고 주장하기도 한다. 표면상 많은 빚은 실은 그의 계략이었다는 것이다. 셰익스피어가 편애한 딸 수재나Susanna가 마찬가지로 1606년에 벌금을 냈다는 사실은 가톨릭에 대한 이 가족의 충성심을 말해주는 것 같다. 셰익스피어 자신은 영국 국교를 기피했다는 이유로 벌금을 부과받지 않았는데, 이는 흥미로운 사실이다.

세 번째 주장은 1580년대 동안 셰익스피어가 영국 국교를 거부한 (가톨릭교도인) 랭커셔Lancashire 주의 호톤Hoghton 가문 소속의 '배우' 내지 가정교사였던 '윌리엄 셰익섀프트William Shakeshaft'라는 것이다. 그러나 셰익스피어라는 이름은 지금도 북부 지방에서 흔한 성으로, 셰익섀프트와 혼동할 수 없다는 점을 인정해야 할 것이다. 스티븐 그린블랫Stephen Greenblatt은 셰익스피어가 예수회 선교사인 에드먼드 캠피언과 만났을 거라고 짐작한다. "셰익스피어는 그(캠피언)가 매력적인 인물이라고 생각했을 것이다. …… 사춘기 청년이 자기 앞에 무릎을 꿇었다면, 그는 왜곡된 자기 이미지를 보았을 것이다." 우리는 셰익스피어가 랭커셔에서 살았는지 아닌지 확인할 수 없으므로 이 매력적인 시나리오는 별로 신빙성이 없으며, 하물며 셰익스피어가 이즈음 캠피언을 만났을 가능성은 더욱 없다.[4] 물론 셰익스피어의 교사였던 존 코텀John Cottom이 그 지역과 강하게 연결된, 또한 영국 국교를 거부하는 그 지역의 전통과 강하게 연결된 인물이었고, 코텀 덕분에 셰익스피어가 북부의 국교 반대파와 가까워졌을지도 모른다. 어쩌면 지방의 가톨릭 귀족이 호톤과 관련된 스트레인지 극단Strange's Men의 첫 연기 작업에 셰익스피어를 초빙했을지도 모를 일이다. 그러나 이 두 가지는 모두 확인할 길 없는 '가정'에 의존하고 있다.[5] 수익성 좋은 교육 및 관광 일정에 랭커셔 지역을 포함시키려는 학자들이 최근 이 모든 이론을 적극 주장했는데, 그렇다고 해서 반드시 이 주장이 옳다고 뒷받침

해주는 것은 아니다.

16세기 후반, 영국 내에서 가톨릭은 곤경에 처했다. 1570년에 교황 비오 5세Pius V가 엘리자베스 1세를 파문한 이후, 가톨릭 신도들은 내부적으로 위험한 적이자 맹렬한 탄압의 대상이 되었다. 이 때문에 이런 생각과 이미지가 셰익스피어의 연극에 은밀하게 내포되어 있다는 발상은 매력적이었다. 클레어 애스퀴스Clare Asquith의 『그림자 연극: 윌리엄 셰익스피어가 감춘 신앙과 암호 정치Shadowplay: The Hidden Beliefs and Coded Politics of William Shakespeare』는 냉전 동안 '러시아 반체제 인사들의 작품에 사용된 교묘한 이중 언어와 숨겨진 정체성'에 대한 저자의 관찰에서 그 기원을 찾을 수 있다. 애스퀴스는 그녀의 '암호어' 사전을 셰익스피어 작품에 담긴 '오랫동안 잊어버린, 거의 외국어 같은' 암호화된 가톨릭교를 '해독해내는 입구'라고 묘사한다. 헤라클레스는 셰익스피어가 좋아한 '저항을 나타내는 반종교개혁 이미지'이며, 붉은 장미는 "여러 가지 목적에 사용되지만 특히 '아름다운' 구교를 나타내기 위해 가톨릭교도가 사용하는 이미지"이고, '폭풍우tempset'는 종교개혁을 나타낸다. 첫 2절판 초두에 『템페스트』를 배치한 것은 '정치적 공세Blitz'나 '소란'이라는 단어가 현대 독자에게 그렇듯이 이 책에 정치적인 부제를 부여해준다.[6] 모든 암호 해석이 그렇듯, 이 모든 것 역시 미심쩍게 보일 수도 있다. 셰익스피어 사극에 등장하는 붉은 장미는 이미 『헨리 6세Henry VI』에서 요크와 랭커스터 지지자들 간의 템플 가든 장면처럼, 종교적 연합이라기보다는 강하게 뭉친 정치적 연합의 특성을 지닌 것으로 해석되기 때문이다. 주지하다시피 "우리가 장미라 부르는 것은 달리 불러도 향기로울 것이다"(『로미오와 줄리엣』 2막 1장 85~86). 비록 애스퀴스의 이론이 베이컨의 암호학(신화 30을 볼 것)만큼이나 크게 유명해지지는 않았지만, 문학 텍스트를 다양한 해석이 가능한 시라기보다 해독해야 할 암호로 생각했다는 점에서 이 저자는 반스트랫퍼드주의자들의 특이한 독창성을 공유했다고 할 수 있다. 『셰익스피어의 비밀Secret Shakespeare』에서 리처드 윌슨Richard Wilson이 했던 주장은 이와 비슷하면서도 다른 것이다. 그의 주장에 따르면, 셰익스피어는 그 당시 벌어진 종교 논쟁에 가담하지 않고 '침묵으로 드라마'를 썼다. 윌슨의 추측에 따르면, "타인의 의식 속에 침투해 들어가는 셰익스피어의 무한한 재능은 궁극적으로 자기 망각을 복화술로 이야기하는 위대한 영국 가톨릭교도의 행동과 비슷한 …… 기능을 하고 있다".[7] 셰익스피어 극에서 그의 사적인 면모가 보이지 않는다는 게리 테일러의 지적처럼, "자기 존재를 그렇게나 지워버린 데에는 여러 가지 동기가 있을 것이다. 그렇게 지속적으로 이상한 행동을 고집하는 것은 분명 상궤에서 어긋난다. 그러나 '(자신에 관한) 핵심적 신비를 뽑아내려는' 사람들로부터 자신을 보호하려 했던 것은, 법률상 반역죄로 규정된 가톨릭 지지자들이라면 충분히 이해할 만한 행동이다".[8]

또한 셰익스피어가 자신의 글에서 종교적인 주제를 분명히 언급하지 않았다는 사실도 주목할 만하다. 그는 종교시 따위는 쓰지 않았다(난해한 『불사조와 산비둘기The Phoenix and the Turtle』라는 시를 암호 같은 가톨릭 진혼곡이라고 주장하지 않는다면 말이다. 분명 이 시는 셰익스피어가 이제까지 쓴 시 중에서 가장 모호한 시이다). 종교적 주제나 인물을 다룰 때, 분명 셰익스피어는 교리보다 연극으로서의 목적을 추구한 것 같다. 『로미오와 줄리엣』에 등장하는 서투른 수사Friar나 『헛소동』의 더 위엄 있는 수사, 『겨울 이야기』의 결말에서 숨 쉬는 허마이오니의 '동상'을 따라 하는 마리아의 메아리, 또는 『존 왕』에서 교황의 '찬탈된 권위'와 '곡예하는 마법'에 대한 태도를 감안할 때 작가 자신의 신앙을 논리적으로 표현했다고 보기는 어렵다(3막 1장 86, 95). 작품에서 가톨릭을 언급했다는 것은 종교 작품이 아닌 연극을 만들었다는 뜻이다. 대체로 세속적인 극장에서는(종종 극단용 소품으로 구입한) 의상을 갖고 전통적인 가톨릭과 관련된 집단 전시와 의식이라는 사회적 기능을 했지만, 그 종교적 의미를 변화시켰기 때문이다.[9]

이 책의 다른 신화(10, 12, 18)에서 논의될 전기와 작품 간의 관계처럼, 셰익스피어의 글에서 그가 어떤 종교를 믿었는지 알아내려는 것은 특정 의제에 맞춰 자료를 선별하려는 경향을 보인다. 좋은 예로 『햄릿』이 있다. 즉, 셰익스피어는 여기서 어떤 특정 입장을 지지한다기보다 종교적 연상을 어디까지 할 수 있는지 그 범위를 그리려는 것처럼 보인다. 햄릿은 비텐베르크 대학교 학생이며, 이곳은 종교개혁가인 마르틴 루터Martin Luther(그리고 가톨릭에 강력히 반대한 햄릿의 선배 격인 말로의 파우스트 박사)와 밀접한 연관이 있는 지역이다. 햄릿은 정통 개신교 용어를 써서 죽음을 "그 경계에서 어떤 여행자도 돌아가지 못하는 미지의 나라"(3막 1막 81~82)라고 설명한다. 그러나 햄릿 자신은 분명히 가톨릭에서 말하는 연옥에서 돌아온, 가톨릭교도인 부친의 유령을 만났다. 그 연옥이란 "내가 본성을 따르던 시절에 저지른 나쁜 죄들이 다 타서 씻길 때까지 일정 시간 동안 밤에는 걸어 다닐 운명이고 낮이면 뜨거운 불 속에 묶여 금식해야 하는 곳이다"(1막 5장 10~13). 존 셰익스피어가 남긴 영적 유언을 묘사한 그린블랫은 햄릿이 극작가 자신처럼 가톨릭교도였던 아버지의 유령에 쫓기는 영국 국교도라고 본다. 한편으로 그는 셰익스피어가 연극에서 "전前 가톨릭교도이자 현現 성공회 신자로, 두 종교를 다 불신하는 것처럼 보인다"는 사실에 주목했다.[10]

사실 셰익스피어가 가톨릭교도였을 거라고 추측하는 가장 강력한 증거는 실은 셰익스피어에 관한 것이 아니라, 16~17세기의 수정주의 역사에 관한 것이다. 위로부터 아래로 종교에 복종하라는 하향식 주장을 받아들이는 대신, 사학자들은 광범위한 증거, 즉 가정이나 교구에서 성공회 관습을 택한 것이 예전에 생각하던 것보다 훨씬 더 점진적이며 불완전한 변화였다는 방대한 증거를 꼼꼼한 재검토로 알아냈다. 가령 데이비드 크레시는 수많은 교구의 사례를 수집했는데, 이 교구들에서는 공식 개혁정책에 반대해 계속 교회 종을 울리거나, 성수반을 옮기라는 정부의 강권 dictats을 거부했다(침례받을 때 쫓겨난 악마가 나가기 쉽게 교회 문 근처에 성수반을 놓는 것이 가톨릭의 '미신'이었다).[11] 그중 일부 교구에서는 분명한 원칙과 정보를 갖고 새로이 시작된 성공회에 저항했다. 하지만 그중 많은 교구에서는 대체로 매사를 예전대로 두기를 더 좋아했으며, 어떤 관습을 허용하고 어떤 관습을 허용하지 않을지에 관해 뭔가 불확실했다. 결국 16세기 중반의 종교적 격변기를 거쳐 사제들은 대부분 있던 자리에 그대로 남게 되었다. 그리고 우리는 지배적인 성공회 신도의 관점에서 근대 초기 영국의 종교사 회고를 중단했다. 셰익스피어와 동시대인들이 인정했듯이, 16세기 가톨릭과 개신교라는 양극단을 왕복하는 진자 운동의 추가 어디서 멈출지는 확실치 않았다.

누군가의 기억 속에서 …… 우리에게 한 왕자가 있었는데, 그 왕자는 스스로 만든 법으로 교황의 권위를 폐지했지만 또 다른 시기에는 교황의 신앙을 지켰다. 우리에게 아이가 하나 있었는데, 그 아이는 자기가 좋아하는 법으로 교황의 지위는 물론 고대 종교를 몽땅 폐지시켰다. 우리에게 한 여성이 있었는데, 그녀는 개신교도들을 다시 복원시켰다가 그들을 가차 없이 처벌했다. 마지막으로 지금 폐하가 된 그녀는 오래전에는 똑같은 법으로 두 쪽 다 폐지하더니 이제는 개신교도들에게 가혹했던 다른 왕들처럼 가톨

릭교도들을 엄격히 처벌하고 있다. 그리고 약 30년에 이 모든 기이한 일들이 벌어졌다.[12]

최근 대다수의 셰익스피어 전기 작가는 이러한 종교적인 고쳐쓰기를 보면서 스트랫퍼드 어폰 에이번의 처치Church 가街에 세워진 길드 교회Guild Chapel를 연상한다. 셰익스피어가 태어나기 직전에 페인트를 칠했던 그 교회 실내는 다시 흰색 덧칠을 했다. 7년 뒤, 시 당국은 스테인드글라스 창문을 부수고 깨끗한 창으로 바꾸었다. 이 지역의 우상 파괴는 셰익스피어가 사는 동안 가톨릭과 성공회의 종교적 정체성이 중복되었음을 알려준다. 제임스 샤피로James Shapiro의 표현처럼, "셰익스피어가 은밀히 가톨릭교도였다거나, 반대로 주류 성공회 신도였다는 주장은 본질을 놓친 것이다. 교리적으로 극단적인 소수만 빼면, 그런 명칭은 여왕부터 민중에 이르기까지 엘리자베스 시대 사람들이 실제로 믿는 신앙의 다양한 특징을 잘 모르고 하는 말이다". 이 흰색 덧칠 밑에 남은 옛 페인트의 흔적은 두 신앙이 공존했었다는 사실을 상징적으로 보여준다.[13] 이런 식으로 표현하자면, 이 과도기적인 엘리자베스 세대와 함께 햄릿과 셰익스피어는 다음 경험을 공유했다. 종교개혁 전에 태어나서, 엘리자베스 지배 후반기에 가톨릭에 열렬히 반대하던 시대를 온몸으로 겪고, 자식들에게 제임스 1세의 새로운 종교 정치학, 즉 영국 국교를 물려준 가톨릭교도 아버지들이 겪은 경험 말이다. 셰익스피어가 믿은 종교는 사사로운 개인의 문제라기보다 당대의 교리적 변화와 불확실성, 그리고 중첩된 가톨릭과 영국 국교를 한 장의 스냅사진처럼 보여준다. "예전에 달콤한 새들이 지저귀던, 이제는 폐허가 된 텅 빈 합창단석"(소네트 73: 4)이라는 표현은 영국 수도원 건물의 잔해 속에서 개인이 느끼는 문화적 향수라기보다 보편적인 향수를 단적으로 요약해준다.

최근 20년 이상 근대 초기 연구에서 '종교에 의존'하는 비평이 보편적인 형상이었다. 이렇듯 지적 기후가 변한 덕에 셰익스피어가 가톨릭교도인가 아닌가 하는 오래된 질문을 재검토하게 되었다. 그러나 이 변화에는 자체적인 이데올로기적 의제나 대중문화 속의 16세기 종교적 정치가 포함되어 있다. 예를 들어 C. J. 샌섬C. J. Sansom의 탐정 소설이나 TV 시리즈 〈튜더스The Tudors〉, 〈엘리자베스Elizabeth〉라는 영화(세카르 카푸르Shekhar Kapur 감독, 1998)에 묘사된 엘리자베스 시대는 현재 종교적 근본주의에 대한 우리의 두려움을 나타내는 역사적 비유가 되었다. 아마도 셰익스피어에게 회의론자나 세속주의자의 면모가 얼마간 있었다는 것이 가치 있는 결론일 것이다. 즉, 열렬한 비밀 신도였기 때문이 아니라, 무언가 다른 세계관 때문에 신앙 문제에 침묵했던 셰익스피어의 면모 말이다. 철학자인 조지 산타야나George Santayana는 작품 속에서 기독교를 직접 언급한 셰익스피어의 발언을 몇 개 찾아 이렇게 결론지었다. "셰익스피어의 입장에서 볼 때 종교의 선택이란, 기독교와 아무것도 아닌 무無 사이의 선택이었다. 그는 둘 중에서 무를 선택했다. 즉, 그는 생사의 기로에 놓인 자신의 주인공과 자기 자신에게 속세에서 시사하고 이해할 수 있는 것 말고는 아무 철학도 남기지 않기로 했다."[14] 셰익스피어가 실존적인 20세기의 선구자라는 강력한 실증주의적 재해석은 맥베스의 절망적 분석에서 발견된다.

내일, 그리고 내일, 그리고 내일이 매일매일 이렇게 느릿느릿 기어온다. 기록된 시간의 마지막 음절까지⋯⋯.
그것은 소리와 분노에 가득 찬, 바보의 이야기이다. 아무 의미 없는.

5막 5장 18~27

최근 셰익스피어가 가톨릭교도인가 아닌가를 논하는 논쟁처럼 산타야나의 이런 해석은 익숙한 주장이다. 즉, 우리 스스로 믿고 싶은 대로, 아니면 믿고 싶지 않은 대로 셰익스피어를 찾는다는 것이다. 비평적 관심과 전기적 관심의 균형은 셰익스피어가 가톨릭교도라는 쪽으로 기울어졌다. 적어도 그런 균형이 현재의 종교적 입장뿐 아니라 정치적 입장, 그리고 셰익스피어 개인의 의식적 입장을 일부 나타내기 때문이다. 이로 인해 셰익스피어라는 인물을 엿보게 된다. 단지 부와 재산을 쌓아가는 셰익스피어가 아니라, 분명히 내적 갈등을 겪고 양심과 투쟁하며, 자신의 심신 보호 차원에서 스스로 만들어낸 메커니즘으로 글을 쓰는 셰익스피어라는 인물을 말이다. 이 모델에서 가톨릭교는 특정 교리에 충성하듯 기존 가치를 다른 각도에서 본 시인의 개인적인 주장이자 반항 행위로서 기록된다. 셰익스피어가 가톨릭 신자였느냐 아니냐 하는 문제에 분명히 답할 수는 없지만, 우리 독자들이 그가 가톨릭 신자였기를 바랐다는 사실만큼은 확실히 단언할 수 있다.

셰익스피어의 극에는 무대 배경이 없다?

우리가 아는 무대 배경(장면을 전환시키려고 위에서 내려오거나 양옆에서 들어오는, 배경이 그려진 넓은 판자)은 프로시니엄 무대proscenium stage*에서 만들어진 것이다. 셰익스피어의 배우들은 돌출 무대에서 공연했다. 그 명칭이 암시하듯, 이 무대는 강당 앞으로 돌출되어 있다. 관객들이 삼면을 에워싼 무대에는 옆면이 없다. 프로시니엄 무대는 17세기에 프랑스에서 들여온 것이다. 영국에 국왕이 없던 시기**에 프랑스로 망명했던 왕당

---

* 전면부에 거대한 아치와 커튼을 설치하고 그 안쪽에서 공연을 하는 무대. _옮긴이
** 제임스 1세를 이어 즉위한 찰스 1세는 의회와 마찰을 일으켰고 이는 전쟁으로 이어졌다. 이 전쟁에서 승리한 의회는 1649년에 내전을 일으킨 죄로 찰스 1세를 처형했고 이후 영국에서는 찰스 2세가 즉위하는 1660년까지 공화정이 이루어졌다. _옮긴이

파는 프랑스 궁정 스타일의 연극을 즐겼는데, 그들이 왕정복고기에 영국으로 돌아오면서 프랑스 극장의 관행도 함께 들여왔다. 엘리자베스 시대의 극장 관행은 모두 없어졌다. 셰익스피어 시대의 극장은 다양한 계급의 사람이 즐겼던 반면(신화 13을 볼 것), 왕정복고기의 극장은 부르주아적이었다. 엘리자베스 1세 시대에는 소년들이 여자 역할을 한 반면에 왕정복고기의 극장에서는 여배우들이 등장한다. 그리고 셰익스피어 극은 야외 원형 극장에서 공연되었다(왕실 극단이 실내 블랙프라이어스 극장과 야외 글로브 극장에서 철마다 교대로 공연했던 1608년 이후를 빼고). 반면 왕정복고기의 극은 실내 프로시니엄 무대에서 공연되었다. 따라서 왕정복고기의 새로운 미학과 무대 스타일에 맞춰서 셰익스피어의 극 역시 바뀌게 되었다.

무대 배경이 17세기에 나온 것이라면, 어떤 장면이 어디서 일어나는지를 알려주는 무대 지문은 18세기에 나온 것이다. 1709년 니컬러스 로는 최초로 셰익스피어 작품의 학술판을 만들었는데, 이 판에는 셰익스피어의 삶과 경력이 소개되어 있다. 이 판을 계기로 한꺼번에 여러 판이 나왔다. 1725년에 알렉산더 포프Alexander Pope•의, 1726년과 1734년에 루이스 시어볼드Lewis Theobald의, 1743~1744년에 토머스 핸머Thomas Hanmer의, 1747년에 윌리엄 워버튼William Warburton의 판본이 나왔다. 이 편집자들은 오늘날 셰익스피어 판에 남아 있는 무대지문을 많이 도입했다. 그러나 그들의 무대는 그들 소유의 극단처럼 컸고 엘리자베스 시대의 관행을 반영하지 않았다. 니컬러스 로의 『자에는 자로』 1막 1장은 '궁전'에서, 2장은 '거리'에서, 3장은 '수도원'에서, 4장은 '수녀원'에서 일어난다. 19세기가 되

• 18세기 영국 최고의 풍자 시인. _ 옮긴이

면 숲 장면이나 다른 쪽 숲 장면을 명시한 『뜻대로 하세요』의 판본들을 보게 된다. 그러나 셰익스피어 당시의 극은 궁전이나 숲에서 공연된 것이 아니다. 그 극들은 아무것도 없는 무대에서 공연되었다. 장면 도입 덕분에 장면 전환을 명시하는 무대 지시를 도입할 필요가 생겼다.

우리가 아는 대로 엘리자베스 1세 시대 극장에는 무대 배경이 없었지만, 무대를 설정하는 방법은 여러 가지가 있었다. 극장 매니저인 필립 헨즐로는 1598년의 소품 목록inventory에 — 아마도 말로의 『파우스트 박사』에서 메피스토펠레스와 파우스트의 방문하는 — '로마 시ᵐ'를 포함시켰다. 마찬가지로 다른 야심찬 소품('태양과 달이 그려진 천')은 어떻게 배경을 표현했는지를 보여준다. 그러나 헨즐로의 소품 목록에 이러한 배경 그림들이 자주 등장하지는 않는다. 그의 목록에는 보통 큰 소품이 더 많다. 탄탈루스의 나무, 아이리스를 위한 무지개, 여러 개의 (귀도의 무덤, 디도의 무덤처럼 주인에 따라 구별되는) 무덤, 큰 말(아마 트로이 연극에 필요한 트로이 목마), (말로의 『몰타의 유대인』을 위한) 가마솥, (『파우스트 박사』를 위한) 용, (마찬가지로 아마도 『파우스트 박사』를 위한) 지옥문 등의 소품 말이다.

엘리자베스 시대 무대에는 머리 위로 '하늘'이 펼쳐졌다(천장에 황도 12궁을 그렸기 때문이다). 그 12궁에는 소품과 사람들이 내려올 수 있는 권양기winching를 보관했다. 무대 뒤 중앙에 있는 문이나 여러 개의 문으로 침대처럼 큰 소품을 들여놓거나 치울 수 있었다. '침대를 앞으로 민다'는 표현은 흔한 무대 지시였다(제독 극단에 소속되었던 필립 헨즐로의 1598년 소품 목록에는 '침대 1개'가 포함되어 있다). 주요 소품은 사실적인 배경 장면을 통해 우리가 어디에 있는지를 알려준다.

또한 작은 휴대용 소품과 의상도 장소를 일러준다. 거울과 빗은 여자의 (가끔은 남자의) 방이라는 사실을 알려준다. 누군가 실제로는 없는 가공의 빵 부스러기를 냅킨으로 터는 모습은 등장인물이 방금 저녁 식사를 마쳤음을 일러준다. 박차 달린 구두spurred boots는 여행 장면을 나타낸다. '침대에서', '사냥에서', '감옥에서', '서재에서' 등 인물의 등장을 알리는 무대 지시는 의상과 작은 소품을 이용해 장면을 알려준다. 잠옷은 침대를, 손목에 앉은 매는 탁 트인 들판을 암시한다. 수갑은 감옥을 의미하며, 테이블 위에 놓인 책은 책장이라는 배경을 의미한다.[1] 그러나 이런 예에서 보듯, 장면 설정상 가장 중요한 도구는 배우의 몸이다. 냅킨으로 옷에 묻은 빵 부스러기를 털거나, 저녁 식사를 하다가 방금 일어난 것처럼(토머스 헤이우드,『친절하게 살해된 여인A Woman Killed with Kindness』 2막 1장 181) 장면을 설정해주는 것은 소품보다 배우의 행동이다. 이 예에서 이 냅킨이 진짜 있었는지, 아니면 '있는 척'하고 연기했는지는 분명치 않다.

셰익스피어 극에는 무대 지시가 별로 없다. 일반적으로는 그가 자기 극단의 주주였기 때문에 직접 지시를 내릴 만한 입장이었던 것으로 설명된다. 따라서 상세한 무대 지시가 반드시 필요하지는 않았다. 이 설명이 맞을 것이다. (주주가 되기 전의) 초기 연극과 후기 연극(그가 반쯤 은퇴했을 때, 게이트하우스를 구입하려고 주식을 매각했을 즈음인 1610년?)에 무대 지시가 더 자세히 나온다는 것은 주목할 만한 사실이다. 가령『템페스트』의 엄숙하고 이상한 음악, (눈에 보이지 않는) 꼭대기에 있는 프로스페로, 연회에 데려온 몇몇 이상한 인물들의 등장, 부드럽게 절하고 주위에서 춤추면서 왕에게 음식을 권한 다음 퇴장하는 인물들(3막 3장. 여기에서는 2절판 TLN* 1535~1538에서 인용). 그러나 그 시대 가면극의 특징도 상세한 무대

• 'through line-numbering'의 약자. 희곡의 맨 위, 즉 첫 행부터 세었을 때 몇 번째 행인지를 나타낸다. _ 옮긴이

지시이다. 그의 후기극 속 가면극의 특성은 아마도 여기에 신세를 지고 있는 듯하다. 그리고 엘리자베스 1세 시대 작가들은 보통 유연하게 무대 지시를 내렸다. 로버트 그린의 『아라곤의 알폰소스Alphonsus of Aragon』 끝에는 이런 무대 지시가 나온다. "비너스의 퇴장; 또는 편하게 무대 꼭대기에서 의자를 내려 그녀를 이동시켜라"(LL. 2109~2110). 그저 'OO의 퇴장'을 언급하는 엘리자베스 1세 시대 연극 속의 많은 무대 지시 뒤에는, 마찬가지로 모종의 상상력이 배어 있는 것 같다.

큰 소품이나 내려오는 의자와 더불어, 엘리자베스 1세 시대 무대는 매우 시각적이었다. 1년도 안 되어 쓰인 조지 필George Peele의 『알카사르 전투Battle of Alcazar』와 크리스토퍼 말로의 『탬벌레인 대왕Tamburlaine』에는 모두 멋진 전차 장면이 있다. 작은 무대에서 이런 장면이 미치는 극적인 효과를 과소평가하지 말아야 한다. 1989년에 템스 강 남쪽 둑에 위치한 로즈 극장이 발굴되었을 무렵, 그 극장에 작은 마름모형 무대가 있었다는 사실이 밝혀졌다. 뒤쪽 무대 너비가 11.43미터이고, 앞쪽으로 갈수록 점점 가늘어져 7.54미터가 되며, 깊이는 4.72미터였다(이후 엘리자베스 1세 시대의 재건 작업으로 무대를 더 북쪽으로 옮겼지만, 크기는 별반 바뀌지 않았다). 전차에 올라탄 탬벌레인은 야심만만한 비전에 관해 18행짜리 연설을 한다. "아직 무한한 지식을 추구하면서, 불안한 장소에 있는 것처럼 계속해서 이동한다"(2막 7장 12~29). 그 순간 그는 신성神聖을 향해 올라가는 신新플라톤주의자처럼 말한다. 그러나 협소한 로즈 극장 무대에서 할 수 있는 것이라고는 오로지 무대를 한 바퀴 도는 것뿐이기에, 무대 장면은 연설의 효과를 반감시킨다. 즉, 관객들은 지속적인 상승을 듣지만, 전혀 올라가지 못하는 인물을 볼 뿐이다. 따라서 소품은 무대 설정에 도움이 되지만, 배경 그림과는 달리 소품은 또한 주제상 극의 의미에 통합될 수 있다(신화 27을 볼 것).

『헨리 5세』의 프롤로그를 읽다 보면 이 작품이 할리우드 영화로 만들어지길 바라던 셰익스피어의 모습이 떠오른다는 농담이 있다. "우리가 말 이야기를 하면 말이 보인다는 걸 생각해봐"(프롤로그 26, 신화 26을 볼 것). 4막의 합창곡에서는 이렇게 사과한다. "우리는 낡고 닳은 무기 네다섯 개를 들고, 보기 짜증이 날 정도로 우스꽝스럽게 치고받으면서, 아쟁쿠르Agincourt•전투의 이름에 먹칠을 할 겁니다"(4막 0장 49~52). 그러나 막상 극장에 가보면 당신은 이것이 겸양의 표현이라는 것을 깨닫게 될 것이다. 셰익스피어는 분명 기사를 묘사해내는 자신의 언어 능력과 4~5개의 무기로 장대한 전투를 보여주는 배우들의 연기력을 철저히 믿었다.

셰익스피어 극은 배우의 몸, 특히 행진이나 절차의 시각적 효과나 장면 설정에 관심이 있다. 『타이터스 앤드러니커스』의 시작 부분에서 특별히 자세한 장문의 무대 지시는 그 무대가 어떻게 보여야 하는지를 보여준다(다음은 4절판에 나오는 지시를 그대로 옮긴 것이다).

드럼과 트럼펫 소리, 다음에 타이터스의 두 아들이 들어온다. 그다음 두 명의 남자가 검은 천으로 뒤덮인 관을 메고 들어온다. 다음으로 다른 두 명의 아들들이 입장하고, 그러고 나서 타이터스 앤드러니커스 입장. 다음으로 고트족의 여왕인 타모라 및 카이론과 드미트리우스라는 두 아들(실은 알라부스까지 세 명의 아들)이 들어온다. 다음에는 무어인 아론이 최대한 많은 사람들과 함께 들어온다. 그런 다음 관을 내리고 나서 타이터스가 말한다.

• 프랑스와 영국이 백년전쟁을 벌이던 중인 1415년에 프랑스 북부 아쟁쿠르에서 벌어진 전투. 헨리 5세 지휘하의 영국이 대승했다. _ 옮긴이

이 장면은 의식을 알리는 소리(드럼과 트럼펫 소리)로 시작된다. 행진의 순서가 '다음', '다음'이라는 단어로 정확하게 연출된다. 공간 표시 마커처럼 이 '다음'은 동시에 시간의 연속을 알리는 마커 역할을 한다. "그런 다음 관을 내리고"라고 액션이 구체적으로 명시된다. 그런 다음에야 연설을 듣게 된다. 셰익스피어는 무대의 그림에 매우 집중하고 있다. 몇 년 전의 『헨리 6세 1부』는 장례 행렬로 시작된다. 세 명의 전령이 연이어 무대로 달려와 프랑스 영토를 잃어버렸다는 나쁜 소식을 전하면서 이 행렬이 중단된다. 행사(『헨리 6세』의 장례식, 『타이터스』의 개선식)와 분위기(둘 다 의례적이다)를 정해 장소를 나타내는 장면, 이 두 가지가 시작 장면의 예다.

시작 장면에 이 두 가지가 다 적용되는 것은 아니다. 요크 공작 부인이 반역자 아들, 오멀 공작을 용서해달라고 새로 즉위한 헨리 4세에게 무릎 꿇고 간청할 때, 무릎 꿇는 모습이 『리처드 2세』의 전체 장면 구조다. 또한 그녀의 남편인 요크 공작은 그 반역자를 처벌해달라고 간청하면서 헨리 왕에게 무릎을 꿇는다. 공작 부부는 둘 다 헨리 왕이 소원을 들어줄 때까지 일어나지 않는다(실은 그들이 자기 발로 일어났는지 분명치 않다. 셸던 지트너Sheldon Zitner에 의하면, 우리는 셰리든Sheridan의 '평론가: 무릎 꿇고 퇴장The Critic: Exit kneeling'[2]이라는 무대 지시를 들여와야 한다). 셰익스피어는 연설을 그냥 쓴 게 아니고, 머릿속에서 무대의 그림을 그려가면서 쓴 것이다. 그리고 『타이터스』, 『헨리 6세 1부』, 『리처드 2세』의 무대는 장면보다 배우의 몸으로 만들어진다.

많은 현대 공연은 배우의 몸으로 얻어지는 화려한 시각적 효과를 보여준다. 『두 귀족 친척』이라는 배리 카일의 연극 덕분에 1987년, 스트랫퍼드의 스완 극장Swan Theatre이 문을 열었다. 이모젠 스텁스는 간수의 딸 역할을 맡았고, 미치광이를 연기하는 첫 장면에서 물구나무선 자세로 무대 오른쪽 뒤에서 입장했다. 그 상태에서 그녀는 미치광이 노래를 부르며 대각선 방향, 즉 프로시니엄 무대의 왼쪽 앞까지 이동했다. 이는 그저 기억에 남는 장면을 넘어서, '어떤 특수 효과'보다도 확실하게 온통 뒤죽박죽인 미친 여자의 세계관을 표현해준다. 무대 위 배우의 몸은 특별한 효과를 빚어낸다. 메피스토펠레스가 두 명의 광대를 원숭이와 개로 바꿀 때, 말로는 『파우스트 박사』에서와 마찬가지로 창의적인 방식으로 배우의 몸을 활용한다. 그런 변화는 동물을 잘 흉내 내는 배우의 능력에 달려 있다.

그러나 셰익스피어에게는 마음대로 다른 장면을 설정하는 재주가 있었는데, 그 재주란 바로 언어이다. 그는 종종 장소 이야기로 장면을 시작한다(그 때문에 그의 연극은 라디오방송극으로도 잘 전달된다). 『십이야』에서 바다에서 난파된 비올라가 "친구들, 여기가 어느 나라에요?"라고 묻는다. "이곳은 일리리아입니다, 아가씨"라고 선장이 비올라와 관객에게 대답한다(1막 2장 1~2). 이 무대에서 누가 비올라이고 누가 선장인지 모르며, 비올라나 선장의 이름도 모른다. 하지만 우리가 있는 장소, 이것 한 가지는 알 수 있다. "걱정스러운 무거운 생각을 쫓으려면 여기 이 정원에서 어떤 놀이를 생각해야 할까?"라고 『리처드 2세』(3막 4장 1)에서 여왕이 묻는다. "음, 여긴 아르덴 숲이군요" 하고 『뜻대로 하세요』(2막 4장 13)의 로잘린드가 말한다. 이 두 행은 어조 — "음huh"은 로잘린드가 아직 감동하지 않았음을 보여주는(혹은 학구적 놀라움을 드러내는) 정확한 표현이다 — 와 장면을 설정해준다.

『한여름 밤의 꿈』에서도 여기저기 똑같은 것이 보인다. "우리 리허설에 아주 좋은 장소가 여기 있네"라고 피터 퀸스Peter Quince가 3막 시작 부분에서 말한다. "이 작은 녹색 땅이 우리 무대가 될 테고, 이 산사나무 덤불은 우리의 쉼터가 되겠지"(3막 1장 2~4). 이 행은 경제적인 장면 설정이 아니라, 농담처럼 한 말이다. 이 농담에서 셰익스피어는 예술적 기교로 장면을 설정하는 자신의 방식과 기계적으로 장면을 드러내는 방식을 대조시킨다. 촌극에서는 달빛을 끌어들이는 것 말고는(더 정확히는 배우가 달속에 사는 사람을 연기하도록 하는 것 말고는) 밤에 일어나는 장면을 나타낼 방도가 없고, 진짜 벽 외에는 연인의 만남을 방해하는 장벽을 나타낼 방도가 없다. 셰익스피어는 이렇게 기계적인 접근법으로 리허설하는 모습을 익살맞게 표현한다. 왜냐하면 퀸스가 무대에 적합하다고 지시한 작은 녹색 땅은 사실 그가 작은 녹색 땅이라 정한 것 말고는 아무것도 없는 무대이며, 그가 쉼터라 부른 산사나무 덤불도 실제로 관객과 배우들의 상상속에만 있기 때문이다. 이렇듯 그의 경력 초기에도, 셰익스피어는 관객앞에서 곧이곧대로 무대를 재현하는 대신 그 대안을 보여준다. 그에게는 '로마 시'나 '아테네 밖의 나무'를 나타낼 만한 배경 그림이 없었다. 허버트 비어봄 트리Herbert Beerbohm Tree 같은 감독이 빅토리아 여왕 시기 및 에드워드 왕 시기에 보여준 스펙터클은 셰익스피어의 입장에서 볼 때 최악의 악몽이었을 것이다. 1900년 비어봄 트리의 『한여름 밤의 꿈』 공연은 아크로폴리스Acropolis 위에 두둥실 뜬 달을 보여주고, 솟아오른 버섯에 튀튀발레 치마 복장으로 앉아 있는 요정 발레단 전체를 연출하며, 무대에서 살아 있는 토끼가 펄쩍 뛰게 하기도 했다. 그는 숲 사이 빈 터, 목자가 사는 오두막, 졸졸 흐르는 시냇물을 통해 『겨울 이야기』의 목가적 풍경을 연출했다. 『템페스트』는 엘리자베스 1세 시대의 레플리카 선박과 사실적인 폭풍으로 시작되었다. 『베니스의 상인』에서는 르네상스 베네치아의 빈민가를 재현했다. 셰익스피어가 뚜렷한 이유 없이 생략한 리얼리즘을 더 생생하게 하려고 『존 왕』에는 마그나카르타의 무대를, 『헨리 8세』에는 앤 불린Anne Bullen의 대관식을 넣었다. 이것은 피터 퀸스가 연출한 셰익스피어이다.

셰익스피어 비극이 희극보다 더 진지하다?

　확실히 이것은 어렵지 않은 문제이다. 『리어 왕』에서 딸들에게 외면당한 왕은 힘을 잃고 미치광이로 몰락해 죽는다. 그런데 이런 이야기는 두 쌍의 쌍둥이가 같은 도시에 모여 다른 사람의 배우자와 잘 뻔할 때 벌어지는 우스꽝스러운 혼란(『실수연발』)보다 더 진지하게 취급되어야 한다. 극작가인 조지 버나드 쇼George Bernard Shaw는 셰익스피어의 희극을 돈만 노린 상업극이라고 비난했다. 그는 솔직히 『뜻대로 하세요』, 『헛소동』, 그리고 『원하실 대로What You Will』(『십이야』의 다른 이름)가 이런 류의 연극이라고 했다.[1] 쇼에 따르면, 당시 이런 희극 제목은 바로 이 희극들이 본질적으로 피상적임을 드러낸다. 하지만 비극이 희극보다 진지하다고 여겨지는 것은 비단 셰익스피어의 작품에만 국한되지 않는다. 희극과 비극이라는 두 장르에 대한 사람들의 평가 자체가 그렇기 때문이다. 비극의 본질은 서구 문화를 이룬 기본 문서 가운데 하나인, 기원전 4세기 아리스토텔레스의 『시학Poetics』이다. 여기서 비극은 "진지하고 완전하며 장엄한 행동의 모방"이라고 언급된다. 움베르토 에코Umberto Eco의 중세 추리 소설인 『장미의 이름The Name of the Rose』이 아리스토텔레스의 잃어버린 희극 소책자에 의존하지만, 희극 이론에 관해서는 원본이 없다. 그 소책자가 희극에 들어 있는 반권위적인 충동을 이론적으로 지지한다고 교회가 믿었기에, 에코는 교회에서 희극을 두려워한다고 믿었다. 조지 퍼트넘은 시인 지망생을 위해 『영시의 기술』(1589)이라는 매뉴얼을 썼다. 그는 문학적·사회적·문체적 범주를 파괴한다는 의미로 희극과 비극 간의 차이를 평가했다. 퍼트넘에 따르면, 희극은 "사사로운 개인들의, 예를 들어 천박한 사람들의 …… 보편적인 행동"을 다룬다. 반면에 비극 작가들은 그렇게 천박한 문제에 관여하지 않는다. 왜냐하면 비극 작가들은 불행하고 고통받는 왕자들의 슬픈 몰락을 제시하기 때문이다.[2] '천박한 문제'로 고민하는 사회적으로 비천한 희극의 주인공은 '슬픈' 비극 속 제왕에 비해 꽤 볼품없다.

우리의 행동이 누구 혹은 무엇의 책임이냐는 문제를 계속 제기하는 것을 보면 셰익스피어의 비극에 진지한 철학적·개인적·정치적 주제가 들어 있다는 사실은 의심할 수 없다. 가령 『맥베스』는 죄와 남자다움이라는 주제를 계속 맴돈다. 맥베스는 자신의 "엄청난 야심"(1막 7장 27) 때문에, 아니면 아내가 못살게 부추겨서, 그도 아니라면 이상한 마녀Weird Sisters라는 "초자연적 유혹"(1막 3장 129) 때문에 몰락한 것인가? 셰익스피어는 연극의 형태로 마키아벨리와 홉스Thomas Hobbes의 글에 등장하는 동인動因, agency에 대해 중요한 철학적 논쟁을 제시한다. 『리처드 2세』와 『리처드 3세』처럼, 『줄리어스 시저』의 문제는 선정善政의 본질이 무엇이냐 하는 것이다. 이 끈질긴 정치적 문제가 셰익스피어의 비극을 맴돈다. 이는 왕자와 황제 같은 비극적 인물이 더 타락할 뿐 아니라, 그들의 행동이 공사의 영역을 연결시켜 가정보다 도시국가에 영향을 주기 때문이다. 엘리자베스 1세 시대의 궁중 시인인 필립 시드니 경에 따르면, 비극이란 "가장 중요한 상처를 벌려서 조직 밑에 퍼진 궤양을 드러내는 것"이다. 그리고 "왕들은 폭군이 될까 봐 두려워하며 폭군은 자신의 폭군적 성향을 드러낼까 봐 염려하게 만든다".[3] 이것이 비극의 모습이다. 즉, 비극은 피부나 고귀한 의복 밑에 감추어진 궤양처럼, 궁정의 부패 분석과 밀접한 관련이 있음을 보여준다. 비극의 역할은 아마도 풍자와도 비슷하다. 햄릿이 궁중에서 공연한 『쥐덫』이라는 극은 시드니의 정의에 잘 들어맞을 것이다.

요즘 우리는 위인 ― 아리스토텔레스의 진단에 의하면, 비극이란 '매우 유명하고 유복한 사람들'과 관련된 것이다 ― 을 묘사하기 때문이 아니라 우리에게 더 보편적인 경험을 보여주기 때문에 비극을 높이 평가하는 경향이 있다(신화 29를 볼 것). 최근의 현대 공연에서는 햄릿이 왕자라는 사실을 무시하기도 한다. 2010년 니컬러스 하이트너 감독의 국립 극장National Theatre 공연 때 보여준 로리 키니어의 모습처럼, 이런 현대 공연에서는 심심찮게 왕자가 입는 더블릿doublet* 대신 모자 달린 학생 후드 차림의 햄릿을 연출하기도 한다(신화 3을 볼 것). 여전히 그는 부친의 죽음을 슬퍼하며 자신의 인생이 바뀐 이 사건 이후 가족과 사회에서 자신이 차지하는 지위와 사투를 벌이는 매력적인 인물이다. 마찬가지로 리어가 왕이라는 사실은

• 　14~17세기에 남성들이 입던 짧고 꽉 끼는 상의. _ 옮긴이

아버지로서의 역할이나 나이가 들면서 권력을 상실한 인물로서의 역할에 비하면 별로 중요하지 않아 보인다. 즉, 초연 당시에는 북아일랜드와 영국의 통합을 원하던 제임스 1세에게 국가 분열의 위험성이라는 우화나 연합 왕국의 정치학을 언급했었는데, 이런 날카로움이 무뎌졌다는 것이다. 또 『맥베스』에서는 부부 관계가 심리적으로 중요해 보인다. 그들의 결혼 생활에 어른거리는 '불모의 홀secptre'(3막 1장 63)에는 정치적·왕조적 의미보다 감정적 의미가 더 많다고 하겠다. 셰익스피어의 비극은 특정한 삶의 단계를 차지하고 있다. 그들이 처한 사회적 상황보다는 등장인물들의 경험이 관객에게 미치는 메아리를 통해 더 광범한 의미를 갖는다.

셰익스피어의 비극은 분명히 공적·사적 생활에서 심각하고 중요한 주제를 거론한다. 그렇다고 해서 그의 희극을 상대적으로 부족하다고 볼 필요는 없다. 쇼가 희극을 멍청한 포퓰리즘이라고 무시한 발언은 조금 수정할 필요가 있다. 20세기 후반에 들어서며 우리는 희극 및 그것을 보고 난 뒤 나타나는 생리적 반응(웃음)이 중립적이지도 않고 온화하지도 않다는 사실을, 즉 그것들이 격렬한 지배 에너지의 표현이라는 사실을 알게 되었다. 프로이트Sigmund Freud는 『농담 및 농담과 무의식의 관계Jokes and Their Relation to the Unconscious』(1905)에서 농담을 통해 용납받지 못할 공격적 욕망이나 성적 욕망이 승화된다고 주장했다. 『한여름 밤의 꿈』에서 연인들이 억압적인 아테네 생활에서 벗어나 도피하는 숲을 생각해보라. 이 장소는 농담처럼 우스꽝스러우면서도 두려운 해방감의 공간이다. 공연에서는 종종 숲 속 세상에서 벌어지는 "혼란스러운 세상"(2막 1장 113)에 관한 열띤 논쟁을 통해 억압적인 아테네의 통치자 테세우스 / 히폴리타를 그들과 대응되는 요정 오베론 / 티타니아와 대비시켜 (다분히 무의식적으로) 그들이 의미심장한 대척점에 있음을 보여준다[테세우스는 "상대에게 거친 행동"(1막 1장 17)을 함으로써 아마존의 여왕을 신부로 맞이했다. 두려울 정도로 자유로운 숲 속에서는 어둡고 위험한 욕망을 행동으로 옮길 수 있다. 잠에서 깬 허미아가 "뱀이 내 심장을 먹으려 했어요! 그런데도 당신은 뱀의 참혹한 먹이가 된 저를 보며 웃고 있네요"(2막 2장 155~156)라고 말할 때 깨닫게 된 것처럼, 꿈은 셰익스피어의 동시대인인 토머스 내시가 언급한 이른바 '두려운 밤'으로 가득하다. 내시의 주장대로 "우리가 밤새 꾼 꿈처럼, 천지가 창조되던 태초의 혼란 같은 것은 없다. 이 꿈 속에서 국가와 남녀, 장소가 다 혼란스럽게 함께 뒤섞인다".[4] 폴란드의 연극 연출가인 얀 코트Jan Kott는 자신의 영향력 있는 책에서 『한여름 밤의 꿈』을 이렇게 설명했다. "요정 세계를 순진하고 소박하게 묘사한 이 극은 아동에게나 적합한 것으로 여겨졌지만, 사실 이 작품은 동물로 바뀐 보텀Bottom과 그의 연인이 강렬한 성적 욕망을 드러내는 아주 진실하고 야만적이며 격렬한 셰익스피어 극이다." 스트랫퍼드 어폰 에이번에서 공연된 피터 브룩의 획기적인 공연 뒤에 코트의 관점이 숨어 있다. 이 공연에서는 기존의 소박한 프루프루frou-frou(옷자락 스치는 소리)를 무대장치에서 없애고, 희게 칠한 사각형 공간에 흔들거리는 공중그네를 설치한 뒤 배우들이 그 위에서 연기하도록 했다.[5]

셰익스피어의 연극에서 우리는 동조하기보다, 더욱 비웃으라고 부추겨진다. 『헛소동』에서 도그베리의 말실수로 인한 혼동, 『십이야』에서 말볼리오의 십자 대님처럼 말이다. 셰익스피어보다 반세기 뒤에 태어난 토머스 홉스의 표현처럼, 그런 웃음은 자기만족을 공격한다. 즉, 우리는 자신에게 박수갈채를 보내는 반면, 누군가의 '갑작스러운 행동을 즐거워'하거나 '타인의 잘못을 두려워'한다.[6] 20세기 초엽, 앙리 베르그송Henri Bergson은 "웃음이란 교정하는 것"[7]이라고 했다. 우리에게 자신에 대한 공격성을 보여주는 희극은 복잡한 인식 형태와 사회 통제 양식에 토대한 진지한 것이다. 동시대 벤 존슨과 달리, 셰익스피어는 연극 이론을 전혀 남기지 않았다. 그래서 아마 '시대의 이미지', '죄'보다 '인간의 어리석음'을 보여주는 희극에 대한 존슨 자신의 설명이 유용할 수 있다. "그런 잘못을 비웃음으로써 당신의 모든 죄를 고백하게 만드는 희극에는 그 나름의 가치가 있다"(『모든 사람 자기 기질대로』, 1598).

희극은 이와 같이 진지한 주제를 다룰 수 있다. 이 장 도입부에서 몹시 진지한 『리어 왕』과는 대조적으로, 가볍고 우스꽝스러운 희극으로 인용된 『실수연발』을 다시 보자. 『리어 왕』과 마찬가지로 『실수연발』은 정체성과 자아 문제와 깊이 관련되어 있다. 리어의 딸 거너릴Goneril과 리건Regan이 자신을 아버지로 인정하지 않자 리어가 미치게 되는 것처럼, 서로 거듭 착각할 때 쌍둥이인 앤티폴루스와 드로미오스도 광기의 세계에 빠진다. 남동생의 아내인 아드리아나가 자기를 잘 돌보지 않았다고 그를 꾸짖을 때, 당황한 시러큐스의 앤티폴루스는 이렇게 묻는다. "어떤 잘못error으로 우리 눈과 귀가 먼 걸까?"(2막 2장 187) 여기에서 '잘못'이라는 단어에는 '실수mistake'라는 현대적 의미보다 더 강한 의미가 들어 있다. 에드먼드 스펜서의 서사시 『페어리 퀸』(1590) 1권처럼, 이는 영적·지적으로 방황하는 끔찍한 상태이다('error'는 길을 잃고 헤맨다는 뜻의 라틴어 동사인 'errare'에서 유래한 단어이다). 에페수스의 앤티폴루스가 귀가했을 때, 하인은 그를 막으며 '주인님이 이미 안에서 저녁 식사를 하고 있으니 들어갈 수 없다'고 말한다. 이때 벌어진 신분 오인mistaken identify 때문에 희극은 실존적인 문제를 탐구하게 된다. 즉, 우리와 가장 가까운 사람들이 우리를 알아보지 못하거나, 우리가 스스로 가진 이미지와는 다른 사람이라고 말한다면, 우리가 자신인지 아닌지 어떻게 알 수 있겠는가? 존 모티머John

Mortimer는 "파스farce, 笑劇는 1분에 1000번 회전하는 비극"8이라고 말했다. 이는 『실수연발』에 적합한 언급이다. 비극이 의식적으로 사색하면서 비슷한 주제에 접근하는 반면, 희극은 똑같이 난해한 영역 속을 맹렬한 속도로 돌진하고 있다.

같은 주제를 희극적으로 다루는 것과 비극적으로 다루는 것이 겹치는 다른 예를 들어보자. 셰익스피어는 희극과 비극 두 장르에서 남성의 성적 질투 때문에 생긴 파괴적인 결과를 그린다. 『헛소동』에서 클로디오는 사악한 돈 존에게 속아 그의 신부가 될 히어로가 결혼식 날 밤에 외도했다고 의심해 공개적으로 그녀를 맹렬히 비난한다. 『오셀로』에서 이아고Iago는 의심할 줄 모르는 오셀로로 하여금 아내인 데스데모나가 "음란한 말괄량이"(3막 3장 478)라는 자신의 말을 믿게 만든다. 두 여자는 남성 간의 경쟁과 기만이 빚어낸 무고한 희생자임에도, 죽음이라는 벌을 받는다. 히어로의 경우 이는 거짓 죽음이지만, 그럼에도 의식적 정화의 힘을 지닌 죽음이다. 극의 말미에서 클로디오와 화해하면서 그녀는 말한다. "이전의 히어로는 수모를 당하고 죽었지만, 저는 살아 있습니다. 또 제가 살아 있는 것같이 저는 깨끗합니다"(5막 4장 63~64). 데스데모나에게는 그런 '부활'이 허용되지 않는다. 그녀는 남편이 자신을 질식시켜 죽게 한 침대에서 잠시 깨어나지만, 이는 자신을 살해한 죄로 비난받는 남편을 무죄로 만들어주기 위해서다. 셰익스피어의 마지막 극 중 하나인 『겨울 이야기』에 다시 이런 주제가 등장한다. 이 작품은 희극이라는 장르적인 요소를 합치고, 환상이나 초자연을 사용하며, 연대를 세대 전체로 넓힌 이른바 '로맨스'라 불린 제임스 1세 시대의 희극에 속한다. 그 극에서 시실리아 왕인 레온티즈는 아내인 허마이오니가 자기 친구 폴리세네스와 외도를 했다고 확신한다. 그는 자신을 배신한 아내를 간통죄로 재판에 회부하고 사생아로 보이는 아이를 추방한다. 그러나 델포이의 신탁이 그를 "질투심에 불타는 폭군"(3막 2장 133)이라고 낙인찍고 허마이오니와 아들 마밀리우스가 죽자, 왕은 그제야 비로소 후회한다. "영원한 우리 수치"를 인정하고 "눈물이 …… 나를 되살릴 것"(3장 2막 238~239)이라고 맹세한다. 여기까지는 『오셀로』와 같다. 차이는 여기에서 극이 끝나지 않는다는 점이다. 레온티즈는 (오셀로처럼) 편하게 자살할 수도 없는 비극적인 인물이다. 그리고 클로디오처럼 때맞춰 문제가 해결되지 않는 질투심에 불타는 인물이다. 그는 자신의 끔찍한 실수를 껴안은 채로 살아가야 한다. 16년 뒤 희극적이며 목가적인 후반부에서 (폴리세네스의 아들인) 플로리젤이 (레온티즈와 허마이오니의 잃어버린 아이인) 퍼디타에게 구애하는 장면이 나온다. 이 새 커플은 부모 세대에서 단절된 관계를 회복하기로 되어 있다. 다시 시실리아에서 온 가족이 재결합하는데, 놀랍고도 놀라운 일은 허마이오니가 다시 살아난다는 점이다. 결말에서 남성의 질투를 이런 식으로 처리한 것은 비극을 뛰어넘은 저편에 결혼과 화해로 끝나는 희극이 있음을 보여준다. 이후 셰익스피어는 희극과 비극 간의 차이보다 연속성과 중복에 헌신한 것 같다. 새뮤얼 존슨Samuel Johnson의 표현처럼, "셰익스피어는 흥미진진한 웃음과 슬픔의 힘을 한 사람의 마음뿐 아니라 한 작품에 넣어 결합시켰다".[9]

셰익스피어는 아내를 싫어했다?

셰익스피어의 유서는 여러 가지 면에서 감질나게 만든다. 1616년 3월 25일 자로 작성된 이 유서는 그의 변호사인 프랜시스 콜린스Frances Collins 가 준비한 것으로, 큐Kew에 있는 영국 국립 보존 기록관The National Archives에 보관되어 있다. 이 문서는 여러 번 고치고 수정한 흔적이 있는[1] 세 쪽 분량의 제2 초고이다. 각 쪽마다 보이는 셰익스피어의 서명들은 현존하는 그의 서명들 가운데 절반 정도를 차지하는데, 이를 분석한 사람들의 말에 따르면 여기에 서명할 당시 셰익스피어는 쇠약하게 병든 상태였던 것으로 추정된다(그는 이 유서에 서명하고 한 달 뒤에 사망했다).[2] 우리의 기대와는 달리, 상속재산 중 책이나 논문에 대한 언급은 없다[물론 연극 대본은 전부 왕실 극단의 소유였다(신화 4를 볼 것)]. 다른 자수성가형 인물들과 달리,

셰익스피어는 딱히 재산을 자선단체에 넉넉히 기부하지 않았다. 가령 연극배우였던 에드워드 앨린Edward Alleyn은 덜위치 대학Dulwich College에 기부했을 뿐 아니라 1626년에 사망 시에는 서더크 소재 10개 빈민 구호소에 돈을 보냈다. 이런 앨린의 박애 정신을 셰익스피어가 스트랫퍼드 빈민을 위해 남긴 10파운드와 비교한다면 셰익스피어를 조롱하게 될 뿐이다. 그 대신 셰익스피어는 딸인 수재나와 존경받는 스트랫퍼드의 의사 사위 존 홀을 여동생인 주디스Judith(그녀의 아무 짝에도 쓸모없는 남편은 유서 작성 얼마 전에 교회 법원에 와서 혼전 임신한 시골 아낙네를 아내로 맞으려 했다)보다 편애한 것 같다. 셰익스피어는 스트랫퍼드와 런던 연극계 친구들, 특히 왕실 극단 동료들인 리처드 버비지Richard Burbage와 존 헤밍, 헨리 콘델에게 애도용 반지를 구입하라고 작은 선물을 줬다. 그러나 이 유서가 아주 유명해진 것은 유서의 마지막 조항 때문이다. 줄 사이 여백에 삽입된 구절은 다음과 같다. "물품. 나는 아내에게 두 번째로 좋은 침대를 가구와 함께 물려줄 것이다." 앤 해서웨이Anne Hathaway는 그저 나중에 생각나서 언급한 것으로, 이는 참으로 보잘것없는 선물처럼 보인다. 세 자녀를 낳아주고 30년간 결혼 생활을 함께한 보상으로 두 번째로 좋은 침대라니? 확실히 이는 셰익스피어가 유서를 통해 아내를 무시하고 적대감을 표명했다는 증거가 아닐까?

그럴 수도 있다. 두 번째로 좋은 침대는 그리 행복하지 못한 셰익스피어의 결혼 생활 가운데서도 매우 주목할 만한 부분이며, 이는 우리가 알고 있는 윌리엄과 앤의 관계와도 잘 맞아떨어지기 때문이다. 첫째로 그들의 결혼 자체를 들 수 있다. 1582년 후반에 그들이 결혼할 무렵, 분명히 앤은 임신 중이었다(맏딸인 수재나가 6개월 뒤에 태어났다). 그리고 매주 일요일마다 결혼 공고를 하는 일반적인 방식이 아니라 우스터 주교Bishop of Worcester의 허락을 받는 형태로, 몹시 서두르는 모양새로 결혼식이 거행되었다. 이 두 가지를 근거로 전기 작가들은 신랑 측이 망설이거나 강제 결혼을 했다고 예리하게 추측한다. 교구 서기는 심지어 신부 이름을 '앤 화틀리Anne Whateley'라고 잘못 썼다. 낭만적인 상상의 나래를 펴면, 이 신비로운 인물을 앤과 셰익스피어와 더불어 사랑의 삼각관계를 맺은 제3의 인물일지도 모른다. 여기에 덧붙여 앤 해서웨이는 남편보다 연상이었다. 대체로 좀 무미건조한 전기 작가 새뮤얼 쇼언바움Samuel Schoenbaum의 표현에 따르면, 앤이 남편보다 7~8년 연상으로 1582년 당시 26세였다는 '명확한 증거'가 있다. 당시 기준으로 보면 결혼 시장에서 꽤 늙은 노처녀였던 셈이다. 그녀는 10대 연인을 만나 임신하고 나서 결혼한 것이다.[3]

스티븐 디덜러스Stephen Dedalus는 이를 제임스 조이스James Joyce의 『율리시스Ulysses』의 특징인 언어유희와 암시적 문체로 더욱 화려하게 표현한다.

그가 잘못 선택했다고? 내가 보기엔 그가 선택당한 것 같다. 타인들에게 자신의 의지가 있었다면, 앤에게는 방법이 있었다. 남자들 편에서 그녀는 비난받아 마땅하다. 26세의 그녀는 달콤하게 그를 유혹했다. 불룩한 임신의 서막으로서, 정복차 허리를 구부리고는, 소년 아도니스 위에 구부린 회색 눈의 여신은 자신보다 어린 연인과 옥수수 밭에서 뒹군 뻔뻔한 스트랫퍼드 처녀이다.[4]

이는 셰익스피어의 첫 번째 인기작인 성애 시 『비너스와 아도니스』 (1593)에서 사랑의 여신 비너스의 구애에 망설이는 아도니스에 셰익스피어를 비유한 것이다. 더 불을 붙이는 것은 스트랫퍼드 목사인 토머스 휘팅턴Thomas Whittington의 유서에서 그가 앤 셰익스피어에게 2파운드를 빌려

줬다고 언급하는 부분이다. 이는 남편이 아내에게 생활비를 넉넉히 주지 않았음을 암시하는 듯하다. 전기 작가들이 종종 합의한 것처럼, 이 결혼은 사랑 없는 빈껍데기 결혼이었다. 따라서 셰익스피어가 이 원치 않는 가족을 뒤에 남긴 채 부리나케 런던으로 떠났다는 사실은 전혀 놀라운 일이 아니다. (뜻하지 않게 걸려든) 불쌍한 셰익스피어라고 하겠고, 이 표현이 마음에 들지 않는다면 (부양 가족에게 지독했던) 사악한 셰익스피어라고 하겠다.

사실 셰익스피어는 1597년 뉴플레이스를 비롯한 부동산을 구입하고 사업상의 관계를 유지하면서 평생 스트랫퍼드와 끈끈한 유대를 유지했다. 반면 그는 런던에서 계속 하숙하면서 끝까지 부동산을 구입하지 않았다. 그래서 그가 가족에게 등을 돌렸는지, 아니면 가족 없이 런던에 정착했는지가 분명치 않다. 또 남편과 아내가 다정하게 살았다는 문서상의 증거도 제기되었다. 그 증거 중에는 1609년에 처음 출판된 소네트 전집에서 해서웨이Hathaway를 '증오하다hate away'라는 아리송한 문구로 바꿔 앤에게 말을 건넨, 미숙한 초기작이 있다는 사실도 포함된다.

사랑이 몸소 만들어낸 저 입술이

그녀 때문에 번민하는 내게

"나는 증오해요"라는 소리를 내뱉는다.

그러나 내 비참한 상태를 보고는,

그녀 마음에 곧 자비심이 찾아와서

평소에는 상냥하고 친절했던 그 혀를 힐책하여

이같이 새로 인사하라고 가르쳤다.

그래서 낮이 조용히 밤으로 계속되듯이

다음을 계속한 그 여자는

"나는 증오해요"를 다음 끝말과 같이 고쳐 말하자

그 말은 악마같이 천국에서 지옥으로 날아가 버렸소.

증오심에서 그녀는 "나는 증오해요"라는 말을 던졌고

'당신은 아니에요'라고 말해 나의 생명을 구해주었소.

소네트 145

그렇다면 종종 전기 작가들이 상상하던 것처럼 망설이는 구혼자 대신, "그 여자 때문에 수척해진" 화자 때문에 그들의 관계는 새로운 국면에 던져진다(여기서 소네트의 관례적인 표현기법은 중요한 주의사항이다. 신화 18을 볼 것).

물론 셰익스피어의 결혼에 숨겨진 비밀을 우리는 알 수 없다. 현대 서구에서는 결혼을 육체적 결합일 뿐 아니라 정신적 결합이라고 이상화하기 때문에, 이 관계에 대해 아마도 더 현실적이었던 당시의 기대를 이해할 수도 없다. 르네상스 평자는 오늘날 낭만적 관계의 여성에게나 쓸 법한 친밀하고 다정한 언어로 남성과 남성 간의 우정을 더 논의하는 경향이 있다. 1603년 몽테뉴는 『수상록』 영역본 ─ 우리는 셰익스피어가 상당한 작품에서 이 책을 참고했음을 알고 있다(신화 2를 볼 것) ─ 의 표현처럼 말이다. "내가 그를 사랑하는지 말해달라고 누군가가 재촉한다면, 나는 그것을 표현할 수 없다고 생각하면서도 대답한다. 그게 그 사람이기 때문에, 그게 나 자신이기 때문에."[5] 많은 셰익스피어 희극은 『겨울 이야기』에서 레온티즈와 폴리세네스 간의 이상적인 어린 시절 관계처럼, 결혼을 통해 남자 간의 강렬한 애정이 고통스럽게 단절되는 것으로 묘사한다. 여성이 그 구도에 들어오기만 하면 "태양 속에 뛰놀던 두 마리 양이" 이 순수함에서

"넘어지는 것처럼"(1막 2장 69, 77) 말이다. 마찬가지로『헛소동』에서 베네디크가 베아트리체에게 그의 사랑을 맹세하면서 무엇이든 자신에게 요구하라고 할 때, 그녀는 간단히 "클로디오를 죽이라"(4막 1장 290)고 대답한다. 연인과 함께하려면 베네디크는 가장 아끼는 친구를 죽여야 하는 것이다.

그러나 우리가 (최고로 또는 두 번째로 좋은) 결혼 침대에 숨겨진 비밀을 알 수 없다면, 천재 남편을 이해하지 못하는 아내라는 문화적 신화를 생각해볼 수도 있다. 저메인 그리어Germaine Greer는 근거가 희박한 여성혐오적 가정에 반대하며 앤 해서웨이를 열렬히 옹호한 자신의 책 1장의 제목을 이렇게 붙였다. '일반적인 아내들, 특히 문인 아내들의 보잘것없는 평판과 1000년 만에 나온 뛰어난 인물의 아내에 대한 전통적인 경멸을 고려하여.' 그리어는 솜씨 좋게 다음과 같이 지적한다. "어리석고 엇나가며 윽박지르거나 대개 무정하게 묘사되는 아내는 문학 전기 속에서 사용되는 일종의 비유이며, 이처럼 창조적인 남자 천재를 만들어내는 이데올로기의 일부이다."[6]

따라서 두 번째로 좋은 결혼 침대는 셰익스피어 전기의 여기저기 흩어진 다른 사실들과 모두 일치하며, 이 모든 사실을 불행한 결혼 이야기로, 10대 시절의 셰익스피어를 비난할 수 없다는 식의 보편적 이야기로 바꾸어버린다. 아내를 학대했다는 혐의에서 셰익스피어를 변호하려는 학자들은 제임스 1세 시대의 가정에서 손님용 최고 침대에 이어 두 번째로 좋은 침대는 결혼 침대이며, 그 때문에 이는 낭만적 유산이라고 암시한다. 감상적인 전기 작가인 로우즈A. L. Rowse는 셰익스피어의 상속을 '남루한' 상속으로 보는 캐서린 덩컨-존스에 대한 답으로서, 이 유산은 아내에 대한 큰 관심과 관용을 보여주는 행동이라고 주장했다.[7] 캐럴 앤 더피Carol

Ann Duffy의 소네트 「앤 해서웨이」는 감각적인 문체로 로우즈의 해석을 진전시킨다. "사랑을 나눈 우리 침대는 그가 진주를 얻기 위해 물속으로 뛰어 들어간 숲과 성, 횃불, 절벽 꼭대기, 바다가 휘몰아치는 세계였다"(LL. 1~3).[8] 그 외에도 셰익스피어 옹호자들은 런던 관습상 과부에게 돌아가는 유류분遺留分의 권리를 강조하거나, 셰익스피어는 아내가 딸 부부, 즉 수재나와 존의 보살핌을 받을 것임을 알고 있었다고 가정한다. 이제껏 자주 그래왔듯이, 이 주장은 증거로부터 결론을 추론하기보다 먼저 원하는 결론을 내리고, 그 결론에서 증거를 재검토하려는 경향이 있다.

1616년 셰익스피어가 아내에게 두 번째로 좋은 침대를 물려주었다는 사실이 아내를 무시했다는 사실을 증명하는지 아닌지 알 수 없다면, 이게 그렇게 중대한 문제일까? 극작가 셰익스피어에게는 중요하지 않다. 신화 7, 12, 18이 보여주듯, 셰익스피어나 당대 극작가는 아무도 자전적인 글을 쓰지 않았다. 스트랫퍼드에 위치한 킹스 뉴 스쿨King's New School 같은 문법학교의 교과과정에서 자주 도입한 인문학 모델 중 하나는 '양면논의utramque partem'(특정 문제의 한쪽 입장에 서는 것)라고 알려진 것이다. 늘 동시에 존재하는 서로 다른 관점의 수사학적 화법을 소개한 이후 양쪽 입장에서 논의하는 이러한 훈련 과정은 새로운 엘리자베스 극장을 위해 글을 쓰고, 이 극장에 참석한 세대의 성격 형성에 큰 영향을 미쳤다. 우리는 인간 셰익스피어와 셰익스피어의 작품들을 쉽게 추론할 수 없다. 심지어 가장 고백체에 가까운 글마저도 전통과 기교, 상상력에 따른 것이다(신화 18을 볼 것). 따라서 셰익스피어의 극에서 아내를 대하는 태도를 살피거나 여성을 다룬 방식을 확인하려는 것은 아무런 도움도 되지 않는다.

그리어의 관찰에 의하면, 순진하거나 긴장해서 말을 못하는 젊은 남자에게 구애하는 적극적인, 아마도 더 세속적이거나 노련한 여성이 나오는 장면은 셰익스피어 희극에서 에로틱하고 극적인 만족을 주는 원천이었다. 『뜻대로 하세요』에서 올란도를 유혹하는 로잘린드나, 『베니스의 상인』에서 바사니오를 유혹하는 포샤의 매력을 생각해보라. 그리어가 자신의 이런 관찰을 셰익스피어와 해서웨이의 관계에 전기적으로 적용시키는 것은 논의상 금지해야 한다. 셰익스피어의 연극(『오셀로』나 『겨울 이야기』, 또는 『심벨린』)에 자주 나오는 남성의 성적 질투가 앤 해서웨이의 부정을 알려준다는 식의 전기 작가들의 가정처럼, 또는 앞에서 살펴본, 주저하는 아도니스의 모습이 앤과 윌리엄의 구애에 관해 뭔가를 암시해준다는 스티븐 디덜러스의 분석처럼 말이다. 그리고 어쨌든 셰익스피어의 희곡은 항상 모순적인 예를 보여준다. 셰익스피어의 여성은 얌전한 오필리어부터 카리스마 넘치는 클레오파트라에 이르기까지, 자유분방한 캐서린(『말괄량이 길들이기』)을 비롯해 『심벨린』에서 잘못을 저지른 이노젠 Innogen에 이르기까지 다양하다. 전기적으로 읽기 위해서 어느 쪽을 선택해야 할지 알기란 어려운 노릇이다.

셰익스피어는 일상 언어의 리듬으로 썼다?

문학은 평범한 언어를 변화시키고 강화시키지만 동시에 체계적으로 일상
언어에서 벗어난다. 정류장에 내가 서 있는데 누군가 다가와 "그대 아직 강
탈당하지 않은 침묵의 신부여"라고 한다면, 곧 그 말이 문학적임을 알게 될
것이다. 그 이유는 그 말의 결, 리듬, 울림이 단순히 개념을 전달하는 것에
서 끝나지 않기 때문이다. "운전기사들이 파업 중인데 모르세요?" 하는 식
의 서술과는 달리 그 말은 언어 자체에 주목하고, 언어가 지시하는 물질적
인 측면을 무시한다.[1]

테리 이글턴Terry Eagleton이 문학적인 것의 예로 든 키츠John Keats의 「그리
스 항아리에 바치는 송가Ode on a Grecian Urn」의 첫 줄•은 셰익스피어의 글

에 가장 빈번하게 등장하는 운율 패턴인 약강 5보격을 보여준다. 약강 5보격이란 다섯 쌍의 약·강 음절로 이루어진 운율의 유형을 뜻한다. 흔히 이것을 "드-덤, 드-덤, 드-덤, 드-덤, 드-덤de-DUM, de-DUM, de-DUM, de-DUM, de-DUM"으로 표시하는데, 따라서 "그대 아직 강탈당하지 않은 침묵의 신부여Thou STILL unRAVished BRIDE of QUIetNESS"라고 강약을 줘 읽어야 한다. 셰익스피어의 작품에는 수없이 많은 약강 5보격이 있다. "쉿, 저 창문에서 새어나오는 빛은 무어지?But soft, what light through yonder window breaks"(『로미오와 줄리엣』 2막 2장 3)나 "나 저 시간을 고하는 시계 소리를 헤아리며When I do count the clock that tells the time"(소네트 12), "음악이 사랑의 자양분이 된다면 계속하시오If music be the food of love, play on"(『십이야』 1막 1장 1) 혹은 "마음속의 허위는 가면으로 은폐할 수밖에False face must hide what the false heart doth know"(『맥베스』 1막 1장 1) 등. 하지만 대다수의 비평가가 지적하듯 약강 5보격은 일상적인 상황에서도 많이 나타난다. "우리는 이런 진실이 자명하다고 본다We hold these truths to be self-evident"(미국 독립선언문의 첫 줄), "할렐루야를 작곡하는 어쩔 줄 모르는 왕the baffled king composing Hallelujah"(레너드 코언Leonard Cohen의 「할렐루야」), "저지방 카푸치노, 테이크아웃으로요A skinny cappuccino, please, to go"(스타벅스의 우리). 어떻게 보면 약강 5보격은 문학적인 특징의 일부이지만, 또 다른 한편에서 보면 산문, 유행가, 일상 언어에서 나타나기도 한다. 어느 쪽이라고 해야 할까?

이 질문에 답하기 위해 셰익스피어에서 예시를 하나 드는 게 도움이 될 것이다. 『리어 왕』(1608)에는 리건에게 하인을 찌르라고 지시하는 지

• 그대 아직 강탈당하지 않은 침묵의 신부여(Thou still unravished bride of quietness)라는 문구를 가리킨다. _ 옮긴이

시문이 있다. "칼을 쥔 그녀는 뒤쪽에서 그에게 달려든다"(H2ʳ). 수년이 지난 1623년에 대본을 준비하던 극장 관계자는 "그를 죽인다"(TLN 2155)로 지문을 축약했고 그것이 최종 인쇄본이 되었다. 4절판에서는 살인이 무대에서 어떤 식으로 연출되어야 하는지를 상세하게 지시하면서, 시 한 줄도 덧붙였다. 4절판 무대 지문은 완벽한 약강 5보격을 보여준다. 이것은 혹시 약강 5보격으로 대화를 쓰다가 무대 지문을 쓸 때조차 그 리듬대로 써버린 셰익스피어의 작업 스타일을 보여주는 예일까? 아니면 일상 언어에 스며든 시적 리듬을 보여주는 예일까? 물론 둘 다 해당된다.

데릭 애트리지Derek Attridge는 시의 형식에 대해 쓰면서 5보격 운문에 대해 다음과 같이 언급한다. "비교적 약한 리듬 구조를 가지고 있으며, 시행이 반으로 나뉘지도 않고, 더 큰 단위를 형성하지도 않는다. 압운을 가질 수도 있고 아닐 수도 있으며, 연으로 나뉠 수도 있고 이어서 쓸 수도 있다. 그것은 가상의 박자(리듬 패턴이 만드는 침묵의 박자)를 이용하지 않는다." 애트리지는 "이런 특징들은 특히 언어와 사고를 자극하는 데 적합하다. 행동이 더 명확하며, 가볍고 빠르게 진행되는 이야기에서는 빈번하게 나타나지 않을 수 있다"[2]고 한다.

셰익스피어는 약강 5보격을 형식적이면서 문학적인, 고양된 언어의 일부로 쓰기도 하고 더 구어적인 언어의 표시로 쓰기도 한다. 캐풀릿Capulet의 파티에 온 예상치 못한 손님에 대해 줄리엣과 그녀의 유모가 나누는 말에 대해 생각해보자.

유모: 몬태규 집안 로미오, 저 원수 집안의 외아들이라우.

줄리엣: 단 하나의 내 순정이 단 하나의 내 증오에서 싹트다니!

1막 5장 135~137•

이것은 시적인 약강 5보격이지만, 흔히 듣는 일상적인 대화이기도 하다. 유모는 로미오란 이름과 그 가문에 대한 정보를 제공한다. 그러나 한편으로는 굉장히 운율을 맞춘 것이다. 하나의 행으로 된 줄리엣의 대답은 대구와 역설로 차 있다. 여기서 효과는 리듬 못지않게 어휘 및 단어의 순서와 연관되어 있다.

이런 다양성은 대화 속에서뿐 아니라 5보격 각각에도 나타난다. 약강 5보격은 늘 강한 박자 쪽으로 기울고 그래서 억양cadence이 빨라진다. 그런 리듬을 뒤집는 것이 필수적이며 가장 중요한 일이다. 리처드 왕의 유명한 첫 대사인 "지금은 쓰라린 겨울이고NOW is the winter of our discontent"(『리처드 3세』 1막 1장 1)는 강세가 주어진 첫 음절이 보격을 장악하는 것에서 예상되듯이, 그가 왕좌를 차지할 것임을 시사한다. 로미오를 기다리는 줄리엣은 "달려라 빨리, 불타는 발을 지닌 말들아GALlop apace, you fiery-footed steeds"(3막 2장 1)라고 하며 뒤바뀐 강약의 보격을 통해 자신의 초조함을 드러낸다. 약강 5보격의 다른 변주로는 음절상 약강 5보격이 있다. 햄릿의 유명한 대사인 "사느냐 죽느냐, 그것이 문제로다To be, or not to be; that is the question"(3막 1장 58)는 약한 음절을 하나 더 추가한 후 끝을 맺는다(때로 이것을 '여성운feminine ending'이라고 한다). 아마도 이것은 이 시점에서 햄릿의 사고가 확실치 않다는 것을 암시한다(왕립 셰익스피어 극단의 목소리 트레이너인 시슬리 베리Cicely Berry에 따르면, 이처럼 약한 음절을 추가하는 일은 "더 명확하고, 더 신속하고, 더 즉흥적인 행동을 할 때는 잘 발견되지 않는다"[3]).

• 원서의 대화는 다음과 같다. _ 옮긴이
  Nurse: His name is Romeo, and a Montague,
          The only son of your great enemy.
  Juliet: My only love sprung from my only hate!

화자 사이에 가끔 시행이 끊기는 수가 있는데, 이것은 종종 서로가 상대방의 리듬에 아주 친숙하다는 느낌, 가끔 성적인 느낌마저 풍긴다. 예를 들면 『말괄량이 길들이기』에서 캐서린과 페트루치오가 처음 만났을 때 나누는 대화나 『자에는 자로』의 앤젤로와 이사벨라 사이의 팽팽한 대화가 그러하다. 덩컨을 살해한 후 어떻게 처리해야 할지 몰라 우왕좌왕하는 맥베스와 맥베스 부인의 긴장 또한 끊긴 시행으로 전달된다.

뭐라고 하지 않으셨어요?

언제?

지금이요.

내가 내려올 때 말이오?

2막 2장 16●

이 장면의 리듬은 계속 성문을 두드리는 소리 때문에 끝난다. 아편 중독자인 낭만파 시인 토머스 드퀸시Thomas de Quincey는 이렇게 성문을 두드리는 소리 때문에 살인이 벌어진 몽상에서 극이 빠져나온다고 한다. 그러나 약강 5보격의 박자는 그것을 더 섬세하게 표현한다. "삶의 맥박이 다시 뛰기 시작한다."[4] 약강 5보격이 인간의 심장박동과 같다는 것은 기발한 비유이며, 시적 리듬과 생리적 리듬을 연관시키려고 하는 데는 도움이 된다(그러나 이것은 약간 영국 중심적 관점이다. 다른 언어 사용자도 유사한

● 원서의 대화는 다음과 같다. _ 옮긴이
Did you not speak?

When?

Now.

As I descended?

육체적 리듬을 가지고 있을 수 있겠지만 시적 운율은 매우 다르다).

약강 5보격이 영국인의 육체적 현상이 아니라면, 또한 영국의 극적 전통도 아니다. 역사적으로 엘리자베스 시대의 희곡작가들에게 약강 5보격으로 극을 쓰는 전통이 있었던 것은 아니기 때문이다. 중세 종교극은 다양한 구조의 연을 가지고 있었다. 청각적인 통일성은 부분적으로 두운을 통해 이루어졌다. 16세기 중반의 막간극과 희극은 때때로 운을 맞춘 2행시로 쓰였다. 『감머 거튼의 바늘』 ─ 1575년 출판되었으나 아마도 메리 여왕이나 에드워드 왕 시절에 쓰인 작품일 것이다 ─ 은 대학 연극의 예를 보여준다. "아, 호지, 아! 나는 저주받고 추방될 거야. 오늘날, 내가 그것을 보았으니, 요철 쐐기와 우유 냄비를 써서Alas, Hodge, alas! I may well curse and ban / This day, that ever I saw it, with Gib and the milk-pan"(1막 4장 1~2).[5] 16세기 말에 이름을 날렸던 '여왕 극단Queen's Men's'은 『클라이먼 경과 클라미데스 경Sir Clymon and Sir Clamydes』(1599년에 출판됨)의 단호한 '7보격 시행'(강세 음절이 일곱 번 나오는)을 상연하고 있었다. 줄리아나와 클라미데스 경 사이의 대화를 한번 들어보라.

줄리아나: 내가 말한 것을 당신이 맹세코 행하기만 한다면.
클라미데스: 오, 목숨을 걸고 하겠습니다. 그렇게 못하면 결단코 돌아오지
     않겠습니다.
줄리아나: 그러면, 그대의 복장으로 볼 때, 처녀의 기사가 되겠군요.
     이 백색 방패를 받으시면, 그대를 제 기사로 삼겠어요.•

•　원서의 대화는 다음과 같다. _ 옮긴이
　　Juliana: My faith and troth if what is said by me thou dost perform.
　　Clamydes: If not, be sure, O Lady, with my life I never will return.

긴 7음절 시는 어쩔 수 없이 두 부분으로 나누어지면서 지루해진다.

크리스토퍼 말로에 이르러 연극의 매체로서 무운시('무운無韻'인 것은 압운이 없기 때문)가 생겨났고, 그는 더 유려하게 약강 5보격을 사용했다. 그는 『탬벌레인 대왕』(1587)의 서시에 이 새로운 기법에 대해 공표했다.

운율이나 맞추는 노련한 재사들의 엉터리 곡조나
돈을 받고 떠드는 광대들의 그런 허풍은 이제 그만,
우리를 따라 당당한 전쟁의 텐트로 오라.
거기서 깜짝 놀랄 말로 세상을 위협하는
스키타이의 탬벌레인 대왕의 말을 듣게 될 것이다.

크리스토퍼 말로는 주제(그는 광대가 아니라 군인의 이야기를 약속했다)와 음(그는 압운이 아니라 수사, 즉 "깜짝 놀랄 말"을 약속했다) 면에서 그 전의 작가들로부터 거리를 둔다. 이것은 음에서의 패러다임 전환이다. 그 후 1590년대 초의 극작가들은 모두 말로처럼 음을 처리하려고 노력했다. 필, 그린, 내시, 셰익스피어, 에이논Anon이 여기에 속한다. 탬벌레인 대왕(주인공과 연극을 모두 가리킨다)의 음을 의식하는 것은 작가들만이 아니다. 문학 속의 인물들 자신들도 자주 탬벌레인 대왕처럼 듣거나 말하는 것에 대해 언급한다. 토머스 데커의 희극 『구두 수선공의 휴일』에서 제화공을 하다가 시장이 된 주인공 시몬 에어Simon Eyre는 자신이 "교황, 술탄 술레이만, 탬벌레인 대왕(그가 여기 있다면)에게 말하는 법을 알고 있

Juliana: Then, as thou seemst in thine attire a virgin's knight to be,
　　　　Take thou this shield likewise of white, and bear thy name by me.

기"(20장 59~60)[6] 때문에 높은 사람 앞에서도 두려워하지 않는다고 주장한다.

에어의 말은 무엇보다 자신이 어조나 어휘를 자유자재로 구사할 수 있다는 뜻이다. 그러나 다른 인물들은 시와 산문의 리듬이나 그 둘의 차이에 민감하다. 조지 필의 『늙은 아내의 노래The Old Wife's Tale』(1595)에서 이제 막 6보격 운문(6개의 강세 음절이 있는 운문)을 구사하던 인물이 이렇게 말한다. "이제 나는 정색을 하고 그녀에게 산문으로 말하겠소I'll now set my countenance and to her in prose"(1장 641).[7] 『뜻대로 하세요』에서 올란도가 가니메데(로잘린드)를 맞으며 인사하자("안녕하시오, 잘 있었오, 로잘린드Good day and happiness, dear Rosalind!") 자크는 이것을 나가라는 신호로 안다. "아니 당신이 노래조로 말한다면 나는 이만 하직하겠소Nay, then, God b'wi'you an you talk in blank verse"(4막 1장 29~30). 자크는 그때까지 로잘린드와 산문으로 이야기하고 있었다. 그는 이 장면에서 (풍자적) 산문이 (페트라르칸) 시로 변화한다는 사실에 관객이 주목하기를 바란다. 비슷하게 로잘린드는 실리아가 올란도의 사랑의 시를 자신에게 인용할 때 시적인 면에 민감한 반응을 보인다. 그녀는 그 시가 지나치게 운율에 매여 있다고 비판한다["어떤 노래는 지나칠 정도로 운각이 많아"(3막 2장 162~163)]. 그리고 이 극에서 염소지기인 오드리Audrey 역시 '시적인 것'이 무엇을 의미하는지 궁금해한다. 베네디크가 거의 산문으로 쓰인 연극 『헛소동』에서 사랑의 시를 쓰려 할 때, 그는 문학적 선례에 대해 잘 알고 있다. 리안더와 트로일러스와 같이 고전에 나오는 연인들은 "무운시라는 평평한 대로를 부드럽게 달린다"(5막 2장 32~3). 무운시는 시와 동의어이다. 극작가들이 엘시노어에 도착했을 때 햄릿은 여자 역할을 맡은 소년 배우에게 다음과 같은 기대를 건다. "자유롭게 심중을 토로하게 할 걸세. 그렇지 않으면 무운시가 술술 나오지 못할 테니"(2막 2장 326~327). 여장 배우의 말이 검열당하거나 중지당하면 대사의 운율이 맞지 않을 것이라는 말이다.

셰익스피어의 이 세 연극의 날짜를 주목해보면 흥미롭다. 이 극들은 모두 1598~1600년에 발표된 것이다. 이 세 극에서 인물들은 연극과 인생의 관계에 대해 아주 의식적인데 그 이유는 음에 대한 자의식 때문이다. 같은 시기에 『줄리어스 시저』(1599)에서 카시우스Cassius는 2행시를 써가며 그와 브루투스를 화해시키려 드는 시인의 무능한 압운에 대해 이렇게 평한다. "이 사람의 압운은 엉터리군"(4막 2장 185).[8] 브루투스는 그 시인을 "엉터리 압운이나 떠벌리는 바보"(4막 2장 189)라고 하면서 이 말에 동의한다. 이것은 말로의 "엉터리 곡조나 떠벌리는 광대" — 왕실 셰익스피어 극단 셰익스피어판에서는 그 말에 "돌발적이고 보격이 세련되지 못한 방식으로 압운을 맞추는 것"이라고 주석을 단다(고딕체는 저자의 강조) — 처럼 경멸이 담긴 어귀이다. 왕실 셰익스피어 극단의 주석이 보여주듯이(우리가 고딕체로 강조하듯이), 압운에 대한 언급은 종종 보격에 대한 언급과 동일시된다. 둘 모두 시가 어떻게 들릴지에 대한 의식을 일부 드러낸다.

마스턴의 『안토니오와 멜리다Antonio and Mellida』(1599)에서 운율에 대한 토론은 곧 압운에 대한 대화로 옮겨진다. 그리고 그 대화는 이중적인 의미로 가득 차기도 한다. 아주 열정에 찬 상태로 분열된 약강 5보격이 보여주듯이, 시적 리듬은 성적인 요소를 가지고 있다. 밸러도Balurdo는 시를 쓰려고 애쓴다. 그의 시종인 딜도Dildo는 밸러도의 시 창작에서 무엇이 잘못되었는지 알아보고 (점감적인) 압운을 제시한다.

밸러도: 나는 내 준마에 올라 아주 씩씩하게 채찍을 휘두르리…….
딜도: '씩씩하게 채찍을 휘두르리'는 너무 깁니다. 게다가 별로 시 같지 않

습니다, 주인님.

밸러도: 나는 순수한 압운으로 말하며 용감하게 그것을 희롱하리. 나는 기
꺼운 마음으로 희롱하리 …… 그것을 희롱하리 …… '그것을 희롱하리'
쪽이 압운이 맞겠지?

딜도: 그게 맞지요.

4막 1장 268~273[•]

베네디크는 『헛소동』에서 같은 문제를 가지고 있다. "'아기baby' 말고는
'숙녀lady'에 맞는 압운이 생각나지 않는군"(5막 2장 35~36).

『한여름 밤의 꿈』에서 직공들은 압운을 논하지는 않지만, 그들도 보격
에 대해서는 아주 잘 알고 있었다. 그들이 간주에 프롤로그를 더하려고
계획할 때 맨 먼저 어떤 보격으로 쓸지 고려한다. 퀸스는 '8과 6'(8음절로
된 행과 6음절로 된 시행을 번갈아가며 쓰는 것)을 제안한다. 보텀은 모두 8
음절로 하는 걸 선호한다. "8과 8로 쓰도록 하자"(3막 1장 22~24). 채프먼
의 희극인 『신사 우셔Gentleman Usher』(1605)에 등장하는 인물은 "10으로 된
운문"(즉, 약강 5보격)으로 창작할 것을 제안한다(2막 2장 71).⁹ 인물들이
운율에 주목한다는 이유만으로도 관객은 셰익스피어의 운율을 알 수밖
에 없다. 연극에 보격과 압운이 자주 등장하기는 하지만, 이런 언급이 언
어 일반에 대한 언급과 독립적인 것으로 생각할 수 없다. 『햄릿』에 등장

• 원서의 대화는 다음과 같다. _ 옮긴이
　Balurdo: I'll mount my courser and most gallantly prick…….
　Dildo: "Gallantly prick" is too long, and stands hardly in the verse, sir.
　Balurdo: I'll speak pure rhyme and so will bravely prank it
　　　　That I'll to love like a …… prank …… prank it …… a rhyme for "prank it?"
　Dildo: Blanket.

하는 희극적인 폴로니어스에서부터 『안토니오와 멜리다』에 이르기까지 등장인물들은 일관되게 언어적인 면을 잘 알고 있다. 여기 문학 비평가가 되려고 애쓰는 폴로니어스가 있다. "'보자기를 두른 왕비'라. 그거 좋은 표현이군mobbled queen' is good"(2막 2장 507). 마스턴의 안토니오도 비유만으로 연인의 아름다움을 충분히 표현할 수 없다는 사실에 직면한다.

> 내려온다. 그녀는 — 오 내려온다, 어떤 비유도
> 그녀의 내려오는 모습을 충분히
> 적절하고 멋지거나 우아하지 않다.
> 가슴이 뛴다, 그녀가 온다.
> 그녀가 온다.
>
> 『안토니오와 멜리다』 1막 1장 151~154[10]

단순한 단음절(반복되기는 했지만)로 표현된 "그녀가 온다"는 모든 면에서 비유만큼이나 '시적'이다.

부분적으로는 인문주의 때문에(신화 2를 볼 것), 셰익스피어 시대는 언어에 자의식적인 시대였다. 보격은 시적 언어라는 복합적인 프로그램의 일부이다. 그 프로그램에는 어휘와 은유와 운율과 수사학적 장치가 포함된다. 이런 것들이 모두 모여서 연극의 음 풍경을 이룬다. 그리고 무대의 소리 — 맥베스에서 문을 두드리는 소리나 '세넷sennet'이나 '알라럼alarum'의 소리 같은 소리 — 를 포함할 때, 셰익스피어의 '음'에는 시의 행을 기계적으로 읽을 때보다 훨씬 더 많은 음이 포함된다.

산문에도 압운이 있다는 것을 잊어서는 안 된다. 산문은 시처럼 규칙적으로 운을 맞추지는 않는다. 그러나 산문에는 산문 고유의 내적인 균형, 점진적인 발전, 반복 등이 있는데 이런 모든 것이 우리 귀에는 시와 유사하게 들린다. 말볼리오는 『십이야』에 나오는, 한밤중에 술을 먹고 취한 사람들에게 "나리들, 미치신 겁니까?My masters, are you mad?"(2막 3장 83)라고 한다. 두운을 맞춘 구절은 압운을 쓴 것 못지않게 깔끔한 대칭을 보여준다. 하지만 그 문장은 가속적인 리듬도 가지고 있다. 3개의 단음절이 결국 형용사 '미친mad'을 강조하는 것으로 귀결된다('미친'은 이 연극의 중요한 주제이기도 하다).

말볼리오는 세 단어를 한 벌로 해 두 문장을 이어간다. "당신은 위트도, 예의도, 정직함도 없으세요? …… 당신에게는 장소나, 사람이나, 시간에 대한 존경심이 없으세요?"(2막 3장 83~89). 셰익스피어는 무운시에서도 세 단어를 한 벌로 이용한다. 『줄리어스 시저』에서 안토니는 "친구여, 로마인이여, 이 나라 사람들이여"라고 한다(3막 2장 74). 『존 왕』의 바스타드는 "미쳐버린 세상, 미쳐버린 왕들, 미쳐버린 정신!"(2막 1장 562)이라고 말한다. 셰익스피어의 산문과 시는 여기서 동일한 수사적 구조를 사용하고 있다. 그의 산문은 시와 겹친다.

산문의 리듬과 시의 리듬 사이의 밀접한 관계는 플로리오의 몽테뉴 번역의 한 구절에서 찾아볼 수 있다. 이 번역이 셰익스피어의 눈은 물론 귀까지 사로잡은 것이 분명하다. 플로리오가 번역한 「레몽 스봉에 대한 변론An Apologie of Raymond Sebond」에서 몽테뉴는 "신민이 …… 군주에 대항해 반항하고 무기를 드는 것이 합법적인가"라며 의아해한다.[11] 『햄릿』에서 왕자는 "고통을 견뎌낼 것인가? …… 아니면 고난의 바다에 대항해 무기를 들 것인가? 어느 것이 고상한가?"(3막 1장 59~61)라며 의아해한다. 플로리오, 몽테뉴가 말한 (군주에 대항해) 실제로 무기를 사용하는 것이 셰익스피어에 이르면 은유가 된다(바닷물에 실제 무기를 휘둘러봐야 아무 소용없을 것이다). 하지만 셰익스피어가 처음 주목했던 것은 플로리오의 산문에 나타난 문장 내의 균형이었던 것 같다. 셰익스피어는 산문 속에서 시를 들었던 것이다.

현대 시인인 피터 포터Peter Porter는 "시는 언어의 부패를 막는 냉장의 한 형태"라고 했다. 셰익스피어의 산문에 대해서도 같은 말을 할 수 있다. 일상 언어와 약강 5보격을 분리할 수 없듯이, 산문과 시를 완전히 분리할 수 없다.

햄릿이라는 이름은 셰익스피어의
아들에게서 따온 것이다?

스냅snap 같은 카드놀이의 즐거움에서 시작해 일란성 쌍둥이나 우연의 일치가 주는 매력, 더 나아가 압운의 기쁨에 이르기까지 우리는 다양한 종류의 동일성, 대칭, 순환을 즐긴다. 『줄리어스 시저』에서 카시우스는 자신의 생일에 죽는다["오늘이 내가 처음 숨을 쉰 날이군. 시간은 한 바퀴를 돌았고, 내가 태어난 날, 생을 마감하겠군"(5막 3장 23~24)]. 셰익스피어도 그랬다. 4월 26일에 세례를 받은 그는 아마도 그 이틀 혹은 사흘 전에 태어났을 텐데, 공교롭게도 생일일 가능성이 큰 4월 23일에 죽었다. 영국 국민 시인의 생일은 영국의 수호성인*의 축일과 신기하게 일치한다. 셰익

---

* 성 조지(St. George)를 가리킨다. _ 옮긴이

스피어는 52세에 죽었는데 아우구스투스 황제 시절 로마의 가장 위대한 시인이었던 버질Virgil 역시 그 나이에 죽었다.

셰익스피어의 아들 햄닛Hamnet과 비극의 주인공 햄릿의 관계는 동일성을 찾아내는 이런 종류의 즐거움의 범주에 속한다. 지그문트 프로이트는 셰익스피어의 아들과 왕자가 동일하다고 확신했다. 『꿈의 해석Interpretation of Dreams』(1900)에서 그는 이렇게 썼다.

우리가 햄릿의 내면에서 발견하는 것은 물론 시인 자신의 정신일 것이다. 게오르그 브란데스Georg Brandes의 책(1896)을 보면 셰익스피어는 자신의 아버지가 죽은 직후(1601), 즉 자신의 상실에 직접 영향을 받아 『햄릿』을 썼다는 구절을 찾을 수 있다. 그리고 누구나 예상할 수 있듯이 그 작품 속에서는 아버지에 대한 셰익스피어 자신의 어린 시절 감정이 새롭게 되살아난다. 또한 어릴 때 죽은 셰익스피어의 아들의 이름은 '햄닛'이었고, 그 이름은 햄릿과 동일하다.[1]

해석적인 면에서, 그리고 전기적인 면에서 이루어진 비약에 주목하라(햄릿은 셰익스피어와 동일시되고 햄닛은 햄릿과 동일시된다). 또 얼마나 확신에 차 표현하고 있는지 주목하라. "우리가 햄릿의 내면에서 발견하는 것은 물론 시인 자신의 정신일 것이다. …… '햄닛'은 '햄릿'과 동일하다."

엘리자베스 시대에 이름 표기가 확실치 않았다는 점은 분명하다. 셰익스피어의 동시대인이자 라이벌인 말로의 성이 말로Marlow, 말로Marloe, 말리Marley, 말린Marlin, 말린Malyn, 몰리Morley, 멀린Merlin 등 다양한 철자로 표현된 예에서 볼 수 있듯이 말이다. 셰익스피어의 아내 역시 앤Anne, 애네스Agnes, 애니스Annis로 불렸다. 다만 이것은 말로의 경우와는 같지 않다. 앤의 경우에는 발음이 거의 같기 때문이다. ·애네스Agnes는 앤-에스An-yes로 발음될 수 있다[이 이름은 원래 그리스어 'hagnos'(순결한, 정숙한)에서 유래되었으나 라틴어 'agnus'(그리스도를 상징하는 동물인 양)와 연관되기도 했다]. 그것은 또한 'g'가 묵음이라 애니스로 발음될 수 있으며, 따라서 약어로 앤이라고 할 수 있다. 햄닛과 햄릿은 이런 변주의 범주에는 전혀 속하지 않는다. 'n'과 'l'은 흔히 보이는 변종이 아니다. 프로이트에게는 미안하지만, 햄닛은 햄릿이 아니다(아닐 것 같다).

세익스피어의 아들 햄닛과 그의 쌍둥이 여동생인 주디스는 스트랫퍼드의 이웃집에 살고 있는 대부 햄닛 새들러와 대모 주디스 새들러의 이름을 따랐다. 쌍둥이는 1585년에 태어났고 햄닛은 11세가 되던 1596년에 죽었다(주디스는 1661년 또는 1662년까지 살았다). 햄닛의 사망 원인은 알려져 있지 않다(다만 그가 사망한 8월은 늘 전염병으로 사람들이 죽어가는 불운의 달이기는 했다). 전기 작가들은 쌍둥이 중 한 사람이 종종 다른 한 사람보다 약하다고 이야기한다. 햄닛과 그의 쌍둥이 동생의 죽음 사이에 65년이나 차이가 난 것을 보면 그가 쌍둥이 중 몸이 더 약한 쪽이었을지 모른다.

햄릿을 햄닛이라고 생각하는 이유는 햄릿을 주인공으로 하는 이 비극이 아버지와 아들의 관계를 다루고 있기 때문이다. 이 연극은 또한 슬픔을 다룬 연극이기도 하다. 부자연스러울 정도로 긴 햄릿의 애도 ─ 그는 공식적인 애도 기간이 지난 뒤에도 계속 아버지를 생각하며 슬퍼한다 ─ 에서부터 의붓아버지가 말한 죽음을 기억하라는 지혜 ─ 클로디어스는 그를 위로하기 위해 "(인생의) 공통된 주제 가운데 하나는 아버지의 죽음이라네"(1막 2장 103~104)라고 말하기도 한다 ─ 를 거부하는 것, 무덤에서 온 두 명의 방문자[1막과 3막의 유령, 5막의 요릭의 해골(신화 27을 볼 것)], 너무 슬픈 나머지 기억을 못하는 것("하늘이시여 대지시여, 내가 기억을 해야만 할까요?"), 줄리어스 시저의 죽음에 대한 일화, 햄릿이 자살을 생각하는 것, 햄릿이 죽음을 받아들이는 것["참새 한 마리의 죽음에도 신의 특별한 뜻이 있다"(5막 2장 165~166)]에 이르기까지 이 연극은 죽음에 사로잡혀 있다. 셰익스피어 역시 죽음에 사로잡혀 있었다고 생각하는 사람들이 있다.

햄닛은 1596년 8월에 죽었고, 셰익스피어의 삼촌인 헨리는 그해 12월에 죽었다. 그렇다면 셰익스피어는 창작을 통해 슬픔을 잊으려고 5년이나 기다린 것일까? 문제를 더 복잡하게(혹은 간단하게) 만드는 것은 셰익스피어의 아버지가 (프로이트가 앞의 인용문에서 강조했듯) 1601년 9월에 죽었다는 사실이다. 『햄릿』은 결국 아들이 아니라 아버지의 죽음에 관한 작품이고, 엘리자베스 1세 시대 연극의 원형으로 받아들여지던 『스페인 비극』과는 다르다. 그 연극은 아들의 죽음에 대한 아버지의 슬픔에 초점을 맞추고 있다. 16세기 말 당시 슬픔은 셰익스피어의 창조적인 레퍼토리의 일부였다. 『십이야』(1601)에서 비올라는 (쌍둥이) 오빠의 죽음을 애도한다. 그녀는 남장을 할 뿐 아니라 오빠로 변장까지 한다. 살아남은 사람이 죽은 사람의 특징을 모방하거나 그 인물의 옷을 입는 것은 무대에서 인정되던 애도의 방식이었다. 왕립 셰익스피어 극단의 무대 감독인 존 케어드는 1983~1984년에 "쌍둥이 가운데 하나가 죽을 때 남은 쌍둥이는 자신의 인생뿐 아니라 죽은 오빠의 인생까지 연기해서 죽은 쌍둥이를 되살리고자 하는 욕망을 지닌다"[2]고 말했다. 쌍둥이에게만 그런 심리가 나타나는 것은 아니지만(프로이트에 따르면 이런 심리를 슬픔의 고전적 요소라고 한다), 쌍둥이의 경우 시각적으로 똑같이 생긴 사람이 그런 심리를 구현한다. 셰익스피어에게 슬픔에 잠긴 쌍둥이를 다른 쌍둥이로 잘못 보는 것은 그들이 쌍둥이여서가 아니라(즉, 오직 그 이유 때문만이 아니라), 애도

하는 사람들이 일시적으로 자신 속에 죽은 자를 통합시키기 때문이다. "나의 아버지 집안에서 나는 유일한 딸이에요. 그리고 유일한 아들이기도 하고요." 비올라가 말한다(2막 4장 120~121). 5막에서 세바스찬이 비올라에게 돌아왔을 때, 그의 귀환은 그녀의 애도가 끝났음을 표시한다. 그것은 또한 그녀가 더 이상 남장을 하지 않아도 된다는 뜻이다. 존 케어드가 말하듯이, "오빠가 나타났고, 그것은 그녀가 더 이상 남장을 할 필요가 없음을 의미한다".[3] 물론 이 연극은 비올라의 애매한 성적 페르소나의 스릴을 쉽게 포기하지는 않으며 그녀는 여전히 남장을 한 채 세자리오라고 불린다. 하지만 우리는 연극의 대화 중 처음으로 그녀의 이름이 비올라라는 것을 알게 된다. 이 지점에 이를 때까지 관객은 그녀의 이름조차 모른다.

『십이야』나 『햄릿』이 셰익스피어에게 개인적인 울림이 있는 작품이라고 볼 수도 있지만 엘리자베스 시대 영국에서는 모두가 가까운 사람이 죽어 슬퍼한 경험이 있음을 기억하는 게 중요하다. 벤 존슨의 장남인 벤저민Benjamin은 7세이던 1603년에 역병으로 죽었고, 차남인 조지프Joseph도 그해 같은 병으로 죽은 것으로 추정된다. 몇 년 뒤에는 장녀였던 메리가 6개월밖에 못 살고 죽었다. 셰익스피어는 『헨리 6세 3부』나 『존 왕』을 쓸 때 자식을 잃은 적은 없었으나 그러한 죽음을 쉽게 상상할 수 있었다. 『헨리 6세 3부』(옥스퍼드판 셰익스피어에서는 1595년 출판 당시 제목 그대로 『요크의 공작 리처드Richard Duke of York』라는 제목으로 출판되었다)에서, '프랑스의 암늑대'로 불리던 마거릿 여왕Queen Margaret은 요크 공작의 막내아들인 러틀랜드Rutland를 죽이고 요크 공작을 조롱한다. 요크 공작이 너무나 슬퍼하자 적들마저 감동하며 그를 동정한다. 노섬벌랜드Northumberland는 이렇게 말한다.

제기랄, 하지만 그의 열정에 감동받아 아무래도 눈물이 나올 것 같아.
(중략) 그가 친척 모두를 죽인 살인자라고 해도, 영혼을 쥐어짜는 그의 슬픔을 보면 어쩔 수 없이 동감해 울 수밖에 없군.

1막 4장 151~152, 170~173

후에 5막에서 아들인 에드워드 왕자가 죽자 마거릿 여왕 역시 슬픔에 잠긴다. 그리고 이 연극의 가장 유명한 무대 지문은 2막에서 대칭을 이루며 애도를 묘사한다. 한쪽 문에서 아버지를 살해한 아들이 들어오고, 다른 문에서는 아들을 죽인 아버지가 들어온다(2절판 TLN 1189~1191).

『존 왕』에서 콘스탄스Constance는 어린 아들 아서Arthur의 죽음을 슬퍼한다. 이 대사에서 그녀는 자신의 슬퍼할 권리를 옹호하면서 그런 감정이 지닌 심리적 기능을 설명한다.

슬픔이란 놈이 없어진 내 아들 대신 침대에 누워 있기도 하고, 가는 곳마다 따라다니며 그 아이의 예쁜 표정을 짓고, 그 아이의 목소리를 들려주고, 그 아이의 우아한 면을 생각나게 하고, 그 아이가 벗어놓은 옷을 입기도 하는데 어떻게 슬픔을 귀여워하지 않을 수 있겠어요?

3막 4장 93~98

여기서 그녀가 사용하는 논리(상실의 정서적 공허함이 슬픔으로 채워진다는 논리)는 멀리 거슬러 올라가면 4세기의 주교인 성 오거스틴St. Augustine의 논리와 같다. 오거스틴은 고백록에서 친구의 빈자리를 자신이 흘린 슬픔의 눈물이 꽉 채우고 있다고 묘사한다. "내게는 눈물만이 달콤했다. 왜냐하면 내 마음의 욕망 속에서 눈물이 내 다정한 친구의 자리를 차지해버렸기 때문에."⁴ 이처럼 슬픔은 셰익스피어의 개인적인 상황과 관계없이 초기작부터 그의 변치 않는 주제였다.

크리스토퍼 러시Christopher Rush의 소설 『윌Will』(2007)은 '윌'이란 제목으로 말장난을 하면서● 이 사실을 아름답게 설명해준다. 윌 셰익스피어는 자신의 변호사에게 유언장을 받아쓰게 하며 말한다. '죽음'은 그가 가장 잘할 수 있는 일이다. 그는 어린 시절에 미지의 나라에서 온 성경 속의 여행자에게 매료되었으며 ─ "왜 누구도 그에게 묻지 않는가? '나사로야, 죽었을 때 기분이 어땠니?'라고" ─ 10대에 경험한 앤 해서웨이와의 관계는 죽음에 비유되었고, 대학의 재사가 되기 위해 필수적이었던 자격이 '일찍 죽을 수 있는 능력'이었다(토머스 왓슨은 '92세'에 묻혔다). 그리고 그는 문학적 실험을 했는데, 『햄릿』에서 셰익스피어의 관심사는 복수극이 아니었다. 한 사람을 죽음에 이르게 했지만 그가 진정으로 관심을 두었던 것은 죽음 그 자체였다. "알다시피 나는 죽음을 그린다. 그리고 어린아이들의 죽음도 그릴 수 있다. '그들의 입술은 하나의 가지 위에 핀 네 송이 빨간 장미였다.' …… 그런 류의 것이었다."⁵

햄릿을 햄닛이라고 생각하고 싶은 마음은 오필리어의 익사가 지리적으로든 정서적으로든 셰익스피어와 밀접한(즉, 워릭셔나 그의 가족과) 관련이 있을지 모른다는 추측과 함께 이루어지거나 그 추측을 통해 강화된다. 비평가들이 익히 아는 대로 1579년 12월에 캐서린 햄리트Katherine Hamlett라는 젊은 여성이 익사했다. 그녀는 티딩튼Tiddington에 있는 에이번Avon 강에서 익사했다. 그녀가 빠진 곳은 그 강 가운데에서도 "버드나무가 지나치게 우거지고 화관용 풀이 많기로" 유명한 구역이었다.⁶ 그녀의 죽음이 자

● 윌은 윌리엄을 가리키기도 하고 유언장을 가리키기도 한다. _ 옮긴이

살처럼 보였음에도 기독교적 매장을 열렬히 원했던 가족이 사고사라고 주장했던 것은 이해할 만하다. 그들은 그녀가 강에서 물을 긷다가 빠졌다고 했다. 익사와 버드나무와 잡초와 자살을 둘러싼 논쟁은 오필리어의 죽음의 정황과 유사하다. 2011년 6월에는 스티븐 건Steven Gunn이라는 근대 초기 검시관의 기록을 연구하던 역사가가 우연히 두 살 반 된 제인 섹스피어Jane Shaxpere의 죽음에 대한 기록을 발견했다. 그녀는 1569년 업턴Upton 연못에서 금잔화를 따다가 익사했다. 그녀가 윌리엄 셰익스피어와 관련이 있는 사람이건 아니건 간에, 셰익스피어가 이 이야기를 알았고 금잔화를 따는 제인이 약초를 모으는 오필리어로 발전했을 가능성은 있다. 그러나 건의 발견에 언론이 지나칠 정도로 관심 – 유아인 제인 섹스피어는 라파엘 전파 화가인 존 에버렛 밀레이John Everett Millais의 오필리어 그림에 항상 등장하게 되었고 그녀에 대한 기록은 건이 이룩한 다른 기록 관련 업적들을 가려버렸다 – 을 보인 것은 그 이상의 뭔가가 있음을 암시한다. 즉, 우리는 셰익스피어의 등장인물이 실제 사건에서 나온 인물이길 바라는 것이며 아마도 그런 인물을 창조한 영감을 포착해내 뭔가 알 수 있는 것(아들의 죽음과 같은 것)에 고정시키고 싶어 하는 것이다.

햄릿의 이름을 햄닛에서 따온 것이 아니고 셰익스피어의 슬픔이 아들을 잃은 데서 온 것이 아니라면, 그 이름은 어디서 온 것인가?『햄릿』을 쓰면서 다른 작품을 쓸 때와 마찬가지로 셰익스피어는 여러 가지 자료(극, 시, 산문, 고전, 현대물, 문자, 구전)를 섭렵한 후 작품을 썼는데, 이런 경우에 종종 그러하듯이 다양한 자료를 활용했다. 플롯은 덴마크의 전설에서 온 것으로, 그 전설에서 복수하는 영웅의 이름은 앰로디Amlothi이다. 삭소 그라마티쿠스Saxo Grammaticus가 13세기에 쓴 이 이야기는 1514년에 (라틴어로) 인쇄되었고 1576년 프랑수아 벨포레Francois Belleforest의『비극의 역사『Histoire tragique』에서 프랑스어로 번역되었다. 그 뒤 10년도 안되어 이 이야기는 영국에서 연극으로 만들어져 공연된다. 1589년에 이르면 토머스 내시가 이 작품을 두고 '진부하다'고 할 정도가 되었다. "수많은 햄릿 이야기, 그 모두가 한 줌의 비극적 대사라고 해야 할 것이다"(로버트 그린의 『메너폰Menaphon』에 붙이는 서간에서). 토머스 키드는 셰익스피어가 쓴 『햄릿』의 이전 버전의 『햄릿』을 썼다고 일컬어진다(아들이 아버지의 죽음을 애도하는 연극은 확실히 아버지가 아들을 애도하는 『스페인 비극』과 쌍을 이룬다). 극장 지배인인 필립 헨즐로는 1594년 6월에도 『햄릿』을 상연했다고 한다. 영국판 연극 주인공의 이름은 모두 햄릿인 것이다.

셰익스피어는 때로 원자료의 인물 이름을 바꾸기도 했다. 가령 『끝이 좋으면 다 좋다All's Well That Ends Well』의 기원이 된 보카치오의 『데카메론Decameron』에서는 여주인공의 이름이 질레타Giletta였는데 셰익스피어는 이를 헬렌Helen으로 개명했다. 또한 『뜻대로 하세요』의 기원이 된 자료 속 주인공 이름은 로세이더Rosader였지만 셰익스피어는 이를 올란도로 바꾸었다(다만 이 경우에는 약어로 말할 때 여주인공 로잘린드와 혼동될 우려가 있기 때문이기도 했을 것이다). 그럼에도 『햄릿』에서 그는 주인공의 이름을 그대로 유지했다. 어쩌면 자신의 개인적인 상황에 가까웠기 때문에 그렇게 했을지도 모른다. 그러나 그가 그렇게 했다고 가정하면 신화 18의 영역으로 들어가는 것이다. 즉, 소네트를 자전적인 것으로 읽고 싶어 하는 충동을 인정하는 것이 된다. 『햄릿』은 슬픔으로 가득한 연극이다. 그러나 이런 슬픔이 셰익스피어 자신의 삶에 있었던 슬픔에서 비롯되었다고 가정할 필요는 없다(비록 그것이 우연히 사실이라고 해도 말이다). 주인공의 이름과 아들의 이름이 유사한 것처럼 정서적인 면의 유사성이 있을 수 있다. 그러나 유사성이 곧 동일성인 것은 아니다. 우리는 카드 게임에서처럼 두 장이 똑같다고 해서 "스냅!"이라고 할 수는 없다.

우리가 논의하고 있는 연극은 바로 이런 수수께끼들을 탐색하고 있다. 마르켈루스Marcellus가 호레이쇼Horatio에게 그들이 본 유령이 죽은 덴마크의 왕과 정말 닮았다는 말에 동의를 구하자, 호레이쇼는 하나의 이미지를 들어 동의하지만, 그 말은 겉보기처럼 단순하지 않다.

> 마르켈루스: 선왕과 닮지 않았는가?
> 호레이쇼: 그대가 그대 자신과 닮은 것처럼.
>
> 1막 1장 57~58

그러나 마르켈루스는 그 자신과 닮을 수가 없다. 그는 그 자신이기 때문이다. 실제로는 유사하지 않은 두 가지를 일시적으로 연결시킬 때 비유가 성립한다. 그리고 『햄릿』은 말장난을 통해 계속 통합하려는 술책을 의심한다. 예를 들어, 형수가 결혼하면서 클로디어스는 여러 관계를 통합해버린다. 그는 거트루드를 숙모-어머니로, 자신을 숙부-아버지로 만든다. 햄릿은 조카-아들이 된다. 햄릿은 통합 과정을 언어유희를 통해 거부한다. 그는 "너무 태양 / 아들에 가깝다too much i'th'sun/son"(1막 2장 67)라거나, 의붓아버지는 "숙질 이상이지만, 부자간은 아니다little more than kin and less than kind"(1막 2장 64)라고 말한다. 이는 새로운 정서적 관계와 의미를 분리하려는 것이다. 『햄릿』은 서로 다른 두 가지를 하나로 합치려는 시도를 끊임없이 거부하는 연극이다. 이것이야말로 아마도 우리가 주의해야 할 예이다.

천박한 부분은 하층민을 위한 것,
철학은 상류층을 위한 것?

로런스 올리비에의 영화 〈헨리 5세〉(1944)의 첫 장면은 엘리자베스 시대의 런던 시내와 비현실적으로 보이는 파란색 템스 강을 건너가 마침내 이엉을 이어 만든 글로브 극장으로 향한다. 그날의 연극 공연을 보러 관객이 모여드는 모습이 보인다. 그곳에서 칙칙한 색의 옷을 입은 남녀가 회랑에 자리를 잡거나 마당 주위를 빙빙 돌고, 갑자기 멋지고 화려한 색의 옷을 차려입은 두 숙녀가 들어서자 모여 있던 사람들이 모자를 벗는다. 어린 남자아이 둘이 장난을 치고 깃털을 단 모자와 당시 유행하던 두 가지 배색 상의를 입은 귀족이 장인과 조수와 시민들을 헤치고 지나가다 오렌지 바구니를 놓고 파는 여인과 부딪친다. 이 모든 상황의 의미는 명확하다. 글로브 극장의 관객은 다양한 계층의 사람들이 섞여 있었다. 셰익스피어의 연극은 서민과 귀족 모두에게 인기가 있었다. 남녀 모두 쉽게 극장으로 몰려가 연극을 보았고 각자 공연의 다양한 측면을 즐겼다.

올리비에는 영화를 찍기 몇 년 전에 앨프리드 하비지Alfred Harbage가 출판한 중요한 책을 읽고 글로브 극장을 이렇게 파악했다. 『셰익스피어의 관객Shakespeare Audience』에서 (하비지는) 그 당시 기록을 샅샅이 뒤졌다. 그 이유는 당시 관객이 "나이 든 사람보다는 젊은이가 많고, 여성보다는 남성이 많고, 성직자보다는 일반인이 많기는 하지만", "각양각색의 영국 사람들"이었음을 보여주기 위해서였다.[1] 하비지와 올리비에 두 사람 모두 근대 초기 극장에 대한 이런 관점을 널리 알리고자 했다. 하비지는 엘리자베스 1세 시대 극장과 자신의 시대의 극장을 대조하고자 했다. 현대의 극장에는 사회적으로 너무 제한된 계층만이 오기 때문에 셰익스피어의 연극을 제대로 상연할 수 없다는 것이다. "오늘날 우리가 극장에 가면 우연히 교사와 마주치듯이, 당시 글로브 극장에서는 우연히 식료품 상인과 마주치곤 했다."[2] 올리비에로서는 글로브 극장에서 런던 사회 각양각색의 사람들이 만나는 것이 그가 제작한 전쟁 영화 전반의 프로파간다 및 이데올로기와 일치하는 측면이 있었다. 올리비에는 완벽한 승리 영화를 제작하기 위해서 그 연극에서 경쟁이나 속임수를 암시하는 부분을 모두 삭제해버렸다. 올리비에의 〈헨리 6세〉를 보면 셰익스피어 연극과는 달리 포위된 아르플뢰르Harfleur 시민을 강간하거나 살해하지도 않고, 귀족들이 왕을 배신하고 프랑스산 금을 빼돌리지도 않는다(이 영화에 대해서 트레버 넌은 "5막으로 된 국가"라고 평했다[3]). 마찬가지로 올리비에가 재현한 글로브 극장의 모습을 보면 연극은 이상화되고 계급을 초월한 통일된 영국성을 다루고(구성하고) 있다. 하지만 올리비에와 하비지의 이 같은 견해는 그들의 관점을 수정한 앤 제날리 쿡Ann Jennalie Cook의 연구 — 그녀의 책 『1576~1642년 셰익스피어의 런던 속 특권층 연극 관객The Privileged Plaggoers of Shakespears's London 1576~1642』이 모든 것을 말해준다 – 가 보여주는 바와 같이 감상적인 견해이다. 그녀는 실제 연극 관객은 "주로 사회적으로 상류층에 속한 사람들이었다"[4]고 분석했다. 그녀에 따르면 연극이 비교적 싼 편이기는 했지만, 템스 강을 건너오는 교통비와 오후의 여가를 고려하면 연극 구경은 하비지가 생각했던 것보다 엘리트 중심의 활동이었다.

사실 셰익스피어 시대에 실제로 어떤 사람들이 극장에 갔느냐 하는 이슈는 부자와 빈민, 엘리트와 평민이 서로 어깨를 비비며 『햄릿』을 즐겼다는 이상화된 이미지 때문에 정확하게 밝히기가 어렵다(17세기 초 앤서니 스콜레이커Anthony Scolaker는 "햄릿 왕자처럼 모두를 즐겁게 해야 한다"라며 셰익스피어의 연극을 좋은 글쓰기의 모범으로 삼았다[5]). 누가 연극을 보러 갔는지에 대해서는 비평가들이 상반된 증거를 제시하기 때문에 평가하기가 어렵다(그 연극들이 서로 다른 계층의 관객에게 서로 다른 메시지를 전달했을 것이라는 문제에 직면하게 될 것이다). 예를 들어 스티븐 고슨Stephen Gosson은 『학대의 학교The School of Abuse』에서 "연극을 즐기곤 하는" "점잖은 런던 여성 시민들"에게 말을 건네는데, 이때 나오는 길고 자세한 제목에 유념하라. 「시인, 피리 연주자, 배우, 어릿광대, 공화정의 애벌레들을 향한 유쾌한 독설, 그들의 사악한 활동에 대해 도전장을 내다」. 이것은 중립적인 설명이라고 할 수 없다. 아마도 고슨은 도덕적인 이유 때문에 극장 초기에 여성들이 극장에 가는 것을 과장했을 것이다.[6] 런던 시장과 런던 부시장이 추밀원에 연극 공연을 막아달라고 했을 때, 그들은 연극 관객을 "악한 성향의 불경한 쓰레기 같은 사람들"이며, "다양한 도제들과 하인들"과 "장인 아래 들어가지 못한 사람들"이라고 표현했다. 그리고 헨리 크로스Henry Cross는 "보통 관객과 연극 구경꾼"에 대해 "지저분한 사람들과 독사의 새끼들"이라고 썼다. "여기에 적절한 규율이 있어야만 하지 않겠는가? 이런 지옥에나 있을 법한 인물들이 우글대는 곳에서 연극은 이 도시의 모든 오염 물질이 흘러가는 하수구 같은 곳, 혹은 몸속의 모든 체액을 끌어들이는 몸의 종기 같은 곳이다." 이 저자들이 불평할 때 쓴 언어로 보건대 이런 평가는 사회학적 묘사라기보다는 청교도적 관점을 옹호하기 위한 것이다.[7] 이것과는 다른 견해지만 유사한 결론에 이른 윌리엄 페노William Fennor는 '상냥한 시의 여신'에게 이렇게 말한다. "종종 피의자, 범죄자, 사형수가 되어 대중에게 공정한 재판도 받지 못한다. 대중의 판단은 무식하고 무례하다." 이에 대한 증거로 그는 벤 존슨의 아주 고전적인 연극인 『세야누스』를 "천박한 턱을 뒤틀며 삐딱하게 바라보는"[8] 관객의 반응을 인용한다. 『하얀 악마』의 연극적 실패를 설명하면서 존 웹스터는 그 연극이 "관객에 대한 충분한 이해가 없었다"고 했다. 연극 관객이 "무식한 당나귀"이기 때문이라는 것이다. 그러나 웹스터 또한 편견에 찬 증인[9]이라고 할 수 있을 것이다. 이런 묘사들이 다채롭기는 하지만, 실제로 셰익스피어 당시 관객이 어떤 사람이었는지에 대해서는 알려주는 바가 없다.

우리는 연극의 입장료에 대해서는 좀 알고 있다. 야외극장에서 가장 싼 입장료는 마당에 서서 보는 것인데 1페니 정도 한다. 1페니는 "가장 싼 맥주 1쿼트, 작은 파이프 담배의 3분의 1, (선술집에서 파는) 가장 싸구려 식사의 3분의 1"[10]에 해당한다. 극장마다 오는 손님이 달랐으리라고 가정하는 것은 합리적이다. 그리고 분명히 블랙프라이어스 같은 실내 극장은 수용 인원은 적고 입장료는 비싼 대신 훨씬 더 아늑한 부티크 극장이었을 것이다. 글로브와 같은 반원형의 야외극장에서는 가장 싼 표를 산 고객이 가장 무대 가까이 앉는 반면, 블랙프라이어스 같은 실내 극장에서는 무대 근처 특석에 앉으려면 1실링 6펜스를 지불해야 했다. 블랙프라이어스 극장에서 가장 싼 입장료는 6펜스였다. 하지만 셰익스피어는 특별히 그런 극장의 관객만을 위해서 작품을 쓰지는 않았다. 셰익스피어의 후기 작품은 왕실 극단 극장King's Men Venues, 글로브 극장, 블랙프라이어스 극장 모두에서 상연되었던 것 같다. 따라서 관객은 다르더라도 상연된 연극은 동일했다.

그보다 더 중요한 점은 연극을 보기 위해 치르는 간접 비용인데 돈보다는 시간이 문제였다. 극장에 가려면 평일 오후 2시부터 시간이 있어야 한다. 식료품 주인과 아내가 프랜시스 보몬트Francis Beaumont의 짝퉁 로맨스 연극인『불타는 막자의 기사The Knight of the Burning Pestle』를 꼭 보고 싶어 하는 열광적인 팬이라서 도제인 레이프Rafe와 함께 극장에 온다면, 그들이 자리를 비운 사이에 가게에 무슨 일이 일어날지 알 수 없다. 여러 기록을 볼 때 연극 관람이 적어도 유한계급의 취미였다는 주장은 부분적으로 옳다. 도시의 상투적인 인물을 다룬 토머스 오버베리Thomas Overbury 경의 「아내A Wife」(신화 29를 볼 것) 같은 베스트셀러 연극에 나온 "탁월한 배우" 항목을 보면 "그는 가장 여유 있는 시간, 즉 점심과 저녁 사이 공부하기도 운동하기도 좋지 않은 가장 여유로운 시간에 맞춰 공연을 하며 우리를 즐겁게 해준다". 여기서 '우리'란 은연중에 생계를 위해 일할 필요가 없는 집단을 상정하고 있는 게 분명하다.[11]

실제로 극장에 간 사람들 중 증언을 남긴 사람은 대부분 신분이 높은 사람들이었다. 하지만 편지와 서류를 보관하고 있는 사람들도 있다. 또한 관객이 다양한 계층의 사람들이었다는 암시도 있다. 앤드루 거Andrew Gurr의 조사 덕분에 이 시대에 연극을 관람한 각계각층의 개인에 대한 기록이 있다. 물론 수많은 관객 중 기록에 남은 관객이 얼마나 전형성을 갖는지는 알 수가 없다. 거는 1560년대에 런던 최초의 극장이 열릴 때부터

1642년 청교도들이 극장을 폐쇄할 때까지 5000만 명이 극장에 다녀갔다고 기록한다. 거의 목록에는 극장에서 벌어진 난동 사건에 연루된 200명 가까운 사람들의 이름이 있다. 이들의 직업은 푸줏간 주인, 펠트 방직자, 선원, 제화공, 도제, 가톨릭 신부, '파란색 코트를 입은 서빙맨'이었고, 버킹엄Buckingham 공작과 윌리엄 캐번디시William Cavendish 공작 같은 귀족도 있다. 토머스 플래터Thomas Platter와 요하네스 드윗Johannes de Witt 같은 여행객도 있었다. 윗은 1596년 스완 극장의 스케치를 남기기도 했다. 메리 윈저 Mary Windsor와 같은 상류층 여성도 있었는데, 1612년 글로브 극장에 왔었다. 레이디 제인 마일드메이Lady Jane Mildmay와 폴 성당 주임 사제의 아내인 오버올 부인Mrs. Overall도 있었다. 오버올 부인은 "세상에서 가장 아름다운 눈을 갖고 있었지만 놀라운 바람둥이였다. 그녀가 궁정이나 극장에 가면 멋진 청년들이 그녀 주위에 몰려들었다"[12]고 전기 작가 존 오브리가 적고 있다.

이 다양한 관객층이 즐긴 것은 무엇일까? 자신의 경험을 기록한 사람은 많지 않다. 그중 법대 학생 존 매닝엄은 이렇게 기록했다. "(『십이야』에서) 집사로 하여금 과부인 그의 여주인이 자신을 사랑한다고 착각하게 만드는 내용은 재미있다. 위조된 여주인의 사랑의 편지에는 여주인이 집사의 어떤 점을 좋아하고, 어떤 옷을 좋아하며, 어떤 식의 웃음을 좋아하는지가 빠짐없이 적혀 있다. 집사가 편지 내용대로 행동하자 사람들은 그를 미친 사람으로 여기게 된다." 다만 쌍둥이의 무대 등장에 대해서는 전혀 언급하지 않았다.[13] 점성술사 사이먼 포먼은 『맥베스』에서 뱅코우 Banquo의 유령이 나타나 맥베스의 의자에 앉는 연회 장면과 레이디 맥베스의 몽유병 장면을 즐겼다. 19세기의 위조문서일 수도 있기 때문에 조심스럽게 읽어야 하는 문서를 보면 그렇다. 그러나 그가 마녀에 대해 언급한 것은 그녀들이 "세 명의 여성, 요성 혹은 님프"라는 것뿐이었다. 『겨울 이야기』를 보았을 때 그는 아우톨리코스Autolycus의 술수에 주목했다. "그 악당은 망아지 도깨비처럼 온통 누더기를 걸치고 들어왔다." 그렇지만 5막에서 허마이오니Hermione의 조각상이 사람으로 돌아오는 데 대해서는 전혀 언급하지 않았다(어쩌면 그는 연극이 끝나기 전에 극장을 떠났는지도 모르겠다). 1610년 옥스퍼드에서 『오셀로』가 상연되었을 때, 헨리 잭슨 Henry Jackson은 결말에 큰 감동을 받았다. "우리 눈앞에서 남편에게 살해당한 데스데모나를 위해 미사를 드리는 장면을 보았을 때 …… 그녀의 얼굴 표정을 보고 관객을 동정하지 않을 수 없었다."[14]

이처럼 박식한 세 사람의 말은 지금부터 다루는 신화의 실마리를 제공한다. 셰익스피어는 서민을 위해 천박한 부분을 썼고 상류층을 위해 철학을 썼는가? 『십이야』의 슬랩스틱 코미디를 아주 좋아했던 것으로 보이는 매닝엄을 보면 그런 것 같지 않다. 『맥베스』의 무대 장치와 『겨울 이야기』의 희극을 생생히 떠올린 포먼을 봐도 그렇지는 않은 것 같다. 연극에 감정을 이입했던 잭슨 역시 그렇지 않다는 것을 입증한다. 연극을 즐기기 위해 꼭 학식이 필요하지는 않았다. 그리고 여기에서 우리는 사회적 신분과 관객의 즐거움을 동일시하는 것은 잘못된 생각이라는 결과를 도출할 수 있다. 당시 대학생 연극에서는 외설적인 유머를 기꺼이 차용했다. 예를 들어 『감머 거튼의 바늘』처럼 주인공 이름과 제목이 같은 연극(케임브리지의 크리스트 대학에서 상연되었다)에서는 누군가의 바지에서 바늘을 찾아내는 외설적인 장면이 등장한다.

셰익스피어 연극의 이런 측면은 사회적 세련됨을 중시하는 빅토리아 여왕 시대의 신분 중시와는 아주 다른 입장이다. 20세기 초 로버트 브리지스Robert Bridges는 "셰익스피어의 연극에 미치는 관객의 영향"에 대해 유감스러워하며 "그의 연극에서 어리석은 부분은 바보들을 만족시키기 위해, 더러운 부분은 더러운 사람을 만족시키기 위해, 잔인한 부분은 잔인한 사람을 만족시키기 위해 쓰인 것이다"라고 한 후, 이어서 "그런 것들을 찬양하거나 참는 것은 우리 자신을 관객의 수준으로 타락시키는 것이고 이 저주받은 존재들에게 오염되는 것이다. 이자들 때문에 세계 최고의 시인이자 극작가가 가장 뛰어난 예술가가 될 수 없었다는 점은 결코 용서할 수가 없다"라고 했다.[15] 다시 말해, 브리지스가 보기에 셰익스피어의 관객은 그에게 유해한 영향을 미쳤을 뿐 아니라 숭고한 시를 관중의 비위에 맞춰 잔혹극으로 끌고 갔다는 것이다. 예를 들어 『맥베스』에서 맥더프의 아이를 살해하는 장면이나 『리어 왕』에서 글로스터 경을 눈멀게 하는 일 등이 그것이다. 연극마다 야만적인 에피소드가 있다는 것은 분명한 사실이다. 그러나 그런 에피소드들이 브리지스가 상상하듯이 쓸데없이 지나친 것이라고 단정할 수는 없다. 예를 들어 글로스터의 눈을 도려내는 행위는 연극의 주제인 눈멂과 통찰력을 문자 그대로 보여주는 것이고 셰익스피어는 무대에서 잔혹행위를 보여줌으로써 알바니 공작의 소름끼치는 진단을 부연한다. "인류는 부득이 자신을 희생물로 삼아야 한다. 심해의 괴물처럼"(『리어 왕의 역사』 16장 47~48. 『리어 왕의 비극』에는 이 행이 없다). 이런 에피소드는 이처럼 연극의 황폐한 윤리와 잘 통합되어 있으며 당당하게 20세기의 잔혹극을 예측한다.

브리지스는 셰익스피어가 이런 관객에 굴하지 않고 좋은 연극을 썼다고 말하지만 이런 말로는 그의 지속적 성공이 설명되지 않는다. 앤드루거가 표현했듯이 관객은 "셰익스피어 연극에서 가장 일관성 없고, 회피적이고, 고정되지 않은 요소이며, 현대 관객에게는 앞뒤가 맞지 않는 것처럼 보이는 연극의 요소를 쉽게 설명해주는 것 역시 이 관객이다".[16] 셰익스피어는 글로브 극장에 오다가 나중에 블랙프라이어스에 온 다양한 런던 사람들을 위해서 작품을 쓴 것이지 그 사람들을 비판하기 위해 쓴 것이 아니다. 그리고 동시대 극작가인 웹스터나 존슨과 달리 연극 시작 전이나 연극 도입부에서 관객에게 길게 말을 건네지도 않았다[그가 관객에게 말을 걸 때는 아주 공손하며 심지어 아부까지 한다. 『헨리 5세』의 서문에서 "모든 점잖은 분들"(1막 0장 8)이라고 하거나 『템페스트』의 맺음말에서 "점잖은 숨결"을 언급하는 부분이 그러하다]. 셰익스피어는 연극 자체 외에는 자신이 쓴 극에 대한 비평이나 이론을 남기지 않았다. 그렇다면 아마도 『햄릿』에 나타난 극장에 대한 토론이 그런 역할을 할 수 있을 것이다.

엘시노어에 일군의 유랑극단 단원이 도착하고 햄릿은 그들에게 꼭 연극을 상연시키고 싶어 한다. 그 공연으로 그가 노리는 바는 유령의 전언을 확인하고 왕의 죄를 폭로하는 것이다. 그는 배우들에게 과장된 몸짓을 하거나 고함을 지르지 말아 달라고 부탁한다. "관중의 귀가 찢어질 정도로 소리를 지르고, 관중은 알 수 없는 동작과 소음밖에 보고 들을 수 없다"(3막 2장 10~13)고 했는데 아마도 글로브 극장에 오는 관객이 맘껏 소리 지르는 것이 관행이었음을 암시한다. 지나친, 부자연스러운 연기 스타일을 보고 "서투른 관객은 웃을지 모르지만, 식견이 있는 관객은 한탄하지 않을 수 없을 것이다"(3막 2장 26~28). 광대들은 즉흥연기를 해서는 안 된다. 그것은 "아둔한 관객들"(3막 2장 41)이나 원하는 또 하나의 약점이다. 햄릿은 디도Dido와 아이네아스Aeneas의 신화와 자극적인 트로이의 목마 이야기를 다룬 한 연극을 떠올린다. 연극이 "인기가 없었어. 맛도 모르는 일반 대중에게 캐비어를 준 셈이야"(2막 2장 439~440). 하지만 이것이 글로브 극장의 마당에 서 있는 청중 사이에서 공연된 점을 생각하면, 이런 평들은 아마도 대놓고 비난하는 식이 아니라 농담조로 하는 대사였

을 것이다. 햄릿은 "호걸 피로스"(2막 2장 453~467)에 대한 연설을 기억해
내 읊었다. 그것에 대해 "너무 길군"(2막 2장 501)이라고 생각한 사람은 대
학 교육을 받은 멍청한 조언자 폴로니어스밖에 없었다. 글로브 극장 관
객들은 왕자(를 연기한 배우)가 '서민들'의 비위를 맞추는 저급한 연기 스
타일에 대해 비난할 때 이 짓궂은 농담을 재미있어 했을 것이다. 동시에
그의 강렬하고 강력한 연기에도 푹 빠졌을 것이다. 우리는 셰익스피어
연극의 관객 문제에 대한 다른 증언들과 마찬가지로, 『햄릿』에 대해서도
부분적으로밖에 모른다. 우리가 확실히 알 수 있는 것은 『햄릿』 ― 너무나
도 복합적인 의미를 담고 있는 연극이기에 출판 400년이 지났는데도 매주 끊임
없이 새로운 학술 논문이나 서적이 나오고 있다 ― 이 극장을 위해 쓰인 연극
이고, 극장과 밀접한 관계가 있으며, 이질적인 관객들을 정확하게 파악하
고 쓰였다는 점이다.

셰익스피어는 그의 고향
스트랫퍼드의 극작가였다?

 줄리엣에게 베로나가 고향이었던 것처럼, 셰익스피어에게는 스트랫퍼드 어폰 에이번이 고향이었다. 여러분이 베로나에 있는 줄리엣의 발코니를 방문할 수 있는 것처럼(신화 5를 볼 것), 스트랫퍼드에 가면 셰익스피어의 생가를 방문할 수 있으며, 그의 어머니와 할머니의 생가도 들를 수 있다. 그 밖에도 셰익스피어가 다녔을 학교와 그가 세례를 받고 또 숨진 후 그의 시신이 묻힌 교회도 방문할 수 있을 것이다. 줄리엣은 가공의 인물이고 그녀의 발코니도 베로나 관광산업의 산물이다(이 관광산업을 온전히 장삿속이라고 폄하할 수는 없다. 이곳은 가상의 줄리엣이 진짜이길 바라는 사람들의 욕망을 채워준다. 마치 장난감이 밤중에 살아 움직일 거라고 기대하는 어린아이들처럼 말이다). 그러나 셰익스피어는 실제로 생존했던 인물이다.

그와 그의 가족은 스트랫퍼드의 교회와 법적인 기록에 등장하는 생생히 존재했던 인물들이다.

스트랫퍼드는 중세 때 장이 서던 작은 마을이었는데, 지금은 셰익스피어라는 르네상스 시대의 극작가 덕분에 엄청난 관광객이 몰려든다(현재 인구 2만 5000명). 셰익스피어의 사유지 여섯 곳과 그의 작품을 연습하고 무대에 올렸던 유명한 극장도 가볼 만하다. 매년 셰익스피어 축제가 열리는데, 축제가 처음 열렸던 19세기에는 그 가치를 알아주는 사람이 아무도 없었다. 당시 축제에 대한 사람들의 첫 반응은 다음과 같이 매우 회의적이었다. "아니 도대체 누가 워릭셔 주의 이 작은 시장 마을을 찾아오겠어?"[1] 그러나 오늘날은 매년 300만 명이 방문하는 마을이 되었으니 그 질문에 대한 답이 되고도 남지 않는가. 축제에 아무 관심이 없던 19세기와 지금을 비교해보면 아이러니가 아닐 수 없다.

셰익스피어는 1580년대 말에 스트랫퍼드를 떠났다. 그가 얼마나 자주 그의 부인과 세 자녀를 보러 고향에 왔는지는 알 수 없으며, 또 1596년에 그의 아들 햄닛이 죽었을 때와 1608년에 그의 어머니가 작고했을 때 장례식에 참석했는지에 대해서도 정확한 기록이 없다. 그러나 그가 자기 가족을 지속적으로 부양했다는 사실은 분명하다. 그는 1598년에 스트랫퍼드의 투자 사업이나 그와 관련된 작은 활동에 참여하고 있었다(그때는 그의 고향 친구인 리처드 퀴니Richard Quiney가 그에게 편지를 쓰거나 런던에 있는 그를 방문하던 때였다). 1605년(그가 십일조를 내던 때다)과 1611년(그는 도로 개선을 위한 탄원서를 의회에 제출한 70명의 시민 중 한 명이었다)에도 스트랫퍼드의 투자 사업에 여전히 관여했다. 셰익스피어는 1597년과 1602년에 스트랫퍼드 부동산에 투자했는데, 1597년의 것은 뉴플레이스와 관련된 일이었고 1602년의 것은 구시가에 있는 107에이커의 땅과 채플로路에 있는 작은 집에 관련된 일이었다. 셰익스피어는 1608년 이후에 은퇴해 스트랫퍼드에 내려와 살았거나 스트랫퍼드에서 런던으로 통근을 했을 가능성이 있다(1612년 법원 사건 기록에는 셰익스피어의 주소가 스트랫퍼드 어폰 에이번으로 되어 있다).

스트랫퍼드의 주민과 언어는 셰익스피어 희곡에 잘 드러난다. 그의 초기 작품 중 하나인 『말괄량이 길들이기』는 술에 취한 철학자 크리스토퍼 슬라이Christopher Sly가 등장하면서 시작되는데, 그의 행동은 워릭셔 주에 사는 토박이들의 모습이다. 슬라이의 가계에 대한 논란이 벌어질 때, 그는 "윈콧Wincot의 맥주집 안주인 마리안 해커트Marian Hacket에게 물어봐! 그녀가 나를 아는지 모르는지!"라며 이웃들에게 도움을 요청한다(도입부 2장 20~21. 윈콧은 스트랫퍼드에서 6킬로미터 남짓 떨어진 곳에 있는 작은 마을이다). 그 후 셰익스피어는 자신의 작품에서 워릭셔 주의 방언을 쓴다. 『코리올라누스』(1608)의 한 등장인물은 코리올라누스 아들의 파괴적인 성격을 흠모한다. 그녀는 나비를 잡았다가 놓아주다가 마침내는 이빨로 갈기갈기 찢어버리며 노는 소년의 행동을 고양이-쥐 게임으로 묘사한다. "그가 그걸 갈가리 찢어버리는 걸 내가 봤어요I warrant how he mammocked it." 그녀가 만족스러운 듯이 말한다(1막 3장 67). 'Mammock'는 찢어진 조각을 의미하는 명사로, 워릭셔 주에서만 쓰는 말이다. 셰익스피어는 그 단어를 '조각내기 위해 무언가를 찢다'라는 동사로 바꾸어 사용한 것이다.

16세기에 인문학자들은 고전 문헌을 영어로 번역하거나 편집하면서 자연스럽게 그리스어와 라틴어에서 단어를 수입해왔다(신화 21을 볼 것). 토머스 모어 경은 우리에게 '루나틱lunatic'과 같은 라틴어에서 온 단어를 소개했고, 과학자 프랜시스 베이컨은 그리스어에서 '스켈레톤skeleton'과 '서모미터thermometer'를 가져왔다. 케임브리지 대학의 그리스어 흠정강좌欽

_{定講座} 교수인 존 체크John Cheke 경*은 이처럼 고전적 생각을 가진 동년배들 중 이러한 단어 유입에 홀로 반대의 목소리를 내기도 했다. 셰익스피어는 단순히 워릭서 주 방언에서 이들을 가져다가 단어들을 구성해서(명사를 동사로) 쓴 것이다. 그 당시에는 아무도 이 점에 대해 언급한 사람이 없었다. 그의 이러한 시도는 앞서 언급한 언어적 변혁기에 자연스럽게 받아들여진 듯하다. 그래서 "사방에서 변화의 파도가 솟구쳤다. 마침내 존 체크 경의 혼령이 아무리 애써도 크누트Canute**처럼 그 물길을 되돌릴 수는 없었다".²

셰익스피어의 가장 아름다운 시 중 하나는 『심벨린』에 나오는 피델Fidele을 위한 장송곡이다. 이 시는 시들어 죽어야만 하는 자연 세계와 정치 세계에 빗대어 시어를 쓴다. 또 시적인 완곡어법 "티끌이 된다come to dust"는 표현을 사용하기도 한다. 시는 이렇게 시작한다.

두려워 마오 한여름 뜨거운 태양도
성난 겨울 추위도
고향도 사라지고, 번 돈도 다 빼앗기고
새 세상 맞아 떠나는 이 길
아아! 고귀한 청년들이나 아가씨들도
민들레 꽃잎처럼 한 줌 티끌이 된다네

4막 2장 259~264***

---

* 영어의 순수성을 옹호한 사람. _옮긴이
** 애를 쓰지만 실패하는 사람을 가리키는 관용구. _옮긴이
*** 이 시의 원문은 다음과 같다. _옮긴이
　Fear no more the heat o'th'sun,

빅토리아 여왕 시대에 흔했던 '굴뚝 청소부chimney-sweepers'라는 단어가 비록 호기심을 불러일으키지만 이 애가에는 어울리지 않는 것 같다. 오랫동안 편집자들은 이 단어 때문에 골머리를 앓았다. 그러다 20세기에 와서야 비로소 연구자들은 'chimney-sweepers'라는 단어가 워릭서 주 방언에서 '민들레'를 뜻한다는 것을 밝혀냈다. 그리고 민들레의 (굴뚝 청소부의 청소용 솔을 닮은) 다 자란 꽃잎은 떨어지기 쉬워서 쉽게 사라져버리는 '덧없음'을 상징적으로 나타낸다는 사실도 알아냈다.

같은 희곡에서 셰익스피어는 스트랫퍼드의 친구였던 리처드 필드를 찬양한다. 상사가 이름이 뭐냐고 묻자 이 위장에 능한 이노젠은 즉흥적으로 생각해낸 프랑스 이름 '리샤르 드 샹Richard du Champ'•이라고 대답한다. 프랑스어로 번역한 언어유희는 여러 번 사용된다. 리처드 필드는 외서를 전문적으로 출판하는 출판업자였다(신화 2를 볼 것). 그는 많은 표제 페이지에 자신의 이름과 인쇄소 이름을 밝혔는데, 그때마다 자신이 출판하는 책의 언어에 적절히 맞는 번역어를 만들어 사용했다. 예를 들어 그는 스페인어, 프랑스어, 라틴어, (가짜) 웨일스어를 사용했다. 그래서 스페인어로 된 책에서는 '리카르도 캄페요Ricardo Campello'라고 쓰여 있다. 필드는 셰익스피어보다 두 살 연상이었고 셰익스피어의 최초 서사시인 『비너스와 아도니스』와 『루크리스의 능욕』(1594)을 처음으로 찍어냈던 런

Nor the furious winter's rages,
Thou thy worldly task hast done,
Home art gone, and ta'en thy wages.
Golden lads and girls all must,
As chimney-sweepers, come to dust.

• 프랑스어 'champ'에는 들판, 전원이라는 뜻이 있다. 즉, 그의 성 필드(Field)와 같은 뜻이 되는 것이다. _ 옮긴이

던의 출판업자였다. 필드와 함께 한 셰익스피어의 여정을 다룬 이 책의 (출판업자로 시작해 조롱거리로 끝나는) 결말은 두 남자들이 내내 우정을 쌓았음을 보여준다.

그러나 셰익스피어가 스트랫퍼드에 인맥을 가진 스트랫퍼드의 남자였다면, 그는 또한 런던에서 20년 동안 전문적인 생활을 한 런던 남자였다. 그는 그 도시와 어떤 관련이 있었을까?

주목할 만한 것은 셰익스피어가 결코 도시 야외극pageant을 써달라고 요청받지 않았다는 사실이다. 도시 야외극은 동업조합livery companies의 후원으로 제작된 우화적인 풍경을 재현한 것이었는데, 매년 새로 당선된 시장이나 1604년 새 왕의 런던 입성을 축하하기 위해 만들어졌다(제임스 1세의 입성은 1603년에 발병한 전염병 때문에 연기되었다). 바로 이런 때 시에서 비중 있는 작가에게 야외극을 의뢰하고는 했다. 조지 필, 벤 존슨, 토머스 데커, 토머스 미들턴, 토머스 헤이우드 등이 바로 도시 야외극을 썼던 작가들이다. 그러나 셰익스피어는 결코 도시 야외극을 쓰지 않았는데(신화 17을 볼 것), 그 이유는 명확하지 않다. 런던 외곽에서 태어났기 때문이라는 이유도 타당하지 않다(헤이우드는 링컨셔Lincolnshire 출신이다). 대학을 나오지 않았다는 이유도 설득력이 없다(존슨도 대학에 다니지 않았다). 아마도 동업조합의 회원으로 속한 작가에게 의뢰했던 것이 아닐까 추정되지만 − 존슨은 유명한 극작가로 성공했을 때조차 분기별로 벽돌공 협회에 회비를 계속 내고 있었다 − 모든 야외극 작가들이 동업조합의 회원이었던 것은 아니다. 그렇기 때문에 우리가 아는 한, 셰익스피어는 당시 많은 동년배 작가들과 달리 야외극과 관련해서는 런던과 아무런 문학적 연결 고리가 없었다.

셰익스피어는 결코 1590년대 말과 17세기 초에 유행했던 희극 장르인 도시(런던) 희극을 좋아하지 않았다. 도시 희극은 런던 중산층의 기벽과 기행을 희화하는 풍자극의 한 유형이다. 런던은 분명 이 장르에서 핵심적인 요소였다. 존슨의 『모두 기분 언짢아Every Man Out of His Humour』(1598)의 서막에서는 이렇게 선언한다. "무대는 런던이다. 우리 지역의 이야기가 제일 재미있다는 것을 알리고 싶기에. 우리 지역의 웃음소리보다 더 나은 것은 없다." 윌리엄 허튼William Haughton의 『내 돈을 지켜줄 영국인들 Englishmen for my Money』(1598)을 보면 작가가 런던의 지형과 풍경에 대해 자세히 알고 있음이 드러난다. 이야기는 런던에 사는 세 명의 이방인 구혼자들과 세 명의 런던 구혼자들이 세 명의 딸에게 구애하는 내용이다. 런던 구혼자들은 이방인들이 요청한 것과는 반대 방향으로 그들을 안내하면서 이방인들을 속인다. 의미 있는 지리적인 참조들로 가득한 그 연극은 엘리자베스 1세 시대의 진정한 지도책이다(현대판 연극에서는 이방인들이 이야기의 구성을 따라올 수 있도록 지도를 제공한다). 셰익스피어의 작품 중 이러한 도시 풍자극에 가장 가까운 것은 『윈저의 즐거운 아낙네들』 (1597)이다. 이 작품에서는 폴스타프가 말괄량이 아낙네들에게 속아 넘어간다. 그러나 이 희곡은 이러한 장르에 전혀 어울리지 않는 윈저라는 도시에 맞춘 것이다. 셰익스피어는 런던의 극작가가 아니었다.

물론 다른 의미에서 셰익스피어는 런던의 극작가였을 수도 있다. 그의 모든 희곡은 런던에서 공연되었기 때문이다. 더 정확히 말하면 모두 런던을 소재로 한 작품들이다. 그가 도시 이름을 베네치아나 파두아Padua나 로마(공화국 시대건 제국 시대건) 등으로 부르더라도 구체적인 모습은 영국임을 어렵잖게 알아챌 수 있다. 일리리아(지금의 크로아티아)에 난파당했을 때, 『십이야』의 안토니오는 세바스찬에게 "남쪽 외곽의 엘리펀트에" 머물라고 추천한다(3막 3장 39). (런던의 남쪽 외곽) 서더크에는 편자 길

Horseshoe Lane이 있는데 그 끝에는 실제로 엘리펀트라는 여관이 있다. 이것은 그저 지역 표시 이상을 뜻한다. 오늘날 우리가 '간접광고product placement'라고 부르는 것에 해당하기 때문이다. 안토니오는 실제로 이렇게 말한다. "남쪽 외곽에서는 엘리펀트가 제일 좋은 여관입니다"(3막 3장 39~40, 고딕체는 저자의 강조). 그리고 세바스찬이 그를 떠날 때, 안토니오는 그에게 다시 한 번 되뇐다. "그럼 엘리펀트로 오세요." 세바스찬은 "꼭 기억할 게"라고 하며 그를 안심시킨다(3막 3장 48). 폴스타프와 재판관 섈로Shallow의 회고에 나오는 『헨리 4세』 속 영국의 세계관에는 런던의 4개 법학원, 턴불 거리Turnbull Street, 마상馬上 창 시합장 같은 런던의 풍경들이 담겨 있다. 그러나 '성 조지 정원의 물레방아Windmill in Saint George's Field' 같은 유명한 서더크의 여관 또는 사창가도 나온다(3막 2장 192). 또한 『헛소동』에서 보라치오Borachio와 콘라데Conrade가 대화를 나누던 펜트하우스(본채에 붙여 지은 불룩 튀어나온 지붕)는 이탈리아식이면서도 눈에 띄게 영국식이다. 그것은 '보슬비가 내린다it drizzles rain'는 친숙한 영국적 이유와 관련된 피난처이다.

셰익스피어는 런던에서 살았다. 약 1592년부터 1596년까지 4년 동안 그의 교구 교회는 성 헬레나 비숍스게이트St. Helen Bishopsgate였다(이 교회는 런던 대화재Great Fire of London와 대공습the Blitz을 모면하며 아름다움을 그대로 간직한 곳이다. 비록 1992년 IRA 폭격으로 약간 손상되어 다시 보수하기는 했지만). 셰익스피어는 런던에서 자신의 희곡을 무대에 올렸다. 그는 비숍스게이트와 서더크, 그리고 성 자일스 크리플게이트St. Giles Cripplegate에 있는 방 몇 개를 빌렸고, 죽기 3년 전인 1613년에 런던에 집을 샀다. 그러나 셰익스피어가 머물렀던 런던을 배경으로 하는 워킹투어는 하나도 없다. 성 헬레나든 비숍스게이트든 셰익스피어가 다니던 교회에 대한 소개도 전혀 찾을 수 없다. 우리에게 셰익스피어는 스트랫퍼드의 극작가일 뿐이다. 콜 포터의 시 「셰익스피어를 되살려라Brush up Your Shakespeare」가 이것을 입증해준다.

> 하지만 그들 모두의 시인
> 그들 모두가 환호할 수밖에 없는 시인
> 그는 바로 사람들이
> 스트랫퍼드 어폰 에이번의 음유시인이라고 하는 사람

스트랫퍼드가 가진 매력(〈스트랫퍼드에서 온 사람The Man From Stratford〉 같은 공연 제목을 보라) 가운데 하나는 작은 시골 마을의 소년이 큰 도시에서 성공하는 낭만적인 이야기이다. 그것은 가난뱅이에서 부자가 된 동화 주인공 딕 휘팅턴Dick Whittington을 연상케 한다. 생각해보라. 웨스트민스터 학교에 다녔거나 윌리엄 캠던 밑에서 배웠던 사람이라면 성공하는 것이 당연하지 않은가[벤 존슨의 집안이 그랬다. 물론 셰익스피어가 문법학교에서 받은 교육이 벤 존슨 못지않았다는 사실은 16세기 인문학의 교육학적 비전을 증명한다(신화 2를 볼 것)]. 다만 셰익스피어가 스트랫퍼드 사람이었고 또한 그렇게 기억되고 있는 것은 사실이지만, 스트랫퍼드 사람과 스트랫퍼드 극작가('스트랫퍼드 어폰 에이번의 음유시인the bard of Stratford-on-Avon')는 구분되어야 할 것이다. 셰익스피어의 희곡은 종교(개신교 혹은 가톨릭)나 정치(보수주의 혹은 급진주의)에 대해서만큼이나 지리적으로도 중립적이었다(스트랫퍼드 혹은 런던).

런던의 배우 셰익스피어가 스트랫퍼드 출신의 바로 그 남자였다는 것은 의심의 여지가 없다. 사실 우리가 신화 2에서 살펴보았듯이, 셰익스피어의 연극은 전적으로 매우 가까운 곳에서 관찰하는 저자의 힘에서 기인한 것들이었다. 신화 16에서 논의하겠지만, 세익스피어의 성격에 대해서는 거의 알 수가 없는데 그 이유 중 하나는 세익스피어가 구석에 앉아서 사람들을 바라보는 그런 종류의 사람이었을지도 모르기 때문이다.

그리고 그는 스트랫퍼드와 런던에서 동시에 사람들을 바라보았다.

셰익스피어는 표절자였다?

작가로서의 셰익스피어에 대한 첫 번째 기록 자료인 『그린의 서푼짜리 재치Greene's Groatsworth of Wit』 — 로버트 그린의 저서인 듯한 착각을 주지만 현재의 많은 학자들은 실제로는 헨리 체틀이 썼을 거라고 추측하고 있다 — 라고 불리는 팸플릿에는 "건방진 까마귀가 한 마리 있는데, 우리의 깃털로 잘 차려입고, 극작가의 가죽을 뒤집어 쓴 호랑이의 심장을 가졌으며, 당신들 못지않게 과장된 무운시를 잘 쓸 수 있다고 호언장담한다. 또한 그는 완벽한 요하네스 팩토텀Johannes Factotum•으로서, 오직 나라 안에서 자신만이

• 'Johannes Factotum'은 팔방미인(Jack-of-all-trades)이라는 뜻이다. 이것은 희곡을 쓰면서도 배우와 극장주로서 일했던 셰익스피어를 비아냥거리는 말이다. _옮긴이

천하를 뒤흔드는shake-scene 양 굴고 있다"[1]는 말이 있다. 호랑이의 심장이
라는 표현은 포로로 잡힌 요크가 자신을 비웃는 마거릿 여왕을 가리켜
"여성의 가죽을 쓴 호랑이의 심장"이라고 대답하는 『헨리 6세』 – 옥스퍼
드판 셰익스피어에서는 1595년 출판 당시 제목 그대로 『요크의 공작 리처드』라
는 제목으로 출판되었다 – 의 세 번째 행을 암시하는 것이다(1막 4장 138).
셰익스피어가 언급된 모든 기록들과 마찬가지로 이 문서 역시 수없이 분
석되고 연구되어왔는데, 유독 한 부분에 대해서 논란이 끊이질 않고 있
다. 팸플릿의 저자는 셰익스피어가 까마귀처럼 흉내 내는 데는 출중하지
만 창조적이지는 않다고, '우리의 깃털로 잘 차려입었다'고, 즉 표절을 했
다고 가정하고 있다.

　이 비난에 대해 말하기는 힘들다. 특히 셰익스피어 시대 이후 표절과
저작권에 대한 생각들은 급격한 변화를 겪었기 때문이다. 지금은 '독창
성'을 문학의 필수적인 자질로 인식하지만, 르네상스 작가들은 고전과 근
대의 좋은 예들을 베끼는 모방의 중요성을 배웠다. 세네카는 작가들에게
"부지런히 돌아다니며 꿀을 만들기 좋은 꽃을 찾아내는 꿀벌들의 예"[2]를
명심하라고 충고했다. 꿀벌에 관한 고대인의 지식이 꽃가루가 꿀로 변하
는 법을 이해할 정도로 발전하지는 않았지만, 그럼에도 이 '형질 전환'의
과정은 바람직한 예시로 인용되었다. 벤 존슨은 세네카에 이어 적절하게
도, "거칠고 날것 그대로인, 소화되지 않는 먹이를 삼켜대는 짐승이 되지
말라. 다른 시인의 작품 속 핵심과 그 풍성함을 자신의 것으로 만들 줄 알
아야 한다. 그렇게 함으로써 식욕을 돋우고, 양분을 만들며 분해해 흡수
하는 위장을 만들라", "최고의 작가들이 어떻게 흉내 내고 따라 하는지를
보라"[3]고 말했다.

　존슨이 모방을 음식물의 흡수 과정인 영양 섭취에 비유한 것은 모방이

기계적인 것이 아니라 유기적인 것이며, 반복적이기보다는 창조적이라는 주장이다. 이는 요컨대 현대의 표절 개념처럼 다른 사람의 작품을 자신의 것인 양 무분별하게 쓰는 것과는 다르다는 말이다. 토머스 스턴스 엘리엇Thomas Stearns Eliot은 『성스러운 숲The Sacred Wood』에서 셰익스피어와 동시대 작가인 필립 매신저에 대해 쓰면서, "미숙한 작가는 흉내 내고, 성숙한 작가는 훔친다. 나쁜 작가는 가져간 것을 망치고, 좋은 작가는 그것을 더 낫게 만들거나 최소한 다르게 만든다"[4]고 했다.

그러면 셰익스피어가 원재료를 이용해서 어떻게 형질을 변환시켰는지 보도록 하자. 셰익스피어는 원재료에 해당하는 몇몇 책들을 그와 관련된 연극에 쓰기 위해 희곡을 쓰던 책상에 펼쳐놓았던 것이 분명하다. 가령 영국 역사극을 쓸 때 영국사를 다룬 라파엘 홀린셰드의 『연대기chronicle』를 읽는 식이다. 살릭 법Salic law에 대한 장황한 서술을 보도록 하자. 교활한 캔터베리 대주교Archbishop of Canterbury는 프랑스에서 여성의 통치를 배제해온 희한한 계보를 예로 들어 젊은 헨리 5세가 전쟁에 나가도록 설득하는데, 셰익스피어가 원전에 나오는 산술적·역사적 실수를 반복하는 것을 알 수 있다.[5] 오비디우스의 『변신 이야기』를 원전으로 하는 『타이터스 앤드러니커스』에서는 극작가와 인물들이 모두 오비디우스의 작품을 어느 정도 알고 있다.● 『페리클레스』에서 셰익스피어 원전의 저자 존 가워는 연기를 위한 코러스가 된다. 조금 더 유명한 예로는 『안토니우스와 클레오파트라』가 있는데, 이집트 여왕의 과묵한 로마 병사 에노바르부스Enobarbus가 진술하는 부분은 토머스 노스 경이 번역한 역사학자 플루

● 『타이터스 앤드러니커스』에서 아론은 황후인 타모라를 오비디우스의 신화에 나오는 고대 페르시아의 전설적인 여왕 세미라미스와 비교한다. 즉, 셰익스피어는 동방의 세미라미스를 모델로 서방의 황후 타모라를 새롭게 창조해낸 것이다. _ 옮긴이

타르크의 『그리스와 로마 영웅전Lives of the Noble Grecians and Romans』이라는 원전에서 직접 가져온 것이다. 981쪽에서 셰익스피어는 노스의 서술에 의지한다. 아래와 같이 셰익스피어가 다시 쓴 부분을 보고 표절인지 아닌지를 판단할 수 있을 것이다.

그리하여 그녀는 잠수부에게서 안토니우스 자신과 그의 친구들이 보낸 편지를 여러 통 받았는데, 그녀는 편지를 거들떠보지도 않고 안토니우스를 무시했다. 그리고는 선미에 금칠을 하고 자줏빛 돛을 높이 단 배를 띄우고, 플루트, 오보에, 시턴, 비올, 그 밖에 다른 악기들을 연주하게 하고, 은으로 만든 노를 젓게 해 키드누스 강을 거슬러 올라갔다. 금으로 수놓은 비단 장막 밑에 기대어 앉아 있는 클레오파트라는 그림 속에서나 보는 비너스를 연상하게 하는 차림이었다. 그녀의 양쪽에는 그림 속의 큐피드처럼 차려입은 아름다운 소년들이 부채질을 하고 서 있었다. 그녀의 남녀 시종들 또한 아름다웠고, 그들 중 가장 아름다운 이들은 물에 사는 인어인 네레이데스Nereides와 그라스Grace처럼 차려입고서, 키를 잡거나 돛 줄을 잡은 채 배를 조종하고 있었다. 그리고 배에서는 향수의 달콤한 향기가 풍겨 나와 수없이 많은 사람들이 몰려 있는 강기슭까지 흘러넘쳤다. 어떤 사람들은 강가를 쭉 따라 이 배를 쫓아갔다. 시내에 있던 다른 사람들도 그녀를 보려고 뛰어나왔다. 그래서 결국 엄청나게 많은 사람들이 서로서로 그녀를 보려고 뛰어나와서, 안토니우스는 텅 빈 광장에 혼자 앉아 있었다. 그리고 비너스 여신이 아시아인 전체를 위해, 바커스 신과 함께 축제를 벌이려 왔다는 소문이 구경꾼들 사이에서 퍼져나갔다.

마이케나스: 소문이 사실이라면, 여왕은 굉장한 여자라던데요.

에노바르부스: 안토니우스를 처음 만났을 때, 그녀는 그의 심장을 시두누
스 강에 봉해버렸지요.

아그리파: 그녀가 실제로 그만큼 빼어난 게 아니라면 아마도 내 전령이 그
녀를 과장했겠지요.

에노바르부스 : 내가 얘기할게요.

그녀가 탄 배는 번쩍이는 옥좌와 같이

수면 위를 붉게 물들였습니다. 고물의 선루는 금박으로 장식되고,

돛은 진홍빛을 띤 채 향기가 감돌았으며,

바람은 돛에 상사병이 걸려 살랑대고 있었습니다. 노는 은빛인데,

플루트 소리에 맞춰 물결을 가르고

물은 노에 매혹되어

얻어맞으면서도 놓칠세라 매달렸어요. 그 자태를 말할 것 같으면,

그 어떤 묘사로도 형용할 수 없을 정도였습니다. 그녀는

오색찬란한 무늬의 비단 장막 속에 누워 있었죠.

자연을 능가한다는 환상으로 그려진 비너스의 그림과도

비교가 안 되는 아름다움이었어요. 그녀의 양옆에는

미소 짓는 큐피드를 닮은, 보조개가 오목한 미소년들이 서서,

온갖 빛깔을 띤 부채로 바람을 보내주고 있었고,

그 서늘한 바람에 차가워진 우아한 두 볼은

또다시 따스하게 타오르는 것이었지요.

아그리파: 아, 안토니우스에겐 정말 신기한 경험이었겠군!

에노바르부스 : 여왕의 시녀들은 마치 바다의 요정처럼,

또는 인어들처럼, 그녀의 눈앞에서 시중을 들며

그림과 같이 우아하게 허리를 굽히고 있었습니다. 키 앞에서는

인어로 분장한 한 시녀가 조종을 하고 있었어요. 비단 돛은

꽃같이 보드라운 손이 교묘히 키를 다룰 때마다 바람을 품었어요.

유람선에서는 묘한 향기가 은은히 흘러나와

가까운 기슭에 서 있는 사람들의 감각을 자극했지요.

시내 사람들은 다 그녀를 보러 강변으로 나오고, 안토니우스께서는,

광장을 왕좌처럼 차지한 채 홀로 앉아서

허공을 향해 휘파람을 불고 계셨지요. 완전히 사라지지 않았다면

그 휘파람조차 클레오파트라를 구경하러 갈 판이니,

자연 속에 공허가 생겼을 겁니다.

2막 2장 191~225

여기서는 유사성을 찾기가 쉽지만, 다른 점들 역시 쉽게 눈에 띈다. 특히 셰익스피어의 작품에서는 성적 표현과 관능성이 두드러진다. 바람은 '상사병이 걸리고', 물은 '매혹되고' 돛은 '비단결 같고' 손은 '꽃같이 보드랍다'. 플루타르크가 소품을 많이 사용하는 것에 비해 셰익스피어는 생기를 불어넣는 신과 같은 클레오파트라에 초점을 맞춘다. 그리고 운문의 장면은 산문과 결정적인 차이가 있다. 셰익스피어의 글에서는 과도한 장면들에 어울리는 운율이 등장한다. 형식과 내용은 분리될 수 없다. 다수의 행들이 '사라지다vacancy', '돛tackle'처럼 추가적이고 강세가 없는 음절인, 당시에 적절하게 '여성운'(신화 11을 볼 것)이라고 알려진 행들로 끝나고, 어떤 행들은 완벽하게 부가적인 음보를 갖고 있다. "바람은 돛에 상사병이 걸려 살랑대고 있었습니다. 노는 은빛인데The winds were love-sick with them. The oars were silver", "얻어맞으면서도 놓칠세라 매달렸어요. 그 자태를 말할 것 같으면As amorous of her strokes. For her own person"은 둘 다 흔히 사용되는 약강

5보격보다 더 눈에 띄는데, 이것은 6보격이다. "그 어떤 묘사로도 형용할 수 없을 정도beggared all description"인 묘사 불가능한 클레오파트라를 묘사하기 위해, 형식을 약간 무시하면서 더 길고, 더 넘치는 6보격을 사용한 것이다. 셰익스피어는 플루타르크전에 나오는 것을 그대로 옮겨놓지 않았다. 그가 그린 클레오파트라에서는 운문의 형식 자체가 과도한 장면들을 창조하는 데 일익을 담당하고 있다. 그는 또한 플루타르크에 있는 직유를 변형시켜 웅장한 효과를 냈다. 플루타르크가 클레오파트라를 비너스와 비교했을 때는 "비너스를 연상하게 하는 차림attired like the goddess Venus"과 같이 단순한 등가의 이미지였는데, 셰익스피어에서는 다층적으로 묘사된다. 클레오파트라는 "자연을 능가한다는 환상으로 그려진 비너스의 그림과도 비교가 안 되는o'er-pictur(es) (goes beyond) that Venus (a specific Venus: a painting) where we see / The fancy (imagination) outwork (go beyond) nature" 사람이다. 클레오파트라가 자연을 능가하는 예술가가 그린 비너스의 유명한 그림을 능가한다는 것이다. 자연 → 비너스 → 예술 → 클레오파트라로 이어지는 어지러운 순서이다[톰 스토파드Tom Stoppard는 『아르카디아Arcadia』(1993)에서 농담으로 한 단계를 더 제시했다. 선생인 셉티머스 호지Septimus Hodge가 학생들에게 플루타르크의 클레오파트라를 번역한 것을 열정적으로 말하고, 자신의 즉흥적인 시적 번역으로서 이 말이 셰익스피어 판을 어떻게 되씌우는지를 보여준 것이다.•

이 플루타르크 구절은 예외적인 것이고, 셰익스피어의 연극을 원전과 나란히 놓고 보면 그가 그것들을 얼마나 급격하게 개조했는지를 알 수 있

• 이 연극에서는 역사상 사라진 것들이 다른 시대, 다른 장소, 다른 사람들을 통해 다시 생성될 수 있다는 낙관론이 펼쳐진다. 즉, 셉티머스 호지가 번역한 플루타르크의 클레오파트라는 셰익스피어의 클레오파트라를 이어서 다시금 새로운 문화의 발생을 가능케 하는 것으로 볼 수 있다. _ 옮긴이

다. 『리어 왕』의 도입부는 셰익스피어가 원전으로 삼은 고전 연극 『리어
왕』을 변형시킨 것인데, 셰익스피어는 갓 홀아비가 된 왕이 엄마의 보살
핌을 받을 수 없는 딸들을 걱정하는 원래의 도입부 대신 왕의 행동과 관
련된 불안정한 분위기를 창출해낸다. 글로스터와 켄트Kent를 비스듬히 바
라보는 시선으로 시작되는 도입부는 글로스터의 아들들과 리어 왕의 딸
들의 이야기와 상호작용을 만들어간다. 셰익스피어는 아무런 사실적인
설명 없이 사랑 시험으로 옮겨간다. 코델리아Cordelia처럼 우리는 무엇이
요구되고 왜 그런지 확신할 수가 없다. 더 극적으로, 셰익스피어는 자신
의 연극에서 결말을 원전의 결말과 다르게 변형시킨다. 리어 왕 이야기
는 더 멀게는 신데렐라 유형의 민간전승 이야기에 더해 홀린셰드의 역사
를 선조로 삼는다(거너릴과 리건은 신데렐라의 못된 언니들과 같다 해야 할
까?). 필립 시드니 경과 에드먼드 스펜서가 쓴 연대기의 다른 텍스트들,
그리고 나이 든 브라이언 앤슬리Brian Annesley 경이, 코델리아를 연상시키는
그의 충실한 작은 딸과 달리 그가 미쳤다고 공언한 큰 딸 때문에 재산을
압류당한 당대의 법정 소문까지도 선조가 된다. 이 모든 이야기들에서는
코델리아가 아버지를 구하고 그를 이어 여왕이 된다. 셰익스피어는 잘
알려진 이야기를 뒤틀어서 연극에 암울한 주먹질을 한다. 4장에서 아버
지와 딸이 즐겁게 재회하리라는 관객의 기대는 잔인하게 부서진다. 존슨
박사는 "코델리아의 죽음에 깜짝 놀랐다"며 그 연극의 결말을 다시는 읽
고 싶지 않다고 한 것으로 유명하다. 그러나 그는 "악한 자가 번창하고 선
한 자가 실패하는" 이 연극에 대해 자신이 격노했지만 그것이 전적으로
셰익스피어의 의도라는 것을 믿고 싶지 않았던 것으로 보인다.[6]

때로 셰익스피어가 원전에 주는 변화는 작지만 세부적인 데서 드러난
다. 『뜻대로 하세요』에 나오는 목가적인 로맨스에서 잠자는 올란도를 위

협하는 것은 사자이다. 로잘린드가 자신의 구혼자를 장악하는 이 연극에서, 셰익스피어는 이를 "젖통이 모두 마른 암사자"(4막 3장 115)로 바꾼다. 『오셀로』의 원전에서 셰익스피어가 만들어낸 이아고와 에밀리아 부부는 어린 딸이 있는데, 그녀는 아버지가 운명적인 손수건을 가져오는 동안 무심결에 데스데모나의 주의를 산만하게 한다. 셰익스피어는 이런 인간적인 측면을 제거해서 이 연극에 열정의 불모성을 더한다. 즉, 이아고의 생식 충동은 오셀로를 해치는 음모라는 기괴한 '아이'를 낳으려는 방향으로 간다. "이제는 지옥과 암흑의 힘을 빌려서 이 괴물이 태어나게 만들어야지!"(1막 3장 395~396) 셰익스피어의 햄릿은 아버지로 인해 원전 이야기보다 훨씬 더 심리적으로 우울한 그늘이 드리운다. 이 연극에서만 무언가에 사로잡힌 듯한 왕자와 유령 같은 아버지가 이름을 공유하며, 두 명의 포틴브라스Fortinbras가 메아리치는 듯하다. 셰익스피어는 『코리올라누스』에서 무시무시한 어머니 볼룸니아Volumnia, 『로미오와 줄리엣』의 엉뚱한 머큐시오, 『헨리 4세』의 1부와 2부에 나오는 뚱뚱한 폴스타프, 『존 왕』에 나오는 카리스마 넘치는 서자 포큰브리지Faulconbridge 등을 원전의 아주 작은 세부 사항에서 따오거나 전적으로 자신의 상상력으로 형상화한다. 다른 때는 원전이 유령같이 드리워져 있기는 하나 그 모습은 셰익스피어 자신의 연극에서는 아직 흐릿하다. 예를 들어 『자에는 자로』에서 복수의 구조인 희비극이나 '문제극'은, 1부는 비극이고 2부는 희극인 2부작 연극인 조지 웨트스톤George Whetstone의 『프로모스와 카산드라Promos and Cassandra』 (1582)의 영향에 빚진 바 있다. 『겨울 이야기』의 결말에서 복잡한 재회를 다루는 어려운 부분에는 로버트 그린의 『판도스토』의 영향이 드리워 있다. 여기서 작품명과 동일한 이름의 레온티즈라는 인물은 오래전 잃어버린 자신의 딸과 사랑에 빠지고 수치심에 살인을 저지르며 금기를 넘어선 자신의 욕망에 가책을 느낀다. 오, 또한 그린은 허마이오니에게 다시 생명을 부여하지도 않았다.

셰익스피어의 거의 모든 연극에는 확인된 주요 원전이 있다. 『윈저의 즐거운 아낙네들』, 『한여름 밤의 꿈』, 『사랑의 헛수고』, 『템페스트』만이 셰익스피어의 순수한 창작으로 보인다. 셰익스피어는 경력이 쌓여갈수록 자신의 이전 연극들도 원전으로 사용한다. 이런 자기 표절은 셰익스피어의 경력에서 후기에 속하고 너무 많은 플롯이 드러나는 로맨스 연극 『심벨린』에서 절정을 이룬다. 『심벨린』은 다음과 같이 거의 셰익스피어 풍의 수사적 어구의 요약본에 가깝다. (『오셀로』, 『헛소동』, 『윈저의 즐거운 아낙네들』에서 보이는) 남자의 질투심, (『타이터스 앤드러니커스』, 『헨리 4세 2부』, 『맥베스』와 비교해볼 만한) 왕비의 음모, (『베로나의 두 신사』, 『뜻대로 하세요』, 『베니스의 상인』, 『십이야』의) 남장 여자, (『뜻대로 하세요』, 『베로나의 두 신사』, 『겨울 이야기』를 연상케 하는) 목가적 막간, (『맥베스』, 『자에는 자로』의) 참수, 복잡한 재회와 잘못 알고 있는 정체(책의 내용 목록Folio contents list에 잊지 않도록 표시하길). 만년의 연극들은 다른 곳에서 초기 셰익스피어풍의 자료를 재활용한다. 『템페스트』는 더 나아진 『햄릿』을 제시한다. 질투에 찬 형제가 통치자를 퇴위시키지만 죽이지는 않는다. 따라서 『템페스트』에 등장하는 아이 같은 어른은 『햄릿』에서처럼 복수를 하는 게 아니라 범죄를 치유하는 수단이 될 수 있다. 『겨울 이야기』는 두 번째 기회의 가능성을 가지고 『오셀로』를 다시 찾는다. 『페리클레스』의 표제에 해당하는 배역은 리어와는 달리 딸과 재회하며 구원을 발견한다. 『심벨린』에서 남편과 부인을 파멸시키는(성공하지는 못하지만) 악당은 이아키모Iachimo('작은 이아고'를 뜻한다)라는 이름으로 불린다.

결론적으로, 셰익스피어가 표절자였나 아니었나에 관한 논란은 근래 새로운 방향을 보인다. 교육기관이 학생들의 표절을 잡아내어 처벌할 수 있도록 하기 위해 고안된 소프트웨어는 원저자를 확실히 하기 위해 셰익스피어와 다른 근대 초기 극작가들의 전 작품에 적용되었다. 가령 이 방법론의 권위자인 브라이언 비커스Brian Vickers는 최근에 이 희곡이나 셰익스피어의 정전이 되는 다른 희곡에 등장하는 구절들을 분석해 『에드워드 3세Edward III』의 일부가 셰익스피어 자신이 쓴 것임을 밝혀냈다.[7] 물론 이 방법은 셰익스피어의 작품들이 정당하고 셰익스피어 자신이 쓴 표절하지 않은 작품이 견실한 몸체를 이루고 있다는 추정에 의지하고 있다. 여기서 모방에 대한 르네상스의 문화는 표절과 독창성에 대한 현대의 문화와 충돌한다.

우리는 셰익스피어의
생애에 대해 잘 모른다?

　가장 지속적인 신화 중 하나는 우리가 셰익스피어의 생애에 대해 잘 모른다는 것이다. 2007년 빌 브라이슨Bill Bryson이 셰익스피어 전기를 출간했을 때, 서평가들은 "셰익스피어에 대해 쓴 방대한 말들에 비해 정작 셰익스피어 자체에 대해서는 별로 알 수 있는 게 없다"[1]는 데 동의했다. 사실 이 전기는 셰익스피어의 생애에 대한 조지 스티븐스George Steevens의 유명한 한 줄짜리 요약과 함께 시작된다. "그는 스트랫퍼드 어폰 에이번에서 태어나서, 거기서 가족을 이루고, 런던으로 가서 배우이자 작가가 되었으며, 스트랫퍼드로 돌아왔고, 유언장을 작성하고 죽었다." 물론 브라이슨도 이게 우리가 아는 전부는 아니라고 인정하지만 스티븐스를 지지하며 "그렇다고 해서 진실과 거리가 먼 것도 아니다"[2]라고 한다. 사실 우리는 엘리자베스 1세 시대의 대다수 다른 극작가들과 비교할 때 셰익스피어의 생애와 행적에 대해 훨씬 더 많이 알고 있다. 알고 싶어 하는 모든 것이나 흥미를 잡아끄는 작은 조각들의 정확한 세부 사항을 모를 수는 있으나, 기록들이 거의 없다고 말한다면 이는 진실이 아니다.

우리는 셰익스피어가 언제 태어났는지 (약간의 오차는 있을지 몰라도) 안다. 그가 언제 죽었는지도 안다. 그의 세 아이들이 언제 태어나고 죽었는지도 안다. 그들의 대부와 대모 또한 안다. 그의 모계 가족과 부계 가족도 알고, 그의 아버지가 시민으로서 했던 활동들(모직 밀매wool-brogging와 고리대금업), 그가 남긴 빚에 대해서도 안다. 셰익스피어가 스트랫퍼드에 살 때 누가 이웃이었는지도 안다. 그가 상속한 재산과 매입한 물건, 헨리 가에 있는 집들과 뉴플레이스, 채플로의 오두막, 구시가지, 스트랫퍼드의 땅, 런던의 블랙프라이어스에 있는 게이트하우스, 십일조의 지분 등 투자한 것들에 대해서도 안다. 소송에 대해서도 안다(당시는 소송이 흔했다). 그의 아들이 일찍 죽고 두 딸이 결혼한 것도 안다. 엘리자베스 1세 시대와 제임스 1세 시대를 살았던 많은 셰익스피어의 동시대인들에 대해서는 이에 비해 상대적으로 정보가 부족하다.

셰익스피어에 대해 비교적 아는 게 많은 이유는 그가 고향 마을과 유대를 지속한 것이 생애에 대한 불변성을 제공하기 때문이다. 공백들이 있기는 하다. 스트랫퍼드를 떠난 후 런던에 나타날 때까지의 결정적인 기간, 1580년대 후반의 '잃어버린 시간' 동안 셰익스피어가 무엇을 했는지 우리는 모른다(콜린 버로는 "잃어버린 시간이 어느 정도인지에 대한 의견조차 다르다"고 한다[3]). 그는 배우로 활동하기 위해 곧바로 런던으로 갔을까?(1587년 여왕 극단의 배우였던 윌리엄 넬William Knell이 여행 중 스트랫퍼드를 방문하기 직전에 죽은 것은 잘 알려져 있다. 셰익스피어가 그 공백을 메웠던 것일까?) 아니면 17세기 후반 존 오브리가 처음 주장했듯이 시골에서 선생으로 일했을까? 아마 랭커셔나 워릭셔 쪽에 있는 어떤 마을의(신화 7을 볼것) (휴튼 타워Hoghton Tower의) 어떤 가톨릭 가족의 교사였을까? 우리가 알고 싶어 하는 것이 많은 것은 분명하지만, 이로 인해 우리가 얼마나 많이 알고 있는지를 간과해서는 안 된다. 아는 것으로 무엇을 할 것인가, 다시 말해 증거(그리고 반증)를 어떻게 평가하고 추론할 것인가가 중요하다.

우리가 아는 것들을 가지고 할 수 있는 핵심적인 일 중 하나는 그것을 맥락 속에 넣는 것이다. 앤 해서웨이와 윌리엄 셰익스피어가 속도위반으로 결혼한 것은 그녀가 그보다 여덟 살 연상이었다는 사실과 관련이 있으며, 종종 앤이 그녀의 10대 연인을 결혼으로 옭아맸다는 주장의 근거가 되고는 한다(신화 10을 볼 것). 사실 스트랫퍼드에서는 결혼하지 않고 임신한 여성이 드물지 않았다. 역사학자들은 16세기 후반 25%의 신부가 결혼할 때 임신 상태였던 것으로 추정한다.[4] 어떤 상황에서는 혼전 성관계가 이득이 될 수도 있다. 부모가 반대해도 결혼할 수 있기 때문이었다. 부모는 사생아보다는 마땅치 않은 손주가 낫다고 여겼다. 셰익스피어의 성급한 결혼은 결혼이라는 덫의 증거일 뿐 아니라 결혼에 대한 욕망의 증거이기도 하다.

해서웨이와 셰익스피어의 동맹이 "결속에 대한 희망"[『템페스트』에서 퍼디난드가 결혼을 일컬었던 말이다(3막 1장 89~90)]을 지속했는지의 여부는 이후의 증거들을 가지고 우리가 그것을 어떻게 맥락화하는지에 달려 있다. 캐서린 덩컨-존스의 믿음대로라면 이 부부는 1596년 그들의 유일한 아들이 요절한 뒤 더 이상 아이를 갖지 못하게 되면서(신화 10을 볼 것), 부부관계가 오랜 시간 중단된다. 좀 더 중립적으로 말한다면, 이는 쌍둥이를 난산한 후 앤이 불임이 된 것을 반영하는 것일 수도 있다.[5] 같은 증거에 기반을 두더라도, 이야기는 한 방향 이상으로 말할 수 있다.

셰익스피어의 교육을 둘러싼 맥락도 비슷하다(신화 2를 볼 것). 비평가들은 종종 셰익스피어의 결혼을 그가 대학에 들어가는 데 방해가 된 사건으로 인용한다. 예술학사Bachelors of Art는 말 그대로 독신남bachelors인 시대였다. 그런데 셰익스피어는 18세에 결혼했고 16세기에는 대학에 들어가기에 늦은 나이가 되었다(11세에서 13세 사이에 대학생이 된 경우에 대한 기록들이 많다). 1582년에는 그들의 첫아들로 인해 대학 입학이 셰익스피어 가족의 주된 현안이 되지 않은 것은 분명하다. 사실 로이스 포터가 밝히듯, 1564년에 태어난 스트랫퍼드 남자 중에는 단 한 사람만이 대학에 입학했다(그리고 그는 성직자가 되었는데, 성직자가 되기 위해 대학 교육은 필수적이었다).[6]

기록을 통해 확실히 알 수 있는 것은 우리가 셰익스피어의 상업적인 거래와 활동과 금전 관계에 대해서는 상당히 많이 알지만, 그의 성격에 대해서는 별로 아는 게 없다는 사실이다. 이는 엘리자베스 시대의 다른 극작가들과 대조적이다. 벤 존슨의 성격은 꽤 명확하게 알려져 있다. 스탠리 웰스의 정곡을 찌르는 요약에 의하면 그는 "당대의 가장 공격적이고, 아집이 강하며, 자만하고, 싸우기 좋아하며, 큰 소리로 자기를 내세우는 문학과 연극계의 인물"[7]이다. 말로는 지적으로나 사회적으로 특이한 인상을 준다. 우상 타파자였거나 아마도 허풍선이였을 것이다. 그의 모든 가족들은 성마르고 충동적이었다. 공문서에는 "소란스럽고 싸우기 잘하고 볼썽사납고 분주하고 자신만만한" 아버지, 바람을 피워 혼외 임신으로 고발된 누이, 신의 이름을 욕하고 비방하다 태형을 당한 또 다른 가족에 대한 기록이 있다.[8] 1593년 무신론자의 문서를 보유해서 체포된 토머스 키드는 그 문서가 말로의 것이었음을 인정했고, 고문을 당하자 말로의 믿음에 대해서 더 자세한 내용을 실토했다. 예수는 사생아고, 성모 마리아는 바람을 피웠으며, 예수와 세례 요한은 동성애 연인이었고, 종교는 오직 '사람들이 경외심을 갖게 하기 위해' 수립된 것이며, '담배와 소년들을 좋아하지 않는 사람은 모두 바보다'라는 등의 믿음을. 기밀 조사부의 첩보원인 리처드 베인스는 말로에게 혐의를 두어 그를 체포한 뒤 무신론 선동죄로 고소했다. 확실히 말로는 월터 롤리Walter Raleigh 경, 수학자 토머스 해리엇Thomas Harriot, 점성술사인 노섬벌랜드 백작과 같은 자유사상가들과 인연이 있다. 그러나 키드와 베인스는 공정한 증인들이 아니다. 키드는 고문을 당했고 베인스는 정부 측 인사였다. 세기의 전환기에 케임브리지에서 공연했던 연극 『파르나소스Parnassus』의 학생 저자가 더 믿을 만할 것이다. 그는 말로에 대해 몰랐지만 그에 대해 모두가 어떻게 생각하는지를 보여준다.

유감스럽게도 재치는 이렇게 힘들게 살아야 했다.
재치는 하늘에서 빌린 것이지만 악덕은 지옥에서 보낸 것이다.

1막 2장 288~289[9]

우리가 말로에 대해 알고 싶어 하는 많은 세세한 사항들이 있기는 하지만 정부 일로 케임브리지에 결석하고 랭스에서 수행한 모종의 활동, 플러싱Flushing에서의 불법 주화 가공, 그의 만년의 활동들과 마지막 순간의 진실과 같은 정보가 말로라는 사람에 대한 우리의 느낌을 바꿀 것 같지는 않다. 『탬벌레인 대왕』과 『파우스트 박사』와 같은 그의 주인공들을 읽으면서 그의 성격에 대해 너무 많이 알게 되었기 때문이다. 역설적으로 셰익스피어에 대해서는 아는 것이 너무 없어서 그의 연극을 그의 개인적 견해로 읽고는 한다.

셰익스피어의 생애에서 그가 받은 편지를 딱 하나 확인할 수 있다. 1598년 두 명의 스트랫퍼드 시의회 의원이 셰익스피어로 하여금 투자에 관심을 갖게 만들려고 쓴 공무 편지가 그것이다.[10] 그가 쓴 편지에 가장 가까운 것은 그의 서술시 『비너스와 아도니스』(1593)와 『루크리스의 능욕』(1594)의 서문인 사우샘프턴 백작에게 바치는 헌사뿐이다. 그것들은 연애편지처럼 읽힌다. "내가 한 것은 당신의 것이고, 내가 해야 할 것도 당신의 것이오. 당신은 내가 가진 모든 것을 함께하고 모두 당신에게 바쳐진 것이기 때문이오"(『루크리스의 능욕』). 이런 것들은 줄리엣(『로미오와 줄리엣』은 『루크리스의 능욕』이 간행된 후 1595년에 쓰였다)이나 1596년 쓰인 『베니스의 상인』의 포샤의 말이 될 수도 있다. 이것은 우아하게 점증하는 표현이다. 삼단 콜론의tricolonic 구조는 과거형("내가 한 것What I have done")에서 미래형("내가 해야 할 것What I have do")으로, 다시 공생과 통합("내가 가진 모든 것을 함께하고being part in all I have")에 대한 의존과 헌신적인 후원 관계에 대한 기대를 훌쩍 넘어서 영원한 현재("이다being")로 옮겨간다. 이것은 단순하면서도 진심 어린 말로 들린다. 이를 근거로 볼 때, 물론 이것은 굉장히 진지하지만 아부성 발언인 헌정사의 장르가 갖는 관습으로 가득 차 있다. 인문주의자의 시대에 자의식 강한 수사, 평이한 문체는 다른 무엇에 못지않게 교묘하게 만들어진 문체이다. 가장 셰익스피어 같아 보이는 목소리에서 그 자신의 목소리는 가장 작다.

우리가 연극에서 우리가 원하는 것을 말해주기를 그토록 간절히 원하는 이유는, 법적인 서류가 들려주는 이야기가 늘 우리가 듣고 싶어 하는 이야기인 것은 아니기 때문이다. 많은 전기 작가들은 그의 유서에서 시나 단체에서 (영향력 있는) 자선 활동을 한 흔적을 찾을 수 없기 때문에,

그리고 1599년에 곡물을 끌어 모은 증거 때문에 곤란을 겪어왔다. 이 시기에는 흉작이 이어져 스트랫퍼드의 많은 가난한 사람들이 굶주렸는데, 이런 묘사는 특히 『코리올라누스』의 도입부에서 확실하게 묘사된다.[11] 그런데 윌리엄 컴william Combe의 종획*에 반대해 1614~1615년에 걸쳐 시위가 벌어졌을 때, 셰익스피어는 자신의 땅을 보호하기 위해 변호사를 고용하고 컴을 지지하는 듯한 움직임을 보여 논란을 일으켰다. 이 사건은 문서로 잘 남겨져 있어서 로이스 포터는 많은 사람을 대변해 "컴의 행동은 …… 두말할 여지없이 불쾌한 것이고, 셰익스피어를 그의 편에서 발견하는 것은 우울한 일이다"[12]라고 쓴다. 역사는 결코 좋은 사람이 아니었던 창조적인 예술가들의 예로 가득 차 있다(모차르트나 엘리자베스 1세 시대 극작가 앤서니 먼데이가 그런 예이다). 그러나 문학적 창조는 그 역설의 수용을 복잡하게 한다. (아마도) 숭고한 음악을 만드는 것과 숭고하지 않게 행동하는 것은 별개이다. (셰익스피어가 그런 것처럼) 극적인 세계의 중심에서는 동정어린 사람일지라도 자신의 삶에서는 그렇지 않거나, (먼데이가 그랬던 것처럼) 가톨릭을 박해하더라도 토머스 모어 경에 대해 동정어린 희곡을 쓸 수 있는 것이다.[13]

이와 같이 우리가 모르는 것은 단지 윌리엄 셰익스피어만이 아니다. 우리는 실제 삶과 예술적 창조가 어떻게 상호작용하거나 겹쳐지거나 모순되는지 모른다. 우리가 더 좌절을 느끼는 사람은 어렴풋이밖에 모르는 앤 해서웨이다. 그녀의 결혼 생활은 셰익스피어가 한 말로는 알 수가 없고 스티븐이 한 간단한 말에 더 많이 의존해야 한다. 그녀는 결혼하고, 아

---

* 인클로저 운동을 가리킨다. 15세기 말에서 17세기 중반에 이르기까지 이루어진 1차 인클로저 운동은 주로 지주들이 곡물보다 양모를 생산하기 위해 경지를 목장으로 전환한 것으로, 농민의 실업과 빈곤을 야기했다. _ 옮긴이

이를 세 명 낳은 후 죽었다. 셰익스피어의 성격에 관한 우리의 일관된 느낌은 뭔가 결여되어 있는데, 이는 저메인 그리어가 『셰익스피어의 아내』(2008, 신화 10을 볼 것)에서 주장한 내용과 관련이 있다. 앤 해서웨이를 셰익스피어의 직업에 대한 지지자나 조력자보다는 남편에게 덫을 놓는 여자로 보게 만들어, 반낭만주의적이고 완전히 여성혐오적인 독법에 기름을 붓는다는 것이다. 이런 것 뒤에는 질투가 있다고 그리어는 암시한다. 앤 해서웨이는 셰익스피어 가까이서 그가 어떤 사람인지를 이해했고, 그가 어떻게 생각하고 느꼈는지를 알았다. 그녀는 이렇게 우리가 갖지 못한 것을 가졌기 때문에 질투를 일으킨다.

우리가 셰익스피어의 성격에 대해 잘 모르기 때문에 갖는 장점이 하나 있다. 창조적인 작가들이 자유롭게 공백을 메울 수 있게 해준다는 점이다. 앤서니 버지스Anthony Burgess가 1964년에 낸 소설 『태양과는 전혀 다르지Nothing like the Sun』는 그럴듯한 엘리자베스 1세 시대풍의 산문으로 ─ 그는 말로의 삶에 대해서도 『뎃퍼드의 죽은 사람A Dead Man in Deptford』(1993)에서 솜씨를 발휘한다 ─ 셰익스피어의 애정 생활뿐 아니라 엘리자세스 1세 시대의 삶 자체를 포착했다. 존 매든John Madden의 영화 〈셰익스피어 인 러브Shakespeare in Love〉(1998)에서는 고지식하고 불운한 극작가의 애정 생활을 중요하게 다룬다. 엘리자베스 1세 시대의 삶 ─ 그 시대에는 택시 운전사에 해당하는 뱃사공이 자신이 쓴 대본을 공연해달라고 요청하고, 웨이터는 "오늘의 특별 요리는 메밀로 만든 팬케이크에 곁들인, 주니퍼베리 식초 양념에 재운 돼지 족발입니다"라고 설명한다 ─ 을 재치 있게 현대적으로 가져와 버지스의 역사적 관심과는 상반되는 결말로 만든다. 그러나 두 작가 모두 셰익스피어라는 인물을 감정에 따르는 사람으로 그린다. 피터 웰런Peter Whelan의 연극 『밤의 학교The school of night』(1992)에서도 그렇다. 여기에서 말로와 셰익스피어는 그들의 희극 이론에 대해 토론을 한다. 말로는 사람들은 웃을 때 취약하다고, 웃음은 "물고기가 입을 벌리는 것"이고, 희극은 "갈고리를 숨긴 미끼"라고 한다. 말로의 그런 철학은 당연히 "그렇지만 물고기를 잡으려는 게 아니라 단지 먹이를 주고 싶어 할 수도 있지 않나?"[14]라는 셰익스피어의 질문으로 교란된다. 셰익스피어는 연민이 있고, 그의 연민에는 인간미가 넘친다.

크리스토퍼 러시의 『윌』은 다른 접근을 행한다. 영국 국립 보존 기록관의 공식적 기록 여섯 쪽을 참조해, 러시는 몸져누운 셰익스피어가 유서를 구술하는 가상의 자서전을 만들어낸다. 셰익스피어의 변호사가 지켜본 그의 마지막 유서와 유언장은 셰익스피어의 연극과 아무런 공통점이 없다. 반면에 그의 의뢰인은 중립적인 행간에 숨겨놓은 충분한 감정과 "상당한 드라마"가 있다고 대답한다. 유언 속의 유산에 대한 셰익스피어의 설명은 스트랫퍼드와 런던에서 그가 가졌던 관계들에 대한 그럴듯한 회고담을 이끌어낸다(말로와의 경쟁 관계에 대해 "그는 태어나는 것조차 나보다 두 달 먼저였으니 이 점에서도 날 이겼다"고 한다). 여기에는 셰익스피어와 다른 사람들로부터 창조적으로 개작한 구절들이 많이 나온다. 앤 해서웨이는 그의 "업화의 뮤즈", "이 오랜 질병인 나의 아내"이다. 결혼이 고통의 원인이라면, 글쓰기 또한 병이다("행복한 사람은 극본을 쓰지 않는다. 행복한 사람은 공을 가지고 논다"). 우리는 셰익스피어가 남편으로서, 아버지로서, 소상인으로서, 학자로서, 그리고 순교자로서 실패했다고 느끼는 것을 살필 수 있다. 우리가 이 책에서 논의하는 모든 신화들은 러시의 소설에서 창조적으로 다루어진다.

폴스타프는 그 자신이 재치가 넘칠 뿐 아니라 "다른 사람이 재치 있게 되는 원인이듯이"(『헨리 4세 2부』 1막 2장 9~10) 셰익스피어의 삶도 다른 삶들, 가상의 삶을 살린다. 그리고 허구들은 흔히 진실이 된다. 베로나에 있는 줄리엣의 발코니(가상 인물의 실제 발코니)부터 엘리자베스 1세 시대의 극장을 무대로 하는 로런스 올리비에의 영화 〈헨리 5세〉까지 이를 확인할 수 있다. 우리 중 다수는 방심하는 순간 이를 엘리자베스 1세 시대의 극장에서 일어난 일에 대한 증거로 받아들이게 된다(엘리자베스 1세 시대에 프롬프터는 무대에서 보였다. 이것을 어떻게 알 수 있을까? 우리는 그것을 올리비에의 영화에서 보았다).

때때로 실망스러운 사실들과 불만스러운 공백들로 이루어진 셰익스피어의 생애에 대한 협상은 우리로 하여금 신화들에 대해 생각하게 한다. 서문에서 우리는 신화에 대한 옥스퍼드 사전의 정의를 인용했다. 여기서는 『악마의 사전The Devil's Dictionary』(1906)에 나오는 앰브로즈 비어스Ambrose Bierce의 다음과 같은 풍자적인 정의가 유익할 것이다.

신화(명사名詞). 원시시대 사람들이 기원과 초기 역사, 영웅들, 신들, 기타 등등에 대해 갖는 믿음으로, 나중에 **발명된 진실된** 설명과 구분된다(고딕체는 저자의 강조).

'진실'과 '발명'은 모든 전기 작가들과 관련이 있다. 전기는 우리가 말하는 이야기이다. 크리스토퍼 러시와 앤서니 버지스의 전기는 피터 애크로이드Peter Ackroyd나 찰스 니콜Charles Nicholl의 전기 못지않게 진정한 발명인 신화이다.

셰익스피어는 혼자서 작품을 집필했다?

천부적 재능은 마치 다락방에 홀로 앉아 있는 작가처럼 외로운 재주로 여겨지는 경향이 있다. 〈셰익스피어 인 러브〉에서 셰익스피어는 작가가 취할 수 있는 다양한 모습을 보여준다. 연습 삼아 서명을 해보기도 하고, 치료사와 이야기도 하며, 엉뚱한 방향으로 작품을 시작하기도 하고 (『로미오와 해적의 딸 에설Romeo and Ethel the Pirate's Daughter』), 성공이나 실패에 연연하지 않으면서 사랑하는 마음에서 솟아나는 영감으로 충일한 창조적 열기로 종이를 한 장 한 장 열렬하게 채워가며 홀로 글을 쓴다(혹은 글쓰기에 실패한다). 베토벤의 9번 교향곡이 '베토벤과 그의 동료 그리고 편곡자들'에 의해 작곡되었다는 것을 상상할 수 없는 것과 마찬가지로, 이는 다른 예술 형식에도 해당되는 패러다임이다. 인용 구절은 『파우스트 박사』

의 리벨즈Revels판에서 빌려온 것이다. 리벨즈판은 데이비드 베빙턴David Bevington과 에릭 라스무센Eric Rasmussen이 편집하고 그 표지에 '말로'의 희곡이 여러 작가들의 합작이라고 광고했다. 모차르트의 「장송곡Requiem」의 경우 프란츠 사베르 쥐스마이르Franz Xaver Sussmayr가 작품에 기여한 바가 더 컸다는 사실을 모두가 알고 있고 모차르트 서거 시까지도 미완성 작품이었음에도 이 작품은 여전히 모차르트의 「장송곡」으로 불리고 있다.

천부적 재능은 외로운 것이지만 극장은 단연코 협업에 의해 구성된다. 배우, 의상 디자이너, 음악가 등 세 가지 예만 들더라도 극장은 다양한 투입과 조정을 필요로 한다는 것을 알 수 있다. 적어도 그들 중 일부는 제작면에서 협업자다. 그렇다면 작품을 쓰는 시점에서의 상황이라면 어떨까?

엘리자베스 극장 단장이었던 필립 헨즐로는 작가들에게 지급되는 액수를 정기적으로 기록했다. 현존하는 희곡 원고는 작품을 쓰는 데 관여했던 작가가 두 사람 이상이었음을 보여준다. 가장 유명한 것은 『토머스 모어 경』이었다. 이 작품에는 다섯 명에 달하는 작가와 교정자가 관여했다. 셰익스피어는 '교정자' 중 한 명이었다. 토머스 미들턴과 새뮤얼 롤리 Samuel Rowley가 『뒤바뀐 아이The Changeling』를 공저했을 때 희극적인 서브플롯은 롤리의 담당이었고 미들턴은 비극인 주 플롯을 담당했다. 1613년 헨즐로의 위임을 받은 로버트 대본이 글을 빨리 쓰지 못하자 헨즐로는 진도를 빼기 위해서 하청을 주었다. 엘리자베스 시대 극장에는 공저의 표본들이 많았다.

공저가 분명 이례적인 것은 아니었지만 그래도 많은 작가들이 혼자서 작품을 썼고 또 혼자 작업하는 것을 더 선호했다는 것 역시 분명한 사실이다. 제임스 1세 시대 때 보몬트와 플레처는 2인조 작가였는데 풍문에 의하면 서재뿐 아니라 정부情婦마저도 공유했다고 한다. 앤서니 버지스는

『엔더비의 검은 여인Enderby's Dark Lady』에서 혼자 작업하는 것을 더 좋아하는 작가의 모습을 다루고 있다. 이 작품에 셰익스피어와 보몬트, 그리고 플레처가 등장한다. 셰익스피어는 선술집에 들어가 '정부와 함께 있는 보몬트와 플레처로부터 멀지 않은' 자리에 앉는다. '그녀는 별자리가 천칭자리라서인지 두 사람 모두에게 기꺼이 키스와 포옹을 베풀고 있다.' 보몬트는 셰익스피어를 반긴다.

> "셰익스피어 선생." 보몬트가 조용히 말했다. "말씀드리고 싶은 게 있는데,
> 우리가 같이 해야 할 문제가 있습니다."
> "그녀를 더듬을 사람은 굳이 셋이 아니더라도 둘로 충분할 텐데."

버지스가 묘사한 셰익스피어는 어떠한 경우에든 공동 작업을 피하고 있는데 이와 다른 이야기를 하는 증거도 없지 않다. 희극, 비극, 사극 장르를 막론하고 셰익스피어의 수많은 작품이 단독 작품이기는 하지만 셰익스피어 정전에 실린 38개의 희곡 중 『헨리 6세 1부』, 『타이터스 앤드 러니커스』, 『아테네의 타이먼』, 『페리클레스』, 『두 귀족 친척』, 『모든 것이 진실이라All is True』(『헨리 8세』) 등 6편은 공저로 인정된다(『헨리 6세 2부』와 『헨리 6세 3부』를 포함시키면 공저 작품 수는 8개로 늘겠지만 이 문제에 대해서는 의견이 분분하다). 토머스 미들턴의 정전 가운데 거의 절반이 공저이며 엘리자베스 시대 희곡의 절반 이상이 공저였다는 사실과 비교해볼 만하다.[1]

셰익스피어가 후기 작품에서 공동 집필을 했다는 사실은 이미 예전부터 알려진 사실이다. 1623년 2절판에 빠졌던 『두 귀족 친척』이 1634년 처음 출판되었을 때, 표지에 "신사이신 존 플레처 씨와 윌리엄 셰익스피

어 씨"라고 두 사람의 이름이 적혀 있었다. 1634년에는 두 사람 모두 이미 고인이었다(플레처는 1625년, 셰익스피어는 1616년에 작고했다). 표지에 그들은 "이 시대가 기억할 만한 가치 있는 작가들"로 묘사되었다. 플레처는 20년간 왕실 극단의 가장 성공적인 극작가에 속했으며 그의 작품은 계속해서 재판이 나왔고, 1620년과 1634년 사이만 해도 6개의 작품이 10개의 편집본으로 나왔다. 1634년에는 『두 귀족 친척』뿐 아니라 플레처가 단독 집필한 『신실한 여자 양치기The Faithful Shepherdess』도 출판되었다. 그 이듬해에는 플레처의 이름이 표지에 적힌 두 작품의 초판이 인쇄되었다. 1634년에는 플레처의 이름 하나만으로도 판매가 보장되었다. 『두 귀족 친척』 표지에 셰익스피어의 이름을 넣은 이유는 딱 한 가지밖에 없는데 그것은 셰익스피어가 진짜로 공동 저자였기 때문이었다.

우리는 작가의 언어적 지문指紋, 즉 잠재의식 차원에서 작용하는 뿌리 깊은 언어적 버릇을 통해 공동 저작에서 각 작가들의 할당량을 알 수 있다. 예를 들면 플레처는 음절을 생략한 형태의 대명사인 ''em'을 더 잘 쓰는 반면 셰익스피어는 'them'을 선호한다. 『두 귀족 친척』에서 서로 다른 형태의 대명사가 나오는 장면들은 매우 분명하게 구분이 되는데, 이 두 가지 대명사가 같이 나오는 장면도 더러 있다. 공동 저자들이 서로 상대방이 쓴 장면을 읽으면서 고쳐준 것이 틀림없다.

『두 귀족 친척』은 1613년 작품이다. 공동 집필이 성공적이었기에 플레처와 셰익스피어는 같은 해에 또 『모든 것이 진실이라』와 『카르데니오』(지금은 분실되었다)도 공동으로 집필했다. 셰익스피어는 이미 후기 로맨스를 쓰면서 조지 윌킨스와 함께 『페리클레스』(1607)를 공동 집필했지만[2] 이후 윌킨스와의 공동 집필은 다시는 성사되지 않았다. 그리고 이때의 공동 집필은 조금 다른 방식으로 이루어졌는데, 셰익스피어가 3막에서 5막을 쓰고 나서 윌킨스가 처음 2개의 막을 쓴 것처럼 보인다.

셰익스피어의 집필 초기로 돌아가 보자. 그때 윌킨스와 어떤 형태로 공동 집필을 했는지를 추정할 만한 몇 가지 접촉점이 있는 것 같다. 비평가들은 『헨리 6세 1부』의 1막과 『타이터스 앤드러니커스』의 1막에 다른 작가가 개입한 것이 아닌가 하는 의심을 오랫동안 해왔다. 그들은 『타이터스 앤드러니커스』에는 조지 필이 개입했을 거라고 생각했다. 『헨리 6세 1부』의 공동 집필에 대한 논쟁은 복잡했는데 『헨리 6세』의 경우 1부에서 3부까지 이어지는 연속선상에서 1부가 시간적으로 먼저 쓰였다고 추정했기 때문이다. 현재 많은 비평가들은 1부가 3부보다 나중에 프리퀄로 쓰였다고 믿는다. 요크York가家와 랭커스터Lancaster가家에 얽힌 이야기 두 편을 연속해서 쓴 후 셰익스피어가 (필인지 내시인지가 쓴) 희곡을 접하게 되었고 그것을 개작했다는 것이다. 그런데 이 가설은 『헨리 6세 2부』와 『헨리 6세 3부』에 비해 1부의 언어가 단순한(그리고 표현력마저 떨어지는) 것을 제대로 설명해주지 못한다. 『헨리 6세 1부』는 셰익스피어 극 중에서 가장 쉽게 읽힌다. 한 줄의 글에 하나의 생각만 담겨 있을 뿐 복잡한 문장구조나 심상, 관념 등이 없다. 따라서 이 작품을 『헨리 6세 3부』를 이제 막 끝내고 『리처드 3세』를 집필하려는 작가의 작품으로 보기는 어렵다.

이 작품들의 집필 시기에는 관련성이 있다(『헨리 6세 1부』는 1580년대 후반이거나 1590년 초이고, 『타이터스 앤드러니커스』는 1590년대 초). 이들은 셰익스피어의 초기작은 아니지만 엘리자베스 시대 전문 극장의 입장에서는 초기에 해당하는 시기의 작품이다. 공동 집필에는 실질적인 이유가 있었다. 둘이 쓰면 혼자 쓰는 것보다 낫고 셋이나 넷이면 더 나을 수 있었다. 새로 문을 연 전문 극장들은 새로운 작품들이 필요했다. 1593년 12월

27일부터 1594년 12월 26일 사이 필립 헨즐로의 일기에는 41개의 작품을 총 206회 공연했다고 적혀 있다. 그가 난외에 적은 'ne'가 'new'를 의미한다면 41개의 작품 중 15편이 새로운 작품이었다. 극작가인 로버트 대본은 마감일을 촉박하게 맞춰야 할 때 하청을 주었다. 버지스 작품 속의 플레처와 보몬트도 그렇게 한다. 공동 집필을 하자는 제안을 셰익스피어가 성적인 것으로 이해(혹은 오해)한 것을 보몬트가 다음과 같이 교정해준다. "잭과 절 말한 거예요. 『당신의 정부 밍크스에게Out on Your Mistress Minx』는 이틀 후에 총연습을 해야 하고 돈도 이미 받았는데 아직 손도 못 댔어요." 두 번째 실질적인 동기도 적용해볼 수 있다. 공동 집필은 도제 시스템과 같은 역할을 했는데 극작가들은 다른 작가들과 작업을 하면서 그들로부터 글 쓰는 법을 배웠다. 1612~1613년에 셰익스피어는 자신의 후계자를 훈련시키고 있었는지도 모른다[플레처는 셰익스피어의 뒤를 이어서 왕실 극단의 '전속'(계약직이 아닌) 작가가 되었다].

그렇다면 셰익스피어의 집필 활동 중기는 어떠했는가? 1607년에 그는 토머스 미들턴과 풍자극인 『아테네의 타이먼』을 공동 집필했다. 이 작품은 무대에 올릴 만은 했지만 완성된 작품은 아니었는지도 모른다[결말이 느슨하다. 참고로 미들턴은 셰익스피어가 사망한 뒤 『맥베스』와 『자에는 자로』를 개작했다(신화 24를 볼 것)]. 이 시기에 미들턴과 셰익스피어 사이의 작업 관계가 어느 정도였는지 한번 밝혀보자. 『아테네의 타이먼』 직전에 쓰인 미들턴의 도시 희극 『미친 세상이 스승이네A Mad World My Masters』(1607)의 주요 인물 중 과하게 친절한 '관대한 난봉꾼Bounteous Prodigal 경'이라는 기사가 있다. 관대한 난봉꾼 경을 비극적 버전으로 바꾼 인물이 타이먼이라는 점을 감안하면 공동 저작인 『아테네의 타이먼』은 실은 미들턴이 착수한 것일 수도 있다. 왜냐하면 이 작품은 난봉에 대한 탐구를 희곡 형태로 한 후에야 나올 수 있는 논리적인 속편으로 볼 수 있기 때문이다.[3] 최근, 미들턴이 셰익스피어와 공동으로 희극『끝이 좋으면 다 좋다』(약 1607년경)를 집필했음을 암시해줄 만한 증거가 발견되었다. 오랫동안 비평가들은 이 작품의 초판본에서 대사를 하는 인물들의 이름 약자, 무대 지시 사항과 대화에서 지시받는 방식의 변화, 대사가 없는데도 있는 듯이 제시하는 이상하게 서술적인 무대 지시, 그리고 셰익스피어답지 않은 도시적 어조 등등 수상한 점들을 주시해왔다. 이 작품의 본문, 어조, 그리고 문체상 특징들은 미들턴의 잘 알려진 습관이나 잦은 버릇과 잘 맞아떨어진다. 그리고 이런 특징들이 특정한 장에 집중되어 나타나는데 예를 들면 파롤Paroles이 나오는 희극적인 서브플롯에서, 또 헬렌이 등장하는 장면에서 보인다.[4] 그래서 초기에는 짧지만 성공적인 형태로, 후기에는 더 정기적이지만 성공적이지는 못한 형태로, 중기에는 정기적인 형태로 공동 집필을 했다는 식의 셰익스피어의 공동 집필에 대한 통념을 수정할 필요가 있다. 공동 집필은 셰익스피어에게는 작가 생활 내내 입에 맞았고, 두 작가(미들턴과 플레처)와 다시 작업을 하고 싶어 할 만큼 충분히 성공적이고도 실용적인 행위였던 것 같다.

지금까지는 공동 저자 작품만 살펴보았는데 또 다른 유형의 공동 작업이 있다. 한 작가가 대사 하나나 장면 하나 정도만 맡거나 짧은 속편을 맡는 경우다. 로버트 그린의 인기작『베이컨 수사와 벙게이 수사Friar Bacon and Friar Bungay』(1589)의 속편『보르도의 존John of Bordeaux』원고가 이런 경우인데 이 작품의 대사 하나를 헨리 체틀이 썼다(이를 위해 빈 대사 공간을 남겨 놓았었다). 작자 미상의 사극『에드워드 3세』도 이런 경우인데, 셰익스피어는 여기에서 솔즈베리Salisbury의 백작 부인이 나오는 장면들을 1596년경에 썼다.『토머스 모어 경』도 이런 경우인데 이 작품에서 셰익스피어는 성난 폭도들을 잠재우는 모어의 연설을 맡았다. 이건 특히 흥미로운 경우라서 잠시 멈춰 서서 살펴볼 가치가 있다.

『토머스 모어 경』은 최근 일어난 두 가지 중요한 역사적 사건을 극화하는데 1517년 '악의 메이데이' 폭동과 1532년 헨리 8세의 이혼 서류에 모어가 서명하기를 거부한 일(극에서는 1534년 계승법 서명을 거부한 것과 결부된다)이다. 이 극의 전반부에서 모어는 폭도들을 향해 왕에게 순종하라고 설득한다. 그리고 정작 본인은 작품 후반부에서 왕에게 순종하기를 거부한다. 이 작품의 원고에는 다섯 명의 작가 및 교정자, 한 명의 사본가, 그리고 향락의 대가인 에드먼드 틸니Edmund Tilney 등 일곱 명이 개입했다. 틸니가 지나치게 심하게 검열을 해서 많은 비평가들은 이 작품이 버려진 것으로 생각했다. 이후 작품이 수정되었는데, 이 작품 비평을 언제나 괴롭혔던 문제들은 다음과 같다. 16세기에 공공연히 논의될 수 없었던 문제를 극화하려고 했던 점을 고려해볼 때, 왜 이 작품을 쓰려고 했을까? 언제 쓰였을까? 작가 중 한 명이자 열렬한 반가톨릭이었던 먼데이는 왜 가톨릭 순교자에게 동정적인 글을 썼나? 수정은 틸니의 검열 처방이 나온 직후에 이루어졌나, 아니면 그 후인가? 이 작품에 개입한 일곱 명은 누구이고 다섯 명의 작가는 각각 누구인가?

존 조엣의 권위 있는 아든Arden 출판사판(2011)은 이 의문들을 명쾌하게 해결해준다.[5] 극 원본은 먼데이와 체틀이 썼고, 틸니가 검열했으며 극장 소속의 이름 없는 서기가 체틀과 세 명의 다른 작가인 데커, 헤이우드, 셰익스피어의 수정 작업을 조절했다. 조엣은 이 작품이 쓰인 시기를 약 1600년경 엘리자베스 시대 말로, ― 그 당시에는 헨리 8세의 통치에 관한 극들이 극단 레퍼토리에 포함되기 시작했다 ― 그리고 수정본은 1603~1604년으로 추정했다. 조엣은 자신이 제안한 원본 시기보다 수정본 시기 쪽이

'더 확실하다고' 느꼈다. 수정 시기를 1603~1604년이라고 본 것은 공동 저자인 셰익스피어에 대한 새로운 시각을 지지한다. 셰익스피어의 공동 저작을 작품 활동 시기 초기와 말기로 제한하는 대신, 이제 중기에도 다른 작가들과 함께, 또는 다른 작가들을 위해 작품을 썼다는 각본을 갖게 되었다(다른 작가들의 작품을 '땜빵'하거나 프롤로그 혹은 에필로그를 써야 하는 것은 계약상 의무 사항이었다. 출판 시에는 첨부된 글의 저자가 셰익스피어가 되어버리긴 했지만, 1602년 토머스 키드의 『스페인 비극』에 첨부된 글의 사례금은 벤 존슨이 받았다.[6] 같은 해 새뮤얼 버드Samuel Bird와 윌리엄 롤리도 말로의 『파우스트 박사』에 글을 첨부한 대가로 사례금을 받았다).

여러 명의 작가를 배치한 것은 주로 수정본이 급하게 필요했다는 증거다(원고에서 보다시피 수정자들이 단계적으로가 아니라 동시에 작업했다는 점을 고려하면 특히 그렇다). 조엣이 제임스 1세의 통치 초기를 수정 날짜로 정한 것이 특히 이런 주장에 힘을 실어준다. 셰익스피어의 작가 경력에 대한 혼란스러운 질문 중 하나는 셰익스피어가 왜 도시 야외극을 쓰지 않았느냐이다(신화 14를 볼 것). 시장Lord Mayor의 연례 행진(그리고 1604년 제임스 1세의 대관식)은 흥행 성공 작가들을 런던으로 끌어올 수 있는 좋은 기회였다. 먼데이, 미들턴, 존슨, 헤이우드, 데커와 필은 모두 런던 야외극을 쓰도록 위임 받았는데 왜 셰익스피어는 제외되었는가? 셰익스피어는 이 작가들을 모두 알고 있었고 다양한 방법으로 이들과 협력도 했는데 말이다(가령 존슨의 극에서는 연기도 했고, 필과 『타이터스 앤드러니커스』를 공동 집필하기도 했다). 1603년 혹은 1604년에 이루어진 『토머스 모어 경』의 수정은 런던 행사들과 관련이 있을 수도 있다.

『토머스 모어 경』에 셰익스피어가 글을 첨부한 날짜를 약 1604년경으로 정한 조엣의 날짜 논의와 1607년쯤 나온 『끝이 좋으면 다 좋다』가 공동 집필의 특징을 지니고 있다고 한 우리의 시사가 셰익스피어의 중기에 대한 가설을 상당 부분 수정한다. 셰익스피어가 공동 집필을 했다는 것은 알고 있었지만 그 시기에 그런 방식으로 했다는 것은 몰랐기 때문이다. 고려할 대상 분야를 늘릴 수도 있을 것이다. 지오지오 멜키오리Giorgio Melchiori는 『윈저의 즐거운 아낙네들』(1597)에서 궁정과의 연관성을 찾아낸다. 그는 이 작품이 셰익스피어의 다른 많은 작품과 마찬가지로 단순히 궁정에서 공연된 작품이 아니라 헌스던 2세the Second Lord Hunsdon를 위해 특별히 집필한 궁정 가면극으로부터 발전한 극이라고 주장한다(셰익스피어는 그 가면극을 좀 더 긴 헤르네의 참나무Herne's Oak 장면으로 만들었고, 이 장면은 후에 1623년 2절판에 인쇄되었다[7]). 조엣의 『토머스 모어 경』 판본처럼, 멜키오리의 『윈저의 즐거운 아낙네들』 판본은 셰익스피어가 관여한 다른 형태의 집필에 대해 생각해보도록 문을 열어준다. 이런 판본들은 셰익스피어가 글을 썼고 글을 쓰도록 위임받았던 도시와 궁정의 사회적 환경에 대한 인식을 확장시켜준다.

셰익스피어의 소네트는 자전적이다?

셰익스피어의 소네트는 자전적인가? 간단한 대답은, 당연하지만 일부는 그렇고 일부는 그렇지 않다는 것이다. 그리고 자전적 요소가 없는 소네트들도 자전적인 소네트처럼 보인다(혹은 그렇게 보이도록 고안되었다)는 것이다.

소네트 145번은 자전적 요소가 강하고 자체 진술적 요소가 강하다. 이 소네트는 'hate away'와 'Hathaway'라는 언어유희에 (꽤 문자적으로) 의존하고 있는데, 셰익스피어가 작가 생활 초기에 자신의 신부가 될 앤 해서웨이(신화 10을 볼 것)에게 쓴 사랑의 시로 간주되고 있다. 첫 12행에서 시인은 여인의 증오에 대해 기술하고 끝을 맺는 커플릿(2행시)에서 시의 구조가 지연시켜왔던 부정과 예상치 못했던 대상을 제시한다.

"I hate" from hate away she threw,

And saved my life, saying "not you."•

접속사인 'And'가 'Anne'과 거의 발음이 같다는 점을 고려할 때 마지막 줄은 '앤이 나의 생명을 구했다Anne saved my life'로 읽을 수 있다. 이 시가 시적으로 단순(진부하다는 평도 있다)하다는 점과 예사롭지 않은 4보격 구조 — 나머지 153개의 소네트는 5개의 강세가 있는 5보격 구조로 이루어진 데 반해 이 시만 각 행에 4개의 강세 음절이 있다(신화 11을 볼 것) — 를 갖는다는 점이 이 소네트가 셰익스피어의 초기작임을 알려주는 듯하다(혹은 그가 작가로서의 삶을 시작하기 전에 쓴 것일 수도 있다).

소네트 135번에서 셰익스피어는 검은 여인dark lady에게 자신도 그녀의 연인으로 끼워달라고 청하면서 시인의 이름이 들어간 동음이의어를 더 뚜렷하게 반복적으로 사용한다.

Whoever hath her wish, thou hast thy Will

And Will to boot, and Will in overplus,

......

Wilt thou, whose will is large and spacious,

Not once vouchsafe to hide my will in thine?••

• 이 시의 번역은 다음과 같다. _ 옮긴이
　증오심에서 그녀는 "나는 증오해요"라는 말을 던졌고
　'당신은 아니에요'라고 말해 나의 생명을 구해주었소.

•• 이 시의 번역은 다음과 같다(원문에서 '윌'이라는 인명과 '뜻'이라는 의미를 중의적으로 표현하는 단어 'Will'은 따옴표로 강조). _ 옮긴이
　소원을 이룬 여인이 있다면, 그대는 그대의 '뜻'을 이루었소.

14행 안에서 'will'을 16번 사용함으로써 이 시에서 'will'은 남자의 이름 뿐 아니라 소망, 완고함, 성적 욕망, 남성과 여성의 성기에 대한 은유 등 다양한 의미로 변화한다. 이 언어유희를 시인의 이름과 무관하다고 주장하는 것은 불가능하다. 실은, 사람의 이름이나 사랑하는 사람의 이름을 가지고 언어유희를 하는 것이 당대의 유행이었다. 아스트로펠Astrophel과 스텔라Stella(별을 사랑하는 사람과 별)는 자신과 가까워질 수 없는 애인인 퍼넬러피 부인Lady Penelope(이미 리치Rich 경의 부인이었기에 가까워질 수 없었다)를 지칭하는, 필립 시드니가 지은 허구적 이름이었다. 그녀의 정체는 소네트 37에서 집중적으로 나오는, 그녀의 이름을 가지고 하는 언어유희를 통해 인지된다. 그녀는 모든 것(아름다움과 미덕)이 풍요rich로우나, 그녀가 리치Rich라는 것이 시인의 비극이다.

셰익스피어의 소네트 145와 135에 등장하는 'Hate away'와 'Will'은 지칭되는 인물이 누구인지 분명하다. 정체가 덜 분명한 경우는 1590년대 말 셰익스피어가 작가로서 겪은 절망감을 반영한 '경쟁 시인'에 관한 소네트이다. 이 시에 셰익스피어의 동시대 시인 중 한 명(아마도 조지 채프먼이 아닐까 싶은데)이 나오는데 이름은 밝혀지지 않는다. 1598년 채프먼은 호메로스Homeros의 『일리아드Iliad』의 일부(『아킬레스의 방패Achilles' Shield』라고 이름 붙여진 18권의 한 부분)를 번역해 출판했다. 같은 해 말로의 짧고도 에로틱한 서사시 『히어로와 리앤더Hero and Leander』가 출판되었고, 이 시는 같은 해에 채프먼이 그 뒤를 이어 쓴 시와 더불어 재출판되었다. 이 작품

게다가 여분의 '뜻'인 '뜻'도 함께

......

그 뜻이 크고도 넓은 그대여, 한 번만이라도
나의 뜻을 그대의 뜻 안에 품어주지 않겠소?

들은 문학적 성공을 거두었을 뿐 아니라 대중적인 인기와 (채프먼의 번역 같은 경우에는) 높은 명성을 얻게 했다(『아킬레스의 방패』는 채프먼이 아첨하듯이 아킬레스에 비유했던 그의 후원자에게 헌정되었다). 이 작품들은 또한 말로의 후계자를 찾으려는 문학적 도전이었다. 채프먼이 『히어로와 리앤더』의 뒤를 이어 계속해서 쓴 것은 스스로를 말로의 후계자로 여긴다고 뻔뻔스럽게 공표한 것이나 다름없었다. 소네트 86에서 셰익스피어는 자신의 시적 성공(혹은 성공의 결여)을 다른 시인들이 이룬 성취와 비교한다. 논리상 채프먼이 비교 대상이다. 셰익스피어는 채프먼이 얻어낸 후원을 얻지 못함으로써 문학적 성공을 이루지 못한 것을 비탄한다("그의 위대한 시라는 당당한 항해는 너무도 소중한 당신이라는 상을 받으러 향하네"). 혹은 그의 고전 지식과 겨룰 수 없음을 비탄한다["영령들에게 글 쓰는 법을 배우고"(고대 작가들을 가리킨다), "밤에는 그의 동지들"(그의 야간 독서에 대한 비유), "사랑스럽고 친숙한 혼령은 밤마다 강력하게 그를 지성으로 이끌고"(채프먼은 호메로스에게서 영감을 받았다고 주장했다)]. 사실 만약 채프먼에게 영감을 불어넣어 준 시인이 호메로스가 아니라 말로였다면 이 시에는 셰익스피어의 경쟁자가 한 명이 아니라 그 이상 등장하는 셈이다.[1]

이 시기에 셰익스피어가 『뜻대로 하세요』(1599)에서 말로를 처음으로 (두 번이나) 언급한 것은 우연이 아닐 것이다. 아르덴 숲에서 사랑의 열병에 걸린 여자 양치기 피비Phoebe는 이렇게 말한다. "죽은 목동이여(죽은 시인이라는 뜻. '목동'은 전원시인을 가리키는 약칭이다), 이제 당신의 힘 있는 말씀saw(= saying)을 깨닫네요." "첫눈에 사랑에 빠지지 않은 자가 사랑했던 적이 있던가요?" 그녀의 수사적 질문은 말로의 『히어로와 리앤더』를 직접 인용한 것이다. 이 작품이 말로를 참조했다는 예는 하나 더 있다. 어릿광대 터치스톤Touchstone은 자신의 시가 제대로 평가받지 못한다는 좌

절감을 느끼면 이렇게 말한다. "작은 방 안에서 위대한 계산_{Reckoning}을 할 때보다도 더 사람을 죽이는군"(3막 3장 11~12). 말로는 1593년의 어느 날 세 사람과 함께 지내던 하숙집에서 청구서에 대한 논쟁을 벌이던 중 살해 당했다(『계산하기The Reckoning』는 찰스 니콜이 쓴 말로 전기의 제목이다). 런던에서 가장 유명한 극작가의 죽음은 극장가에 분명 큰 충격이었다. 캐서린 덩컨-존스가 지적하듯이, 터치스톤의 대사에 쓰인 수식어는 매우 비논리적이다. 죽음은 제한될 수가 없다. 죽음에는 죽음의 정도라는 것이 없다. 죽거나 죽지 않을 뿐이다.[2] 그런 것이 아니라면, 상대적인 명성이 있는 문학적 생명과 죽음에 대해 말하고 있는 것이 분명하다. 시인의 작품은 살아 있거나 죽을 수 있고, 생명과 죽음의 스펙트럼에서 그 어딘가 중간쯤에 위치할 수도 있다. 소네트 86번에서 시인은 경쟁자의 성공이 '죽음의 강타'를 날렸다고 한탄한다. 말로가 『히어로와 리앤더』를 출판하며 문학적 삶을 지속했던 해에 쓰인 『뜻대로 하세요』의 정서는 소네트 86번에 표현된 문학적 명성과 다른 시인들과의 비교에 대한 번민을 다룬다. 셰익스피어는 살아 있는 시인인 자신이 죽은 말로보다 문학적인 면에서 더 죽은 자와 같을까 봐 걱정했다. 이런 번민의 표현이 이 시를 1590년대 문학계에 위치시킴으로써 이 시가 쓰인 연대를 파악하는 데 도움을 준다.

'이름'을 이용한 소네트나 '경쟁 시인'에 관한 소네트를 읽었던 것처럼 셰익스피어의 다른 소네트들도 자전적으로 읽을 수 있는지는 아직 의심스럽다. 전체적으로 소네트도 셰익스피어의 희곡 못지않게 어느 모로 보나 극적인 이야기를 해준다. 두 남자가 한 여인의 애정을 얻기 위해 겨루는 이야기, 여인이 시인을 거절하는 이야기, 시인이 젊은 남자에 대한 애정을 표현하는 이야기, 시뿐 아니라 애정 관계에서도 시인이 경쟁을 경험하는 이야기. 시는 서술적 연작으로 쓰이지는 않았다(이 시들은 16년이라는 기간을 두고 쓰인 것이다). 일부는 연속되는 모습 - 그 이전의 소네트에 나온 사고의 흐름을 잇는, 즉 대조 혹은 지속을 나타내는 접속사인 'But'이나 'So' 등으로 시작하는 소네트가 여럿 있다 - 을 보이지만 다른 시들(큐피드의 이야기인 153, 154번 같은)은 서로를 복제하는 한 가지 주제에 대한 실험적 변주처럼 보인다. 하나 혹은 더 많은 수의 소네트가 자전적으로 읽힐 수 있다는 사실이 154개 모두가 또는 소네트가 축적한 이야기가 자전적이라는 의미는 아니다. 사실, 딤나 캘러헌이 지적하듯이 전체적으로 보면 사건의 시간과 장소에 대해 그리 구체적이지 못하다(그녀는 이것을 페트라르카Petrarch나 새뮤얼 대니얼의 시가 세부적 사항들을 구체적으로 밝힌 것과 대조한다). 그리고 로이스 포터는 엘리자베스 시대 다른 소네트 작가들이 자신의 소네트에서 노래하는 사람에 대해 의심의 여지를 남기지 않은 반면, 셰익스피어의 소네트에서는 (아도니스Adonis, 헬렌, 이브, 시간 같은) 신화적 인물의 이름만 나온다고 말한다.[3]

그럼에도 1609년판 표지가 저자인 셰익스피어를 전방에 배치한 것은 사실이다. 표지는 이 시들이 「셰익스피어의 소네트」라고 표명한다. 소유격은 당대 다른 소네트의 전형적인 출판 방식과는 다른 방식으로 작가와 시를 연결시킨다. 소유격으로 표기된 다른 유일한 소네트는 「필립 시드니 경 그의 아스트로펠과 스텔라Sir P(hilip) S(idney) His Astrophel and Stella」(1591)였다. 토머스 로지의 『필리스Phillis』(1593)는 시인 이름을 표지에 쓰지 않았다. 리처드 반필드Richard Barnfield의 『신시아Cynthia』(1595)도 시인을 거명하지 않았다. 눈에 띄게 대조가 되는 것은 토머스 왓슨의 『헤카톰파시아: 헤카톰파시아 혹은 2부로 구성된 세기의 열정적인 사랑. 앞부분은 작가의 사랑의 고통을 그리고 뒷부분은 그의 사랑과 모든 독재에 긴 고별을 고한다. 토머스 왓슨 저』(1582)이다. 그러나 왓슨은 이례적이다. 자신의 모든 시의 두주headnotes에서 보여주듯이 그는 유럽 대륙의 소네트 발표 전통을 따랐는데 이런 양식은 영국에서 유행하지 못했다.

그래서 [소네트(그리고 일반적인 시)가 자기표현의 도구였던 시대에 시를 썼던] 윌리엄 워즈워스William Wordsworth가 "셰익스피어가 이 열쇠로 그 마음의 자물쇠를 열었다"(「소네트를 우습게 보지 말라Scorn not the Sonnet」)라고 쓴 것은 놀라울 것이 없다. 그러나 이렇게 물을 수도 있을 것이다. 왜 셰익스피어가 그의 희곡에서는 마음의 자물쇠를 열었다고 가정하면 안 되는가? 물론 어느 정도 그런 가정을 하기도 한다. 『햄릿』은 종종 1596년 아들 햄닛을 잃은 슬픔 가운데 쓴 작품(신화 12를 볼 것)으로 간주된다. 시집 간 딸이 죽자 아버지가 자신의 극적인 힘을 포기하는 『템페스트』도 종종 1610년 셰익스피어의 개인적이고 작가적인 상황을 반영한 것으로 여겨진다(신화 20을 볼 것). 『십이야』에서 무릇 여인은 항상 "자기보다 연상인 남자를 취해야"(2막 4장 28~29)한다고 말하는 오르시노의 충고도 자신이 그 반대로 결혼한 것에 대한 셰익스피어 자신의 후회로 읽히고는 한다. 셰익스피어는 앤 해서웨이보다 여덟 살이나 연하였다(신화 10을 볼 것). 쌍둥이가 등장하는 플롯을 사용하는 것 역시 이란성 쌍둥이의 아버지로서 쌍둥이에 대한 개인적 애정을 표현한 것으로 평가된다(『실수연발』에는 일란성 쌍둥이 두 쌍이 등장하고, 『십이야』에는 이란성 쌍둥이 한 쌍이 나온다). 그러나 셰익스피어가 난파를 당한 적이 있다거나 일리리아로 여행을 했다거나 마법의 영향 아래서 엉뚱한 사람에게 쫓겨 다녔다고 생각하는 사람은 없다(비록 『한여름 밤의 꿈』의 플롯은 "셰익스피어가 요정의 존재를 믿었는가?"라는 질문을 하도록 만들지만). 달리 말하자면, 감상은 전기적으로 읽어도 플롯은 그렇게 읽지 않는다. 감상과 플롯 모두 전기적으로 읽어내는 소네트의 경우를 제외하고는.

1912년 케임브리지의 한 심리학자인 에드워드 블로흐Edward Bullough는 "예술가의 자기표현은 편지를 쓰는 사람이나 대중 연설가들의 자기표현 과는 다르다. 예술가의 자기표현은 예술가 자신의 구체적인 인성을 직접 적으로 표현하는 것도 아니고 그렇다고 간접적으로 표현하는 것도 아니 다"[4]라고 썼다. 블로흐는 작가의 시대와 개인적 경험은 그의 작품에 반영 된다는 점을 인정하면서도 독자들이 자신이 찾는 것이 무엇인가를 알 때 에만 비로소 이런 경험들을 찾아낼 수 있다고 덧붙인다. 달리 말하자면 셰익스피어의 삶으로부터 소네트를 읽어낼 수는 있지만 소네트에서 그 의 삶을 읽어낼 수는 없다는 말이다.

르네상스 문학에서 자화상이 부족했던 것은 아니다. 몽테뉴의 『수상 록』(1603년 영어로 번역되었다)과 토머스 브라운Thomas Brown 경의 『의사의 종교Religio Medici』(1643년 출판)가 명백한 예증이다. 그러나 블로흐에게는 의심할 여지없이 자전적인 작품조차 "거리를 두고 정신적 내용을 간접적 으로 표현"[5]한 예술적 산물이었다. 그 말은, 예술적 형상화라는 매개 요 인이 있기 때문에 자화상이 자아의 직접적 표현일 필요는 없다는 것이다 ('회고록'이라는 현대적 장르는 이런 예들을 많이 제공하고 있다. 예를 들어 프랭 크 맥코트Frank McCourt의 『안젤라의 유골Angela's Ashes』을 볼 것). 블로흐가 명석 하게 표현했듯이, "아이디어를 실제 경험에서 얻을 수는 있다". 그러나 "아이디어 자체가 실제 경험이다".[6] 이런 의미에서 셰익스피어의 작품은 모두 셰익스피어 개인적 삶의 자전적 반영인 셈이다.

소네트로 돌아가 보자. 피터 홀브룩Peter Holbrook은 "소네트의 가장 놀라 운 점 중 하나는 자기 노출이 대담하고 무모한 것"이라고 지적한다. 시인 은 고뇌하고, 쓸모없고, 당황하고, 의심 많고, 자신을 혐오하고, 시기하 고, 고통당하고, 수치를 당하고, 남들에게 눌리고, "과하게 시적이다".[7]

홀브룩은 소네트의 독특한 점은 다양한 표현으로 흠 있는 한 인간을 그려 낸 것이며, "이 경험은 그의 것이기 때문에 가치 있다는 것이 시의 함축적 주장"[8]이라고 결론을 맺는다. 이 주장은 정전 어디에선가 셰익스피어가 보여준 개인에 대한 관심과도 일치한다. "나는 나다I am that I am"(소네트 121)라는 표현은 리처드 3세나 무어인 아론(『타이터스 앤드러니커스』), 파롤(『끝이 좋으면 다 좋다』)이나 이아고(『오셀로』)의 실존적 자기주장과 많이 다르지 않다. 이들 중 그 누구도 훌륭한 동류가 아니라는 점은 놀라운 일이다.

그러나 리처드 3세와 아론, 파롤, 이아고가 허구의 인물이라는 사실을 잊어서는 안 된다. 동일하게 소네트의 시적 '나'도 허구일 수 있다. 처음 에는 소네트 뒤에 서사시인 「연인의 불평The Lover's Complaint」이 인쇄되었다는 사실도 잊어서는 안 된다. 이 시의 내레이터는 고뇌하며 흐느끼는 시골 처녀를 보는데 이 처녀는 사랑의 배반을 당했던 자신의 이야기를 예전에 도시에 거주했던 나이 든 농부에게 해준다["가까이서 가축에게 풀을 뜯기는 존경스러운 분, 한때는 궁정과 도시의 시끄러움에 대해 큰 소리로 말씀하셨지요"(LL. 57~59)]. 나이 든 농부는 자신의 경험이 처녀의 고통을 달래줄 수도 있을 거라고 말한다. 이에 용기를 얻은 처녀는 자신이 깨달은 이야기를 한다. 그러나 그녀는 이런 상황이 또 벌어지면 부정한 연인에게 똑같이 반응하고 이전처럼 또 배반을 당할 거라는 놀라운 결론을 맺는다. 시는 여기서 끝난다. 우리는 젊은 처녀의 매우 개인적이면서(이 시는 그녀의 이야기다) 고통스럽고 역설적인 고백을 들었다. 그녀는 1인칭에서 3인칭으로 변하는데[연인의 매력이 "예전의 배반을 반복하게 하고 체념하는 처자를 다시금 망가뜨리리"(LL. 328~329)] 이런 거리를 두는 전략은 3겹의 거리두기(이야기 속의 이야기 속의 이야기)라는 서사 구조 안에 자리한다. 이 구조는 9연에 나왔던 노인이나 1연에 나왔던 내레이터로부터는 더 이상 아무 말도 듣지 못한 채로 감질나고 불만스러운 결론(혹은 미완)으로 이끈다. 늙은 농부의 반응이 무엇인지, 또는 어떤 관련된 경험이나 지혜를 전달해줄지, 혹은 처녀가 자신의 이야기를 늙은 농부에게 말하는 것을 관찰하고 엿듣던 내레이터가 처음에 그곳에 있었던 이유가 무엇인지에 대해서는 들을 길이 없다.

이것이 소네트를 읽는 경험이다. 개인적인 요소와 보편적인 요소가 공존한다. 다양한 사람들이 무대의 중심을 차지한다. 시간과 장소와 개인은 구체적이지 않다. 결과적으로 이 이야기가 누구의 이야기인지 우리는 더 이상 장담할 수가 없다.

셰익스피어가 현대에 태어났다면
할리우드 극본을 쓸 것이다?

빠르게 발전하는 신기술을 선보이며 극 제작과 배급을 통해 매년 엄청난 수의 신작들을 선보이는 곳. 극장을 찾아오는 이들의 상상을 실현시켜주는 꿈의 공장. 당국의 영향력에서 벗어난 상업적 오락 사업. 서민뿐아니라 군주들과 궁정과도 손을 잡았다는 초창기의 의심을 떨쳐낸 사업. 우리는 근대 초기의 극장과 20세기의 할리우드 사이에서 울리는 메아리를 쉽게 들을 수 있다. 또한 우리는 학자연하는 사람들이 자주 '셰익스피어의 연극은 그의 시대까지만 해도 대중적인 오락이었다'고 정당화한다는 것을 알고 있다. 그렇다고 셰익스피어가 현대에 글을 썼다면 할리우드용 글을 썼을 거라고 가정하는 것이 합리적인가?

두 시대의 오락 세계의 유사점은 광범위하며 암시적이다. 근대 초기 극장 산업이 런던 시 당국의 검열을 피하기 위해 템스 강 남쪽 둑에서 성장했듯이 할리우드도 법정 권한 밖으로 도망칠 구멍이 가까이 있는 멕시코 국경 근처에서 발전했다. 양 산업은 모두 광범위한 관객을 모았고(신화 1을 볼 것) 미학적으로뿐 아니라 상업적으로도 성공했으며 (체임벌린 극단의 주주에 속했던 셰익스피어를 포함해서) 주요 배우들을 부유하게 만들어 줬다. 구상주의적 매체의 도덕성에 관한 논의 역시 밀접한 연관성이 있다. 1930년 이래로 헤이스 코드Hays Code는 할리우드 영화에 강요되었던 "영화를 관람하는 사람들의 도덕적 기준을 낮추는 영화는 제작할 수 없다"는 점을 확고히 하려 했고, 영화는 "영화를 통해서 그 사상이나 이상을 받아들이는 사람들의 도덕적 기준에 영향을 준다"는 사실을 관리 지침으로 삼았다. 1583년에 필립 스텁스Philip Stubbes는 좀 더 원색적인 언어로 극장을 비난하는 글을 썼다.

연극에서 배울 만한 귀감들이 있다는 말을 하는데, 그 귀감이라는 게 어리석음이라면 그렇습니다. 협잡, 속이는 법, 위선을 떨고 속이고 거짓말하고 위조하는 걸 배운다면, 조롱하고 비웃고 멸시하고 경멸하듯 히죽거리고 고개를 까딱이고 얼굴을 찡그리는 걸 배우고 싶다면, 악행을 하고 욕설을 하고 눈물을 흘리고 하늘과 땅을 모독하는 걸 배우고 싶다면, 불결한 뚜쟁이가 되고, 처녀를 겁탈해 순결을 빼앗고, 정숙한 부인들을 능욕하는 걸 배운다면, 살인하고 학살하고 죽이고 발로 차고 훔치고 강탈하고 눈을 희번덕거리는 걸 배운다면, 군주에게 모반을 꾀하고 반역하고, 부를 탕진하는 걸 배운다면……[1]

기타 등등. 무대에서건 스크린에서건 행위로 표현되는 것을 직접 보는 것은 관객들로 하여금 비도덕적인 행위를 모방하게끔 이끈다는 사실이 공동의 관심사로 강력하게 부상했다.

이 두 종류의 매체를 옹호하는 사람들은 사실은 그 반대 현상(영화 혹은 극장이 긍정적인 행위를 가르친다는 것)이 일어나고 있다는 점을 시사하고자 노력해왔다. 린다 루스 윌리엄스Linda Ruth Williams는 성애 스릴러인 〈위험한 정사Fatal Attraction〉(에이드리언 라인Adrian Lyne 감독, 1987)를 보는 관객들의 행위를 관찰했는데 남성과 여성 모두 혼외정사 묘사에 대해 강한 거부 반응을 보인다는 결과를 얻었다. 그녀가 인용한 어떤 사람은 "에이즈가 당신을 막지 못한다면, 이 영화가 막을 겁니다"[2]라고 썼다. 이것은 자기 남편을 살해한 부정한 여인에 관한 연극을 보고 "갑작스레 새된 소리로 '여보, 여보!' 외치며 '내 남편의 혼령이 나를 무섭게 위협하고 있어요'"라고 했던 노포크Norfolk 출신 여인에 대해 기록한 토머스 헤이우드의 이야기와 별다를 바 없다. 그 여자는 남편을 독살한 것으로 밝혀졌고, 연극 관람으로 촉구된 그녀의 '자발적인 고백' 후에 사형 선고를 받았다.[3]

서로 경쟁 관계에 있는 스튜디오가 특정 스타와 특정 유형의 영화와 관계를 맺어가듯이 1590년대 제독 극단과 체임벌린 극단 두 양대 산맥은 서로 대조적인 구성 인원과 극장 양식house style으로부터 예술적·상업적 힘을 이끌어냈다. 예를 들어, 존 올드캐슬John Oldcastle 경의 후예가 자신의 조상을 뚱뚱한 허풍선이 병사(그의 이름은 지금 우리에게 친숙한 폴스타프로 바뀌었다)로 불경스럽게 묘사한 것에 대해 반감을 표시했을 때, 제독 극단은 경쟁 극단의 『헨리 6세 1부』 공연에 쏟아진 분노를 기회로 삼았던 것으로 보인다. 그들은 아첨하듯이 존 올드캐슬 경을 초기 개신교의 조상으로 그렸다. 그 뒤 체임벌린 극단에서는 제독 극단이 선호하는 말로의 작품 명단을 따라 상연 목록을 짰다. 말로의 거대 흥행작에서 주인공 역할을 맡았던 에드워드 앨린과 리처드 3세와 햄릿 역할을 최초로 맡았던 리처드 버비지가 할리우드 스타처럼 유명해졌다. 법학도인 존 매닝엄이 일기에 적었던 일화가 이 사실을 증명한다.

버비지가 리처드 3세의 역할을 할 당시, 한 여성 시민이 그를 너무 좋아한 나머지 연극 전에 버비지에게 가 그날 밤 리처드 3세의 이름으로 자신의 집 으로 와 밤을 같이 보내자고 약속했다. 그 말을 엿들은 셰익스피어가 먼저 그녀의 집에 가서 대접을 받고 버비지가 오기 전에 재미를 봤다. 그러다 리 처드 3세가 도착했다는 말을 듣자 셰익스피어는 리처드 3세가 오기 전에 윌리엄 1세(정복왕 윌리엄 1세William the Conqueror)가 왔노라고 답했다.[4]

버비지의 죽음을 애도한 애가는 많은 것을 잃었다고 노래했다.

그는 떠났다. 그와 함께 잃어버린 세계가 있으니
이제는 더 이상 젊은 햄릿도, 나이 든 히에로니모도[5]
친절한 리어 왕도, 슬픔에 잠긴 무어인도, 그리고 그 외에
그의 안에 살았던 더 많은 인물들이 이제는 영면하노라.

찡그린 표정과 '메타극 재능의 시작이자 끝'[6]으로 유명했던, 어릿광대 리처드 탈턴Richard Tarlton과 『헛소동』이 처음 인쇄되었을 때 익살스러운 치안관 도그베리의 대명사와 같았던 윌리엄 켐프William Kempe 같은 희극 배우들도 엄청난 인기를 누렸다. 세기말에는 케임브리지 대학의 극단이 버비지와 켐프를 근대의 유명 인사로 소개했다.

근대 초기 극장에서 극작가의 역할이 할리우드 작가의 역할과 아주 똑

같지는 않았지만 일치하는 점들은 매우 흥미롭다. 셰익스피어의 초기 극 여러 편은 인쇄되었을 때 극단에 대한 언급만 있고 극작가에 대한 언급은 없었다. 『리처드 3세』 첫 판의 장황한 표지처럼 말이다. '리처드 3세의 비극: 자기 형 클래런스Clarence에 대항하는 불충한 음모, 무고한 조카 살해, 반란에 가까운 왕위 찬탈, 혐오스러운 전모, 응분의 죽음을 그의 종인 고결한 체임벌린 극단이 연기하노라.' 〈카사블랑카Casablanca〉(1942) 같은 상징적인 할리우드 영화의 경우, 유명한 대사를 거의 그대로 읊을 수 있거나 낭만적인 주인공의 이름을 기억하거나 감독의 이름을 기억하는 사람이 적지 않을 것이다. 하지만 작가의 이름을 아는 사람은 별로 없다. 이 극작품을 살 사람들에게는 누가 연기를 하며, 이 극이 무엇에 관한 것인가가 누가 썼는지보다 더 중요해 보인다.

마지막으로, 할리우드와 셰익스피어의 극장은 모두 환상과 공상을 선호한다. 둘 중 어느 쪽도 껄끄러운 사실주의 극에 끌리지 않는다. 미래의 역사가들이 영화 〈해리 포터Harry Potter〉나 〈본Bourne〉 시리즈, 〈섹스 인 더 시티Sex in the City〉를 일상의 반영으로 읽을 경우 21세기 문화에 대해 아주 이상한 견해를 갖게 될 우려가 큰 것처럼 엘리자베스 시대와 제임스 1세 시대의 극작품 속에서 그 시대의 직접적 반영을 찾는 것은 지나치게 단순한 태도가 될 것이다. 근대 초기 여성들은 문제를 해결하기 위해서 남장을 하지 않았고, 모든 연인들이 첫눈에 사랑에 빠지지도 않았으며, 가족의 분쟁이 살육으로 끝나지도, 남자 침대에 여자들이 번갈아 올라가지도, 더구나 남자들이 노새 머리를 하지도 않았고, 일란성 쌍둥이들이 서로의 존재를 알지 못한 채 도시를 빙빙 돌지도 않았다. 『햄릿』이나 『타이터스 앤드러니커스』의 결말에서 시체가 널브러진 무대는 비극이라는 문학 장르를 보여주는 것이지 더 난폭했던 사회상을 보여주는 것은 아니다.

할리우드처럼 극은 허구의 세계다. 사람들은 사실주의자나 익숙한 세계의 재현을 보기 위해 극장에 가는 것이 아니라 이상한 것들을 경험하기 위해 간다. 1599년 글로브 극장을 방문했던 여행객 토머스 플래터가 관찰했듯이 "영국 사람들은 대부분 여행을 많이 하지 않는다. 오히려 고향에서 외국을 배우고 즐거움을 얻으려 한다".[7] 할리우드처럼 뱅크사이드에 자리한 극장 지역은 일종의 꿈 제조 공장이었다. 『한여름 밤의 꿈』의 결말 부분에서 퍽Puck이 관객에게 "여러분은 이곳에서 잠을 잤던 거라고 생각하세요. 이 환영들이, 또 유약하고 무익한 주제가 펼쳐진 것은 그 때문이지요. 이제는 생산적이지 않은, 그저 꿈일 뿐이에요"(에필로그 2~6)라고 말하듯이. 『윈저의 즐거운 아낙네들』과 『말괄량이 길들이기』도입부를 제외하고는 셰익스피어는 당대 영국을 배경으로 삼는 일이 없었다. 그리고 관객들이 사는 대도시 런던을 배경으로 삼는 일도 결코 없었다. 이런 면에서 그는 토머스 미들턴이나 존 마스턴이 관습과 상투적인 모티브를 따라 썼던 런던의 도덕과 지역 자체를 주요 주제로 삼은 소위 '도시 희극'을 피했다(강렬하게 반대했다고도 할 수 있다). 그 대신 셰익스피어의 극은 광범위한 문학적 자원과 장르 모델에 의존한다. 그래서 셰익스피어의 모든 극들은 넓은 의미에서 모두 '개작'으로 분류될 수 있다. 이미 있는 텍스트를 다시 작업하면서 극장이라는 새로운 매체에 맞도록 자료들을 닥치는 대로 변형시킨 것이다.

할리우드와 근대 초기 극장의 유사점은 셰익스피어가 지금 글을 쓴다면 영화 대본을 쓸 것이라는 신화를 진실처럼 보이게 할 수도 있다. 그러나 이런 결론을 위태롭게 하는 주요한 차이가 하나 있다. 근대 초기 극장은, 특히 셰익스피어가 글을 쓰던 전반기에는 더욱 그랬지만, 언어에 의존하는 극이었다. 언어 예술적 재능이 시각적 예술성보다 더 중요했다(신화 8을 볼 것). 『말괄량이 길들이기』에는 땜장이 크리스토퍼 슬라이가 그는 사실 지체 높은 귀족이며 곧 연극을 보게 될 거라는 사람들의 말에 속아 넘어가는 장면이 있는데, 바로 여기에서 이 사실이 잘 드러난다. "의사들이 말하기를 …… 주인님이 연극을 듣고 즐겁고 유쾌한 기분을 느끼는 것이 좋을 거라고 합니다"(도입부 2장 127~131). 할리우드 영화는 그 반대다. 그곳에서는 이미지(배경, 표현, 배우들 간의 상호작용)가 의미를 전달하는 일에서 대화보다 더 중요하다. 신참내기 작가들은 원고를 짧게 쓰라는(1분에 1쪽 분량, 평균 2만 자 내외) 충고를 받는다. 셰익스피어 극 중 가장 짧은 『실수연발』 정도만이 영화에서 요구하는 대본 길이에 가깝다. 셰익스피어 연극은 한 시간 분량이 800~900행 정도이고 이는 현대 극장으로 따지면 3시간 분량이다. 이렇게 할리우드 영화에서 대본이 상대적으로 중요하지 않기 때문에 셰익스피어가 영화 대본을 쓴다는 것은 불가능한 일이 될 것이다. 그렇다면 셰익스피어는 무엇을 쓸까? 소설은 아닐 거고(너무 직접적이니까) 시나 극도 아니다(지나치게 엘리트적이니까). 그러면 라디오 대본? 사람들 말대로 차라리 영화가 더 나을 것 같다.

『템페스트』는 셰익스피어가
무대에 고하는 작별인사였다?

1740년 셰익스피어를 기념하는 실물 크기의 조각이 웨스트민스터 사원에 있는 시인의 묘에 세워졌다. 쌓인 책 더미 위에 팔꿈치를 기댄 채, 셰익스피어는 『템페스트』에 나오는 프로스페로(4막 1장 152~156)의 고별사를 변형시킨 글이 적힌 두루마리를 손으로 가리킨다. "구름을 이고 있는 탑, 우아한 성, 장엄한 사원, 위대한 글로브 그 자체. 그렇다네, 세상이 물려받은 모든 것은 사라지고 말 걸세. 그리고 근거 없는 꿈의 직물처럼 아무런 잔해도 남기지 않으리."[1] 이 구절은 셰익스피어에게 묘비명과 같은 역할을 한다. 극 중 이 말을 한 사람은 셰익스피어의 페르소나가 된다. 셰익스피어가 『템페스트』에서 고별사를 썼다는 신화는 여기서 구체적인 (아니, 견고한) 형태를 얻는다.

『템페스트』는 셰익스피어의 마지막 극에 해당한다. 동생 안토니오에 의해 밀라노에 있는 자신의 공국에서 추방당하고 딸 미란다와 함께 섬에 살고 있는 프로스페로는 안토니오와 안토니오의 친구인 세바스찬, 동맹 자인 알론소, 알론소의 아들 퍼디난드를 자신이 살고 있는 섬에 난파되도록 만든다. 쾌활한 정령 하인 에어리얼의 도움으로 프로스페로는 마법을 부려서 그의 적들이 여러 가지 처벌을 받고 퍼디난드가 미란다에게 청혼을 하게끔 한다. 그리고 끝내는 비난을 하기보다는 용서를 해주라는 에어리얼의 재촉으로 그의 동생과 대면하게 된다. "더 귀한 행동은 복수보다는 미덕에 있습니다"(5막 1장 27~28). 애가의 어조로 자신의 힘을 포기하고 마법의 책를 바다에 버리겠다고 맹세하면서 프로스페로는 그의 공국을 다시 회복하기 위해 밀라노으로 되돌아갈 준비를 한다.

이 극이 작가인 셰익스피어에게 일종의 비유적 역할을 할 수도 있다는 사실은 오래된 비평적 해석이다. 존 드라이든John Dryden과 윌리엄 대버넌트가『템페스트』를 처음 각색했던 시기로 되짚어 올라가면, 왕정복고 시대의 극작가들은 셰익스피어의 극을 17세기 후반의 취향에 맞도록 개작하는 일에 능했다. 그들은『템페스트』, 혹은『마법의 섬The Enchanted Island』(1669)의 프롤로그를 쓰면서 '셰익스피어의 마법'을 프로스페로의 마법과 동일한 것으로 인정했다. 이 비유는 프로스페로를 늙은 예술가의 초상으로 보는 견해를 만들고 18세기 비평을 통해 발전하며 프로스페로의 성격을 매우 긍정적으로 읽는 독해법을 확립시켰다. 19세기 말에 셰익스피어의 영향력 있고 지적인 전기의 마지막 부분을 쓴 에드워드 다우든Edward Dowden이 이런 예가 될 수 있다.

우리가 프로스페로를 셰익스피어 자신과 동일시하는 것은 그가 마법의 지팡이를 부러뜨리고 마법의 책을 그 어느 추보다도 더 깊게 바다에 빠뜨려 그의 정령을 떠나게 하려는, 그리고 자신의 공국으로 돌아가 현실적인 공직을 수행하려는 위대한 마법사라서가 아니다. 오히려, 장중한 조화를 이루는 성격, 극기, 조용하나 효력 있는 의지, 잘못된 것들에 대한 예민함, 흔들림 없는 정의 등과 더불어 세상의 일상적인 기쁨이나 슬픔으로부터 거리를 두는 일종의 포기와 같은 프로스페로의 성정이 마지막 극에서 발견되는 셰익스피어의 특징이기 때문이다.[2]

다우든의 논의는 아름답게 선회하는 삼단논법을 사용한다. 그랬을 거라고 믿어 의심치 않는 셰익스피어의 성정을 프로스페로가 그대로 지니고 있기 때문에 프로스페로는 셰익스피어를 상기시킨다고 말이다. ① 프로스페로는 좋은 사람이다. ② 셰익스피어는 좋은 사람이다. ③ 그러므로 프로스페로는 셰익스피어다(아니면 ①, ③, ②거나 ③, ②, ①일 수도 있다).

다우든의 논지에 논리적 오류가 있음에도, 다우든과 드라이든이 규정했듯 프로스페로의 마법과 극장의 기술 사이에는 서로 대응하는 것들이 있다. 이 극의 첫 장면이 좋은 예가 된다. "사나운 천둥번개 소리가 들리고 선장과 갑판장이 등장한다"는, 극적 시작을 알리는 무대 지시가 태풍의 요동 속으로 우리를 집어넣는다. 폭풍에 심하게 흔들리는 배 안에서 어찌할 바를 모르는 승객들이 선원들 사이에서 오가는 필사적인 지시를 들을 때 ─ "중간 돛을 접어라!"(1막 1장 6), "중간 돛을 내려라! 빨리!"(1막 1장 33), "갈라진다, 갈라져!"(1막 1장 59) ─ 우리는 실제 폭풍의 한가운데에 있는 것 같은 느낌을 받는다. 그러나 다음 장에서 이 장면은 사실 섬 안에서 적들을 자기 수중으로 끌어들이기 위해 프로스페로가 마법으로 만든 극적 환상이었음이 드러난다. 항해자들은 결코 위험에 처해 있지 않았다.

상황들이 그럴듯하게 보였지만 그것은 몇 가지 소품과 극본이 그럴싸하게 만들어낸 것이다. 극에서 상황이 벌어지는 것은 아직은 알 수 없는 플롯을 전개시키기 위해 눈에 보이지 않는 극작가가 힘을 가하는 것이다. 각 인물들의 배경을 채워가며 그들을 한데 모아 만나게 하거나 서로를 떨어뜨리면서, 그리고 모든 것이 밝혀지는 대단원을 만들어가며 프로스페로는 극작가처럼 극 전체를 통해 다른 인물들을 지배한다. 그는 자신의 마법을 '나의 예술mine art'(1막 2장 292)이라 부르면서 극장 소품 — 사라지는 연회 테이블, 반짝거리는 장식(무대 지시, 4막 1장 193), 퍼디난드와 미란다의 약혼을 위한 극중극 — 을 이용한다. 그리고 시인의 묘에 세워진 기념비에 적힌, 프로스페로가 자신의 마법을 포기한다고 맹세할 때 했던 연설도 극적 언어를 이용한 것처럼 보인다. 특히나 '위대한 글로브'(4막 1장 153: 뱅크사이드에 있던 셰익스피어 극단의 극장 이름)를 환기시키는 것은 더더욱 그러하다.

프로스페로의 극 중 역할이 극작가의 역할과 비슷하다고 말한다고 해서 그가 셰익스피어의 자화상이라는 말은 아니다. 『오셀로』의 교활한 음모가인 이아고, 『자에는 자로』에서 수사로 가장해 상황을 조정하는 공작, 『겨울 이야기』에서 비밀을 지켜주는 폴리나Paulina 등 셰익스피어의 다른 작품에 등장하는 다른 인물들도 이런 특성들을 공유한다. 현실과 환상 사이의 명료하지 않은 경계선과 극장의 특성에 대해 논평하는 『햄릿』이나 『한여름 밤의 꿈』의 극중극에서도 『템페스트』의 자기 반영적 요소가 보인다. 그러나 프로스페로가 셰익스피어를 그린 것이라는 생각은 『템페스트』가 셰익스피어가 스트랫퍼드로 물러가기 전에 쓴 마지막 작품이라는 완고한 주장으로부터 힘을 얻는다. 프로스페로가 마법에 작별을 고하는 것은 셰익스피어가 극장에 고하는 작별이며 에필로그의 '방면'(에필로그, 9)과 용서와 박수를 감동적으로 호소하는 것은 늙어 물러나는 왕실 극단 작가에 대한 마지막 커튼콜이다.

1610~1611년에 쓰이고 상연된 『템페스트』가 정말 셰익스피어의 마지막 극인지 그 사실 여부를 알 수는 없다. 또 다른 후기 작품인 『겨울 이야기』와 『심벨린』 및 『템페스트』의 순서를 확실히 알려줄 믿을 만한 외부 증거는 아무것도 없다. 『템페스트』를 셰익스피어의 마지막 작품으로 놓고 그 자리를 이 작품이 셰익스피어 자신의 감정을 극화한 것이라는 사실을 확언하는 데 이용하는 것은 『템페스트』의 에필로그가 셰익스피어가 무대에 고한 고별로 읽히기를 원하기 때문이다. 그 이후에도 존 플레처와 함께 『두 귀족 친척』과 『끝이 좋으면 다 좋다』를 썼다는 사실을 우리는 알고 있다. 그렇기 때문에 『템페스트』가 무대를 위한 마지막 작품이 아닌 것은 확실하다. 사실 셰익스피어가 마지막으로 쓴 글은 『두 귀족 친척』의 마지막 부분에서 — 많은 학자들은 공동 저자인 존 플레처가 쓴 것이라고 생각하는 — 테세우스Theseus가 하는 다소 당당하지 못한 대사로, "퇴장합시다. 그리고 시간처럼 우리 자신을 견뎌냅시다"(5막 6장 136~137)일 수도 있다. 또 1613년에 셰익스피어가 극장에서 가까운 블랙프라이어스에 저택을 구입했다는 사실을 우리는 알고 있다. 이것은 런던에서 셰익스피어가 처음으로 구입한 저택으로 보이고, 따라서 프로스페로의 행보(그는 은둔 생활에서 밀라노의 공작으로서의 바쁜 삶으로 돌아간다)가 정반대라는 사실과 더불어 셰익스피어가 혼란스러운 곳에서 조용한 스트랫퍼드로 물러갔다는 감상적 생각이 잘못된 것임을 밝혀준다. 프로스페로가 소모적인 경쟁에서 물러서서 경쟁자였던 벤 존슨처럼 전집을 준비하며 글쓰기에만 집중하는 배우 셰익스피어라는 암시도 있었다(신화 4를 볼 것). 이와 관련해 첫 2절판(1623)에 『템페스트』가 첫 번째 작품으로 수록된 것은

셰익스피어가 자신이 이 작품의 작가임을 주장하는 것으로 해석되었다. 외부 증거가 프로스페로를 셰익스피어로 읽는 문제를 해결해주지 못하더라도 근대 초기 극작가들이 모두 자전적 작품을 썼다는 주장은 여전히 시대착오적 가설이다(신화 7, 10, 18을 볼 것). 다만, 문제들을 다양한 시각에서 바라보고 경쟁적인 세계관들을 동일하게 거부할 수 없는 것으로 만드는 능력은 성공적인 극작법에 본질적인 것이다. 이는 엘리자베스 시대 초등교육의 수사학 훈련에 의해서 조성된 것이며 문학적 표현이 시적이고 고백적이기보다는 공적이고 참여적이었던 문화에 적합한 것이다.

셰익스피어가 이러이러한 순서대로 글을 썼을 거라고 우리가 추측하는 연대기적 위치를 참고해서 『템페스트』를 읽는 것은 어쨌든 이 작품에만 해당되는 사항은 아니다. 20세기 초 리턴 스트래치Lytton Strachy는 빅토리아 시대 학자들의 연대기적 가설을 맹렬히 논박하는 글을 썼다. 스트래치는 예술가의 정신이 예술 작품의 특성으로부터 추론될 수 있다는 일반적 개념에 반박했다. 특히나 '행복한 젊은 시절(희극)과 우울한 중년(비극)을 거친 후 마침내 죽음을 맞이하는 평정심에 도달한다'[3]는 보편적 견해를 비웃었다. 스트래치가 이런 설명을 신랄하게 거부한 것은 광범위한 함의를 갖는다. 『템페스트』가 '후기 작품'이라는 심미적 가치에 대한 추정으로부터 이득을 봤듯이 다른 작품들도 역시 연대기적 평가를 통해 분류되어왔다. "『베로나의 두 신사』가 1597년 이후 혹은 1603년 이후로 연대 판정이 난다면 얼마나 많은 예상치 못했던 장점들이 갑자기 떠오를까? 극이 두 사람의 대화와 독백에 의존하는 것이 더 이상 미숙함을 나타내는 증거가 아니라 관습적인 낭만적 타성을 제어하는 전략적인 분열 행위로 부상할 수도 있을 것이다"라고 어느 비평가가 날카롭게 지적하듯이, 이런 조건법적 시나리오는 '초기', '후기', '성숙한' 같은 겉보기용 연대기적 단어들이 가치 판단을 암시하고 독자들의 비평적 반응을 선결한다고 냉소적으로 밝히고 있다.⁴ 우리는 사랑하는 사람이 죽은 줄 알고 자결하는 『피라모스와 티스베Pyramus and Thisbe』에 나오는 직공들의 진부한 사랑의 비극(『한여름 밤의 꿈』에 삽입된 극중극이다)을 더 엄숙한 등가물인 『로미오와 줄리엣』보다 뒤쪽에 위치시키는 그런 연대기를 선호한다. 그러나 이런 순서를 증명할 외부적 증빙은 아무것도 없다. 가장 초기의 역사극인 『헨리 6세 2부』와 『헨리 6세 3부』는 그 이후의 역사극에 비해 미숙할 것이라 기대된다. 『헨리 6세 2부』와 『헨리 6세 3부』의 장미전쟁에서 일어나는 주장과 반대 주장의 묘사는 그런 기대를 지지하는 듯하다. 현대의 셰익스피어 극 선집, 특히 옥스퍼드판 셰익스피어(웰스와 테일러 편집)와 옥스퍼드판 셰익스피어의 원문을 그대로 따른 노턴판 셰익스피어도 종종 당연시되는 연대기에 따라 극의 순서를 정했다. 이런 분류는 1623년판 첫 2절판에서 하고 있는 포괄적인 분류에 익숙한 독자들로 하여금 예기치 못했던 유익한 병치를 보게 해준다. 가령 서로 인접해 있는 『헛소동』과 『헨리 6세』에서는 전쟁과 구애에 대한 태도가 병치되거나, 『심벨린』과 나란히 나온 『리어 왕』 개정판에서는 암울한 옛날이야기(신화 24를 볼 것)가 보인다. 반면 이런 분류는 궁극적으로는 암암리에 전기적 독서 즉, 작품의 연대기가 작가의 삶의 연대기와 같다고 보는 독서에 특전을 준다.

스트래치는 자전적 규범보다는 상업적 규범을 제안한다. 그는 셰익스피어의 마지막 극들의 동화적 요소에 주의를 기울이면서 해피엔딩이 '지은이의 고용한 평온'보다는 장르에 대한 인식을 보여준다고 논평한다. 이 작품들이 셰익스피어의 마음에 관한 것을 조금이라도 드러내 보인다면 그것은 '셰익스피어가 지루해졌다'는 이야기일 것이다. '독자가 종종 느끼듯이, 셰익스피어는 무슨 일이 일어나는지 누가 무슨 말을 하는지에 더이상 관심이 없다. 결점 없는 서정시 혹은 새롭고 상상 못했던 리듬의 효과 또는 웅대하고 신비로운 이야기를 할 자리만 찾을 수 있다면 말이다.'[5] 많은 학자들이 『템페스트』를 셰익스피어의 마지막 극으로 확정하고 그 위치에서 그에 상응하는 자애롭고 자비심 있는 절정의 지혜를 읽어내고 싶어 하지만 스트래치는 이 작품이 극작가로서는 내리막이라고 본다. 셰익스피어는 신비한 시의 왕좌에 오른 것이 아니라 감각을 상실했다. 이런 견해는 100년 후에 게리 테일러가 일간지 기사에서 좀 더 단조롭게 다룬 적이 있다. "셰익스피어의 중반의 위기"라는 제목으로 그는 상업적 인기가 절정에 달했던 1590년대가 끝나고 1600년 이후부터 셰익스피어의 성공은 정체되었다고 논평했다. 테일러는 계속해서 "과거지사가 된 많은 작가들처럼 40대의 셰익스피어는 20~30대에 썼던 작품을 재활용함으로써 가라앉는 명성을 구하려고 애썼다"[6]라고 도발적으로 말한다. 이 수정론자의 논의에 따르자면, 셰익스피어가 존 플레처와 공동 집필한 것은 원숙한 장인의 지도를 받으며 도제가 작품을 쓴 것이라기보다 이제 진부해진 작가가 젊은 작가의 등에 올라타려는 필사적인 노력이었다(신화 24를 볼 것).

따라서 셰익스피어의 집필 경력의 어떤 증거도 『템페스트』를 무대에 작별을 고하는 셰익스피어의 고별사로 읽는 관점을 지지하지 않는다. 이런 독법은 극적 글쓰기에 시대착오적인 전기적 틀을 부과한다. 이것은 또한 앞에서 언급했다시피 프로스페로를 인자한 현자이고, 외동딸에게 애정을 다하며, 오직 조화와 화해를 이루기 위해서만 자신의 학식을 사용하고, 자신에게 악행을 했던 사람들을 벌주기보다는 용서해주는 인물로 읽어내는 독서에 결정적으로 의존한다. 사실, 이런 긍정적인 해석은 프로스페로의 성격상 문제점들을 간과하는데, 이런 문제점들은 그의 '노예'인 캘리번과의 관계 안에서 논의될 수 있다.

적어도 학자인 시드니 리Sidney Lee가 신세계에 대한 근대 초기 영국의 지식을 논한 19세기 말 이래로 『템페스트』는 탐험 이야기로, 또 연계성은 좀 떨어지지만 미국의 초기 식민화와 연결되어왔다. 특히 언어, 통치, 패배의 우화를 탈식민지적으로 다시 쓰면서, 그 와중에 마르티니크(서인도 제도 남동부의 섬)의 시인 에이메 세제르Aimé Césaire가 『템페스트Une Tempete』(1969)로 개작하면서, 이런 독법에 점점 더 힘이 실렸다. 프랑스와 마다가스카르의 심리분석가였던 옥타브 마노니Octave Mannoni의 『식민화의 심리학 Psychologie de la Colonalization』은 1956년 영어로 번역되면서 『프로스페로와 캘리번Prospero and Caliban』이라는 제목으로 출판되었다. 비평의 변화는 프랭크 커모드Frank Kermode와 버지니아 메이슨 본Virginia Mason Vaughan과 올던 T. 본 Alden T. Vaughan의 시각 차이를 언급하면서 요약될 수 있을 것이다. 프랭크 커모드는 『템페스트』의 아든 개정판을 소개하면서 미 대륙이 발견되지 않았더라면 존재하지 않았을 핵심적인 사고 구조가 『템페스트』에서는 보이지 않는다는 점이 명백하다고 날카롭게 지적했다. 버지니아 메이슨 본과 올던 T. 본은 1999년 아든 시리즈의 제3판에서 이 극이 '제국주의 패러다임의 극장용 축소판'일 정도로 '많은 비평가들이 논의하듯이, 식민주의에 대한 광범위하고 다양한 담론이 이 극의 언어와 사건에 뿌리 깊게 배어 있다'[7]는 시각을 보여줬다. 이와 유사한 해석상 우선순위의 변화가 극장에서도 일어났다. 조너선 밀러Jonathan Miller가 1970년에 이 극을 무대에 올린 이후 식민주의적 죄를 범하지 않은 공감적인 프로스페로를 회복하는 일은 어려워졌다. 이정표적인 이 제작에 대해 평론가들이 묘사하듯이, 프로스페로는 '장엄하고 감동적인 신경증 환자요, 식민주의 주기가 완성되는 마지막까지 본능적인 식민주의자의 신과 같은 권력을 남용했던 권력 콤플렉스의 희생자다. 순진성을 상실한 아프리카인인 에어리얼은 프로스페로가 버린 지팡이를 집어 들고 약자를 괴롭히는 대군주의 역할을 떠맡을 준비를 했다'.[8] 프로스페로는 최근 매우 불쾌한 인물로 간주되는 경향이 있어서 셰익스피어와의 어떤 관련성도 작가 자신에게 몹시 좋지 않은 결과를 초래할 것이다.

셰익스피어의 어휘는 엄청났다?

우리 모두는 셰익스피어의 언어적 창의성이 그의 명성과 계속되는 호소력의 주된 원인임을 알고 있다. 그의 작품, 특히 『비너스와 아도니스』, 『루크리스의 능욕』 같은 대중적인 설화시는 그의 생전에 시집으로 편찬되기 시작했다. 로버트 앨럿Robert Allot의 인용문 사전 『영국의 파르나소스England's Parnassus』*는 『사랑의 헛수고』, 『리처드 2세』, 『리처드 3세』, 『헨리 4세』, 특히 『로미오와 줄리엣』에서 뽑은 발췌문들을 포함하고 있다. 시집으로 만드는 작업은 그 후에도 계속되고 있다. 알렉산더 포프의

• 1600년에 출간되었다. 파르나소스는 그리스 중부에 있는 산으로 아폴로와 뮤즈들의 영지(靈地)이며, 경우에 따라 시인들, 시단(詩壇)을 가리키기도 한다. _ 옮긴이

1725년판 셰익스피어는 독자들에게 편리한 서비스를 제공한다. '가장 빛나는 구절은 여백의 콤마로 강조했으며, 특정 부분이 아니라 장면 전체가 아름다운 경우 그 시작 부분에 별을 붙였다.' 이런 식으로 표시된 구절로는 『베니스의 상인』에서 포샤가 법정에서 자비에 호소하는 장면(4막 1장 181~202)과 『로미오와 줄리엣』에서 맵 여왕Queen Mab*에 대한 머큐시오의 기발한 상상 장면(1막 4장 55~96)이 있다. 셰익스피어 혹은 그의 출판업자들(신화 4를 볼 것)은 이미 이런 식의 강조 방법을 예견했었다. 즉, 초기의 인쇄본들도 인용될 만한 구절들을 알아보도록 왼쪽 여백에 거꾸로 된 콤마를 사용했다. 1603년판(이 판에서는 폴로니어스가 코람비스라는 이름으로 불린다)과 1604년판 『햄릿』 텍스트에서 모두 라에르테스에게 하는 폴로니어스의 충고가 이런 식으로 표시되어 있다(1막 3장 58~81). 모두 알다시피 돈 빌리는 사람과 돈 빌려주는 사람에 대한 그의 말은 이미 하나의 격언이 되었다. 오늘날에는 『햄릿』을 보러온 장성한 자식 둘이 이 장면에서 아버지로부터 익히 들어왔던 옛 격언을 발견하고 서로에게 눈망울을 굴리는 일이 종종 벌어진다. 셰익스피어의 작품에서 유래된 구절들의 목록이 인터넷에서, 혹은 책자에서 쉽사리 발견되는데 이들 중 많은 수가 너무나 친숙해진 나머지 셰익스피어의 극 속에서 원래 지녔던 맥락을 상실했다. 그 목록의 예를 들면 다음과 같다. 죄를 짓기보다는 죄 짊을 당한more sinned against than sinning, 말 못하는tongue-tied, 혈육flesh and blood, 맹목적으로without rhyme or reason, 웃음거리laughing stock, 화보다는 슬픔에 더 잠긴more in sorrow than in anger, 사형 집행 전 짧은 참회의 시간short shrift, 내게는 수수께끼Greek to me, 세상은 너의 것world is your oyster, 차가운 위로cold comfort, 죽인 숨

---

* 영국 민담에 나오는 요정으로 인간의 꿈을 지배한다고 한다. _옮긴이

bated breath, 최상의 용기는 분별력이다discretion is the better part of valor['valor' 대신 로저 맥커프Roger McGough•가 『구호들Watchwords』(1969)에서 인상 깊게 사용했던 'valerie'를 넣을 수도 있다]. 그렇다면 세상에서 가장 위대한 언어의 장인일 지도 모를 셰익스피어는 엄청나게 많은 어휘를 구사했을까? 아닐까?

이것은 대답하기 어려운 질문인데, 왜냐하면 어떤 사람의 어휘를 어떻 게 계량하는 것이 좋은지는 사람마다 기준이 다르기 때문이다. 그러나 이런 질문에 대한 전문가인 데이비드 크리스털David Crystal은 셰익스피어가 사용한 어휘의 숫자를 2만 개의 독립된 단어 — 따라서 복수형이나 시제가 바뀐 경우는 계산에 넣지 않는다. 예를 들면 '매hawk'와 '매들hawks'은 둘이 아니라 한 단어이며, '날다fly', '날았다flew', '날았었다flown'도 한 단어로 계산된다 — 라고 본다. 이 숫자는 셰익스피어가 창작하던 당시에 가용한 총 어휘가 15만 단어 남짓이었다는 사실과 비교된다. 기록을 보건대 셰익스피어는 당대 의 다른 작가들에 비해 풍성한 어휘를 사용했지만, 이는 적어도 부분적으 로 그가 각기 다른 어휘를 요구하는 각기 다른 장르의 작품을 집필했기 때문이고, 또한 그가 다작을 해서 현존하는 그의 저작이 만만치 않은 양 이기 때문이기도 하다. 대조를 위해 크리스털은 21세기 초에 교육받은 사람이 실제로 사용하는 평균 어휘는 5만 단어이고, 옥스퍼드 사전이 알 려주듯 사용 가능한 영어의 어휘는 약 60만 단어라고 제시한다. 따라서 셰익스피어가 사용한 어휘는 여러분의 어휘의 절반도 되지 않고, 여러분 의 어휘가 표현하는 것보다 좀 더 적게 표현한다.[1]

그렇다면 신조어를 만들어낸 사람으로서의 셰익스피어는 어떤가? 사 실 최근 개정 작업 중인 옥스퍼드 사전은 다소 그릇된 정보를 제공하는

• 1937~. 영국의 시인, 극작가. _ 옮긴이

출처였다. 셰익스피어는 지금은 흔하게 사용되는 많은 단어를 최초로 사용한 사람으로 인정받고 있는데, '불길한inauspicious', '포용하다embrace', '경건한sanctimonious' 등이 그 예가 될 것이다. 그가 고안해낸 것으로 보이는 많은 단어들이 여전히 남아 있다. 예를 들면 몫을 의미하는 '할당allottery'(『뜻대로 하세요』 1막 1장 69), 혹은 옥스퍼드 사전이 정의한 바에 따르면 '(사냥개 혹은 매에게) 살코기를 먹여 흥분시키는 행동, (여기에서 도출된 첫) 성공에서 비롯되는 흥분'을 의미하는 '흥분fleshment'(『리어 왕』 2막 2장 120)이라는 단어가 그렇다. 크리스털은 옥스퍼드 사전에서 셰익스피어가 최초의 사용자 내지는 최초로 기록된 사용자로, 혹은 다른 의미를 부여한 사람으로 인정되는 단어를 2000개 넘게 뽑아 목록을 작성했다.[2] 그러나 이러한 예들은 우리를 현혹할 수 있다. 디지털화되고 탐색 가능한 텍스트가 나오기 전 시대에 사전에 수록할 어휘를 편집한 사전 편찬자들은 동시대의 토머스 내시 같은 사람의 작품보다 셰익스피어의 작품들을 더 잘 알고 있었고, 따라서 이들은 사전에서 셰익스피어의 신조어들(새로운 단어들)을 과장하는 경향이 있었다. 위르겐 쉐퍼Jürgen Schäfer가 1980년에 출판된 기념비적 연구에서 이 사실을 보여줬고, 뒤를 이어 다른 학자들이 그의 발견을 발전시켰는데, 셰익스피어가 만든 것이 확실해 보이는 새로운 단어들의 수가 상당 부분 감소했다는 결과가 도출되었다.

  이러한 논의는 역사적 맥락에 위치시킬 때 한층 더 유용하다. 1550년에서 1650년까지의 1세기 동안 새로운 단어의 수가 급격히 증가했다. 종교개혁으로 촉발된 성서 번역과 인쇄 문화의 급속한 확장에 따른 자국어vernacular를 향한 자극, 탐험과 무역으로 인한 다른 문화로부터의 새로운 사물과 그에 수반되는 단어들의 유입, 그리고 과학적 발견에 대한 전문 언어의 발전과 같은 모든 요인들이 급격한 언어적 성장을 가져왔다. 라틴어에 어원을 둔 어휘들(예를 들면 '온도temperature', '대기atmosphere', 혹은 '악의적인malignant' 같은)은 이탈리아어에서 온 단어들('콘체르토concerto', '소네트sonnet', '스탠자stanza' 등과 같은 문화와 관련된 단어들)과 스페인어나 포르투갈어에서 온 단어들('허리케인hurricane', '담배tobacco', '해먹hammock' 등 신세계 탐험과 관련된 단어들)은 물론, 그 밖의 언어에서 온 것들, 종종 이국에서 수입된 상품(터키어에서 온 '커피'나 페르시아어에서 온 '바자bazaar')이나 사물을 보는 새로운 방식을 기록하는 단어들(네덜란드어에서 온 '풍경landscape')과도 부대끼며 존재하게 되었다. 다른 언어에서 빌려온 단어들은 초기 근대 영어에 어휘상의 쌍둥이나 세쌍둥이들을 만들어냈는데 이는 다른 언어의 차용을 통해 획득된 준▒동의어라고 할 수 있다. 따라서 영어는 고대 영어 · 프랑스어 · 라틴어 파생어와 관련된 많은 수의 단어를 갖게 되었다. 예를 들어 '오르다rise · mount · ascend', '끝마치다end · finish · conclude', '공포fear · terror · trepidation', '왕다운kingly · royal · regal' 등이 그렇다. 준동의어들을 코피아라 불리는 수사적 비유 속에서 사용하는 것은 이러한 어휘적 밀집성에 의해 가능해진 셰익스피어 특유의 기술이다. 예를 들어 "'로미오는 추방되었다……' 죽음이라는 말 속에는 끝도, 한계와 정도와 범위도 없다"(『로미오와 줄리엣』 3막 2장 124~126)와 "하늘의 속박이 풀리고, 와해되고, 헐거워진다"(『트로일러스와 크레시다』 5막 2장 159)가 그 예이다.

이처럼 어휘의 유입이 주는 낯선 느낌은 영어를 모국어로 사용하는 사람들을 겨냥한 최초의 영어 사전에서 포착되었다. 로버트 커드레이Robert Cawdray의 1604년판 사전은 긴 제목 페이지에서 영어가 외국 단어들의 수입으로 인해 영국인 본인들에게도 낯설어졌다는 점을 시사한다.

이 알파벳 도표는 히브리어, 그리스어, 라틴어 및 프랑스어에서 빌려온 흔하지만 어려운 영어들을 모든 사람들이 제대로 쓰고 이해할 수 있도록 가르칠 것이다. 어려운 단어를 우리가 수집한 평이한 영단어로 풀이함으로써 귀족 부인들과 양반집 부인들과 숙련되지 않은 사람들에게 도움이 되고자 한다. 이를 통해 이들은 성경이나 설교, 혹은 다른 곳에서 읽거나 듣는 여러 난해한 영단어를 쉽게 이해하게 될 것이며, 또한 그 단어들을 스스로 적절하게 사용하게 될 것이다.

커드레이가 겨냥했던 신분 높은 청중을 고려한다면 사전을 편찬한 것은 그리 적절한 선택 같지 않다. 이와 대조적으로 연극은 새로운 단어들의 원천이자 이 단어들을 더 잘 이해할 수 있게 해주는 수단이었다. 우리는 이것을 셰익스피어의 극에서 종종 보게 되는데, 친숙하지 않은 단어나 신조어가 사전에서 그러하듯 '평이한 영어 단어'로 주해된다. 『아테네의 타이먼』은 '십진법decimation'을 '십일조 내는'과 '10분의 1 충당된'으로 주해하고 있다(5막 5장 31~33). 셰익스피어의 등장인물들은 새로운 단어들에서 반복적인 즐거움을 취한다. 예를 들면 『십이야』에 나오는 운 나쁜 구혼자 앤드루 에이그칙Andrew Aguecheek 경은 멋진 단어에 대한 심미안이 있어서 '악취odours, 풍부한pregnant, 용인된vouchsafed'이라는 단어를 앞으로 사용하게 될지도 모른다며 모은다. 또한 『헨리 4세 2부』에 나오는 허풍 심한 군인 피스톨Pistol은 말로의 거창한 구절을 이용하고(2막 4장 160~165) 『헨리 5세』의 님Nim은 '기질humour'이라는 말을 일종의 멋진 언어적 경련으로 사용하며(2막 1장 52, 57), 폴로니어스는 햄릿이 오필리어에게 보낸 편지에서 사용한 '아름다워진'이라는 단어를 걸고넘어지며 "그건 나쁜 말이고, 야비한 표현이네"(2막 2장 111)라고 한다. 이 모든 등장인물들은 아마도 플로리오의 몽테뉴(신화 2를 볼 것)를 읽던 셰익스피어 본인처럼 극 속에서 언어적 세부 사항에 집중하느라 잠시 동안 플롯과 내용을 무시한다. 그리고 『헛소동』의 도그베리나 『자에는 자로』의 엘보우처럼 희극적 효과를 위해 라틴어에서 온 어휘를 잘못 사용하는 등장인물들도 있는데, 이는 셰리든의 극 『경쟁자The Rivals』에 나오는 등장인물의 이름을 따서 오용malapropism이라 불리게 되었다.

그러나 셰익스피어는 다른 동시대인들과는 달리 그의 시대에 괴상한 어휘로 주목받지는 않았다. '꿀 바른 혀의honey-tongued' 셰익스피어라는 묘사는 언어에 대한 그의 자유로운 구사를 가리킨다. — 이 형용사는 옥스퍼드 사전이 가진 문제의 흥미로운 본보기가 된다. 이 형용사가 최초로 사용된 기록은 1598년에 동시에 나온 셰익스피어의 『사랑의 헛수고』(5막 2장 334)와, 『팔라디스 타미아Palladis Tamia』•에서 미어스가 셰익스피어를 묘사한 부분이다. 그렇다면 미어스는 셰익스피어의 감미로운mellifluous(이 단어는 '꿀 바른 혀의'의 라틴어 버전이다) 어휘들 중 하나를 사용해 셰익스피어를 묘사한 것인가, 아니면 이 두 작가 모두 당대에 사용 중이던 단어를 기록한 것인가? — 우리는 이를 당대의 극작가 존 마스턴의 경우와 비교해볼 수 있는데, 그는 벤 존슨의 극 『삼류 시인』(1601)에서 크리스피너스라는 인물로 그려진다. 크리스피너스는 하제下劑를 복용하고 그의 이국풍 어휘를 무대 위에서 강제로 토해내게 된다. '후퇴하는retrograde, 상호적인reciprocal, 몽마夢魔, incubus'와 '입심 좋음glibbery, 매끄러운lubrical, 사멸한defunct' 등이 이 언어적 구토 장면에서 튀어나오는데 듣고도 잊기 쉬운 '입심 좋음'과 '매끄러운' 외에도 우리가 요즈음 당연하게 생각하는 단어들인 '상호적인'과 '사멸한'도 여기 포함된다. 존슨의 풍자는 당대의 문화가 과도한 신조어들을 경계하고 있음을 보여

• 1598년 목사 프랜시스 미어스가 출간한 최초의 셰익스피어 논평집. _ 옮긴이

준다. 존 체크 경이 영어를 '깨끗하고 순수하며, 다른 언어에서 빌려온 것들과 섞이지 않고 훼손되지도 않은' 언어라고 부른 것을 놓고 논쟁이 휘몰아치던 와중에 이른바 '현학적inkhorn' 용어들에 대한 이러한 반복적인 경멸은 초기 근대 텍스트들이 지닌 공통적 특징이다. 우리가 셰익스피어를 그 시대에 가장 활동적으로 신조어를 만들어낸 사람으로 생각해왔지만 언어적 선택이 첨예하게 이념적이던 환경 속에서 그의 동시대인들 가운데 누구도 그를 콕 집어내 이런 점에서 칭찬하거나 비난하지 않았다는 것은 놀랍다.

셰익스피어의 어휘상의 풍요로움이 스스로를 드러내는 한 가지 방법은 현존하는 단어들의 조작을 통해서이다. 동사를 명사로, 그리고 명사를 동사로 사용하는 것인데 ─ 예를 들면 "저들의 발꿈치를 개처럼 물어뜯어라dog them at the heels"(『리처드 2세』 5막 3장 137)같이● ─ 이를 통해 아직 더 제한되고 규칙에 얽매인 형태로 굳어지지 않은 언어의 자원을 개발하는 것이다. 초기 근대 영어에는 이후 우리가 상실한 뉘앙스들이 있다. 가령 2인칭 호칭인 '당신you'과 '그대thou' 사이에는 권력, 결속, 친밀도 등과 관련된 미묘한 차이가 있다(『리어 왕』 시작부의 사랑 확인 장면에서 나타나는 대명사 사용이 좋은 예가 된다). 중문亪x은 하이픈으로 연결되면서 강력하게 생략된 형태로 단어들을 한데 묶는데, 예를 들면 "달려라 빨리, 불타는 발fiery-footed을 지닌 말들아"(『로미오와 줄리엣』 3막 2장 1)와 "여름 같은summer-seeming 욕정"(『맥베스』 4막 3장 87)이 그렇다. 『템페스트』에서는 중문을 광범위하게 사용하는데 이를 통해 전체 극을 특징짓는 구조적·주제적 압축을 개별 단어의 소우주적인 차원에서 행한다. '항상 짜증난still-vexed', '바다의 변화

● '개(dog)'라는 명사를 '개처럼 물어뜯다'라는 동사로 썼다. _ 옮긴이

sea-change',•'요정 쇼urchin-show' 같은 것들이 그런 예이다(1막 2장 230과 403, 2막 2장 5).

한편에서는 어휘상의 다양성이 기억될 만한 문구들을 만든다. 차미언 Charmian이 클레오파트라 묘비명에 쓴 '견줄 데 없는 여인lass unparalleled'(『안 토니우스와 클레오파트라』 5막 2장 310)이라는 말은 중세 영어의 단음절어 이며 영국 북부 지방의 단어인 '여인lass'을 덜 친숙한 다음절어이며 라틴 어에서 유래한 '견줄 데 없는unparalleled' — 옥스퍼드 사전은 이 단어가 1605년 부터 사용되었다고 밝히는데 이 극은 그보다 고작 몇 년 뒤에 발표되었다 — 과 예상치 못하게 병치시킴으로서 친밀함과 제왕적 장엄함을 감동적으로 결합시키고 있다. 친숙하지 않은 단어는 그것이 지칭하는 사물에 관한 뭔가를 나타내는 과정에서 그 생소함을 이용할 수 있다. 가령 맥베스가 '암살assassination'(1막 7장 2, 옥스퍼드 사전은 이 단어가 여기에서 처음 사용되었 다고 지적한다)이라는 단어를 사용하는 것은 그가 생각하고 있는 것, 즉 왕을 죽이는 일이 너무나도 상궤를 벗어난 일이라서 어떤 낯선 단어를 사 용할 필요가 있다는 것을 보여준다. 리처드 2세가 조롱조로 '왕에서 면하 다unking'라는 동사를 만들어 쓰면서 자신이 사촌인 불링브룩Bullingbrook•• 에 의해 폐위되는 일이 자연에 반反하는 것임을 지적하는 것도 같은 맥락 이다(4막 1장 210, 5막 5장 37). 가끔 셰익스피어는 정신적 혼란 상태를 나 타내기 위해 발음하기 어려운 낯선 단어를 의도적으로 사용하기도 한다. 레온티즈가 경자음硬子音 'c'를 다발로 묶어 사용하는 것은 셰익스피어의 다른 작품에서는 나타나지 않는 모습인데 마음이 어두운 상상 속에서 미

• 바다에서의 풍랑이나 기상 상태가 변화무쌍하다는 의미로 단순히 큰 변화를 가리키기도 한다. _옮긴이
•• 헨리 4세. _옮긴이

친 듯이 오르내리는 모습을 묘사한다. "욕정 그대는 비현실적인 것과 결탁하고, 공허한 일과 결합하거든. 그렇다면 그대가 무엇인가와 결합하는 것은 으레 있을 수 있는 일이고, 그대는 또 실제로 그렇게 하고 있지. 과연 지금 허용된 이상의 짓을 하고 있구먼"(『겨울 이야기』 1막 2장 143~146). 『자에는 자로』에서 명백히 처음으로 성적 욕망을 경험하는 앤젤로의 독백에서도 언어적으로 유사한 장면이 보인다(2막 3장 1~17). 그런 구절들이 읽기에 어렵다면 그게 바로 노리는 바이다. 즉, 레온티즈가 자기 자신의 질투의 심연으로, 앤젤로가 자신의 욕정의 구덩이로 굴러 떨어질 때 구문과 어휘에서 언어가 한계점에 이르는 것이다.

　마치 언어 그 자체를 다루는 듯한 연극 『사랑의 헛수고』에서 우리는 로런스D. H. Lawrence가 '그런 사랑스러운 언어'라 부른 것을 셰익스피어가 즐기고 있음을 알 수 있다. 이 극은 나바르Navarre의 왕이 자기와 세 명의 중신이 3년간 '작은 학원學園'(1막 1장 13)에서 학문에 정진하면서 그동안 여자를 멀리 하겠노라고 맹세하는 장면에서 시작한다. 때맞춰 프랑스의 공주가 세 시녀를 대동하고 궁정을 방문하러 들어온다. 이 극은 이렇게 대칭적으로 짝을 이루는 귀족들뿐 아니라 언어적으로 다양한 인물들로 차 있다. 일단 돈 아마도Don Armado가 그러한데, 그는 '불처럼 새로운fire-new 단어들을 쓰는 남자'(1막 1장 176)로서 수사학에 중독된 스페인 사람이다. 왕에게 보내는 그의 편지는 고어체와 코피아가 섞여서 황당할 정도로 과장되어 있다. 그것은 이런 식이다. "자, 이 땅, 내가 지금 걷고 있는 그 땅. 그건 전하의 정원이라 일컬어집니다. 그렇다면 다음으로는 이 장소, 그 장소에서 저는 그 무척 외설적이고 황당한 사건과 마주쳤는데, 그 사건이 제 눈처럼 하얀 펜으로부터 지금부터 전하가 읽으시고, 관람하시고, 훑어보시고, 보실 내용을 검은 빛 잉크로 이끌 것입니다"(1막 1장 234~239). 다음으로 코스타드Costard는 입이 가벼운 소작농이며 성적으로 빈정대는 대사로 비난을 받는다. "당신은 기름지게 말하며 자신의 입술은 더럽힙니다"(4막 1장 136). 홀로페르네스Holofernes는 첫 2절판에서 '아는 체하는 사람pedant'이라는 꼬리표가 붙는데 그가 하는 말은 학교 교실에서나 사용될 법한 주절주절 늘어지는 말이다. 이를테면 "나는 당신을 잘 아는 것만큼 그 사람도 잘 압니다Novi hominum tanquam te. 그의 기질은 고매하고, 그의 언사는 단호하며, 그의 혀는 줄칼로 다듬어졌고, 그의 눈은 야망에 차 있으며, 그의 걸음걸이는 장엄하며 그의 전체적 행동거지는 허영심 있고, 우스꽝스러우며 허풍 끼 있습니다. 그는 너무 날카롭고, 너무 말끔하며 너무 가식적이고, 너무 괴상하며, 사실 내가 말하는 바대로 너무 역마살peregrinate이 끼어 있습니다"(5막 1장 9~14). 터무니없는 부목사 너새니얼은 그를 부추기며 마지막에 사용한 그 바보 같은 형용사를 '가장 독특하고 엄선된 형용사'라고 칭찬한다(5막 1장 15). 언어적 다양성과 언어적 뽐내기에 대한 풍자적 자의식은 셰익스피어가 자기 자신의 언어적 솜씨를 한편으로는 과시하고 또 한편으로는 웃음거리로 만들 때 『사랑의 헛수고』의 가장 두드러진 주제 가운데 하나가 된다.

따라서 셰익스피어가 언어에 이룬 공헌은 양적인 면보다 질적인 면을 평가해야 한다. 셰익스피어의 신조어 수와 그의 어휘의 규모가 전에 생각하던 것보다 작다 할지라도 그의 영향은 계속 남아 있다. 다만 한층 표준화된 런던식 영어에서 멀리 떨어진 곳에서 말을 배운 시골 문법학교 소년 셰익스피어에게는 '문법 변화를 따라가지 못하는 경향이 있었고,' 언어적 연구도 그가 항상 언어적 새로움의 전위에 서 있기는커녕 셰익스피어의 언어가(지금은 그렇게나 끝없이 창의적으로 보일지라도) 초기의 청중들에게 다소 구식으로 인식되었음을 보여준다는 사실은 상기할 만하다.[3]

셰익스피어의 극은 시간을 초월한다?

셰익스피어에 관한 한 가지 부인할 수 없는 사실은 그의 극들이 여러 시대에 걸쳐 많은 나라에서 인기를 누린다는 것이다. 물론 어떤 극들은 인기가 있다 없다 했지만 전반적으로 볼 때 극작가 셰익스피어는 출판된 책에서건 공연에서건 항상 인기가 있었다. 1623년 첫 2절판이 출판될 때 벤 존슨이 셰익스피어에게 보냈던 찬사 가운데 그가 '어느 한 시대가 아니라 모든 시대에 속한다'고 한 것은 선견지명이었다고 할 수 있다. 1623년의 존슨에서 19세기 독일('우리unser' 셰익스피어)로, 그리고 오늘날의 번역 산업(셰익스피어 작품은 80개의 언어로 출판된다)에 이르기까지, 셰익스피어의 극은 시간의 시험을 이겨왔다.

어떤 작가들은 시간의 시험을 이겨내는데 다른 작가들은 그러지 못하는 이유에 대해 의문을 제기할 만하다. 셰익스피어의 성공이라는 질문에 대한 쉽지만 오도된 대답은 그가 셰익스피어이기 때문이라는 것이다(신화 1을 볼 것). 게리 테일러는 문화적 업적의 장수長壽 혹은 상실에 대해 전반적으로 연구해왔다. 그의 책 제목이 이 모든 것을 다 말해주는데『문화적 선별: 왜 어떤 업적은 시간의 시험에서 살아남고 다른 업적은 그러지 못하는가Cultural Selection: Why Some Achievements Survive the Test of Time-And Others Don't』[1] 가 바로 그것이다. 이 굉장히 접근하기 쉬운 연구에서 그는 여러 상황들이 복합적으로 결합되었다고 주장한다. 예를 들면 우발성, ─ 우리가 신화 2에서 검토한 교육제도가 이에 해당하는데, 이 제도는 결코 그렇게 의도되지는 않았지만 극작가들을 양성하는 데 이상적이라 할 만큼 적합한 제도였다 ─ 협업적 큐레이터의 힘(편집자들) 등등 많은 예가 있다. 앤 콜디론Anne Coldiron은 이 질문을 문화 전반에 대해 던지지 않고 셰익스피어를 특정해 던졌고 자신의 논문에서 테일러의 책 길이만큼 되는 목록에 추가적인 자료들을 많이 덧붙였다. 그녀의 주장에 따르면 셰익스피어의 작품이 생존한 것은 그의 광범위한 정전 작품들과 여러 장르에 걸친 그의 저작 덕분이다. 이런 이유로 개별 극들은 그 평가 면에서 부침을 거듭했지만 그의 평판은 훼손되지 않고 생존할 수 있었다. 그녀는 셰익스피어의 메타 텍스트적 경향(그가 자신의 극작품이 허구라는 사실을 자기반영적으로 언급하려는 경향)을 이러한 생존의 한 요인으로 확인하며 "미래의 독자들이 마음에 품을 유일한 텍스트는 바로 그들 자신이 지금 읽고 있고 있거나 듣고 있는 텍스트이다"[2]라고 말한다. 셰익스피어의 원작이 여러 매체(극장, 라디오, 영화 같은 각기 다른 종류들)에 잘 적용된다는 것이 핵심적 요소였다. 또한 그의 다수성多數性과 포용성도 그렇다. 즉, 그의 작품은 "한 종류 이상의 청중의 관심사에 공감하며 그것을 다룬다. 셰익스피어는 부유한 사람과 가난한 사람의, 늙은 사람과 젊은 사람의, 여성과 남성의, 악당과 공주의 관점에 공감적인 목소리를 부여하고 각양각색 사람들로 구성된 청중들과 독자들에게 작중 등장인물과 스스로를 동일시하는 즐거움을 허용한다".[3] 이러한 두 비평가의 분석은 예술가가 시간의 시험을 이겨내는 일에서 운이 중요하다는 것을 보여준다. 즉, 셰익스피어의 작품이 초역사적이고 초국가적인 성공을 이룬 데에는 어떤 단 하나의 내재적인 예술적 자질만 작용한 것이 아니다.

그러나 시간의 시험을 이겨내는 것과 초시간적이 되는 것은 같은 일이 아니다(겹치기는 하지만 말이다). 비교를 위해 토머스 미들턴을 예로 들어보자. 미들턴은 의심의 여지없이 그의 시대에서 가장 재능 있는 극작가 중의 한 명으로 32편의 현존하는 정전(가면극 각본, 도시 야외극, 셰익스피어 각색물은 제외한다)이 있다. 그의 작품은 총괄적으로 셰익스피어의 극만큼 다양하다. 그러나 『복수자의 비극Revenger's Tragedy』, 『뒤바뀐 아이』, 그리고 아마도 『여자가 여자를 경계해Women Beware Women』 같은 두세 개의 위대한 비극들을 제외하면 그의 극은 오늘날 거의 상연되지 않는다. 이는 부분적으로 그의 극 가운데 거의 반이 상당히 지역적이며 시사적 장르인 풍자로 되어 있고, 그중에서도 특히 도시(즉, 런던) 희극으로 알려진 풍자 형태이기 때문이다. 『미카엘 축일의 약정Michaelmas Term』과 『그대의 다섯 한량들Your Five Gallants』 같은 극은 런던 사람들의 '소송 걸기'와 '빠르게 부자 되기' 계획에 대한 기호嗜好를 풍자한다. 이런 기호는 런던이나 17세기에만 국한되는 것은 아니지만 미들턴의 극들은 지역적인 언급과 세부 사항에 너무나 확고하게 자리 잡고 있고 등장인물들도 전형적이어서 그 당대를 넘어서 전해지기는 어려웠다. 『그대의 다섯 한량들』은 한량들에 대한 소개로 시작한다.

뚜쟁이 한량, 난삽하게 차려입은 세 계집과 함께 무대를 통과한다. 매춘부 한량, 소매치기 한량, 사기꾼 한량이 그를 만난다. …… 다른 쪽에서는 거간꾼 한량이 아직 집에 앉아 있다.

프롤로그, 1~6

한량들은 전형적인 느낌으로 소개된다. 비록 나중에 이름이 주어지지만 그마저 전형화된 이름이다. 프립Frip(거간꾼 한량), 테일비Tailby(매춘부 한량), 퍼스넷Pursenet(소매치기 한량)과 같은 식이다. 셰익스피어가 전형화된 이름을 사용할 때는 등장인물이 대개 유형과 반대되게 행동한다. 따라서 프랜시스 피블Francis Feeble은 용감하고(『헨리 4세 2부』), 사일런스Silence 는 술에 취하면 말이 많아지며(『헨리 4세 2부』), 스피드Speed는 굼뜨다(『베로나의 두 신사』). 즉, 유형이 자신의 개성을 주장하고 있는 것이다.

우리의 비교 대상인 토머스 미들턴으로 돌아가 보자. 미들턴의 『마녀 The Witch』(1616)는 당대의 추문 사건을 모티브로 삼은 희비극이다. 즉, 프랜시스 하워드Frances Howard와 그녀의 두 번째 남편인 로버트 카Robert Carr가 토머스 오버베리 경의 살해에 가담해 유죄가 확정된 사건 말이다.• 이야기는 복잡하고, (13살 난 프랜시스와 14살 난 에식스 백작Earl of Essex 간의) 중매결혼과 뒤를 잇는 간통, 발기부전과 주술(전자가 후자에 의해 일어난다) 비난, 처녀성 검사, 이혼, 재혼을 반대한 권력자(오버베리) 독살, 그리고

• 토머스 오버베리는 제임스 1세의 신하인 동시에 왕의 총신인 로버트 카(후에 소머셋 백작이 됨)의 둘도 없는 친구였다. 그러나 카가 에식스 백작 부인인 프랜시스 하워드와 사랑에 빠지자 이에 반대하다 런던탑에 투옥되어 결국 암살당한다. 카는 프랜시스와 결혼하지만 오버베리의 암살을 둘러싼 소문이 눈덩이처럼 커지자 결국 제임스 1세는 이에 대한 조사를 명령했고 1616년 재판 결과 이들은 유죄판결을 받는다. 이때 공범들은 모두 처형당했지만 카 부부는 제임스 1세의 사면을 받아 목숨을 건졌다. _ 옮긴이

꼴사납게 서두른 재혼 – 프랜시스 하워드는 1613년 9월에 에식스로부터 이혼을 얻어내고 그 석 달 후에 카와 결혼한다 – 을 포함한다. 오버베리의 죽음에 연루된 죄로 하워드와 카는 1616년에 런던탑 감옥으로 보내진다. 같은 해에 미들턴은 『마녀』를 집필했는데, 이 작품은 만족할 줄 모르는 여성의 성욕을 다룬 여성혐오적 극으로 중심인물의 이름 프랜시스카Francisca는 프랜시스 카Frances Carr로도 들린다.[4] 옥스퍼드판 편집자가 평하듯, "그렇게 시사적인 극작품은 무대에서는 단명한다".[5]

흥미롭게도 미들턴은 1622년 『뒤바뀐 아이』를 집필할 때 이 소재를 다시 이용했다. 이 극은 무대에서 단명하지 않았던 작품이다(21세기에는 이 작품이 셰익스피어 이후 최대의 르네상스 흥행 히트작이었다). 프랜시스 카의 이야기는 그녀가 1622년에 감옥에서 석방됨으로써 새롭게 화제가 되었다. 『뒤바뀐 아이』에서 여주인공인 비어트리스-조애나Beatrice-Joanna는 처녀성 검사를 겪고, 자신이 이 검사를 통과할 수 없다는 것을 알자 하녀의 도움을 얻는다(프랜시스 카는 차마 무대에 올릴 수는 없지만 신뢰할 수 있는 부인과婦人科 검사인 처녀성 검사를 받고는 그 결과를 숨기는데, 그럼으로써 누군가를 매수해 자기 대신 검사 받도록 했다는 소문이 들끓게 만들었다). 그러나 이제 미들턴이 다룬 화제의 소재는 지역에서 읽히는 수준을 넘어 솟아오른다. 이 작품은 비극이지 추문이 아니다. 또한 함정과 중매결혼의 비극이고, 토머스 스턴스 엘리엇, 윌리엄 엠프슨William Empson, 헬렌 가드너Helen Gardner가 습관성 범죄라고 본 도덕적 타락에 관한 비극 작품이기도 하다. 가드너는 비어트리스-조애나가 나쁜 영혼은 아니지만 '영혼의 천성에 대항하는 행동을 고집스럽고 집요하게 함'으로써 '왜곡된'[6] 영혼이라고 표현한다. 이런 관점들로 본다면 이 극은 『맥베스』, 혹은 말로의 『파우스트 박사』처럼 보이기도 하는데 가드너는 이 극을 이들 작품에 비견하고 있다.

셰익스피어를 말로에 비교한 것은 시의적절했다. 맥베스는 11세기 스코틀랜드의 통치자일 뿐 아니라 군인이기도 하다. 민간인의 삶에서 저지르는 살인이 군인의 생활에서 저지르는 살인과 다르다는 것을 이해하지 못했던 그는 어떤 점에서 『줄리어스 시저』의 브루투스(비열한 행위를 하도록 요구받은 고귀한 인물)나 『햄릿』에서의 햄릿(폭력적인 행위를 하도록 요구받은 사색가)과 비슷하다. 둘 다 일에 적합지 않은 인물인 것이다. 파우스트 박사는 두 거장 인물의 결합에 근거한다. 그러나 그는 단지 16세기의 강신술사일 뿐 아니라 삶이 제공한 것에 환멸을 느껴 불법적이거나 금지된 행위들을 부정하게 거래하는 야심가이기도 하다. 『마녀』를 『뒤바뀐 아이』와 비교하면 어떻게 시사적인 것이 무시간적인 것이 되는지를 아는 데 도움이 된다.

셰익스피어의 극들은 시사적인 내용을 피하지 않는다. 다만 미들턴과 다른 방식으로 다룬다. 비록 셰익스피어는 이따금 『실수연발』이나 『한여름 밤의 꿈』 속에서 여성들의 위치, 『리어 왕』에서 왕국을 분할하거나 통합하는 문제, 『페리클레스』에서 국경과 해안의 정의, 『오셀로』에서 거짓말의 위상 같은 당대의 사건들에 천착하지만 그는 시사성을 단순 참조나 언급에 국한시킨다. 엘리자베스 1세는 『한여름 밤의 꿈』 안에서 10여 행에 걸친 대사를 통해 칭송된다[2막 2장 155~168에서 오베론이 한가한 사랑꽃love-in-idleness•의 기원에 대해 묘사하는 부분(신화 28을 볼 것)]. 또한 『헨리 5세』의 5막 코러스 부분에서 묘사되는 헨리 5세는 셰익스피어 시대의 인

• 원래 야생 팬지를 가리키는 이름이다. 로마 신화에서는 이 꽃이 큐피드의 화살에 맞은 후 사랑의 묘약으로 변해서 이 꽃의 즙을 눈꺼풀에 바르면 옆에 있는 사람과 사랑에 빠진다고 한다. _ 옮긴이

물인 에식스 백작과 낙천적으로 비교되며(승리를 거두고 아일랜드에서 돌아온 '우리 은총 받은 황후마마의 장군', 5막 1장 30), ─ 에식스의 귀환은 승리와 굉장히 거리가 멀다. 따라서 이 언급은 우리로 하여금『헨리 5세』, 최소한 이 합창 부분의 연대를 추정할 수 있도록 도와준다 ─『맥베스』(2막 3장 7~11)에서 모호한 표현에 대한 문지기의 언급은 '형사 소추를 피하기 위한 한 방편으로 법정에서 모호한 표현을 사용했던 가톨릭교도들'[7]에 관한 시사적 언급이다. 여기에 더해『실수연발』에서는 언어유희를 통해 네덜란드에서 벌어진 신교 반란을 언급하며('그녀의 계승자heir / 머리hair에 대항해 전쟁을 일으키며', 3막 2장 127),『존 왕』은 스페인 무적함대를 언급한다. 그리고 1594~1596년의 여름 같지 않은 여름 날씨는『한여름 밤의 꿈』에서 티타니아에 의해 언급되고 있고, 1608년의 곡물 난동은『코리올라누스』에서 그려지고 있으며, 소네트 107번은 엘리자베스 1세의 죽음을 언급하고 있다. 또 1604년판『햄릿』의 '매의 새끼'(2막 2장 340)라는 말은 런던의 소년 극단에 대한 언급인데, 이 극단의 재기再起는 성인 극단을 상업적으로 위협했다(이 때문에 배우들은 엘시노어로 여행을 떠났다). 그런데 이것이 더 이상 시사적이지 못하게 되자 이 구절은 2절판에서 삭제되었다.『십이야』에서 말볼리오는 청교도들을 풍자하고 있고, ─ 2절판 2막 3장 135에서는 "그는 종교적으로 까다로운 사람이다"가 옥스퍼드판 편집자들에 의해 "청교도"로 수정된다 ─ 오르시노는 엘리자베스 1세를 공식 방문해 1601년의 십이야Twelfth Night• 때『십이야』의 공연을 관람한 돈 비르지니오 오르시니Don Virginio Orsini를 언급하는 것일지도 모른다(다만 이런 언급의 요점은 이해하기

• 크리스마스에서 12일째가 되는 1월 6일을 가리키는 말로, 주현절(主顯節, Epiphany)이라고도 부른다. _ 옮긴이

어려운데 왜냐하면 사랑에 빠진 오르시니에 대한 묘사는 칭찬하는 투가 아니기 때문이다). 이러한 (그리고 그 외의) 언급들 대부분은 쉽사리 추출해낼 수도 있고, 무시할 수도 있다. 그래서 『십이야』에서 말볼리오의 가식적 언행을 납작하게 만들어버리는 일은 사람들이 그를 청교도로 보건 아니건 작동한다. 또 『맥베스』의 경우 작품 전체가 셰익스피어 작품 가운데 가장 시사적이기는 하지만 제임스 1세를 본뜬다거나 찬사를 보내는 일을 실제로 하지는 않는다(신화 28을 볼 것). 『코리올라누스』도 작품 속 곡물 반란과 매점이 1608년의 실제 사건을 반영한 것이든 아니든 우리에게 호소력 있는 작품이다.

사실 셰익스피어는 시사적인 내용을 피하려고 가외加外의 노력을 한다. 그는 종교시를 쓴 적이 없다.[8] 말로가 『파리 대학살The Massacre at Paris』(1572년 성 바살러뮤 날Saint Bartholomew Day의 신교도 학살)에서 최근의 프랑스 정치를 다룰 때, 이 작품은 그 제목이 시사하듯 명백히 당대를 이야기하는 극이 된다. 같은 소재를 다룰 때 셰익스피어는 조심스럽게 비정치화시킨다. 예를 들면 『사랑의 헛수고』는 프랑스와 나바르 사이의 전쟁을 낭만적 희극으로 바꾸는데 오직 이름만이 시사적인 기능을 하도록 한다(모든 주요 등장인물들은 당대의 프랑스 인물들의 이름을 땄다). 그리고 이 작품은 정치적이지 않고 문학적이어서 장르와 일반적 갈등(정치적 갈등이 아니라)에 집중한다.[9]

정치는 물론 비시간적이다. 혹은 비시간적일 수 있다. 그러나 미들턴이 쓴 『체스 게임Game at Chess』(1624)이나 데커의 『바빌론의 매춘부Whore of Babylon』(1607)는 그렇지 않다. 이는 장르에 기인하는 것인지도 모른다(두 작품은 각각 정치 풍자와 종교 알레고리이다). 셰익스피어의 무시간성은 부분적으로는 그가 국지적 정치를 초월적 형태, 즉 비극이나 희극 — 우리가 주목하듯이 도시 희극이나 풍자 희극 같은 제한적인 수식 형용사가 없는 그냥 희극 – 속에 끼워 넣었다는 사실에 기인하기도 한다. 『트로일러스와 크레시다』와 『아테네의 타이먼』의 역사에서 알 수 있는 것처럼 풍자는 셰익스피어의 가장 성공적인 장르는 아니었다. 『트로일러스와 크레시다』의 4절판 중 하나에 붙인 인쇄업자의 서한에 의하면 이 작품은 무대에서 실패작이었고 『아테네의 타이먼』은 완성되지도 않은 작품이었다(신화 17을 볼 것).

확실히 셰익스피어의 극은 국지적 이슈들을 반영한다. 그것은 극작가가 극을 쓰는 이유이기도 하다. 『헨리 6세』는 15세기 역사에 관한 것이지만 또한 내란의 두려움에 관한 극이기도 하다. 『햄릿』은 왕위 찬탈에 관한 것이지만 또한 부모를 여의는 일에 관한 것이기도 한다. 『맥베스』는 정치적 배신과 정치적 계승에 관한 것이지만 또한 영향력과 상상력(긍정적이든 부정적이든) 및 사내다움의 정의定義에 관한 것이기도 하다. 그리고 이것이야말로 옛날 극들이 후대에 부활하는 이유이다. 즉, 이들의 국지성이 새롭게 적용될 수 있고, 이들의 소재 또한 새로워지며, 어떤 경우에는 어느 곳에서건 끝없이 국지적이다. 『페리클레스』가 1660년 왕정복고 때 부활한 첫 셰익스피어 극 중 하나라는 것은 우연의 일치가 아니다. 왜냐하면 왕정복고라는 역사적 사건에서 망명했다가 나중에 복위하는 군주의 플롯은 돌아온 왕당파 인사들에게는 특별한 반향을 불러일으켰기 때문이다.[10]

그러나 무시간성에는 (시대와의) 관련성 이상의 뭔가가 있다. 혹은 관련성과 무시간성 사이에는 차이가 있다고도 할 수 있다. 여기에서 잠시 멈춰 셰익스피어의 극과 동시대 작가들의 극 사이의 차이점에 관해 생각해보는 게 좋을 것이다. 말로의 『에드워드 2세』를 예로 들어보자. 이 극의 배경은 14세기가 시작될 무렵 농업, 재정, 지형학에서 벌어진 재앙을 그린 홀린셰드의 『영국 연대기Chronicles of England』에서 따온 것이다. 영국 북부는 스코틀랜드인의 끊임없는 침략으로 쑥대밭이 되었고, 매년 농사는 흉작이었으며, 양 떼는 병에 시달리다가 죽어서 씨가 말랐고, 사람들은 육체적으로 허약해 생존하기 위해 투쟁했고, 기근 중에 '말, 개, 그리고 다른 고약한 짐승들'[11]을 먹을 수밖에 없었다. 이런 내용 중 어느 것도 말로의 극 속에 들어와 있지 않다. 로마 길Roma Gill이 언급하듯, "보통 사람들은 셰익스피어의 관심사였지만 말로에게는 아니었다".[12]

'보통 사람들'이 17세기의 지배적 장르인 도시 희극의 주제이기는 했지만 셰익스피어는 이러한 국지적인 풍자 작품에는 끌리지 않았다. 그 이유 중 하나는 그가 집필하고 있는 종류와 다른 종류의 인물 형상화가 요구되기 때문이었을 것이다. 배우들은 종종 셰익스피어의 등장인물들과 그의 동시대 작가들의 등장인물들 사이의 차이점을 알아챈다. 말로의 인물들은 아이러니한 거리 두기로 창조된다. 그들 스스로가 다른 한 등장인물을 의도적으로 만들어낼 때 그들의 대사는 방백으로 가득 차 있다. 어떤 연출자는 말로의 극이 "'자연주의적'이거나 '사실주의적' 방법론으로 텍스트에 접근하려 마음먹은 사람 모두에게 상당히 다루기 어려운 소재"[13]라고 언급한다. 셰익스피어에서는 독백이 플롯을 진전시키는 법은 거의 없고 종종 성격에 복합성을 더한다. 셰익스피어의 인물 형상화 방식은 특히 20세기에 모스크바 예술 극단의 연출자 콘스탄틴 스타니슬라브스키Konstantin Stanislavsky의 '방법 연기'(배우들이 특정 등장인물의 과거, 내면의 삶, 동기를 구축하는 것)에서 표준이 된 그런 종류의 배합에 특히 알맞은 것이었다.

셰익스피어의 무시간성을 설명해주는 것은 아마도 내면성에 대한 그의 관심일 것이다. 정치도 변하고 여성들의 위치도 바뀌지만 인간의 마음은 바뀌지 않는다. 모든 셰익스피어 극의 중심에는 인간이 있다. 리어 왕은 왕이기에 앞서 아버지이다. 게다가 그는 곧 막내딸을 결혼으로 잃게 될 빈 둥지 증후군에 직면한 아버지이고 조기 은퇴를 앞둔 통치자이다. 햄릿은 자기 삼촌이 아버지를 살해하고 왕관을 찬탈한 왕자이다. 그러나 그는 또한 아버지의 상실과 타협할 수 없는 한 명의 대학생이기도 하다(그는 아버지 살해에 대해 듣게 되기 훨씬 전부터 위로를 받지 못하는 상태였다). 왕좌의 상실은 세련되게 만들어진 곤경이지만 부모를 상실하는 것은 그렇지 않다. 이런 것들은 인간이 처하는 상황이고 군주나 왕자에 국한되지 않는다. 인간이야말로 시간에서 벗어난 범주인 것이다.

『맥베스』는 극장에서 징크스를 겪는다?

1898년 맥스 비어봄Max Beerbohm은 문예회관에서 공연된 『맥베스』의 리뷰를 써 ≪새터데이 리뷰Saturday Review≫에 기고했다. 그는 최근에 조지 버나드 쇼로부터 공연 평론가의 역할을 물려받았고 해당 리뷰는 그가 이 신문에 기고한 겨우 두 번째 글이었다. 그가 최초로 쓴 불길한 제목의 에세이 「왜 나는 연극 비평가가 되어서는 안 되었는가」는 "난 연극을 좋아하지 않는다. 극예술은 다른 어떤 예술보다도 나를 덜 흥미롭게 하고 덜 감동시킨다. …… 나는 이 주제에 관한 어떤 이론도 알지 못한다"고 설명했다. 그의 두 번째 글은 극장 관리인에게 논쟁적인 간청을 하며 시작한다. "어떤 극작품이 연극에서 고전이 되고 나면 그 작품은 극으로서 존재하기를 그친다. …… 그 극은 죽는 것"[1]이기 때문에 『햄릿』같이 항상 든든한 셰익스피어 작품들을 무대에 올리지 말아야 한다는 것이다. 그는 다음으로 무대에 올리기 어려운 고전 가운데 하나인 『맥베스』로 논의를 옮긴다. 그는 17세기의 두 비평가를 인용한다(그리고 이를 통해 자신이 극 이론이나 역사를 알지 못한다는 지난날의 선언을 거짓말로 만든다). 그중 한 사람은 존 오브리(1626~1697)로 그의 전기적 연구는 오브리가 죽은 뒤 『단명 Brief Lives』이라는 제목으로 출판된 책에 집약되어 있다. 또 다른 사람은 왕정복고기의 일기 작가 새뮤얼 피프스Samuel Pepys(1633~1703)이다. 피프스는 오브리 덕분에 우리가 "맥베스의 부인 역을 맡기로 했던 젊은이 할 베리지Hal Berridge가 '갑자기 늑막염을 앓게 되어 셰익스피어 님 본인께서 그 사람 대신에 연기했다'"는 정보를 얻을 수 있었다고 말한다. 오브리가 '시인(셰익스피어)의 연기에 대한 설명'을 하지 않아 유감이라는 비어봄의 생각은 연기 스타일에 관한 논의를 일으키는데, 이는 두 번째의 역사적 증거, 즉 1667년에 닙 부인Mrs. Knipp(피프스의 정부)이 맥베스 부인으로 연기한 모습을 묘사한 피프스의 일기 속 긴 인용에 의해 보강된다.

할 베리지의 병에 관한 오브리의 일화는 『맥베스』가 극장에서 재수 없다는 신화의 기원이다. 그 소년 배우의 이름은 셰익스피어다운 멋진 풍취가 있고, 그 이름은 헨리 4세의 버릇없는 아들과 같다. 그러나 이 배우는 완전히 가공의 인물이다. 또한 그 사건도 허구이다. 병에 걸린 배우는 아무도 없고 셰익스피어가 자신의 극의 배우 역할을 억지로 맡은 적도 없다. 오브리는 인용된 것과 같은 언급을 한 적이 없다. 피프스도 그런 언급은 한 적이 없다. 비록 그가 1667~1668년에 『맥베스』 공연을 세 번(그중 한 번은 드라이든과 대버넌트가 엮은 판) 본 것은 사실이지만, 이와 관련해서는 음악과 춤에 대해 논하고 토머스 베터턴Thomas Betterton을 대체한 대역 배우를 비판하는 등 짤막한 언급만을 했을 뿐이다. 피프스가 맥베스 부인의 몽유병을 자기 아내의 몽유병과 비교하고 닙 부인의 연기를 칭찬하는 내용이 담긴 비어봄의 긴 인용은 실제 인물들(피프스 부인과 닙 부인)을 포함하고 있지만 그의 일기장에는 수록되어 있지 않다. 연극 지식을 인정하지 않는 태도와 함께 무대에서 셰익스피어의 선호되는 작품들을 폐지하라는 제안으로 시작되는 일련의 비아냥거리는 언급들은 이러한 날조된 증거의 인용과 더불어 계속된다. 비어봄은 자신의 속임수를 결코 인정하지 않았고, 이 속임수는 스탠리 웰스가 오브리와 피프스에 관해 확인하고자 마음먹었던 10년 전까지도 드러나지 않은 채로 있었다.[2]

이렇게 비어봄은 『맥베스』 공연에서 배우가 되거나 혹은 공연과 관련되면 재수가 없다는 전통의 막을 열었다. 배우들은 이 극의 이름을 언급하는 것조차 불길하다고 생각해서 '스코틀랜드 극' 같은 서술적 완곡어법을 선호했다. 만약 이 극 이름이 극장에서 발설되면 배우들은 정화하는 의식儀式을 행했다(『햄릿』에서 호레이쇼의 대사인 "천사들과 은총의 집행자들이 우리를 보호하길"(1막 4장 20)도 불운을 막기 위한 주문 중 하나였다]. 〈블랙애더Blackadder〉*에서 〈심슨 가족The Simpsons〉**에 이르는 많은 영화와 TV 쇼는 이러한 연기자들의 미신을 풍자적으로 흉내 냈다. 〈심슨 가족〉의 '레지나의 독백' 편에서 이언 매켈런은 『맥베스』의 제목을 중얼거리다 벼락에 맞는다. 〈심슨 가족〉은 이 『맥베스』 농담을 또 다른 연극 미신으로 확장시킨다. ("행운을 빌어요"라고 말하는 것은 재수 없기 때문에 사람들은 행운에 반대되는 것, 즉 "다리나 부러져라"라는 주문을 외움으로써 행운을 불러들여야 하는데) 마지 심슨Marge Simpson은 자기도 모르게 매켈런에게 "행운을

---

* 1980년대 영국 BBC에서 방영된 코믹 시트콤. _ 옮긴이
** 미국 폭스(Fox) 방송에서 방영되는 코믹 애니메이션 시트콤. _ 옮긴이

빌어요"라고 말해버리고, 그 이후에 매켈런은 떨어지는 벽돌 조각에 맞아 쓰러진다. 캐럴J. L. Carrell의 탐정소설 『셰익스피어의 저주』(2010)는 셰익스피어가 스코틀랜드를 여행할 때 자신의 극에 삽입된 해코지 마술black magic 의식 — 이 책의 표지는 '한 세기나 된 저주의 힘에 의해 구역질나는 현대판 살인자'가 된다는 섬뜩한 예고를 담고 있다 — 을 무심코 목격한 뒤 그가 직접 배우 베리지의 역을 맡게 만들어버린다는 점에서 비어봄의 착상을 능가한다.

비록 『맥베스』에 징크스가 따라다닌다는 믿음에 역사적인 근거는 없지만, 그릇된 믿음은 때로 스스로 성취되는 예언이 되고는 한다. 아무튼 그 신화 자체가 극에 징크스가 생기게 하기에는 충분하다. 『맥베스』와 관련된 재앙의 일화는 많다. 배우가 다치는 것부터 무대장치가 무너지는 것, (소품을 대신한 실제 무기 때문에) 무대 위에서 배우가 죽는 것, 관객이 난동을 부리는 것까지.[3]

형편없는 공연이 도리어 상업적인 성공을 거두기도 했다. 1980년 런던 올드 빅Old Vic 극장에서 피터 오툴Peter O'Toole이 주연을 맡고 브라이언 포브스Bryan Forbes가 연출한 『맥베스』가 그것이다. 이 상연에 관한 모든 것이 비평가의 (풍자적) 분노를 불러일으켰다. 한 평론가는 "등장인물들은 항상 극을 무겁게 짓누르던 불필요한 비극적 측면들을 없앰으로써 첫째 날 밤의 청중들이 행복한 웃음으로 몸을 흔들며 귀가하게 했다"고 썼다. 로버트 쿠시먼Robert Cushman은 이렇게 썼다. "오툴이 이 극을 좋아할 가능성이 있지만 그의 연기는 그가 이 극에 대해 일종의 개인적 복수를 하고 있음을 시사한다." 오툴이 무대 밖에서 살인을 저지르고 다시 무대에 나타났을 때 그는 피로 완전히 뒤덮여 있어서 어느 평론가는 그가 산타클로스처럼 보인다고 말했다. 피의 양이 너무 많아서 이 공연은 '맥데스Macdeath'

라고 명명되었다. 조명 설계도 문제를 일으켰다. "씩씩하게 세 번째 퇴장을 하다가 벽에 정통으로 부딪힌 것은 물론 (오툴에게는) 지독하게도 재수 없는 일이었다(극의 내용 대부분이 어둠 속에서 진행되었다)"라고 ≪데일리 메일Daily Mail≫의 평론가가 짐짓 동정하듯 썼다. ≪런던 이브닝 뉴스London Evening News≫는 프랜시스 토멜티Frances Tomelty가 연기한 운동선수 같은 맥베스 부인을 비판했는데, 이 맥베스 부인은 극에서 '깡충 뛰어서 남편을 맞이하고 다리로 남편을 휘감아 안아서 유용한 성행위 교본을 실연해 보였다'. 셰익스피어의 '은밀하고, 음험한 야밤의 마귀할멈들'(4막 1장 64)인 마녀들은 하얀 시폰chiffon 천으로 만든 맵시 있는 옷을 걸치고 있어서 어느 평론가로 하여금 이들이 웨스트엔드West End*에서 옷을 산 게 아니가 추측하게 만들 정도였다. 존 피터스John Peters는 이 극이 다른 비평가들이 생각하는 만큼 나쁘지는 않다고 썼다. 실은 훨씬 더 나쁘다는 것이다. 올드 빅 극장의 예술 감독인 티머시 웨스트Timothy West는 극 연출자와 공개적인 논쟁을 벌였는데, 웨스트는 공연을 허가할 수 없다고 했고 연출자 포브스는 공연을 진행시키기 위해 무대 위로 올라갔다. 그러자 군중이 떼로 몰려왔고 이 공연은 상연되는 내내 매진되었다.[4]

배우들은 불운을 가져온다는 『맥베스』의 평판을 그 극의 플롯 탓으로 돌린다. 즉, 마녀들이 무대 위에서 주술을 걸 때 이 마법이 어찌된 일인지 허구를 넘어서서 실제로 뭔가 일어나게 한다는 것이다. 이 주술은 언어 철학자 오스틴J. L. Austin이 '행위 발화performatives' 혹은 '발화 행위speech-acts'라고 부른 것으로 스스로 그 내용을 행위에 옮기는 단어들을 지칭한다. 요컨대 마법을 갖고 장난치지 말라는 뜻이다. 1590년대에는 마법이 등장하

---

* 런던 서부의 고급 주택가 및 상점가. _ 옮긴이

는 또 다른 연극 『파우스트 박사』도 주술이 실제의 결과를 불러온다고 믿어졌다. 파우스트는 주술을 써서 악마를 불러온다. 이 극단이 1593년에 엑서터Exeter에서 순회공연을 할 때 배우들은 무대 위에 악마가 하나 더 있다는 것을 알아차렸다. 겁에 질린 배우진과 관객은 도망갔고 "배우들은 (내가 아는 한) 평소 행실과는 대조적으로 책을 읽거나 기도를 드리며 밤을 보냈고, 다음날 해가 밝자마자 바로 그 도시를 떠났다". 1588년 혹은 1589년에 런던에서 『파우스트 박사』가 공연되었을 때도 유사한 이야기가 떠돌았다.[5] 이러한 일화들이 있음에도, 『파우스트 박사』는 극장에서 불운을 끌어들인다는 평판을 얻지는 않았다. 베르디의 오페라 『맥베스』(1842~1850)도 그런 평판을 얻지 않았다. 비어봄만 떼놓고 생각하면, 왜 셰익스피어의 극이 그런 신화를 불러일으켜야 하는가?

『맥베스』는 셰익스피어의 정전 중에서 가장 짧은 축에 속하는데 그 분량이 2500행이 채 안 된다(종종 막간 없이 공연되기도 한다). 빠르게 움직이는 플롯과 서브플롯이 없다는 사실은 이 극에 응집된 강렬함을 준다. 극은 스펙터클한 장면으로 가득 차 있다. 가령 주술을 만드는(주술을 거는) 마녀들, 연회에서 맥베스에게 나타나는 살해당한 뱅코우의 '피를 뒤집어쓴'(4막 1장 139) 유령, 맥베스 부인의 섬뜩한 몽유병과 강박적 손 씻기, 버넘 숲Birnam Wood이 던시네인Dunsinane 성을 향해 움직이는 심상치 않은 광경, 뱅코우의 후예들이 자손 대대로 스튜어트 왕조를 이어나가는 모습을 보여주는 마녀들의 환상 — 무대 지시에서는 "여덟 명의 왕이 나타나며, 그중 마지막 왕은 손에 유리(거울)를 들고 있는데, 그가 바로 뱅코우이다"(4막 1장 127)라고 되어 있다 — 등의 표현이 그렇다. 이 극의 정치적인 소재는 (뱅코우의 후손이라고 주장하는) 새로운 군주(신화 28을 볼 것)에 비위를 맞춰주려는 셰익스피어 극단의 바람을 반영한다. 제임스 1세는 또한 마법에 관한 문헌에 관심이 있었다(실제 그는 1597년에 악마학Demonology에 관한 책을 하나 출판했다). 『맥베스』는 1606년에 왕궁에서 공연되었을지도 모른다. 만약 그렇다면 극의 길이가 짧은 것은 사람들이 말하는 제임스 1세의 장편 연극 혐오증을 고려했던 것일지 모른다. 그러나 이 짧은 극이 제임스 1세의 짧은 주의력 때문에 축약된 것인지, 아니면 의도적으로 짧은 극으로 쓰인 것인지를 아는 것은 불가능하다. 전자라면 비록 이따금씩 '치유의 축복'으로 질병을 고치는 '선한 왕'이 있는 영국 왕궁 장면이 등장하기는 하지만(4막 3장 148, 157) 정확히 무엇이 삭제되었는지를 상상하기는 어렵다.

『맥베스』는 제임스 1세 시대 내내 인기를 누렸다. 이 극은 1616년에 (아마도 연극 중흥을 위해) 토머스 미들턴에 의해 수정되었는데, 그는 헤카티Hecate* 장면들을 추가했고 몇몇 대사를 삭제하도록 표시해놓았다. 미들턴은 또한 1604년에 셰익스피어가 쓴 『자에는 자로』도 개작했다(옥스퍼드판 편집자들은 이 개작이 1621년에 이루어졌다고 본다). 『맥베스』와 마찬가지로 『자에는 자로』도 제임스 1세의 관심사를 반영한다. 이 극은 권위와 왕의 통치를 다룬 작품이다. 제임스 1세는 1599년에 『바실리콘 도론 Basilikon Doron』**이라는 왕권에 관한 책을 출간했는데 이 책은 그가 영국 왕좌에 오른 1603년에 수정되어 중판重版 인쇄로 출간되었다. 『자에는 자로』에 나오는 빈센티오Vincentio 공작의 감정과 이미지들의 상당수가 제임스 1세의 책 속에서 나타나는 그것들과 일치한다. 예를 들어 통치자가 무대를 내려다보는 위치에서 자신의 신하들을 몰래 만나고 염탐하는 모습

• 세 마녀의 우두머리. _ 옮긴이
•• 그리스 원어로 '왕의 재능'이라는 뜻. _ 옮긴이

으로 그려지는 게 그러하다. 또한 제임스 1세와 빈센티오 공작이 무대 위에서의 쿠데타 장면을 좋아하는 것과, 중상모략에 대한 그들의 편집증 같은 것도 그렇다.[6]

공연 때, 특히 미들턴이 추가한 사항이 더해지면서, 『맥베스』의 초자연적 양상들은 정치적인 내용보다 두드러졌고 이는 이 작품을 정부政府에 관한 것이라기보다 악에 관한 극으로 보이게끔 만들었다. 이런 측면은 이 작품이 첫 2절판의 어느 부분에 수록되었는지를 봐도 알 수 있다. 다른 영국 사극들[라파엘 홀린셰드의 여러 권으로 된 『영국, 스코틀랜드, 그리고 아일랜드 역사』(1587)]과 같은 역사적 근거를 가지고 있음에도 『맥베스』는 1623년의 2절판 전집에서 비극 편에 수록되는데, 이 전집은 셰익스피어의 동료 배우이자 극단 지배인인 헨리 콘델과 존 헤밍에 의해 준비된 것이다. 물론 영국 사람들에게는 영국 역사만이 '역사'의 자격을 가질 것이다. 그러나 『맥베스』의 스케일은 더 크다. 극의 전장戰場은 (그저) 영국과 스코틀랜드에 국한되지 않고 천국과 지옥, 묵시록적 영토를 아우른다. 우리는 이 같은 점을 통해 이 극이 중세의 선행先行 작품들의 영향을 받았다는 사실을 알 수 있다. 새벽의 방문객들에게 성의 문을 여는 장면에서 문지기는 맥베스의 성을 지옥의 입구에 비유한다(중세 무대에서 지옥은 성으로 상징되었다). 레녹스가 전날 밤의 폭풍이 여느 때와 다르다고 표현하는 대사("땅은 열에 들떠 흔들렸습니다")는 "거친 밤이었지"라는 맥베스의 짧막한 대답을 유발한다. 레녹스는 "제 얼마 안 되는 기억 중에는 그만한 일이 없었사옵니다"(2막 3장 58~63)라며 말을 잇는다. 그러나 글린 위컴Glynne Wickham이 오래전에 지적했듯이 "더 오래된 기억이라면 그만한 일이 있을 수 있다". 즉, 레녹스의 대사는 지옥 정복Harrowing of Hell•을 다룬 중세 연극에서 묘사하는 재앙의 전조로 나타나는 현상과 일치한다.[7]

그러나 이 극이 문학적 영향력과 역사적 배경(역사 속의 맥베스는 대략 1005년에서 1057년까지 통치했다)이라는 측면에서 중세적이라면, 셰익스피어 정전 가운데에서는 시기적으로 가까운 후기 로맨스들에 앞선다(『맥베스』는 1606년에 쓰였고, 『페리클레스』는 1607년에 쓰였다). 『맥베스』는 "가면극, 로맨스, 민담 전통과 셰익스피어의 마지막 극들의 전통에 속하는 극장 장치들을 통해 재현된다. 스펙터클과 의식, 행렬과 연회, 수수께끼와 예언은 완벽한 왕 치하에서의 낙원의 비전을 이상화했다……."[8] 후기 극들 중 어느 것도 『맥베스』와 같은 징크스는 없다. 이는 이 작품들에서 등장하는 초자연적 세력들이 긍정적이기 때문일지 모른다. 예를 들어 여신 다이애나Diana가 페리클레스에게 비전으로 나타나는 것이 그렇고, 『심벨린』에서 포스투무스Posthumus에게 확신을 주기 위해 주피터가 독수리 등을 타고 오는 것도 그렇다. 또한 『템페스트』에서 마법사 프로스페로의 연극 같은 마법과, 『헨리 8세』에서 캐서린 왕비를 천국까지 인도하는 정령들이 그렇다. 이에 비견될 만한 악의적인 초자연적 마법을 우리는 『헨리 6세 2부』에서 볼 수 있는데, 이 극은 징크스가 붙어 있기는커녕 우리 시대에 와서도 무대와 TV에서 상당히 성공적인 상연 역사를 누려왔다(이 작품이 『맥베스』만큼 자주 공연되지는 않는다는 사실이 의미 있는 비교에 방해가 되기는 하지만).

왕립 셰익스피어 극단의 예술 감독 마이클 보이드Michael Boyd는 2011년에 새로 복원된 메모리얼 극장의 개봉작으로 『맥베스』를 골랐다. 보이드는 세 마녀를 세 어린아이(맥더프의 자식들)로 대체했고, 극은 예기적豫期的

• 기독교에서 예수가 부활한 후에 지옥으로 내려가 의로운 사람들의 영혼들을 구하는 과업. _ 옮긴이

인 복수극이 되었는데 (아직) 살해되지 않은 어린아이들이 맥베스가 파멸에 이르도록 조작한다. 『맥베스』의 징크스가 이 극의 마술 때문이라면, 이 (무척 성공적인) 마녀 없는 공연은 그 연관성을 깬 것처럼 보인다. 적어도 조너선 슬링거Jonathan Slinger(맥베스 역)가 교통사고를 당해 팔 두 군데가 부러지는 일을 당할 때까지는 말이다. 앞선 공연들의 한 제작자는 이 극이 헤카티 장면을 삭제했기 때문에 이런 사고가 생겼다고 주장했다. 확실히 마술은 두 가지(무대 위에 있을 때와 삭제되었을 때)로 작용하는데, 이는 이중적 의미들, 수수께끼 같은 예언들, 현혹, 양면적 언술 등으로 이루어진 극에는 아마도 적절할 것이다.

셰익스피어는 극을 수정하지 않았다?

20세기의 뛰어난 문헌학자인 월터 그레그Walter W. Greg는 "수정은 당대에 흔한 일이었음에도, 셰익스피어 극의 수정본은 아마도 발견되지 않았다"[1]라고 했다. 이런 선언은 무책임할[가정('아마도')에 근거한 점을 주목하라] 뿐 아니라 셰익스피어를 우상화하기까지 한다. 수정이 엘리자베스 시대의 현상임을 인정하면서도 셰익스피어는 이런 알려진 관행에 해당되지 않는다고 인정한다는 점에서 이 선언은 셰익스피어를 우상화한다. 셰익스피어는 신이다. 신은 두 번 생각하지 않는다. 그러므로 셰익스피어는 수정하지 않는다.

지금은 거의 모든 셰익스피어 학자가 여기에 동의하지 않을 것이다. 실제로는 이를 반박하는 증거가 수없이 많다. 우선 그러한 증거 몇 개를 본 후, 왜 이전 세대 학자들이 그것에 내켜하지 않았는지 살펴보자.

세익스피어 극의 수정은 작가 자신이 다시 생각해보고 수정한 것부터 다른 사람이 나중에 수정한 것(신화 17을 볼 것)까지 다양한 경우가 있을 수 있다. 현재 우리는 완벽한 세익스피어의 원고를 갖고 있지는 않지만, 『로미오와 줄리엣』에서 세익스피어 자신이 즉시 수정한 예 — 식자공이 첫 버전과 재고한 버전의 식자본을 모두 갖고 있어서 세익스피어의 원고에 무엇이 있었는지를 추측할 수 있다 — 가 둘 있다. 로미오는 줄리엣의 시체가 있는 캐풀렛가※의 무덤에 들어간다. (그가 보기에는) 시체가 된 줄리엣에게 말을 걸면서 로미오는 자기 아내의 아름다움에 대해 곰곰이 생각한다.

Ah, dear Juliet,

Why art thou yet so fair? Shall I believe

That unsubstantial death is amorous,

And that the lean abhorrèd monster keeps

Thee here in dark to be his paramour?

5막 3장 101~105•

(이 구절의 내용을 풀이하면 다음과 같은 내용일 것이다. 어떻게 당신은 지금도 그렇게 아름다울 수 있소? 죽음이란 인물이 당신과 사랑에 빠져 당신을 정부로 만들어 이 무덤 속에 가두어두었다고 믿어야 하겠소?)

• 이 글의 번역은 다음과 같다. _ 옮긴이

아, 내 사랑 줄리엣, 왜 그대는 아직도 이렇게 아름다운 것이요? 저 형체도 없는 죽음이 당신과 사랑에 빠졌다고, 그래서 그 비쩍 마른 혐오스러운 괴물이 그대를 여기 이 어둠 속에서 자신의 정부로 삼아 가둬놓고 있다는 것을 내가 믿어야 한단 말이요?

이제 1599년 4절판 셰익스피어 원고에서는 이 구절이 어떻게 인쇄되었는지 보자.

Ah, dear Juliet,

Why art thou yet so fair? I will believe,

Shall I believe that unsubstantial death is amorous,

And that the lean abhorrèd monster keeps

Thee here in dark to be his paramour?

sig. L3^r

곧바로 두 가지 문제를 알아챌 수 있을 것이다. 첫 번째는 "난 믿을 것이요I will believe"라고 하다가 "내가 믿으리까Shall I believe"라고 더듬댄다는 것이다. 이것은 시작부터 잘못되었다. 셰익스피어는 처음에 미래시제 문장을 썼다가 수사적 의문문으로 만드는 게 더 나을 것이라 결정했을 것이다(그리고 아마도 처음 쓴 구절을 삭제하는 것을 잊었을 수 있다). 이렇게 두 번 쓴 구절이 일부러 그런 것이라고 — 수사적으로는 로미오의 못 믿겠다는 심정의 상승을 효과적으로 잘 기록해준다고 — 하고 싶을지도 모르지만 그런 주장을 반박하는 두 번째 문제가 있다. 그다음 행이 음절과잉이 된다는 것이다. "Shall I believe that unsubstantial death is amorous"는 10개가 아닌 12개의 약강격 음보iambic feet를 갖고 있다(신화 11을 볼 것). "I will believe"는 두말할 것 없이 군더더기이다.

이와 비슷한 현상이 이 연극의 앞부분에서도 발생하는데, 거기에서는 4행 이상 확대되어 나타난다. 1599년 4절판에서 로미오는 무도회 후에 캐풀렛가의 과수원을 떠나 로런스 수사Friar Laurence를 만나러 간다. 그는 새벽에 대한 서정적인 시 4행을 읊으며 퇴장한다. 로런스 수사는 그다음 장면을 같은 대사로 시작한다. 이 두 대사를 나란히 배열해보았다. 다시 말하지만 이 대사는 1599년 4절판에서 왔으며 철자만 바꾸었다.

Romeo	Friar
The grey-eyed morn smiles on the frowning night,	The grey-eyed morn smiles on the frowning night,
Chequering the Eastern clouds with streaks of light,	Checking the Eastern clouds with streaks of light,
And darkness fleckled, like a drunkard reels	And fleckled darkness like a drunkard reels
From forth day's pathway made by Titan's wheels.•	From forth day's path and Titan's fiery wheels.

아마 셰익스피어는 처음에 이것을 로미오의 대사로 썼다가 로런스 수사의 대사로 바꾸었을 것이다. 그리고 수사의 대사로 바꾼 다음 대사를 늘렸을 것이다. 이 4행은 해가 높이 뜨기 전에 정원에 가서 약초를 따야겠다는 수사의 대사로 이어진다. 즉, 수사가 시간에 대해 말할 이유가 있

• 이 글의 번역은 다음과 같다. _ 옮긴이
  로미오
  회색 눈의 아침은 찌푸린 밤에 미소를 보내네.
  동녘 구름을 빛줄기로 얼룩지게 하며
  그리고 얼룩진 어둠은 마치 술주정뱅이처럼
  태양신의 마차가 만들어놓은 낮의 길에서 벗어나 비틀거리네.

기 때문에 이 대사는 수사에게 '속할' 가능성이 더 높아 보인다(대사의 주체가 바뀔 수 있다는 사실은 신화 29의 인물에 대한 논의에서 고려되어야 할 것이다. 셰익스피어는 대사를 먼저 생각하고 인물을 나중에 생각했는가?).

사실『로미오와 줄리엣』에서 셰익스피어는 그저 화자를 바꾸는 것 이상의 일을 했다. 미학적인 방식으로 대사를 땜질한 것이다. 'chequering'과 'checking'은 '여러 색깔들의 빛줄기나 띠로 다채롭게 하다'(옥스퍼드 사전 2)를 뜻하는 동사의 변형이다. 그는 '얼룩진 어둠'이라는 표현을 쓸 때 'darkness fleckled'에서 'fleckled darkness'[2]로 단어의 순서를 바꿨다. 가장 큰 변화는 마지막 행에서 나타난다. 이때 로런스 수사가 하는 말에서는 태양신의 수레 앞에 형용사 '불같은fiery'이 붙는다. 이렇게 되면 율격이 재배열되어야 하고 하나의 이미지가 두 개의 이미지(마차 바퀴가 만들어낸 길이 아니라 길과 마차 바퀴)로 나뉘어야만 한다. 셰익스피어가 로미오의 대사 중 삭제 부분을 제대로 표시하지 않은 것인지 아니면 식자공이 그 표시를 읽지 못한 것인지는 알 수 없다. 그러나 인쇄소 식자공이 이 두 가지 판본을 다 식자하는 실수를 하는 바람에 우리는 셰익스피어의 어깨너머로 그가 일하는(수정하는) 모습을 볼 수 있다.

거의 같은 시기에 쓰인 희극『사랑의 헛수고』(1595)에서도 같은 일이 벌어진다. 이 작품의 최초 인쇄판에는 로잘린Rosaline이 베룬Berowne에게 임무를 부여하는 대화가 연이어 두 가지 버전으로 나타난다. 두 번째 대화는 첫 번째 대화를 대체하려는 의도인 게 분명하다. 그런데 이 대화들은 순차적으로 인쇄되었고 그 결과 다른 구절이 섞인 똑같은 대화 두 개가 나타났다. 그러나『사랑의 헛수고』에서 셰익스피어는 단지 표현만 다시 바꾼 것이 아니라 플롯까지 수정한다. 원래 셰익스피어는 베룬이 로잘린이 아니라 캐서린Katherine에게 구혼하게 할 생각이었다. 2막 1장에서 베룬

이 처음으로 하는 연습 대화는 '캐서린'이라는 인물과 나누는 것이다(7개의 대사들). 같은 장의 후반부에서 그는 보에트Boyet에게 '캐서린'에 관해 묻는다. 이 극의 나머지 부분에서 플롯은 그와 로잘린을 엮는 데 할애된다. 또한 1623년 재판본은 2막 1장에서 우리의 관심을 다른 곳으로 돌리게 한 이런 대목들을 완전히 없앴으며 이름 앞에 붙는 경칭과 '캐서린'에 대한 언급을 '로잘린'으로 바꾸었다.

이런 예들은 셰익스피어가 실제로 창작 중에 수정한 부분인 것이 분명하다. 이 수정은 텍스트의 작은 단위들에 관련되며 한 텍스트 안에 두 버전이 공존한다. 텍스트 전반에 걸쳐 큰 사건들이 다르게 나타날 때(가령 어떤 장면이 한 판본에는 있는데 다른 판본에는 없을 때), 셰익스피어가 창작하는 과정에서 (즉시 혹은 나중에) 이 장면을 없앤 것인지, (이후에) 다른 사람이 없앤 것인지 의문이 떠오른다. 예를 들어 1604~1605년의 『햄릿』 텍스트를 보면 1막 1장에서 유령이 나타나기 직전에 호레이쇼가 긴 대사를 한다. 그 대사 중에 그는 시저의 죽음 직전에 고대 로마에서 일어난 전조들을 묘사한다. 그리고 나중에, 포틴브라스가 폴란드를 침공하기 위해 힘차고 짧게 무대를 지나가는 것이 햄릿으로 하여금 자신의 지연을 자책하는 독백을 하도록 만든다. 이 둘 모두 2절판에는 나타나지 않는다. 이 장면을 삭제한 이유는 연극 상연과 관련된 것으로 짐작된다. 유령은 소름끼치게 초자연적으로 보이는 게 가장 중요하다. 그런데 관객이 유령의 걷는 모습을 본다면(긴 대사를 하는 동안 주의가 산만해진 관객이 유령을 발견하게 될 수 있다) 유령이 갑자기 나타나서 생기는 효과는 반감될 것이다. 4막에서 햄릿의 독백이 삭제된 것도 관객의 주의가 산만해지는 것을 막기 위해서이다(흥미롭게도 서로 다른 셰익스피어의 판본이 존재하는 경우, 삭제되는 부분은 관객의 힘(혹은 배우의 힘?)이 떨어지는 4막에 몰려 있다).

셰익스피어가 시인일 뿐 아니라 극작가라는 것을 기억할 필요가 있다. 때로는 연극을 위해 시를 포기해야 하는 경우도 있다. 그리고 연극이 상연되고 나서야 시를 포기해야 한다는 사실이 분명해질 수 있다. 누가 시를 포기하는 것을 결정하는가? 아마도 셰익스피어의 입장에서는 한 시즌 공연이나 초연 후에 어디서 시를 포기해야 하는지가 명확해질 수 있을 것이다. 하지만 배우들이 제안했다면, 셰익스피어의 승인을 얻었을 것이다 (그는 극단주 가운데 한 명이었다). 연극은 협동적인 예술이기 때문이다(신화 17을 볼 것).

연극으로 공연해야 하기 때문에 셰익스피어가 수정을 하는 경우는 재삼재사 나타난다. 『리어 왕』의 3막 6장은 미친 리어 왕이 배은망덕한 두 딸에 대한 모의재판을 하는 긴 장면이다. 1623년 2절판에서는 이 장면이 160행으로 줄어들었다. 하지만 일방적으로 줄인 것만은 아니다. 1608년의 『리어 왕』 초판본을 보면 2절판에서 삭제된 행이 여럿 있다. 하지만 2절판에서도 4절판에서는 볼 수 없었던 행들이 많이 추가되었다. 즉, 극작가로서의 셰익스피어가 연극에 알맞게 많은 부분을 삭제하거나 삭제를 허락하는 동안에도, 시인으로서의 셰익스피어는 자잘한 장면들이나 하나의 단어를 다듬는 일을 멈출 수 없었던 것이다.

희곡은 또 극장의 환경에 맞게 변화를 줄 수밖에 없었다. 예를 들면 글로스터가 눈이 머는 장면은 1608년 4절판에서는 이 눈 다친 백작을 돕고자 하는 성명 미상의 두 하인 간의 인정 넘치는 대화로 끝난다. 2절판에는 이 대화가 존재하지 않는다. 이것은 그 자체로 더 황량하고 더 적대적인 세계를 보여주는 2절판에서의 생략 유형의 일부이다. 그러나 이 대화의 본래 존재 이유는 아마도 주제를 고려해서라기보다는 실용적인 면을 고려해서일 것이다. 눈이 멀고 '도버해협까지 가는 길을 냄새를 맡아 찾게' 내팽개쳐진(『리어 왕의 역사』, 14장 91~92. 『리어 왕의 비극』에서는 이 대화가 없다) 글로스터는 퇴장했다가 바로 다음 장면에 등장해 9행의 대사를 한다. 이때쯤 그는 피투성이 눈을 치료하고 머리에 붕대를 두르고 있는데, 하인들의 8행짜리 대화가 없다면 이런 외양 변화를 위한 시간이 촉박할 것이다. 1608년에 이르면 (셰익스피어의) 왕실 극단은 블랙프라이어스 실내 극장을 얻었고 따라서 막 사이에 쉬는 시간을 갖게 되었다(실내 극장을 밝히는 양초를 바꾸기 위해서도 막간이 필요했다). 이전까지는 글로스터의 외양을 바꾸는 시간을 벌기 위해 대화가 필요했는데, 『리어 왕』 2절판이 쓰일 때에는 막간에 외양을 바꾸는 것이 가능해진 것이다.

이것은 비평상 난제를 제기한다. 우리가 여러 버전으로 존재하는 대본을 볼 때 어떻게 원인과 결과의 차이를 알 수 있는가? 수정의 결과(예를 들어, 두 하인의 대화를 삭제함으로써 『리어 왕』의 세계에서 동정이 줄어든 것)와 수정의 원인(극장 환경의 변화로 하인들의 8행 대화가 군더더기가 된 것)이 일치하지 않을 수도 있을 것이다. 연극은 끊임없이 새로운 시사적·실용적·정치적 환경에 적응해가는 유연한 형식이다.

지금까지 우리는 상대적으로 안정된 두 개의 텍스트가 있다는 가정하에서 수정을 논의해왔다. 즉, 하나의 버전이 거부되고 다른 버전으로 바뀐다는 식으로. 그러나 셰익스피어 극은 늘 이렇게 규칙적으로, 특히 한 경우에 한해서만 변화했던 것은 아니다. 즉, 여러 단계에서 유연하게 변화된 버전이 있을 수 있다는 말이다. 『햄릿』 5막에서 오스릭Osric은 라에르테스가 궁정에 도착했다고 햄릿에게 말한다. 로이스 포터는 이것이 햄릿에게 불필요한 정보였음을 지적하는데 "라에르테스가 그 전 장면에서 이미 그의 목을 조르려고 했기 때문이다".[3] 포터는 묘지 장면이 모든 공연에 포함되지는 않은 것으로 결론을 내린다. 그녀는 셰익스피어의 정본 전체에 걸쳐 다양한(정치적·지역적·시사적·실용적) 목적으로 바꾼 흔적이 있는 수없이 많은 다른 장면들을 열거한다. 우리로서는 셰익스피어 텍스트가 신성하다고 생각하기가 너무 쉽다. 우리에게 셰익스피어는 '셰익스피어'이기 때문이다. 그러나 그의 극단 사람들에게 그는 아직 영국의 국민 시인이 아니었다. 그는 그저 집필하고 있는 극작가일 뿐이었다(신화 4를 볼 것).

다시 서두에 언급한 그레그의 인용으로 돌아가자. 그레그는 수정에 대해 강경하게, 이데올로기적으로 반대하는 세대의 비평가였다. 이는 부분적으로 이 비평가들이 올바른 텍스트와 잘못된 텍스트, 좋은 텍스트와 나쁜 텍스트라는 식의 이분법적인 사고를 훈련받았기 때문이다. 그들에게는 한 가지 독법을 거부하고 즉시 다른 독법을 받아들이는 (앞서 나온 『로미오와 줄리엣』에서 나온 예처럼) 지엽적인 수정을 받아들일 만한 아량이 있다. 그러나 희곡 전체의 수정이나 똑같이 유효할 잠재성이 있는 두 가지 독법에 직면하면 그들은 곤란에 빠진다. 따라서 "두 마리 양을 앞에 두고 그중 하나는 틀림없이 염소라고 주장하기는 너무나 쉬운 일이다".[4]

『트로일러스와 크레시다』의 두 판본을 두고 어느 것이 수정본인가 하는 골치 아픈 문제에 처하자, 그레그는 2절판이 수정본일 가능성이 있다고 생각했으나 망설였다. "좀 더 일반적인 반대 외에도, 어느 텍스트가 수정본인지 정하는 데에는 어려움이 있다. 가능하다면 비평가는 이런 가정을 피해야 한다고 생각한다."[5] 이것을 보면 비평가가 가치판단을 할 수 없기 때문에, 즉 어떤 텍스트가 '더 나은지' 결정할 수 없기 때문에 수정에 대한 생각을 모두 외면해야만 하는 사정을 이해할 수 있을 것 같다. 그레그가 처한 딜레마는 1922년 시인이자 고전학자이자 신랄한 텍스트 비평가인 앨프리드 하우스먼A. E. Housman이 한 말 속에 잘 정리되어 있다.

신께서 두 개의 텍스트가 동등하도록 허락했다면 편집자는 텍스트 자체의 장점을 고려해 두 텍스트 중 하나를 선택해야 할 것이고, 그 일을 하기 위해서는 지성과 공정성과 기꺼이 수고할 마음과 그가 가진 적도 없고 원하지도 않는 온갖 자질을 갖출 필요가 있을 것이다. 그렇지 않고서야 털 깎인 새끼 양에게 부는 바람도 부드럽게 만들어주는 신께서 그의 어깨에 이런 무거운 짐을 올려두었을 리 없다.[6]

자신의 동료들을 향한 하우스먼의 빈정거림은 세기말에 불어올 텍스트와 이론을 둘러싼 바람을 풍자적으로 예견한다. 이 같은 태도의 변화는 우리가 두 개의 텍스트 중 하나를 선택할 필요가 없다는 것을 보여준다. 그 대신 각각의 장점에 초점을 맞추어 텍스트를 다루면서, 각각의 텍스트가 생산된 환경을 조사할 수 있다. 예를 들어 『리어 왕』의 초기 출판본들은 두 개의 뚜렷이 다른 버전을 여러 요소들을 결합시켜 하나의 텍스트로 생산한 반면(이문 융합異文融合, conflation으로 알려진 편집 관행이다), 4절판과 2절판 텍스트를 별개의 희곡으로 포함시킨 수많은 셰익스피어 전집도 있다(옥스퍼드 전집이 일례이다). 2006년에 앤 톰프슨Ann Thompson과 닐 테일러Neil Taylor가 편집한 두 권으로 된 아든 출판사의 『햄릿』은 세 가지 버전(1603년과 1604~1605년의 4절판들, 1623년의 2절판)을 갖고 있다.

셰익스피어가 수정을 하지 않았다는 신화은 부분적으로는 1623년 헤밍과 콘델이 첫 2절판 표지에 붙인 '아주 다양한 독자들에게'라는 글에서 다음과 같이 셰익스피어의 원고를 칭찬한 데 기인한다. "그의 마음과 손은 함께 갔다. 그리고 그는 자신의 생각을 아주 쉽게 말했기에 그의 종이에는 고친 흔적 하나 없었다."[7] 『토머스 모어 경』 중 셰익스피어가 쓴 부분이 이것을 증명한다. 즉, 그가 쓴 행들은 유려하고 전혀 고친 흔적이 없었다. 그러나 종이에 고친 흔적이 없다고 해서 전혀 수정을 안했음을 의미하지는 않는다(『토머스 모어 경』의 예가 셰익스피어가 집필 과정에서 어디를 수정했는지 보여주듯이).

그레이스 이오폴로Grace Ioppolo는 엘리자베스 시대의 희곡작가들이 얼마나 자주 수정을 했는지 보여준다. 에른스트 호니히만Ernst Honigmann은 수많은 르네상스 이후 작가들의 시詩 원고에 나타난 수정을 분석했다. 블라디미르 나보코프Vladimir Nabokov는 아무리 지우개로 지워도 다시 쓸 것이 있다고 했다. 어니스트 헤밍웨이는 『무기여 잘 있거라』의 결말부를 39번 다시 썼다. "왜 글 쓰다 멈춰서 다시 쓰는 거죠?"라고 묻는 인터뷰 기자에게 헤밍웨이는 "제대로 된 단어를 찾아내기 위해서죠"라고 대답했다.[8] 수정을 하지 않는 작가는 거의 없다. 훌륭한 작가는 다시 쓰는 작가이다.

여성 대역을 한 소년 배우들?

1602년 리처드 베나르Richard Vennar는 스완 극장에서 화려한 오락용 쇼를 선전했다. 스페인 무적함대를 격파하는 내용을 담았다는 『잉글랜드의 기쁨England's Joy』이 그것인데, 이 작품은 '벨기아'라는 이름의 아름다운 여인이 스페인의 폭압적 공격을 받아 '애처롭게 약탈당하는' 우화적인 이야기로 연출되며, 무대에서 '이제껏 보지 못한 화끈한 장면'이 펼쳐진다고 알려졌다. 이런 홍보에 더해 이 극이 '신사와 숙녀들에 의해' 행해질 것이라는 소문이 널리 퍼졌다.[1] 즉, 상류층 여성들이 연기를 할 것이라는 전망 때문에 이 극은 후에 엘리자베스 1세 시대 청중들에게도 매력적이었다. 불행하게도 스완 극장에 모인 관객들은 이것들이 모두 사기였음을 알게 되었다. 베나르는 현금을 챙겼고, 화끈한 장면도 즐거운 장면도 없었으며, 여성들의 연기는 단연코 없었다.

밝혀내기 어려운 역사적 이유들로 인해 영국의 연극 무대는 온통 남성의 공간이었다. 셰익스피어와 그의 동시대인들의 연극에서 여성들은 연기를 하지 않았고, 이로 인해 모든 여성 역은 남성 배우들의 몫이었다. 그러나 유럽 대륙에서는 사정이 달랐다. 토머스 코리에이트는 베네치아를 여행하면서 여성 연기자들을 보게 된 새로운 경험에 대해 이렇게 설명한다. "여성들의 연기를 보았는데, 이것은 결코 전에 볼 수 없었던 일이다. 런던에서 가끔 그런 일이 있었다고 들어본 적은 있지만 여성들도 내가 본 남성 배우들에 못지않게 우아함, 액션, 제스처, 그 외 연기자에게 필요한 모든 것들을 제법 잘해냈다."[2] 여성들이 런던에서 연기를 했다는 코리에이트의 암시는 우리를 감질나게 하지만 그 이상을 알 수는 없다. 어쩌면 그 전설적인 『잉글랜드의 기쁨』을 언급하는 것일지도 모른다. 여기서 가장 흥미로운 것은, 여성의 역할을 연기하는 여성들을 보게 된 코리에이트의 경험담이 그저 '새로운 발견'을 했다는 뉘앙스가 아니라는 것이다. 깜짝 놀란 그의 음조로 미루어보건대, 그는 여성들이 우리가 기대하는 대로 남성들보다 여성 배역을 훨씬 더 설득력 있게 연기하는 수준을 넘어, 남성들 못지않게 연기한 것에 충격을 받은 것으로 보인다. 베네치아의 극장에 대한 코리에이트의 논평은 여장 남자가 등장하는, 즉 '남성다운 배우가' 여성의 '우아함, 액션, 제스처'를 연기하는 셰익스피어의 연극이 거둔 성공에 관해 생각해볼 여지를 준다.

셰익스피어 극에서 남성들이 여성 인물들의 역을 했다는 것은 의심의 여지가 없다. 다만 우선 이들 배우들의 연령에 대해서는 이견이 있고, 연극상의 '여장'의 극적 효과에 대해서도 논란이 있다. 우리가 흔히 사용하는 '소년 연기자들boy players'이라는 어구는 젊은 연기자의 목소리가 아직은

변성기가 지나지 않았음을 시사한다. 셰익스피어 극에서 언급되는 수없이 많은 부분을 보건대, 여성 역할은 고음을 낼 수 있는 사람이 맡았다. ─ 오르시노는 세자리오에게 자신의 "작은 성대는 처녀의 성대처럼 날카롭고 온전하거든"(『십이야』 1막 4장 2~3)이라고 말한다. 햄릿은 엘시노어에서 각별한 애정을 지니고서 연기자들을 맞이한다. "나의 젊은 숙녀들과 여인들이여······ 지금은 쓰이지 않는 금 조각처럼 그대들의 목소리가 반지 안에서 깨지지 않기를"(『햄릿』 2막 2장 426~431) ─ 그러나 현대 독자의 입장에서 생각하면 그런 사춘기가 지나지 않은 배우들이 클레오파트라 같은 성숙함과 침착성을 갖춘 역을 소화해낼 수 있을 것 같지 않다. 트레버 넌 감독의 1974년 텔레비전용 영화 버전에서 클레오파트라 역을 맡았던 자넷 수즈먼Janet Suzman은 이렇게 의심을 표현한다. "그(셰익스피어)가 (클레오파트라 역을) 소년이 맡을 것이라 생각하고 글을 썼다고 생각하기는 어려워요. ······ 틀림없이 그의 극단에는 여성들의 역을 연기하는 일종의 프리마돈나가 있었을 거예요. 소년이 그 역을 해냈을 리는 없으니까요."[3]

반면 셰익스피어가 글을 썼던 시기 직후부터 발견된 증거에 따르면, 여성 역을 맡은 남성 배우들은 21세 이하의 정상적인 10대들이었다.[4] 연극 공연에 관한 상당수의 증거가 그것을 아주 격렬하게 도덕적으로 비난하는 사람들에게서 나온다는 사실은 근대 초기 극장에 관한 토의 내용들 가운데 즐거운 아이러니이다. 이 시기에 극장에 대한 상당수의 비난은 여성 역할을 공연하는 남성 배우들을 향했다. 1599년 옥스퍼드 신학자 존 레이놀즈John Rainolds는 "여장을 한 모든 남성들은 혐오감을 준다"고 썼고, 앙티테아트르anti-theater(반反연극 기법) 논객은 여장을 하는 배우들의 젊음을 강조했다. 이런 비난에 맞서 극장을 옹호한 극작가 토머스 헤이우드는 젊은 남성 배우들이 여성 역을 맡은 것은 사실이지만, 극장 안에서 여장할 때와 극장 밖에 있을 때를 구분했다고 주장했다. "남성과 여성을 오가며 세상의 눈을 속이는 것은 불법이라고 생각한다. 젊은이가 처녀인 척하거나 처녀가 젊은이인 척하며 아버지, 가정교사, 혹은 보호자의 눈을 피해 스스로를 감추는 것, 혹은 무언가 사악한 의도를 감추는 것은 불법이다. 그러나 자신의 의도와 무관하게 여장을 한 젊은이들을 보는 것은 어떨지."[5] 헤이우드의 주장에 따르면, 속이려는 '사악한 의도'가 없었기 때문에 여장을 한 남성 배우들은 사회 전체의 도덕적 규범 밖에 있는, 연극상의 관례로 이해된다.

이 증거를 통해 '젊은이들', '소년들', '청년들'이 여성 역을 연기할 가능성이 있는 남성 배우들임을 알 수 있다. 이런 호칭들은 유년기를 거쳐 성년기로 진입하는 일련의 연령층을 칭한다. 초기 근대 영국에서 변성기를 포함하는 사춘기는 단언컨대 지금보다 늦었다. 인기 있던 한 의학 서적에 따르면, 소년들의 경우 "약 14세에 변성기가 나타나기 쉽다". 하지만 합창단원들의 경우 17세나 18세에도 고음이 남아 있어 훨씬 더 늦게 변성기가 온다는 증거가 있다.[6] 데이비드 캐스먼David Kathman에 따르면, 섀컬리 마미온Shackerley Marmion의 『홀랜드의 동맹국Holland's Leaguer』(1631)과 매신저의 『로마 배우The Roman Actor』(1626년 공연됨)에서 여성의 역을 맡았던 배우들은 공연 당시 모두 13세에서 17세 사이의 10대들이었다.[7] 웹스터의 극에서 최초로 말피의 공작 부인 역을 맡았던 리처드 샤프Richard Sharpe는 아마도 17세와 21세 사이였고, 후에 극단에서 남성 역을 맡게 되었다. 극장이 문을 닫을 때까지 이름을 떨쳤던 배우들에 관한 캐스먼의 철저한 조사에 따르면, 극단을 공동으로 소유했던 성인 남성들은 결코 여성 역을 맡지 않았고, 13세에서 21세 사이의 젊은이들이 대신 그 역할을 맡았다고 한다. 캐스먼은 '소년boy'이 또한 '견습생apprentice'을 의미한다는 점을 지적한다. 그래서 아마도 '소년'이란 용어는 단지 나이와 연관된 관점에서 바라볼 것이 아니라 관례적인 표현으로 볼 필요가 있다. 이들은 신입 극단원들이었다.

젊은 남자 배우들이 아주 유능하고 인기가 있었다는 또 다른 증거도 있다. 17세기 말 무렵 체임벌린 극단에게는 새로 등장한, 소년들로 구성된 극단들이 가장 큰 상업적 · 예술적 위협이었다. 로젠크란츠Rosencrantz의 보고에 따르면, "맹금류 새끼들과 매의 새끼들 같은 아이들이 있는데, 요즘은 이들이 크게 인기를 끌고 있다"(2막 2장 340~342). 10대 남자 배우들로 구성된 극단은 아주 성공적이었고, 극단을 소유한 성인 배우들 없이도 복잡하고 때로는 멋지고 풍자적인 극들을 해냈으며, 주요 극작가들은 이들을 위해 작품을 썼다. 벤 존슨, 토머스 미들턴, 존 마스턴, 조지 채프먼이 여기에 포함된다.

매우 안정된 극단에서 거주 극작가로 활동했던 셰익스피어는 자신의 극에서 이용 가능한 인력을 열심히 찾으며 작품을 썼다. 그의 모든 희곡에서는 여성 역할을 하는 두 명에서 네 명 사이의 남자 배우들이 필요했다. 단, 3막 1장에서 베아트리체가 속임수를 당할 때 네 명의 여성 음모꾼들과 만나는 『헛소동』은 예외이다. 스탠리 웰스에 따르면, 적합한 남자 배우들이 소진될지 모른다는 우려 때문에 셰익스피어는 주인공의 어머니 이노젠 ─ 비록 그녀에게 배정된 대사가 없고, 편집자들이 초고 작업에서 실수로 그녀의 이름을 지우는 경우가 많긴 하지만 그 이름은 무대연출에서 두 번 등장한다. 조시 루크Josie Rourke는 2011년 작품에 그녀를 다시 등장시키면서 원래 셰익스피어가 안토니오에게 배정한 대사를 하도록 만든다 ─ 을 포함해 몇몇 여성 인물들이 더 등장하기로 되어 있던 본래의 구상을 포기했다고 한다. 즉, 웰스에 따르면 셰익스피어 극에서 자주 언급되는 엄마의 부재는 ─ 리어 왕의 아내, 프로스페로 공작 부인, 프레더릭 부인, 시니어 부인, 이지어스 부인Mrs. Egeus은 어디에 있나?『페리클레스』와『겨울 이야기』에서 출산 후 타이사와 허마이오한테 무슨 일이 생기는지를 보라 — 사회학적 이유보다는 실제적·연극적 이유와 연관이 있을 수 있다.[8] 이노젠의 말이 맞다면『사랑의 헛수고』(마지막 장면에 네 명의 여성들과 두 명의 소년 사환들이 무대에 오른다)에서는 틀림없이 더 많은 소년들을 활용했다.

헤이우드가 상식적 판단에서 극장에서의 여장을 옹호한다는 것은, 그것이 관례로서 이해되어야 함을 시사한다. 즉, 연극의 속임수의 일부로서 말이다. 그러나 셰익스피어의 플롯은 여자 옷을 입은 남성 연기자를 보여주면서, 특히 남장을 하는 여성 인물이 등장하는 플롯 장치를 통해 우리는 놀리는 듯한 인상을 준다.『뜻대로 하세요』에서 로잘린드가 아르덴(이 이름은 남성 동성애와 강한 연관성을 지닌다) 숲에서 가니메데라는 남성 페르소나를 지닐 때, 그녀의 모호한 젠더 입장에 관한 수많은 농담들이 나왔다. 그녀가 가니메데의 옷을 입고 자신이 로잘린드라고 주장하며 올란도와 가짜 결혼을 하는 마지막 장면에서 셀리아Celia는 로잘린드에게 이렇게 꾸짖는다. "우리가 한번 네 더블릿과 호스(긴 바지)를 벗겨내 암컷 새가 자신의 둥지에 무슨 짓을 했는지 봐야겠구나"(4막 1장 192~194). 연극의 허구 속에서 더블릿과 호스 아래 있는 것은 여성의 몸이다. 그것도 극장 내에서만. 셰익스피어가 희곡의 출처로 사용한 토머스 로지의 산문 로맨스에서 직접 가져온 농담은 자신의 성을 감추는 이들의 무대 위에서 이중공명을 자아낸다. 그리고 남성 복장을 한 셰익스피어 여주인공들처럼(『십이야』의 비올라,『베로나의 두 신사』의 줄리아) 로잘린드가 극의 끝 부분에서 여성 복장으로 다시 무대에 등장할지는 분명치 않다. 비록 대부분의 현대 상연작들은 그렇게 하도록 허용하지만 말이다. 에필로그에서 그녀는 남성과 여성의 모호한 성적 매력으로 청중을 애먹인다. 이것은 가엾은 존 레이놀즈의 정신을 혼미하게 만들 것이다. "내가 여자였다면, 날 기쁘게 하는 당신의 턱수염 수만큼 키스를 퍼부었을 텐데요"(5막 4장 212~214). 스티븐 오르겔Stephen Orgel이 쓴 해학적인 에세이 「완벽한 사람은 없다, 혹은 왜 영국 르네상스 무대는 소년들을 여성 역으로 썼나?Nobody's Perfect; or, Why Did the English Renaissance Stage take Boys for Women?」는 빌리 와일더Billy Wilder의 여장 남자 코미디 영화 〈뜨거운 것이 좋아Some Like It Hot〉(1959)의 마지막 모호한 시행을 이용한다. 즉, 로잘린드의 에필로그는 영화처럼(영화는 조와 슈거라는 이성애 커플과 활동적인 다프네*를 받아들이는 침착한 오스굿을 보여주며 끝난다) 여장이 드러내는 '동성애적' 섹슈얼리티를 차단하지 않는다.[9]

그렇다면 여성의 역을 맡은 남성 배우들이 자아내는 극적 효과는 중립적이지 않다. 희곡들 자체도, 이를 도덕적으로 비판하는 사람들도, 여장하는 남자 배우의 에로틱한 암시성을 부정하지 않는다. 그리고 셰익스피어는 플롯 속에 이성의 옷을 입고 성별을 감추는 것을 포함해 자신의 희극에 이런 요소를 종종 더한다. 시인이자 비평가인 새뮤얼 테일러 콜리지Samuel Taylor Coleridge는 문학에서 비사실적 요소들과 독자 혹은 관객들 사이의 묵시적 계약을 식별해내는 방식 중 하나로 '불신의 자발적 중지willing suspension of disbelief'라는 것을 명료하게 말했다. 그러나 이것이 셰익스피어 극에서 적용되었다 할지라도 전적으로 적합한 것은 아니었다. 『십이야』

• 다프네는 이 영화의 또 다른 남자 주인공인 제리가 여장을 할 때 사용한 이름이다. 그는 여장한 자신에게 반해 구애하는 오스굿 앞에서 가발을 벗으며 자신도 남자라고 밝히지만, 오스굿은 "이 세상에 완벽한 사람은 없어"라며 남성인 제리를 받아들일 수 있다고 말한다. _ 옮긴이

의 플롯이 공연으로서 지속적으로 젠더에 관심을 쏟을 때는 비올라의 여성성에 대한 불신을 중지하기란 어렵다. 마치 『한여름 밤의 꿈』에서 프랜시스 플루트Francis Flute가 극중극에 나오는 티스베라는 여성 역을 하지 않으려는 것이 헬레나, 허미아, 히폴리타, 그리고 티타니아를 수행하는 '외부의' 남성 배우들의 관심을 끄는 것처럼 말이다. 연극은 '불신의 중지' 보다는 모종의 공모를 요구하는 것 같다. 즉, 관객들에게 어떤 때는 극장의 물질적 실체를 자각하다가도 어떤 때는 연극이 보여주는 허구의 이야기에 몰입하라고 요구하는 것이다. 한편 옥스퍼드 공연에서 데스데모나의 가슴 뭉클한 죽음 장면을 묘사하면서 한 관객은 전혀 어색하지 않게 여성 대명사를 사용한다. 즉, 인물의 젠더와 배우의 젠더는 명료하게 구분될 수 있는 것이다.

클레오파트라는 아마도 연극에서 볼 수 있는 젠더에 관한 이러한 자의식 중 가장 극단적인 버전을 제시하는 것 같다. 『안토니우스와 클레오파트라』의 말미에서, 그녀는 시저에게 잡힐 경우 자신한테 닥칠 수치심을 눈에 띌 정도로 자기반영적인 말로 상상한다.

민첩한 코미디언들은
준비 없이 우리를 무대 위에 올릴 것이고,
우리 알렉산드리아 반역자들을 소개하겠지.
술에 취한 안토니우스가 앞으로 끌려나오면
앙앙 울어대는 어떤 클레오파트라 소년을 보게 되겠지.
창녀의 교태를 부리는 나의 위대함에 대해

5막 2장 212~217

'소년'으로 어설프게 위장하는 두려움이란 연극상의 재현 방식을 대범하게 빗대어 말하는 것이다. 즉, 제임스 1세 시기 연극에서 클레오파트라는 이미 소년 배우에 의해 재현되었다. 이런 연기가 클레오파트라의 마지막 비극적 순간까지 신비성이 말살되는 순간을 면밀히 지속할 수 있다는 것은, 셰익스피어가 여성들의 역할을 하는 남성 배우들한테 기대할 수 있는 얼마간의 뉘앙스와 통제를 암시한다.

그렇다면 셰익스피어는 젊은 남자 배우들이 깃들도록 자신의 극에서 여성의 역할을 썼던 것이다. 그러나 크롬웰 지배(1642~1660)로 인해 극장이 중단되었다가 다시 문을 열었을 때, 그리고 여성들이 처음으로 대중들 앞에서 연기를 했을 때, 여성들이 무대 위에서 다리를 드러내는 것을 허용한 것은 바로 셰익스피어 극 속의 여성 인물들, 특히 그녀들이 입는 '반바지breeches' 혹은 그녀들의 남장이었으며, 이것은 연극 부흥의 주된 요소였다. 즉, 무대에 상연된 패러디 중 첫 번째는 『십이야』였다. 그러나 셰익스피어 극이 수 세기 동난 반복된 까닭은, 그의 여성 역할들이 진짜 여성의 우아함, 액션, 제스처를 지닌 여성 배우들한테 맡겨졌기 때문이다. 해리엇 월터Harriet Walter는 자신이 연기한 셰익스피어 극의 등장인물들 중 클레오파트라, 베아트리체(『헛소동』), 맥베스 부인, 비올라, 이노젠(『심벨린』)을 꼽는데, "셰익스피어 대사는 깊이가 있고, 아름다우며, 남성 인물들과 마찬가지로 여성 인물들도 감정의 깊이가 대단하고, 위트가 넘치며, 심리가 복잡하다"고 평한다. 그녀는 이런 사족도 덧붙인다. "엘리자베스 1세 시대 2~3세대에 걸친 소년 배우들의 한계와 탁월함 덕에 현대 여배우인 내가 셰익스피어 연극에 출연할 기회를 얻게 되었다고 생각하니 이상야릇하다."[10]

셰익스피어 연극은
영화로는 성공할 수 없다?

  초기 근대 연극과 할리우드 사이에 유사한 점이 있음에도(신화 19를 볼 것), 연극은 영화로 옮겨질 수 없다는 주장이 심심찮게 존재했다. 영화 산업 자체의 판단은 이 같은 견해를 더 확고하게 만들었다. 아카데미 최우수 작품상을 받았던 유일한 셰익스피어 영화는 로런스 올리비에의 〈햄릿〉(1948)인데, 거물 후원자 아서 랭크가 완성된 영화를 보고 "너무 근사해서 여러분은 이게 셰익스피어 원작이라는 사실도 모를 것이다"라고 말했다는 (아마도 거짓으로 추정되는) 일화는 셰익스피어와 영화 사이의 어긋난 관계를 입증한다.[1] 셰익스피어는 딱 한 번 최우수 대본각색상 부문에 노미네이트된 적이 있으며 — 케네스 브래나의 〈햄릿〉(1996)인데 이 작품은 빌리 밥 손턴Billy Bob Thornton의 〈슬링 블레이드Sling Blade〉에 자리를 내주고 말았다 ─ 오스카상 기준으로 보건데 진짜 성공한 셰익스피어 영화는 극이 아닌 〈셰익스피어 인 러브〉(존 매든, 1998) 같은 희극 전기이다. 이 영화는 대본상을 포함해 7개 부문에서 오스카상을 받았다.

전시戰時 프로파간다 영화인 〈헨리 5세〉를 준비하면서, 로런스 올리비에는 셰익스피어 극을 영화화할 때 어떤 일이 벌어지는지를 시사했다. "여러 작품들 가운데 특히 〈헨리 5세〉에서 셰익스피어는 자신의 글로브 극장이 지닌 한계에 대해 한탄한다. …… 그리고 그의 많은 극들에도 등장하는 모든 소규모 전투 장면들은 영화로 보면 실망스럽다."[2] 사실 이것은 반어법을 통해 〈헨리 5세〉를 찬양하고 있는 것이다. 극장에서는 자신들이 보여주고자 했던 것을 훌륭하게 보여주었기 때문이다. 올리비에의 영화가 흥행했다는 것을 떠올려보라. 물론 셰익스피어 극 속에는 이미 영화적 측면들이 내재되어 있기는 하지만 말이다. 특히 나이 든 유명한 주인공들과 빠른 속도의 군사적 액션을 묘사하기 위해 양 진영 사이를 광범위하게 가로지르는 장면을 지닌 『안토니우스와 클레오파트라』는 셰익스피어 작품 중 영화 서술을 구성하는 편집 유형에 가장 가까운 작품일 것이다.

사실 극도로 언어적인 셰익스피어의 텍스트를 전반적으로 시각적 의미가 압도적인 매체로 각색하는 데는 어려운 점들이 있다. 러시아 영화 감독 그리고리 코진체프Grigori Kozintsev는 전환이 필요하다는 결론을 내렸다. "청각적인 것을 시각적인 것으로 만들어야만 했다. 시각적인 결 자체가 시각적인 시로 바뀌어야만 한다."[3] 코진체프 자신의 영화는 이것이 작동하는 방식을 보여준다. 그의 〈햄릿〉 서두는 시베리아에서 감금 생활을 한 것으로 유명한 배우 인노켄티 스목투노프스키Innokenti Smoktunovsky가 왕자의 역을 맡아 말을 타고 성문을 지나자 뒤에서 성문이 닫히는 모습을 보여준다. 이것은 "덴마크는 감옥이다"(2막 2장 246)라는 햄릿의 관찰을 시각적으로 보여준 것이다. 쇼스타코비치Dmitri Shostakovich의 심금을 울리는 악보는 반복되는 시각적 이미지를 대비해 강조한다. 나풀거리는 옷, 수면, 계단, 그리고 낮은 각도의 촬영 샷은 영화에서 셰익스피어 극이 언어적 패턴화를 통해 이루어낼 수 있는 일관성을 부여한다.[4] 극의 텍스트가 약 절반으로 줄었지만, 이렇게 말의 영역에서 양보한 부분은 시각적인 부분으로 상쇄된다. 오슨 웰스Orson Welles의 〈오셀로〉(1952)는 또 다른 예를 제공할지도 모른다. 이 작품에서 흑백을 의식적으로 사용한 것은 색채의 강조점을 인종적인 것에서 미학적인 것으로 옮겨가면서 인종적·도덕적 색 구분에 관한 극 자체의 관심을 증폭시킨다. 감금의 이미지에 관한 웰스의 관심은 데스데모나의 베일(면사포), 카시오의 공격 때 욕실 창살 창문에 드리운 그림자, 그리고 이아고가 매달린 새장에 이르기까지 셰익스피어의 감금의 주제를 시각적으로 표현한다. 마치 영화가 이아고의 사악한 계획을 먼 거리에서 생동감이 있게 탐색하듯이 말이다. "내가 그녀(데스데모나)의 미덕을 내팽개칠 것이다. 그녀 자신의 선함에 덫을 만들어 모두를 그곳에 잡아둘 것이다"(2막 3장 351~353). 모든 영화광을 대상으로 한 여론조사에서 단연코 으뜸으로 꼽히는 〈시민 케인Citizen Kane〉의 감독인 웰스는 셰익스피어를 잘 다루는 가장 탁월한 영화인이다. 그의 〈맥베스〉(1948)는 셰익스피어의 극을 전시 프로파간다에서 유래된, 도덕적으로 애매모호한 카리스마를 겸비한 권위와 부두교voodoo 주술이라는 초자연적 발상을 접목한 것이다. 『헨리 4세』를 〈자정의 선율Chimes at Midnight〉(1965)로 재창조한 그의 작업은 시퀀스를 웰스 자신이 연기한 폴스타프의 비가悲歌적 전기로서 다시 생각하게 만든다.

셰익스피어 극을 영화에 맞게끔 창조하기 위해서는 언어의 분량을 줄이는 작업이 필요하고, 실제로 이런 일은 꽤 자주 이루어진다. 그렇다 보니 케네스 브래나의 무삭제판 〈햄릿〉(1996)이 4시간 분량으로 제작된 것은 영화 산업에서 예외적이라고 할 수 있다. 가령 〈햄릿〉의 시작 장면에서 보초병들 사이에 오가는 대화는 글로브 극장의 맑은 오후의 조명 빛 아래서 연극을 보는 청중들에게 이 장면이 밤에 성城의 흉벽에서 일어난다는 점을 입증하는 언어적 '인증 숏'이다. 야외촬영은 단번에 이 장면을 보여줄 수 있다. 그렇다면 바르나르도와 프랜시스 사이의 대화는 불필요한가? 어쩌면 그럴 수 있다. 브래나의 〈햄릿〉은 보여주기와 말하기를 둘 다 하려 든다는 비판을 받았다. 연극의 언어적 텍스트에 광범위한 시각적 자극까지 수반하는 것은 동어반복인 것 같다. 어쩌면 아닐 수 있다. 〈햄릿〉의 도입부는 시공간 속에 장면을 위치시키는 것은 물론, 신경증이라는 중요한 무드를 설정하기 때문이다. 피터 브룩 감독이 이 점을 〈누구냐?Qui va la?〉로 불리는 1996년 극을 연극적으로 재작업하는 데서 찾아냈듯이 말이다. 즉, 극을 시작하는 신경질적 질문인 "거기 누구 있소?"(1막 1장 1)는 극을 표면적·실용적 맥락에서 극의 정체성을 탐구하는 좀 더 탐구적·통괄적 관점으로 이동할 수 있게끔 한다.

셰익스피어 텍스트를 영화 버전으로 축소하는 것은 그 정도에 따라 문제의 소지가 생길지도 모른다. 가령 올리비에의 〈햄릿〉은 로젠크란츠, 길덴스턴, 그리고 포틴브라스와 같은 인물들을 대규모로 삭제해 대사를 절반으로 줄인다. 프랑코 제피렐리Franco Zeffirelli의 〈햄릿〉은 셰익스피어 텍스트의 40% 미만의 분량을 지닌다. 그리고 셰익스피어 극들을 각색한 대다수 영화들은 비슷한 정도로 대사를 솎아낸다. '충실한' 각색이란 유행어는 영화가 극에 더 밀접할수록 더 낫다는 점을 시사하지만, 이것은 전혀 사실이 아니다. 오히려 영화의 '셰익스피어다움Shakespeare-ness'과 이것의 역사적 가치 사이에는 거의 역상관성이 있다. 즉, 좀 더 새로운 매체가 낡은 것을 제대로 재작업한다는 자신감을 지닐 때, 셰익스피어 극들은 영화 속에서 작동한다. 많은 비평가들에게 셰익스피어의 『맥베스』를 가장 성공적으로 영화화한 작품을 꼽으라면 일본 감독 구로사와 아키라黑澤明의 〈거미의 성蜘蛛巢城〉(1957)을 들 것이다. 이 작품은 셰익스피어 텍스트에서 한 단어도 가져오지 않았고, 배경을 사무라이 봉건시대로 옮겼으며, 마녀들을 운명의 실을 짜는 단 하나의 인물로 재창조했다. 그럼에도 구로사와의 『맥베스』 버전은 찬사를 받는다. 혹은 바로 그 때문에 찬사를 받는 것인가? 셰익스피어 극들 중 가장 성공적인 영화는 영화 제작자들이 극을 새로운 방식으로 구성하고 새로운 방식으로 상상함으로써 새로운 창조적 가공물로 만들 수 있다고 확신했던 작품들인 경향이 있다. 역으로 가장 성공하지 못한 영화는 연극의 관습 속에 정적靜的으로 갇힌 작품이었다(스튜디오에서 제작한 1970년대와 1980년대 BBC 텔레비전 시리즈는 이런 범주에 속한다). 비록 이런 제작물들이 원작에는 더 '충실한' 것들이었지만 말이다.

『심벨린』에서 주피터 신이 "독수리를 올라타고 천둥과 번개 속에서 내려오며 벼락을 치는" 순간이 있다(무대연출, 5막 5장 186). 21행이 지나서 그는 다시 올라간다. 이것을 보면 플롯상 정말 필요해서가 아니라 그냥 할 수 있으니까 한 것이라고 주장할 수도 있겠다. 여기서 셰익스피어는 연극 기술의 발전으로 자신이 새롭게 이용할 수 있는 특수효과를 사용한다. 그리고 아마도 그런 효과는 서사를 밀고 나간다. 이것은 때로 셰익스피어 영화들에서도 마찬가지다. 로만 폴란스키Roman Polanski 감독이 존 핀치에게 "내 앞에 보이는 게 단검이란 말이냐? 손잡이가 내 손 쪽을 향하고 있는"(『맥베스』 2막 1장 33~34)이란 대사를 돈호법으로 읊게 해 허공에

떠 있는 단검을 우리에게 보여줄 수 있다고 해서 그가 그렇게 해야만 한다는 것은 아니다. 그의 영화에서 나타나는 투박한 시각화는 단검이 거기에 있느냐 없느냐에 관한 맥베스 자신의 섬세한 심적 동요를 망칠 뿐 아니라 영화를 빠르게 구식으로 만드는 기술적 처형이라 할 수 있다(특수효과처럼 빠르게 변화하는 것은 없다).

그러나 셰익스피어와 기술, 언어, 영화문법과 상호작용 덕분에 영화가 셰익스피어를 활용할 기회는 많다. 케네스 브래나의 〈헨리 5세〉 속 〈스타워즈〉(조지 루카스, 1977)와 〈플래툰〉(올리버 스톤, 1986)의 모방은 젊은 영웅인 왕을 영웅주의라는 동시대의 맥락 속에 위치시킨다. 올리비에의 〈햄릿〉에도 영향을 끼친 웰스의 〈맥베스〉 속 맥베스 부인은 필름 느와르film noir● 라는 인기 장르에서 팜므파탈의 역할을 한다. 제피렐리의 〈햄릿〉(1990)은 멜 깁슨에게 유별나게 활동적인 왕자의 배역을 맡긴다(비디오 광고의 문구대로, '멜랑콜리라기보다는 더 마초적'이다). 이런 햄릿의 성격은 〈리썰 웨폰Lethal Weapon〉(리처드 도너, 1987)이란 경찰 시리즈에서 깁슨이 맡았던 이전 배역에 의존한다. 거트루드 역의 그의 동료 스타 글렌 클로스Glenn Close가 처음부터 성적으로 제시된 것도 같은 이유에서이다. 그녀는 〈위험한 정사〉(에이드리언 라인, 1987) 같은 에로틱 스릴러들에 출연한 바 있다. 이런 연상들은 이 영화가 셰익스피어 텍스트와의 관계보다는 다른 영화들과의 관계 속에서 이해될 때 영화 속에서 작동한다. 때로 이런 연상들은 '셰익스피어'를 덜 강조할 의도로 셰익스피어 영화 마케팅에 맞장구를 친다. 예를 들어 트레버 넌의 〈십이야〉(1996) 예고편은 "〈뜨

● 주로 범죄와 폭력의 세계를 다루는 '검은 영화'로 1940~1960년대 프랑스에서 많이 만들어졌다. _ 옮긴이

거운 것이 좋아〉, 〈투씨Tootsie〉, 그리고 〈사막의 프리실라 여왕Priscilla Queen of the Desert〉의 전통을 잇는다"라고 광고되었다. "이것은 때로 옷이 사람을 신사로 만든다는 점을 입증하는 고전적 로맨틱 코미디에 속한다." 리처드 론크레인의 〈리처드 3세〉(1995)의 "죽을 가치가 있는 일이라면 …… 죽일 가치도 있다"는 상투적 홍보 문구나 올리버 파커Oliver Parker의 〈오셀로〉(1995)의 "부러움, 탐욕, 질투, 그리고 사랑"은 셰익스피어에 대한 불쾌한 연상을 의도적으로 피하는 것 같다.[5] 유사한 교체 문구를 극장에서 볼 수 있다. 왕실 셰익스피어 극단의 〈코리올라누스〉는 주인공을 올리버 스톤의 1994년 영화 타이틀에서 따온 "타고난 킬러"로 광고했다. 흥행 관점에서 가장 성공적인 셰익스피어 영화는 배즈 루어먼 감독의 〈로미오와 줄리엣〉(1996)이다. 그리고 여기서 전체 제목인 〈윌리엄 셰익스피어의 로미오와 줄리엣William Shakespeare's Romeo and Juliet〉은 그런 연상을 감추기보다 과시한다. 1990년대에는 케네스 브래나의 〈헨리 5세〉의 성공에 편승하듯, 20편이 넘는 셰익스피어 영화가 개봉되었다. 셰익스피어 극의 플롯을 활용한 이 20여 개의 영화들은 그 제목에 내러티브의 중요한 요소를 담아냈고 ─ 예를 들면 〈말괄량이 길들이기〉를 고등학교를 배경으로 재구성한 〈내가 널 사랑할 수 없는 10가지 이유〉(길 랭어, 1999) ─ 셰익스피어 영화 제작에서 역대 가장 생산적인 10년을 만들었다. 그러나 루어먼의 영화는 셰익스피어 극을 정말로 상업적 대박으로 만든 유일한 영화 버전이다. 그의 영화는 팝비디오 스타일, 젊은 층의 사운드트랙, 클레어 데인즈, 특히 레오나르도 디카프리오 같은 스타들로 10대 관객들을 직접 겨냥한 편집 덕분에 성공할 수 있었다. 루어먼은 르네상스 시대 베로나에서 '베로나 해안'으로 배경을 설정한다. 즉, 두 기업인 가문의 기업 본사가 지배하는 현대 도시적 경관과 예수상이 있는 곳으로 배경을 설정해 이야기를 현대의 것으로 만든다. 영화 속의 병들고 저속한 가톨릭교회, 성소, 그리고 문신 예술은 고안된 시각적 팔레트의 일부이다. 눈에 띄는 도입부는 뉴스 진행자가 "위엄이 엇비슷한 두 가문"(프롤로그, 1)이라는 셰익스피어 프롤로그를 무표정한 보고서처럼 읽을 때 텔레비전 스크린이 깨지는 모습을 생생하게 보여준다. '캡틴 왕자'인 경찰서장은 몬태규가와 캐풀렛가 사이의 젊은이들이 또 다른 도시에서 벌이는 충돌을 화해시키려 애쓴다. 영화 속 인물들의 이름을 새긴 타이틀 카드들과 연속극 스타일이 극의 프롤로그에서 구어와 문어 단어들과 함께 삽입되어 있다. 영화는 그 특유의 빠른 속도로 내러티브 속 이미지들과 교차편집된다. 새뮤얼 크롤Samuel Crowl이 밝혀내듯이, "루어먼은 분명히 MTV* 세대를 위한 〈로미오와 줄리엣〉 버전을 창조하고 있으며, 그는 그들의 영화적 언어로 말한다". [6] 사춘기의 매우 감정적 음색을 다룬 극 속에서 "격한 즐거움은 격한 끝장을 수반한다"(2막 5장 9). 분주하고 무절제한 동시대로 옮겨진 이 극의 배경은 대중문화에 관한 숙명적인 서정시와 물질적 퇴폐와 현대의 부에 관한 감정적 냉담함을 통해 대비되어 강조된다. 그러므로 루어먼의 영화는 청중을 가르치려 들지 않고도 그들에게 호소할 수 있다. 심지어 이 영화는 『로미오와 줄리엣』을 최고로 비판적으로 혹은 연극적으로 읽어낸 듯 극을 사려 깊게 해석해낸다. 디테일 면에서도 루어먼의 영화는 특히 유쾌하다. 예를 들면 캐풀렛가에서 열리는 팬시 드레스 파티는 줄리엣을 천사로, 로미오를 기사로 보여주며 이들 사이의 동화적 관계를 상징적으로 보여준다. 우주인 복장을 한 패리가 빽빽한 헬멧을 쓰고 가면 뒤로 다정하게 미소를 짓는 모습은 그가 현실의 흐름 속에서 고립된 상황을 멋지게

---

* 음악 전문 TV 채널. _옮긴이

전달한다. 캐풀렛은 사악한 로마 황제로 치장하고 있고 머큐시오는 4륜
마차에 앉아 있다. 만투안Mantuan 트레일러 공원에 망명 중인 로미오에게
보낸 수도사의 편지는 배달원의 편지를 받을 사람이 집에 없기 때문에 전
달되지 않는다. 침울한 로미오는 로잘린을 상상하면서 해안 앞 스누커홀
과 바에서 시간을 보낸다. 영화의 결말은 셰익스피어의 무덤을 둘러싼
혼돈에서 시작되어 오페라 〈사랑의 죽음Liebestod〉으로 마무리된다. 이때
로미오와 줄리엣은 수많은 촛불이 타오르는 예배당에서 외로이 결합된
채, 자신들의 죽음이 궁극적으로 결혼이라는 극의 암시를 시각화한다.

루어먼은 셰익스피어의 가장 잘 알려진 극을 20세기 후반 영화 관객을
위해 10대들의 로맨스로 재창조한다. 제피렐리가 30년 전에 자신의 버전
을 만들었던 것처럼 말이다. 그러나 셰익스피어 극 가운데 훨씬 덜 친숙
한 텍스트가 영화로 성공한 예도 있다. 줄리 테이머Julie Taymor의 〈타이터
스Titus〉(1999)는 피비린내 나는 초기 비극인 『타이터스 앤드러니커스』를
원작으로 삼아 일련의 사실적인 영화적 기법들을 이용해 시각화된 영화
를 창조한다. 어린 소년이 장난감 병정들과 케첩 피로 점차 폭력적인 게
임을 하는 프롤로그로 시작하면서, 이 영화는 진흙투성이 로마 군단이 전
쟁에서 죽은 자들과 함께 발레를 하는 듯한 행진을 카메라를 돌리며 촬영
한다. 이것은 기억할 만한 일련의 이미지들 중 첫 번째 것으로서, 테이머
는 이것으로 극 자체의 음조를 (한 배우가 언급한 것처럼) "희극과 비극 사
이의 부조리의 외줄타기"로 전달하지만 조직화하려 하지는 않는다.[7] 타
이터스 역의 앤서니 홉킨스Anthony Hopkins는 무대와 영화에서 활약했던 그
의 경력 전체에서, 특히 〈양들의 침묵〉(조너선 데미, 1991)에서 자신의 사
악하고 폭력적인 페르소나를 불러온다. 테이머는 콜라주 화면을 이용해
사실적 재현을 방해하고, 그녀의 인물들이 지닌 주관적 관점을 묘사하며,

젊은 루시우스Lucius를 증인으로 등장시키고, 코러스를 극의 잔학 행위에 침묵하게 하며, 결국 루시우스가 아론의 아기를 들고 폐허가 된 콜로세움으로 나와 길고 느린 걸음으로 핑크빛 여명을 향해 걷게 한다. 명랑한 이탈리아 음악 사운드트랙을 배경으로 모슬린 커튼이 미풍에 가볍게 날릴 때, 타모라의 아들들을 넣어 갓 구운 끝내주게 맛있는 파이 장면을 담은 영화 시퀀스는 확실하면서도 동요하는 음조의 충돌을 집약한다. 우리는 셰익스피어의 낭만적 희극들이, 예를 들면 이탈리아풍의 여행 빌라를 배경으로 한 〈헛소동〉(케네스 브래나, 1993) 영화에서도 작동할 수 있다는 것을 이미 안다. 그리고 〈햄릿〉과 〈로미오와 줄리엣〉의 모든 버전들은 은막 스크린에서도 비극으로 작동할 수 있는 몇몇 방식들을 보여준다. 테이머가 〈타이터스〉에서 성취한 것은 극을 단순화하거나 설명하는 식의 영화가 아니었다. 더구나 강의 용도에 적합하도록 만든 것도 아니고, 어려움을 회피하는 것도 아니다. 간단히 말해, 영화는 셰익스피어의 도전을 정면으로 마주한다.

요릭의 해골은 진짜였다?

『햄릿』 5장에서 왕자는 새 무덤을 준비하는 무덤지기와 조우한다. 그런데 그 무덤에는 이미 주인이 있었다. 그래서 무덤지기는 땅을 파면서 원래 묻혀 있던 해골들을 내던진다. 당시 이것은 보기 드문 일이 아니었다. 평민들의 무덤에는 주인 표시가 없었고(17세기 초반까지는 변함없는 관습이었다) 무덤을 재활용해야 하는 일이 많았으니까. 게다가 시신을 관棺에 담는 게 아니라 시트에 싸서 묻었다. 그 때문에 무덤을 다시 파면 무덤지기의 삽은 나무보다는 뼈를 더 많이 캐내고는 했다. 파헤쳐진 유해는 뼈 보관소나 납골당, 즉 교회 토지 내부의 신성한 곳으로 옮겨졌다(죽은 사람에게는 개인적 공간보다 신성한 공간이 더 중요했다).

셰익스피어 극 속의 무덤지기는 해골 중 하나가 어릿광대 요릭의 것이라는 것을 알아챈다. 요릭은 말하자면 "머리 위로 라인 포도주를 쏟던 미치광이 건달"(5막 1장 174~175)이다. 햄릿은 그를 "아주 탁월한 공상을 지닌 매우 위대한 농담꾼"으로 기억하며, 유년 시절 "나를 수천 번이나 등에 업어주었다"(5막 1장 181~182)고 회상한다[빅토리아 시대 예술가 필립 콜더슨Philip Calderson은 이 등에 업힌 모습을 자신의 그림 〈젊은 햄릿 경The Young Lord Hamlet〉(1868)에서 묘사했으며, 케네스 브라나의 1996년 영화는 궁정에서 흥을 돋우는 요릭(코미디언 켄 도드가 연기했다)의 회상 장면을 삽입했다]. 셰익스피어가 햄릿에게 해골을 주워들라는 무대 지시를 내린 적이 없음에도, 현대 버전의 모든 공연은 "(햄릿이) 해골을 집어 든다"는 무대 지시를 넣는다. 햄릿이 10행에 걸쳐 해골에게 말하기 때문에, 그가 해골을 들고서 대사를 전달하는 것이 자연스럽다. 그는 무덤지기에게 "좀 보자"(5막 1장 179)고 말한다. 이것은 해골을 자신에게 건네라는 분명한 지시이다. 이 장면은 영화 광고와 무대 상연, 만화와 (대개는 요릭의 치과 기록 혹은 연필심에 관한) 패러디에 등장하면서 셰익스피어 극에서 가장 중요한 순간 중 하나가 되었다, 그리고 최근에는 2011년 왕립 우표에 (햄릿) 극의 또 다른 중요한 장면인 "죽느냐, 사느냐"라는 왕자의 독백 첫 행 위에 데이비드 테넌트가 요릭의 해골을 들고 있는 사진이 인쇄되었다.

이 이미지는 셰익스피어가 상연되기 이전부터 이미 아이콘이 되었다. 해골은 메멘토 모리memento mori(죽음을 기억하라) 전통의 일부로, 누군가에게 미래의 죽음을 상기시키는 교훈적 목적을 지닌다. "(자신의) 머릿속은 온통 (자신의) 불완전함으로 가득하고, (자신의) 죄가 만발한 가운데서도 관계가 단절된"(1막 5장 76, 79) 나이 든 햄릿 왕과 같이 무심코 악행을 저지르지 말라는 교훈을 이야기한다. 『헨리 4세 2부』에서 창녀 돌 티어시트Doll Tearsheet는 친구인(아마도 그녀의 단골손님) 게으른 뚱보 기사 존 폴스타프 경에게 이렇게 묻는다. "언제쯤 대낮에 싸움을 그만두고, 밤에 찌르기를 그만두며, 천국에 갈 수 있도록 당신의 몸뚱이를 수습할 생각인가요?" 폴스타프는 "망자의 머리를 한 채 말하지 말고, 내 몸이 끝장나는 걸 기억하라고 명령하지 마시오"라고 응수하면서 자신의 살아가는 방식을 바꾸라는 제안을 일축한다(2막 4장 233~237). '망자의 머리Death's head'는 '해골skull' 혹은 메멘토 모리의 대체어이다. 터너가 쓴 『무신론자의 비극The Atheist's Tragedy』(1611)에서는 이것이 세 번 이상 무대에서 연출된다. 즉, 납골당으로 들어가려고 그는 '죽음의 상징으로서의 해골'을 움켜쥔다. 그들은 각자 죽음의 상징인 해골을 베개 삼아 눕는다.

누군가의 성공을 축하하며 그려지는 그의 초상화에는 종종 메멘토 모리를 나타내는 해골이 포함된다. 이것은 그 사람이 성취한 것이 세속적인 것이며, 이것이 언젠가 죽음으로 손상될 것임을 상기시킨다. 현재 런던 국립 초상화 갤러리에 있는 한스 홀바인Hans Holbein the Younger의 〈대사들The Ambassadors〉(1553)은 헨리 8세가 궁전에서 교양 있고 세련된 예복 차림의 대사와 함께 있는 모습을 묘사할 뿐만 아니라 잉글랜드에 정치적 불안을 초래했던 헨리 8세의 이혼을 둘러싼 코드화된 상징들, 즉 과학 기구들[지구본, 해시계, 사분의(각도 및 고도 측정 기계)], 악기(류트), 직물(동양의 카펫), 그리고 펼쳐진 책들(지식, 교육, 종교의 상징)을 묘사한다. 그런데 사람들 앞쪽에 놓인 흐릿한 형체를 비스듬한 각도에서 보면 해골이 나타난다. 마찬가지로 젊은 남녀들의 초상화를 보면 이들은 해골을 들고 있거나 응시하고 있다. 이것은 그들에게 (그리고 우리에게) 거트루드가 말하듯이, "모든 생명은 죽기 마련이며, 자연적으로 영원한 미래로 진행된다"(1막 2장 72~73)는 것을 상기시킨다.

죽음에 관한 극에서 해골을 들고 있는 젊은이는 햄릿이다. 극은 부친의 죽음으로 인해 슬픔을 주체하지 못하는 햄릿의 모습에서 시작한다. 그는 궁정의 공식적인 애도 기간이 끝난 뒤에도 오랫동안 상복을 입고 있다(잉크색 망토를 입은 그의 모습은 무대 위의 다른 사람들과 떨어져 있어 의복 상으로 확연하게 구분된다). 첫 궁정 장면인 1막 2장에서 클로디어스는 햄릿에게 인습적인 메멘토 모리의 지혜를 전한다. "자네 부친도 부친을 잃었어. 그 부친도 자신의 부친을 잃었고." "(자연의) 공통된 주제 가운데 하나는 아버지의 죽음이라네. 첫 시신이 등장했을 때부터 오늘 그가 죽을 때까지 울음은 그친 적이 없지. '이것은 피할 수 없는 일이야'"(1막 2장 89~90, 103~104). 하지만 햄릿은 슬픔을 주체하지 못해 '이것은 피할 수 없는 일'임을, 삶이 100% 죽는다는 것을, 삶이 불가피한 결말을 맞게 된다는 것을 받아들이지 못한다. 그렇게 보면 요릭의 해골을 든 햄릿이 해골이라는 물체를 메멘토 모리의 상징으로 인식하는 5막과의 대조는 주목할 만하다. 그는 해골에 말을 건넨다. "이제 널 내 여인의 침실로 데려가 그녀에게 말하겠어. 언제가 당신의 미래가 될 이 얼굴에 1인치 두께로 분칠을 해달라고. 그러면 그녀는 웃겠지"(5막 1장 188~190). 다시 말해 그녀가 제아무리 화장을 한다 해도 그녀는 죽는다는 사실, 그리고 화장품은 쓸모없다는 사실을 피할 수는 없다.

많은 비평가들(가령 마저리 가버Marjorie Garber와 롤런드 M. 프라이Roland M. Frye)은 극에서 이 순간의 중요성에 주목해왔다. 하지만 엘리자베스 마슬렌Elizabeth Maslen의 비평이 가장 날카롭다. 마슬렌의 지적에 따르면, 요릭은 셰익스피어 (극에서) 전통적인 광대의 기능을 할 뿐만 아니라, 영웅의 도덕적 좌표를 재조정하면서 균형을 잡는 기능을 한다. 하지만 이 같은 슬픔과 애도의 극에서는 죽은 광대만이 광대의 기능을 할 수 있다.[1]

현대 공연에서 요릭의 해골은 커다란 관심을 끄는 무대 소품은 아니었다. 2008년에 왕립 셰익스피어 극단이 그레그 도란Greg Doran 감독하에 진짜 해골을 사용할 때까지는 말이다. 40세에 암으로 죽은 피아니스트 앙드레 차이코프스키André Tchaikowsky가 1982년 왕립 셰익스피어 극단에 자신의 해골을 유증했다. 이 해골은 로저 리스Roger Rees가 1984년 햄릿 역을 했을 당시 그와 함께 사진 촬영용으로 사용되었고, 마크 라이런스Mark Rylance가 1989년 햄릿 역을 했을 때 리허설에서 사용되었지만 2008년 여름 도란의 공연에서 데이비드 테넌트와 함께 무대에 오를 때까지는 대중 공연에 등장하지 않았다. 이 유별난 무대 소품은 신문과 텔레비전과 뉴스에서 언론의 주목을 받게 되면서 오히려 관객의 정신을 산만하게 하는 것으로 여겨졌다. 결국 런던 공연에서 해골을 사용하지 않게 되었다(사용만 되지 않았다는 말이다. 극단은 스트랫퍼드와 런던에서 이루어진 연속 공연에서 계속 해골을 들고 다녔다). 그럼에도 연극 속 환영의 역할에 관한 질문들이 제기되었다. 클레어 반 캄펀Claire van Kampen은 진짜 해골을 사용하는 것은 진짜 피를 사용하는 것만큼 부적절하다는 점에 주목했다.[2]

엘리자베스 1세 시대 극장은 진짜 피를 사용했다(사람 피가 아닌 근처 도축장에서 구한 방광에서 나오는 동물 피를). 진짜 해골도 사용했는가? 해골은 종종 무대 소품으로 사용된다. 데커와 미들턴의『정직한 창녀The Honest Whore』(1604)에서는 한 하인이 '해골, 그림, 책, 그리고 작은 초가 놓인 식탁을 차린다'. 웹스터의『하얀 악마』(1612)에서 유령은 해골이 담긴 백합꽃 항아리를 들고 있다. 미들턴의『복수자의 비극』(1607)은 잘못되고 확대 해석된 변종을 보여준다. 9년 동안 사랑하는 이의 해골을 간직해왔던 영웅이 이제 그것을 인형의 머리 위에 놓고, 그것에 옷을 입히며, 그녀의 호색한 살해자에게 복수를 실행하고자 독성을 지닌 립스틱을 바른다. 1598년 필립 헨즐로는 제독 극단의 일원으로 무대 소품 목록 작성을 맡았는데, 여기에는 해골이 전혀 포함되지 않았다. 이것은 놀라운 일이 아니다. 무대연출에 사용된 모든 해골의 견본들이 1610년대 초반 10년 동안에 집중되어 있었던 것으로 짐작하건데 이것은 일시적 유행이었던 것으로 보인다.

1602년 무렵 헨리 체틀은 『호프먼의 비극』을 썼다. 1장에서 호프먼은 부당하게 교수형을 당한 부친의 시신을 미리 빼냈다는 점을 밝힌다. 그는 청중에게 수년 동안 숨겨왔던 이 유골skeleton을 보여준다. 이 장의 끝부분에서 그는 부친의 죽음에 관여한 자의 아들인 왕자를 가까스로 살해하게 된다(그렇게 해서 햄릿이 다섯 장에 걸쳐 했던 복수를 단 한 장에서 달성한다). 호프먼은 ─ 리처드 서그Richard Sugg의 뼈딱한 소견을 덧붙이자면 "아마도 상당한 노력을 기울여서"[3] ─ 새 시체의 뼈까지 낱낱이 전시하며 "흠결없는 해부"와 "적나라한 죽음의 이미지"를 보여준다(1먹 3장 10, 16).

이제 이 연극은 2개의 유골을 보여준다. 무대에서 (둘은 말할 것도 없고) 하나의 유골을 보여주는 것은 해골 하나를 연출하는 것과는 차원이 다르다. 누구든 『호프먼』이 『햄릿』보다 앞서는지 혹은 그것에 대한 대응으로 써진 것인지를 몹시 알고 싶어 할 것이다. 이 두 복수 비극 사이에는 접점이 있으며, 비평가들은 『호프먼』이 『햄릿』과 경쟁하고 이를 능가하는 것 같은 방식에 종종 주목해왔다. 2010년 극을 연출했던 엘리자베스 더턴Elisabeth Dutton은 "햄릿은 해골을 가졌을지 몰라도, 호프먼은 온전한 유골을 가졌다"[4]고 말했다. 상호 텍스트의 순간 중 하나는 무대 소품과 관련이 있다. 이 극을 공연한 극단의 소유주였던 헨즐로는 장부에 유골을 구입하는 데 돈을 지출했다는 기록을 남기지는 않았다. 하지만 그의 일기가 중단된 시기는 1602년 말, 즉 『호프먼』이 공연된 시점과 일치하기 때문에 그의 침묵이 결정적이라고 할 수는 없다.

엘리자베스 1세 시대 런던에서 생명이 경시되었다는 사실, 갑작스레 대규모로 발생한 전염병으로 많은 사람들이 죽었다는 사실, 대규모 무덤에서 매장이 서둘러 진행되었다는 사실, 무덤들이 재활용되었다는 사실을 모두 고려해보면, 진짜 해골은 익숙한 물건이었고, 재활용되거나 남용될 수 있는 물건이었다. 초상화들 속에 등장하는 해골도 결국 어디선가 가져온 것이다. 어쩌면 연극에서 사용된 해골들과 같은 곳에서 왔을 수도 있다. (요릭의 경우처럼) 진짜 해골을 얻는 것은 진짜 유골을 얻는 것보다 덜 힘들 것 같다. 그러나 납골당에는 해골이 아니라 유골 전체가 보관되었기 때문에, 이것을 훔치는 것은 해골 하나를 훔치는 것만큼 쉽지 않았을까? '이발사들과 의사들의 단체The Company of Barbers and Surgeons'의 기록을 보면 종종 가짜 유골이 제시되었다는 점이 언급되어 있다. 만약 해부 연구용 소품으로 유골이 만들어질 수 있다면, 분명 그것은 무대 용도로도 만들어질 수 있을 것이다.

셰익스피어 극들은 무대 소품에 과도하게 의존하지는 않는다. 여기에는 타당한 실질적인 이유들이 있을 것이다. 무대 소품들을 요구하는 연극들(『실수연발』에서 더컷 금화 가방, 밧줄의 끝 부분, 금 사슬은 중요한 소품이다)은 무대 뒤편에서 완벽한 준비가 이루어져야 한다. 『오셀로』에서 손수건이 없다면 비극도 극도 없다(1960년대 극작가 조 오턴Joe Orton은 무대 조감독 시절의 초기작이 작가로 성장하는 데 도움을 주었다고 말했다. 전화로 온갖 일을 처리하면서 글을 쓰면 안 된다는 것을 배웠기 때문이다).

무대 소품에 가장 많이 의지하는 장르는 로맨스다. 셰익스피어가 자기 생애의 후반기에 썼던 유형인 로맨스는 전통적으로 헤어졌던 가족들이 식별 가능한 물건, 종종 버려진 아이와 함께 남겨진 보석을 통해 재회하는 것에 의존한다. 『겨울 이야기』에서 퍼디타란 아이가 "허마이오니 여왕의 망토와 목에 걸린 보석"과 함께(5막 2장 32~33) 바구니에 담겨져 버려진다. 그러나 셰익스피어는 오로지 무대 소품에만 의존해 가족이 재회하는 이야기를 쓰지는 않는다. 『겨울 이야기』에서는 제3의 신사가 재회를 서술한다. 『십이야』에서 쌍둥이는 무대 소품이 아닌 아버지에 관한 기억과 자신이 알고 있는 상대방의 신체적 특징을 통해 서로를 알아본다. 『페리클레스』에서 페리클레스가 마리나Marina를 자신의 딸로 식별하게끔 만드는 것은 그녀의 고통의 내러티브다["난 네가 전하는 것의 음절 마디로 네가 내 딸임을 믿을 것이다"(21장 155~156)]. 『템페스트』에서 형제들 간의 화해는, 프로스페로의 육신에 기반을 두고 있다. 끝 부분에서 알론소가 프로스페로한테 포옹을 당할 때("난 너의 몸을 껴안겠어"), 그는 몸이 다른 "마법에 걸린 하찮은 것"이 아니라 진짜임을 안다. "그대의 맥박이 피붙이처럼 뛰기 때문에"(5막 1장 111, 114~116) 말이다.

마이클 프레인Michael Frayn이 쓴 무대 상연용 로맨스의 패러디는 무대 소품 사용 시 빠질 수 있는 덫을 예증한다. 프레인은 『실수에는 실수로Error for Error』라는 극을 상상하는데, 이 극에서 공작의 아들은 태어나자마자 다른 사람에게 납치되어 오랜 시간 아버지와 만나지 못하다가 마침내 목걸이를 통해 자신의 혈통을 입증하려 한다. 그런데 아버지에게 목걸이를 던질 때 공작이 이것을 떨어뜨리고, 결국 배우들은 애드립을 하게 된다.

공작: 맙소사. 내가 그걸 떨어뜨린 것 같은데!
퍼디난드: 아버지, 노쇠한 몸을 숙이시고 빨리 목걸이를 다시 집어 드세요.
공작: 그 물건을 못 찾을 수도 있으니 내 몸을 좀 굽혀다오. 이런, 너는 달라붙은 수염만 만지작거리고 있구나. 찾을 가망이 없나? 이 골판지용 나무들의 미로 같은 숲 속 어디론가 굴러간 것이 아닌지 걱정이구나.

퍼디난드: 상식적으로 생각할 때 눈길 한 번만 주셔도 깨달을 수 있지 않나

요? 아버지 앞에 오랜 시간 잃었던 아들이 서 있다는 사실을요.

공작: 네 입장만 생각하는구나. 나는 지금 "목걸이야, 여기로 오거라. 내가

네 고통에 입 맞추고 네 신실함을 음미할 수 있게 해다오"라는 내 명대

사를 못하게 될까 봐 걱정인데. 빌어먹을 목걸이가 안 보이네. 자, 이

숲을 떠나서 저쪽 끝부터 뒤져보자.

퍼디난드: 오랜만에 만난 아들을 이런 식으로 맞이하시는 건가요?

공작: 그래! 오랜만에 만난 아들을 이런 식으로 맞이하고 있다! 오랜만에

만난 아들이 뭐 이렇단 말이냐? 내 늙은 몸이 닿지 않을 곳에다 무대

소품을 내던지고 아버지의 긴 대사를 가로막다니. 널 다시 볼 생각이

없구나. 네가 무대 소품을 막 던지지 않고 제대로 건네는 기술을 배우

기 전까지는 말이다.

프레인의 패러디는 로맨스적 소품을 사용하는 전통을 확립한 셰익스
피어의 극들이 정작 소품을 사용하지 못하는 상황을 우연히 드러낸다.[5]

셰익스피어 극들이 필요할 때 사용하는 무대 소품들에 주목할 필요가
있다. 예를 들면, 『리처드 2세』에서 거울은 아마도 시대착오적이며(유리
거울은 리처드 2세 시기에 잉글랜드에서는 흔치 않았다), 셰익스피어 자료에
서는 찾아볼 수가 없다. 그러므로 그것은 매우 상징적인 아이템이다. (곧
전前 리처드 왕이 될 운명인) 리처드 왕은 거울에 비친 자신의 모습이 자신
의 고통을 잘 반영하지 못하자 생각에 잠긴다. 이 장면의 언어는 리처드
가 극적으로 무대에서 거울을 산산조각 내는 것을 상기시킨다. "거기 있
군. 수백 개의 파편으로 금이 간 채"(4막 1장 279). 비록 이렇게 하는 것이
연극에서는 비용이 드는 제스처라 할지라도 말이다. 『오셀로』에서 데스

데모나에서 에밀리아로, 다시 이아고로, 카시오에게로 넘겨지는 손수건은 그 나름의 생명을 지니기 시작한다. 그것은 "신호일 뿐 아니라, 극의 액션 속에서 연기자이다".[6]

무대 소품들은 단순한 유형재산이 아니다. 이것은 과거의 이야기를 지닌다. 요릭의 해골은 광대의 활동들에 관한 일화를 촉발시키고, 오셀로의 손수건의 출처에 관해서는 두 개의 상충되는 이야기가 있으며,『실수연발』에 사용된 금줄에 대해서는 관객들이 극 시작 전에 이를 의뢰하는 것에 관한 이야기를 듣게 된다. 무대 소품들은 감정과 기억을 촉발시키는 매개물로서 기능한다(우리는 인물들 못지않게 이런 것들의 움직임에 많은 관심을 갖게 된다). 무대 소품들은 상징체이다(제임스 1세 시대 연극에서 모든 해골들은 전통적으로 메멘토 모리의 기능을 한다). 이것들은 다른 무대 영화와 매한가지로 읽히고 해석되어야만 한다. 그리고 구체적인 모습으로 허구 세계와 실제 세계 사이의 경계를 결정한다(의상 역시 그렇다). 요릭의 해골은 구체적으로 무대 위에 존재함으로써 살아 있는 배우의 신체처럼 현존한다. 이런 의미에서 요릭의 해골은 다른 무대 소품들처럼 '실재하는' 것이다.

엘리자베스 1세는
셰익스피어의 연극을 즐겼다?

두 가지 사례가 있다. 그중 첫 번째. 『로미오와 줄리엣』이 상연 중인 커튼 극장에서 공연물 감독관이 배우들 가운데 여성이 끼어 있음을 드러내고 제지하려는 찰나, 신랄하지만 지혜로운 엘리자베스 1세가 나타나 그를 막는다. 여왕은 이 사태를 다음과 같이 처리한다. 그녀는 셰익스피어를 그리니치로 초치招致한다. 그러나 그의 연인은 남편에게 돌아가서 함께 신세계로 떠나야 한다. 두 번째. 18세기 말에 발견되어 출간된 편지에서 여왕은 셰익스피어를 칭찬한다. "친애하는 윌리엄 씨, 귀하의 아름다운 시를 잘 받았습니다. …… 그리고 그 뛰어남에 찬사를 보냅니다."[1]

여왕과 극작가의 조우를 그린 위의 두 사례는 모두 허구이다. 첫 번째 것은 존 매든의 영화 〈셰익스피어 인 러브〉(1998)로 여기에서 엘리자베스 1세 역의 주디 덴치Judi Dench는 아카데미 여우조연상을 받았다. 두 번째 는 18세기의 유명한 위조꾼인 윌리엄 헨리 아일랜드William Henry Ireland가 만 든 가짜 편지이다. 그는 신원이 확실치 않은 'H 씨'라는 사람의 서재에서 한 다발의 서류를 발견했다고 주장했는데 이 편지는 그중의 하나라는 것 이다. 200년이라는 긴 세월을 사이에 둔 이 두 허구의 존재를 보며 우리 는 엘리자베스 1세가 셰익스피어의 열렬한 애호가였다는 신화가 얼마나 끈질긴 생명력을 가지고 있는지 실감하게 된다. 이 허구들은 또한 이러 한 신화를 주장할 때 사용되는 전략의 주요 사례가 되기도 한다. 실제로 이러한 전략은 다른 신화들의 경우에도 왕왕 발견되는데 그것은 바로 증 거가 없으면 만들어낸다는 것이다. 첫 번째는 로맨틱 코미디 장르의 영 화이고, 두 번째는 아일랜드가 만들어낸 학문적 날조물이다.

18세기 초에 출간된 셰익스피어의 첫 전기에는 『윈저의 즐거운 아낙 네들』이 엘리자베스 1세로부터 주문을 받은 연극이라는 말이 나오며, 이 후 이것은 정설로 받아들여졌다. 즉, 여왕은 연극 『헨리 4세』의 뚱보 스 타인 폴스타프를 되살려 '사랑에 빠지게' 하는 연극을 원했고, 그것이 바 로 『윈저의 즐거운 아낙네들』이라는 것이다. 1709년, 니컬러스 로는 엘 리자베스 1세가 "그(셰익스피어)에게 여러 방식으로 총애를 표현했다"고 했지만 구체적인 증거는 하나도 제시하지 않았다.[2] 여왕이 평판이 나쁜 대중 극장을 방문하는 것은 불가능했겠지만 극단을 궁으로 불러올 수는 있었다. 셰익스피어의 극단인 체임벌린 극단은 매해 크리스마스 시즌마 다 궁전에서 공연했다. 물론 구체적인 공연 작품에 대한 기록은 남아 있 지 않지만 셰익스피어는 극단의 전속 극작가였으므로 그의 작품들 역시 상당수가 공연되었을 것이다. 1598년에 인쇄된 『사랑의 헛수고』의 표지 에는 "지난 크리스마스에 여왕 전하 어전에서 공연된 대로"라는 말이 적혀 있다. 1602년, '존 폴스타프 경과 윈저의 즐거운 아낙네들'이란 제목으로 출간된『윈저의 즐거운 아낙네들』초판에도 "여왕 전하 어전과 다른 곳에서 여러 번 공연된"이란 말이 들어가 있다. 많은 비평가들이 지적해 왔듯, 당시 왕들은 일종의 무대에 선 것처럼 모든 사람들의 주목을 받았으며 엘리자베스 1세 역시 다음의 언급에서 보이는 대로 군주의 권력에 대해 매우 연극적인 관념을 가지고 있었다. "내 말하노니, 우리 군주들은 무대에 올라 세상 모든 사람들로부터 면밀히 관찰된다. 뭇사람의 눈이 우리의 행동을 지켜본다."[3]

벤 존슨이나 에드먼드 스펜서와 같은 동시대인들과는 달리 셰익스피어는 엘리자베스를 작품 속에서 직접적으로 묘사하지 않았다. 그는 존슨과 데커가『모두 기분 언짢아』와『늙은 포르투나투스Old Fortunatus』의 에필로그에서 했듯이 엘리자베스에게 직접적으로 말을 걸지도 않았다. 엘리자베스와 조금이라도 관련이 있는 작품은『한여름 밤의 꿈』밖에 없다. 이 연극에서 오베론은 이렇게 말한다. "돌고래 위에 앉은 인어가 너무도 감미롭고 조화로운 숨결을 내뿜어서 거친 바다도 그녀의 노래 소리에 잠잠해졌다"(2막 1장 150~152). 이 구절은 1575년 레스터 백작이 엘리자베스를 위해 케닐워스Kenilworth 성에서 개최했던 사치스러운 축제와 연결될 수 있다. 30킬로미터 밖에서도 볼 수 있었던 불꽃놀이와 포 사격 등이 포함된 이 대단히 스펙터클한 자리에는 근처 마을인 스트랫퍼드 주민들이 참가했을 가능성이 있고, 그중에는 11세의 셰익스피어가 끼어 있었을지도 모른다.[4] 오베론은 '아름다운 베스타 여신의 신녀', 혹은 "처녀 왕······ 순결한 명상 속에서"라고 말하는데(2막 1장 158~164) 이것은 처녀 왕 엘리자베스를 의미할 수도 있다. 이 연극에는 다른 암시도 있다. 요정 여왕 티타니아는 동시대 작품인 에드먼드 스펜서의 유명한 서사시『페어리 퀸』

을 연상시키는데 여기서 스펜서는 엘리자베스를 '페어리 퀸'이라 부른다. 2010년 킹스턴 어폰 템스Kinston upon Thames에 있는 로즈 극장에서 피터 홀 연출로 상연된 『한여름 밤의 꿈』은 요정 여왕 티타니아와 엘리자베스의 연관성을 시각적으로 드러낸다. 여기서 티타니아 역을 맡았던 주디 덴치는 〈셰익스피어 인 러브〉에서 가발을 쓰고 위엄 있는 모습을 보여주었는데 그것은 보석으로 치장한 엘리자베스의 초상화를 연상시켰다. 이처럼 둘의 연관성은 시각적으로 뚜렷이 드러났지만 극의 내용은 그러한 시각적 효과를 반감시킨다. 왜냐하면 티타니아는 남편 오베론과 다툰 결과 사랑의 묘약을 마시고 하층 계급인, 게다가 얼굴이 당나귀로 변한 보텀에게 반해 함께 침실로 가기 때문이다. 침실 안에서 무슨 일이 일어났는지는 알 수 없다. 그러나 나중에 보텀이 "내가 무엇이 되었는지, 그리고 내가 어떻게 되었는지"라는 말로 즐겁게 암시한 바에 의하면 단순히 서로 귀만 만지고 끝난 것 같지는 않다. 만일 이것이 비유적인 엘리자베스의 초상이라면 그것은 별로 멋진 초상이 아니다. 그러나 피터 홀의 연출에 의하면 티타니아는 당나귀로 변한 보텀의 긴 코에 정숙한 키스를 할 뿐이며 이로써 주디 덴치 혹은 엘리자베스의 품위는 유지되었다.

셰익스피어는 『헨리 5세』에서 다시 한 번 '인자하신 여왕 폐하'에 대해 언급한다. 여기서 그는 헨리 5세 치하의 역사적 사실인 아쟁쿠르 전투의 승리를 이 희곡 집필 당시에 일어난 사건인 에식스 백작의 아일랜드 반란 진압 출정에 등치시켰다.* 이것은 "셰익스피어 작품 전체를 통틀어 연극

---

* 1599년 엘리자베스 1세의 총신인 에식스 백작은 아일랜드의 반란을 진압하러 출정한다. 그러나 '9년 전쟁'이라는 명칭에서 유추할 수 있듯 에식스는 그의 장담과 달리 빠르게 승리를 거두지 못했다. 『헨리 5세』는 1599년에 집필되었는데 이 작품에서 셰익스피어는 에식스 백작의 승리를 믿어 의심치 않는다. _옮긴이

외부의 당대 사건이 명백하게 언급된 유일한 경우이다".[5] 그런데 의미심장한 것은 연극에서 이상화된 왕이 엘리자베스 1세가 아니라 그녀의 장군인 에식스와 등치되었다는 점이다. 셰익스피어와 엘리자베스 사이의 완벽하지 않은 조화는 셰익스피어의 다른 작품에도 나타난다. 예를 들어 허약한 왕인 리처드 2세가 사촌인 헨리 불링브룩에 의해 폐위되는 사건을 다룬『리처드 2세』는 엘리자베스 치하 말기의 정치적 긴장 속에서 커다란 시사성을 띤다. 실제로 존 헤이워드라는 작가는 산문으로 된 헨리 4세의 역사를 에식스 백작에게 헌정한 것 때문에 감옥에 갇힌다. 백작이 엘리자베스에 대한 도전자로 여겨졌기 때문이다. 1601년, 엘리자베스 1세는 골동품상 윌리엄 램버드와 이야기하던 도중 스스로를 리처드 2세에 비유했다고 전해진다. 또한 에식스 백작의 지지자들은 거사 전날 밤 극단을 초대해 연극을 공연하게 했는데 이때 상연된 연극이 바로『리처드 2세』이다.• 그러나 그것이 셰익스피어의 작품이었는지는 확실하지 않다. 체임벌린 극단의 단원들은 추밀원에 출두해 어째서 이처럼 정치적으로 민감한 작품을 하필이면 그날 저녁에 공연했는지 해명해야만 했다(극단의 대변인인 어거스틴 필립스는 무죄를 주장했다. 단순히 돈을 넉넉히 받고 '오래된 연극'을 공연한 것뿐이라는 것이다[6]).

셰익스피어 작품에서 묘사된 엘리자베스 1세를 보건대 여왕이 셰익스피어를 특별히 총애했던 것 같지는 않다. 1603년, 여왕 서거 때 그가 보여준 반응 또한 의미심장하다. 죽은 여왕과 새로 등극한 왕에 대한 시의 홍수 속에 셰익스피어 작품은 보이지 않는다. 1603년에 집필된「영국의

• 에식스 백작은 아일랜드의 반란을 제대로 진압하지 못한 책임으로 가택 연금을 당했으며, 1601년에 쿠데타를 기도했다가 실패하고 반역죄로 처형된다. _ 옮긴이

상복England's Mourning Garment」라는 애가에서 헨리 체틀은 셰익스피어를 멜리서트Melicert라는 인물에 빗대 "디저트의 은총을 내려주신 여왕을 애도하지 않는다"고 비난한다. 이 비난은 뒤집어 생각하면 셰익스피어에 대한 엘리자베스 1세의 '은총'이 감질나는 것이었음을 의미한다. 이것은 이들 두 사람의 관계에 대한 니컬러스 로의 가정과도 일맥상통한다.

셰익스피어의 작품 중 엘리자베스 1세에 대한 묘사가 가장 많은 작품은 여왕 서거 한참 후에 집필된 것이다. 17세기 초에 이르러 헨리 8세 치세의 사건들을 다룬 새뮤얼 롤리의 시대극 『나를 보면 내가 누군지 알 것이다When You See Me You Know Me』와 엘리자베스 1세의 생애에 관한 토머스 헤이우드의 대중극 『나를 모르면 아무도 알 수 없을 것이다If You Not Know Me You Know Nobody』 등이 인기리에 상연되었는데 이것은 제임스 1세 시대에 생겨난 엘리자베스 1세의 황금시대에 대한 노스탤지어의 한 형태이다. 셰익스피어 역시 예외가 아니었다. 그는 존 플레처와 공동 저작으로 『헨리 8세 혹은 모든 것이 진실이다Henry VIII or All is True』를 썼다. 화려한 축제와 같은 이 연극의 피날레는 어린 엘리자베스의 세례식이다. 여기서 크랜머Cranmer 대주교는 '이 왕녀'는 '처녀 불사조'로서 "이 땅 위에 사는 수천만의 축복을 약속하며 그 약속은 머지않아 실현될 것"이라고 예언한다. 현 군주이자 극단의 보호자인(당시 셰익스피어의 극단은 왕실King's Men 극단이라 불렸다) 제임스 1세를 만족시키기 위해 셰익스피어는 크랜머가 하는 연설의 절정에 엘리자베스의 후계자인 제임스 1세에 대한 다음과 같은 찬사를 배치한다. "하늘의 밝은 태양이 빛나는 모든 곳에 그의 명예와 위대함이 빛나리, 새 나라를 만들어가리"(5막 4장 17~52).

실제로 극단에 대한 제임스 1세의 직접적인 후원과 함께 셰익스피어와 군주의 관계는 새 국면에 접어든다. 제임스 1세 시대 초기에 집필되었던

『맥베스』와 『리어 왕』 같은 작품들은 제임스 1세의 관심사와 직접적인 관련이 있다. 제임스 1세는 작품을 출판한 문필가였다. 그는 소네트 등의 시, 마법, 정치철학, 그리고 최근 유행하기 시작한 수입 담배에 관한 소논문을 썼다. 셰익스피어는 왕실 극단으로 이름이 바뀐 자신의 극단에서 상연할 연극 속에 이러한 왕의 관심사를 매우 주의 깊게 반영했다. 예를 들어 『자에는 자로』에서 공작은 도시 군중이 싫어서 시골로 은퇴하는데 이것은 시에 나타난 왕의 소심한 성격과 일맥상통한다. 『오셀로』에서 셰익스피어는 오셀로 장군과 그의 신부를 사이프러스 섬으로 보내는데 그곳은 바로 오스만 터키 제국과 가톨릭 국가 연합군 사이에 레판토 해전이 벌어졌던 곳으로 제임스 1세는 이에 대해 긴 시를 썼다. 제임스 1세는 원래 스코틀랜드 왕이었다. 그러므로 스코틀랜드 역사를 소재로 한 희곡을 쓰는 것은 시의적절했다. 문제는 영국 연극 관객들이었다. 그들은 반反스코틀랜드 경향이 강했다. 고심 끝에 셰익스피어가 찾아낸 소재는 『맥베스』였다. 그는 스코틀랜드 역사의 한 에피소드를 잘 가공해 국왕과 영국 관객들 모두가 받아들일 수 있는 이야기로 만들었다. 그는 연극에 마녀들을 도입했는데 이것은 제임스 1세가 마녀 주제를 매우 좋아했기 때문이었다. 또한 제임스 1세의 조상인 뱅코우를 좋은 사람으로 만들어 야심 많은 맥베스와 대조시킴으로써 극의 도덕적 균형을 잡았는데 실제 역사에서는 뱅코우 역시 맥베스와 한통속인 악인이었다. 『리어 왕』에서는 '왕국의 분할'이 문제가 되는데 잉글랜드와 스코틀랜드를 통합하려고 노력한 제임스 1세의 노력과 대비되어 이 분할은 일종의 반면교사 역할을 한다. 『안토니우스와 클레오파트라』에서 중요하게 다루어지는 여성 군주의 무덤 문제는 어쩌면 제임스 1세의 모후인 스코틀랜드 여왕 메리와 엘리자베스 1세의 기념물을 웨스트민스터 사원에 함께 설치한 제임스 1

세의 치적과 관련이 있는지도 모른다.

극작가 셰익스피어가 후원자인 왕에게 큰 관심을 보인 것과 마찬가지로 제임스 1세 역시 엘리자베스 1세보다 훨씬 더 연극에 관심이 많았던 것 같다. 물론 그는 연극 장르 중에서 단막극만을 좋아했다고 한다. 하지만 그럼에도 그의 치세에 오페라를 닮은 알레고리극인 가면극이 궁중에서 성행하는 등 연극에 대한 그의 관심은 의심의 여지가 없다. 그렇다면 왜 제임스 1세가 셰익스피어의 연극을 좋아했다는 신화는 없는 것일까? 그 이유는 간단하다. 제임스 1세는 엘리자베스 1세처럼 신화적인 왕이 아니었기 때문이다. 엘리자베스 1세의 치세는 애국적인 처녀 여왕의 황금시대라는 신화적인 후광에 싸여 있다. 이에 반해 제임스 1세의 궁정은 왕과 남성 총신들 사이의 부적절한 관계를 비롯한 성적·정치적 추문으로 가득 찬 단정치 못한 이미지로 얼룩져 있다. 그러므로 저돌적인 남성 극작가와 열정적인 처녀 여왕 사이의 로맨스라는 설정은 훨씬 더 매력적인 신화감이다. 이 때문에 셰익스피어는 제임스 1세 치하에서 작가 경력의 절반을 보냈지만 항상 엘리자베스 1세 시대의 사람으로 간주된다. 셰익스피어 역시 스페인의 무적함대가 다가오는데도 태연히 크리켓 게임을 했던 드레이크Francis Drake*나 진흙탕 위에 값비싼 외투를 깔았던 월터 롤리**와 마찬가지로 엘리자베스 시대의 신화의 일부분인 것이다. 벤 존슨은 셰익스피어에 대한 만가輓歌에서 "에이번의 감미로운 백조여! 그대가

---

* 영국의 해적 출신 해군 제독으로 1588년 영국을 침공한 스페인의 무적함대를 격파했다. 이와 관련해 드레이크가 전투 전에 플리머스에서 크리켓 시합을 하고 있었는데 무적함대가 다가온다는 전갈을 받자 '시합 마치고 나가도 이길 수 있다'고 말했다는 일화가 전해진다. _ 옮긴이
** 영국의 시인, 해적, 탐험가. 엘리자베스 1세의 신발을 더럽히지 않으려고 진흙탕 위에 자기 외투를 깔았다는 일화가 전해진다. _ 옮긴이

우리 강물에 나타난 건 얼마나 대단한 광경인가. 또한 엘리자와 우리 제임스와 마찬가지로 템스 강 둑 위로 날아갔으니 그 역시 대단한 광경이네"라고 썼다.* 그러나 이러한 언급이 있었음에도 아무도 셰익스피어와 제임스 1세의 관계에 대한 영화를 만들거나 그들 사이에 오고 간 서신을 위조하지 않았다.

그러나 영화감독 존 매든이나 편지를 위조한 윌리엄 헨리 아일랜드와 마찬가지로 우리는 아직도 셰익스피어와 엘리자베스의 밀접한 관계를 알려줄 새로운 증거가 나오기를 기대하고 있다. 2007년에 조녀선 베이트와 에릭 라스무센이 편집한 왕립 셰익스피어 극단의 『작품 모음집』에는 1599년에 궁정에서 공연된 제목 미상 연극의 에필로그인 「여왕에게, 당신의 배우들로부터」라는 시가 처음으로 실렸다. 18행으로 된 이 시는 다음과 같은 말로 시작한다. "시계 바늘이 예전과 같은 시간을 가리키듯이." 그리고 이어서 '강력한 여왕'에게 이렇게 기원한다. "당신의 어전 회의에 참석한 의원들의 자식들이 엄숙하고 늙어 보일 때까지, 그들의 아버지들의 여왕이여 영원하라." 베이트는 이것이 셰익스피어 작품인 것이 '절대적으로 확실'하다고 했다. 또한 "당신 집 다락에 셰익스피어의 잃어버린 원고가 있을지도?"라는 제목의 신문기사에서 '매우 멋진 궁전 공연 에필로그'인 이 시에는 "원숙기 셰익스피어의 특징인 자신감이 엿보인다"[7]고 썼다. 물론 셰익스피어는 『한여름 밤의 꿈』에서 이 시에서 사용된 장단격trochaic meter을 사용했다. 그러나 '시계 바늘'로 시작하는 이 시가 셰익스피어의 작품이라는 증거는 절대로 '절대적으로 확실'하지 않다. 헬렌

---

* 1623년에 출판된 셰익스피어의 첫 2절판 작품집에 수록된 벤 존슨의 서시(序詩) "To the Memory of My Beloved the Author, Mr. William Shakespeare and What He Hath Left Us"의 일부분. _ 옮긴이

해킷Helen Hackett을 비롯한 학자들은 이것이 셰익스피어의 작품이라는 주장에 대해 회의적이다(해킷은 차라리 토머스 데커의 작품일 확률이 높다고 주장했다[8]). 이처럼 셰익스피어와 여왕 사이의 확실한 연결 고리에 대한 욕망은 앞으로도 사라지지 않을 것이다.

셰익스피어의 작중인물들은
실제 인물과 같다?

전통적으로 예술 작품의 성공 여부를 가늠하는 잣대는 실물과의 유사성이었다. 플리니우스Plinius는 기원전 5세기에 제욱시스Zeuxis와 파라시우스Parrhasius 사이의 그림 대결에 대해 다음과 같이 묘사했다. 제욱시스가 자기 그림을 가린 휘장을 젖히자 포도 그림이 나왔다. 그런데 그 포도가 어찌나 생생했는지 새가 와서 쪼아 먹으려 했다. 제욱시스는 파라시우스에게 그림을 가린 휘장을 벗기라고 했다. 그런데 알고 보니 그 휘장이 바로 파라시우스의 그림이었다.•

• 제욱시스와 파라시우스는 모두 그리스의 화가들이다. 이것은 대(大) 플리니우스(Gaius Plinius Secundus Major, A.D. 23~79)의 『박물지(Naturalis Historia)』에 수록된 이야기이다. _옮긴이

문학에도 이와 비슷한 이야기가 있다. 16세기에 토머스 무어 경의 『유토피아Utopia』가 출판되었을 때 한 신부가 주교에게 자신을 유토피아로 보내달라고 요청했다고 한다(유토피아란 이 책에 나오는 섬 이름으로 그리스어로 '어디에도 없는 장소'라는 뜻이다. 그러나 이 책에는 모어, 피터 가일스처럼 실존 인물과 동일한 이름을 가진 인물들이 등장한다. 따라서 그들은 실존 인물일지도 모른다. 그중 한 사람이 유토피아에 다녀온 경험을 이야기한다). 발자크Honoré de Balzac는 임종 전 병상에서 자신이 만든 허구적 인물 비앙송Bianchon 의사를 불러달라고 한다. 프로이트는 사례 연구를 할 만한 충분한 환자 자료가 쌓이기 전까지 셰익스피어, 그리스 비극 등과 같은 사실적 연극에 나오는 인물들을 분석했다. 가면을 쓰고 코러스가 있는 그리스 비극을 '사실적'이라고 부르는 것은 일견 이상해보일 수도 있다. 하지만 여기서 프로이트가 주목한 것은 연극의 '감정적' 사실주의이다.

'실제 같은'과 '사실적인'이란 말은 항상 칭찬을 의미했다. 즉, 연극이 제대로 만들어졌는지를 판정하는 기준이었던 것이다.[1] 그러나 16세기 연극에서의 '실제 같음'은 21세기의 '실제 같음'과 동일하지 않다. 1950년대 크리스마스에 방송된 영국 여왕의 크리스마스 인사는 당시 시청자들에게는 분명히 실제 같았을 테지만 2012년의 시청자에게는 매우 딱딱하게 느껴질 뿐, 전혀 자연스럽지 않다. 에드워드 펙터Edward Pechter가 지적한 것처럼 르네상스 연극에서 '실제 같음'이 무엇이냐는 질문은 수단과 결과를 혼동하는 것이다. 우리가 "만일 17세기 말로 돌아가 런던의 로열 극장에 가서 배우 토머스 베터턴의 대사를 듣는다면 그것은 마치 노래하는 것처럼 들릴 것이다. 그러나 '다른 주파수에 맞춰져 있었던' 당시의 관객에게는 그의 연기가 실제 그 자체 같았을 것이다".[2] 그러므로 이 신화에 대해 따져보는 것은 상당히 까다로운 일이다. 왜냐하면 여기에는 실제 같음 ·

사실적이라는 개념이 개입되는데 이 개념은 매우 가변적이었기 때문이다. 그러므로 우리는 이 신화를 작중인물과 실제 인물 두 가지로 나누어 따로따로 처리하고자 한다.

먼저 작중인물부터 살펴보자. 기원전 4세기 말에 그리스 문필가 테오프라스투스Theophrastus는 30가지의 인간 성격을 스케치해 모은 책을 썼다(『성격론Characters』). 이 책은 1592년에야 비로소 (라틴어로) 번역되었지만 이 책의 형식 자체는 후세에 상당한 영향을 미쳤다. 영국에서는 토머스 윌슨Thomas Wilson이 『수사학Art of Rhetoric』(1553)이란 책 속에서 묘사descriptio를 예시하기 위해 짧은 인간 성격 스케치를 포함시켰다. 토머스 오버베리 경은 『성격론Characters』이란 책을 썼는데 이것은 1614년에 초판이 발간되었으며(인기가 많아서 그해에만 5쇄가 인쇄되었다), 1615년과 1616년에 재판과 삼판이 연이어 나왔고, 1618년, 1622년, 1626년, 1627년, 1628년, 1639년에도 새로운 판이 발간되었다. 물론 이 책이 큰 인기를 모은 데에는 1613년, 세상을 떠들썩하게 했던 그의 죽음(런던탑에서 암살됨)과 그가 개입된 왕의 측근의 이혼과 재혼 사건이 적지 않은 공헌을 했다(신화 22를 볼 것). 사실 초판에는 남자가 이상적인 아내에게 요구하는 덕목을 열거한 「아내」라는 운문으로 된 성격론 한 편이 실려 있는데 이것은 매우 시의적절한 주제였다.* 그러나 뒤에 발간된 책들은 지혜로운 사람, 장남, 동냥하는 부랑자, 말구종 같은 인물군에 대한(다른 사람들이 쓴 글들이 계속 부가되었다) 한두 쪽의 산문으로 된 성격묘사들로 구성되어 있다. 이 성격묘사들 중 많은 부분은 개인적 심리묘사라기보다는 캐리커처에 가

---

* 토머스 오버베리의 *A Wife now the Widow of Sir Thomas Overbury*(1614) 초판에는 오버베리의 시 「아내」가 수록되어 있고 부록으로 22개의 성격론이 첨부되어 있는데 이 성격론들 중 어느 것이 오버베리의 것인지는 확실하지 않다. _ 옮긴이

깝다('술 취한 네덜란드 사람'과 '허풍선이 웨일스 사람'은 분명한 선입관이다).
그러나 미묘한 심리적 측면이 없다고는 할 수 없다. 오버베리는 성격에
단계를 두었다. 그에 의하면 '창녀'와 '심한 창녀', 그리고 '덕성스러운 과
부'와 '보통 과부' 사이에는 차이가 있다. 채권자에 대한 그의 묘사는 의복
에서 태도로, 태도에서 관습으로 진행된다.[3] 소小지주에 대한 호의적인
묘사에서 오버베리는 그의 초라한 외면과 고상한 내면을 대조시킨다. 또
한 그의 말씨에 대해서도 언급한다. "그는 주인이지만 하인에게 결코 '들
판에 나가라'고 하지 않고 '나갑시다'라고 말한다."[4] 오버베리는 심지어
하녀의 독서에 대해서도 묘사한다. "그녀는 그린의 작품들(로버트 그린의
소설)을 수없이 읽지만 결국『기사도의 거울Mirror of Knighthood』에 푹 빠지게
되어 자기도 집을 떠나 편력 기사가 되겠다고 여러 번 다짐했다."[5] 이것
은 스타니슬라브스키의『배우 수업An Actor Prepares』*의 내용에 꽤 가깝다.

테오프라스투스의『성격론』의 목적은 분명히 밝혀지지 않았다. 그러
나 현대 고전학자들은 법률적 목적이었을 것이라고 생각한다. 변호사가
필수적으로 갖춰야 할 수사학 기량에는 피고인이나 증인의 인격을 치켜
세우거나 깎아내리는 기술이 있다. 실제로 로나 허트슨Lorna Hutson과 제임
스 맥베인JamesMcBain은 최근 16세기 중엽의 영국 연극을 통해 16세기 말의
상업적 연극으로 흘러들어간 영국 법학도들의 수사학 전통을 조사했다.
그러므로 고전 시대에서부터 셰익스피어에 이르기까지 작중인물의 성격
이란 결국 수사학적 구성물인 것이다.

그러나 작중인물은 또한 (적어도 셰익스피어에게는) 심리적 구성물이기

---

* 이 책에서 저자는 배우들에게 극 속의 상황에 개인의 감정을 이입시켜서 자신의 역을 소
   화하라고 하는데, 이것은 오버베리가 묘사한 하녀의 태도, 즉 책에 감정이입을 하는 모
   습과 비슷하다. _ 옮긴이

도 하다. 셰익스피어의 등장인물이 하는 행위 중의 하나는 다른 작중인물들을 살펴보고 이해하는 것이다. 『리어 왕』의 첫 대사에서 켄트 백작은 자신이 리어 왕의 의중을 잘못 읽은 것에 대해 놀란다. "나는 왕께서 콘월 공작보다 알바니 공작을 더 사랑하신다고 생각했습니다"[말하자면 "내가 잘못 생각했다"는 뜻이다(1막 1장 1~2)]. 『오셀로』에서 로도비코는 "편지 글발 때문에 화났을 거요"라고 말함으로써 오셀로의 이상한 행동을 베네치아에서 온 명령 탓으로 돌린다(4막 1장 232). 햄릿은 자기 자신의 내면을 읽어보려 한다. 포틴브라스의 과단성을 목격하고 나서 햄릿은 자문한다.

> 그런데 나는 짐승처럼 망각증에 걸린 건가? 아니면 소심해서 사태를 지나치게 세분해서 생각하는 건가?
>
> (중략) 나도 알 수가 없어. 이 일은 해야 한다고 말하면서도 아무 일도 못하고 살고 있으니. 해야 할 일에 대해 명분과 의지와 힘과 수단을 모두 가지고 있으면서 말이야.
>
> 4막 4장 30~32, 34~37[6]

20세기 비평의 주요 질문인 왜 햄릿이 왕의 살해를 뒤로 미루는가의 문제는 실제로 햄릿 자신이 스스로에게 묻는 질문이다. 이 질문은 또한 그가 행위의 수단과 선택의 여지, 감정 및 동기를 가지고 있다는 것, 즉 그가 실제 인물임을 말해준다.

이처럼 셰익스피어의 작중인물들은 자기 자신 및 다른 작중인물들을 실제 인물로 취급하고 있으며 이는 셰익스피어 연극의 초기 비평가들과 관객들도 마찬가지였다. 셰익스피어 연극에 대한 초기 비평은 작중인물에 집중되었다. 예를 들어 마거릿 캐번디시Margaret Cavendish의 『사교적 편지 Sociable Letters』(1664)와 모리스 모건의 『존 폴스타프 경의 극적 성격에 대한 글』(1777)이 그 좋은 예이다. 셰익스피어가 만든 작중인물들은 아주 일찍 부터 연극 무대 바깥으로 확장되어 나갔다. 티파니 스턴Tiffany Stern에 의하면 앤드루 에이그칙 경은 『십이야』와는 전혀 상관없는 독일의 한 잡극雜劇에 등장한다. 마리아 디 바티스타Maria di Battista는 소설에 관한 최근의 저작에서 연극의 작중인물과 소설의 작중인물을 비교했다. 이에 따르면 연극의 작중인물은 소설의 인물보다 열등하다. 왜냐하면 그들은 무대에 '갇혀 있기' 때문이다.[7] 그러나 『십이야』가 아닌 독일의 다른 연극에 출현하기도 하는 앤드루 에이그칙 경 같은 인물을 '갇혀 있다'고 하기 어렵다.

  그렇다면 셰익스피어는 어떻게 실제 같은 작중인물, 즉 캐릭터들을 창조했을까? '캐릭터character'라는 말은 '글쓰기'를 의미하는 그리스어가 그 어원이다. 그리고 셰익스피어 시대만 해도 그 뜻은 이 말의 가장 중요한 의미였다. '캐릭터'란 쓰인 것이다. 그러나 셰익스피어의 인물들은 이러한 정해진 정체성에 저항한다. 이 과정에서 '캐릭터'들은 허구 세계 외부에서 독자적인 생명을 갖는 개인이 되려고 애쓴다. 이러한 현상의 가장 중요한 예는 『트로일러스와 크레시다』이다. 린다 샨스Linda Charnes가 1989년에 잘 보여주었듯이 여기서 트로일러스와 크레시다의 문제는 이전의 문학 작품을 통해 고착된 그들의 정체성에서 벗어나려 한다는 데 있다. 왜냐하면 그들의 이름은 이미 배반당한 애인, 그리고 애인에 대한 신의를 저버린 여자와 연결되어 있기 때문이다.* 셰익스피어의 트로일러스는

---

* 트로일러스는 트로이의 막내 왕자이고 크레시다는 그곳 신관의 딸로 둘은 서로 사랑하는 사이였다. 크레시다는 트로이의 포로와 교환되어 그리스 진영으로 가게 되는데 그곳에서 곧 디오메드의 구애를 받아들였다. 12세기 프랑스 소설에서 처음 등장한 이 주제는

자기 이야기의 '진정한 저자'가 되기를 원한다(3막 2장 177). 하지만 다른 사람이 이미 오래전에 그의 이야기를 써놨는데 어떻게 스스로의 이야기를 새로 쓸 수 있겠는가?[8] 이러한 문제는 비단 허구적 · 역사적 · 신화적 유명 인물에게만 발생하는 것이 아니다. 이것은 『코리올라누스』의 경우처럼 가족의 기대를 무시하는 사람에게도 일어난다. 그는 자신의 종족을 배반하고 스스로 자기 인생의 저자가 되려고 하지만 결국 성공하지 못한다. 그래서 연극은 비극으로 끝난다. 셰익스피어의 작중인물들이 하나의 전형이 아니라 실제 인물, 즉 다양한 성격의 개인들처럼 보이는 것은 바로 이러한 개인적 자유 추구 때문이다. 줄리엣은 현실에 존재했던 인물이 아니다. 그러나 그녀는 이탈리아의 실제 도시 베로나에 자기 발코니를 가지고 있다. 존슨이나 미들턴의 작중인물들 중에는 이런 경우가 하나도 없다.

셰익스피어가 실제 같은 인물을 만든 비결 중의 하나는 정보의 공백을 환기시키는 것이다. 예를 들어 『템페스트』의 프로스페로는 마지막 장면에서 밀라노로 돌아가겠다고 하면서 이렇게 덧붙인다. "(거기서) 세 번째로 하는 생각은 무덤일 것이다"(5막 1장 315). 이 대사를 듣고 자연스럽게 떠오르는 생각은 "그럼 첫 번째, 두 번째 생각은 무엇이냐?"는 것이다. 토니 도슨Tony Dawson의 지적대로 이럴 때 "우리는 작중인물들을 안다는 느낌이 든다. 그것은 바로 우리가 그들을 모른다는 사실 때문이다". 말하자면 우리는 이들 작중인물들이 실제 인물처럼 (비록 지금은 잘 모르지만 알려고만 하면) 알 수 있는 인물이라는 느낌을 받는 것이다.[9]

또한 셰익스피어의 작중인물들은 연극적 상황에 대해 언급함으로써

보카치오와 초서를 통해 매우 유명해졌다. _ 옮긴이

자신의 허구성을 부인한다. 클레오파트라는 극중에서 자신이 죽은 후, 자신의 이야기가 연극으로 만들어져 새된 소리를 내는 소년 배우가 연기할 것을 상상하는데(신화 25를 볼 것), 이 때문에 그녀는 실제 인물처럼 느껴진다. 또한 오셀로는 싸우는 거라면 (연극 무대 뒤에서 대사를 불러주는) 프롬프터 없이도 잘 할 수 있다고 말한다.* 『십이야』에서 파비안은 만일 말볼리오의 속임수가 연극 무대에서 벌어졌다면 절대로 믿지 않았을 것이라고 말하는데 이 때문에 그는 현실 속의 실제 인물처럼 느껴진다.

이제 이 신화의 둘째 요소, 즉 실제 인물에 대해 살펴보자. 작중인물 비평은 대개 소설 속의 인물 중심으로 이루어진다. 소설은 간접적으로 중개되는 예술 형태이다. 그러나 거기에는 어떤 '육체적' 중개자도 없다. 그러나 연극에는 '육체적' 중개자가 있다. 왜냐하면 연극의 인물은 배우의 육체에 의해 중개되기 때문이다. 그러므로 실제로 눈앞에서 살아 움직이는 인물들을 직접 보는 연극 관객들이 셰익스피어의 작중인물들을 실제 인물이 아니라고 느끼기는 쉽지 않다. 연극과 작중인물을 실제 상황과 실제 인물이라고 오해하는 현상은 셰익스피어의 『말괄량이 길들이기The Taming of the Shrew』와 비슷한 플롯을 가지고 있는 『말괄량이를 길들이기The Taming of a Shrew』**에서 패러디되었다. 이 두 연극에는 모두 크리스토퍼 슬라이라는 술주정뱅이 부랑자가 처음으로 연극을 보는 장면이 나온다. 그런데 『말괄량이를 길들이기』에서 그는 연극 속에 끼어들어 극을 중지시킨다. 무대 위에서 순경이 어떤 사람을 잡아서 감옥에 집어넣으려 하자(슬라이에게는 그것이 아마도 매우 가슴에 와 닿는 문제였을 것이다) 그것

---

* 『오셀로』 1막 2장 85~86. _ 옮긴이
** 셰익스피어의 연극 제목은 *The Taming of the Shrew*로 1590~1592년에 집필되었다. 이에 반해 *The Taming of a Shrew*는 1594년에 작자 이름 없이 초판 인쇄되었다. _ 옮긴이

을 제지한 것이다. 자신이 본 것이 실제라고 믿었기 때문이다. 그러므로 그는 매우 순진한 관객인 동시에 이상적인 관객이라고 할 수 있다.

이 신화에 접근하는 또 하나의 방식은 셰익스피어가 아예 작중인물을 창조하지 않았다고 주장하는 것이다. 그는 단순히 역할들만 썼고, 실제로 인물을 창조한 것은 배우들이었다는 것이다. 로딩 베리Lording Barry의 연극 『램 앨리Ram Alley』(1607)에 나오는 태피터는 '완벽한 활량'을 정의하면서 이를 지적한다. "그의 기본을 만든 것은 옷감 장수고, 형태를 만든 것은 양복장이고, 그에게 숨결을 불어넣은 것은(즉, 그들을 살아 움직이게 한 것은) 배우이다"(F3ᵛ). 이것은 또한 우디 앨런Woody Allen이 1985년에 〈카이로의 붉은 장미The Purple Rose of Cairo〉라는 영화에서 다룬 주제이기도 하다. 경제 공황기의 주부인 세실리아(미아 패로Mia Farrow)는 잦은 영화관 방문에서 위안을 찾는다. 영화의 주인공인 톰 백스터(제프 브리지스Jeff Bridges)가 그녀를 보고 반한다. 그래서 그녀와 함께 있기 위해 스크린을 빠져나간다. 주인공이 없어지자 영화는 계속 상영될 수가 없다. 그래서 그 영화의 주인공 톰 백스터의 배역을 맡은 배우인 질 셰퍼드(이 역시 제프 브리지스가 연기한다)가 와서 백스터에게 스크린 속으로 돌아가라고 설득한다. 이어서 작중인물을 누가 창조했느냐에 대한 이야기가 오간다. 어리둥절한 세실리아가 "영화를 쓴 사람이 창조한 것이 아닌가요?"라고 묻자 셰퍼드가 대답한다. "기술적으로는 그렇죠. 하지만 그를 살아 움직이게 한 것은 나예요."

허구적 인물의 '실제다움'을 재는 또 하나의 기준은 그 인물이 원래 등장했던 연극과 독립적으로 새로운 생명력을 갖느냐의 여부이다. 『원저의 즐거운 아낙네들』에 나오는 존 폴스타프 경은 그 대표적인 사례이다(신화 28을 볼 것). 17세기 독일 연극에 재등장한 앤드루 에이그칙 경도 또 하나의 사례이다. 베로나에 있는 줄리엣의 발코니도 그렇다. 그러나 비단 셰익스피어의 작중인물들만 이런 '내세'를 갖는 것은 아니다. 신화 속의 인물이나 초서의 인물들의 이름은 어떤 행동이나 태도, 상황, 혹은 증후군 등의 이름으로 쓰였다. 고르디우스의 매듭, 오이디푸스 콤플렉스, 헤라클레스의 임무(초인적인 임무), 1-5월January-May 결혼* 등이 그 사례들이다. 연극이 오랜 세월 동안 실제와 같이 여겨졌다는 사실은 역설적으로 19세기와 20세기에 이에서 탈피하려는 시도들이 나타난 데서도 알 수 있다. 예를 들어 마테를링크Maurice Maeterlinck 등의 상징주의 연극이나 브레히트Bertolt Brecht의 소격효과疏隔效果 등이 바로 그것이다.

수십 년 전부터 문학 비평가들은 작중인물을 실제 인물처럼 취급하는 방식을 구닥다리 취급했다. 그 대신 구조주의, 탈구조주의, 신역사주의, 문화적 유물론, 페미니즘 등의 새로운 개념들이 도입되었다. 이 혁신적인 비평학파들은 새로운 발견을 했다. 그러나 동시에 새로운 위험도 제기되었다. 전문적 용어들 때문에 일반 독자나 관객들은 더 이상 셰익스피어 연극에 대한 비평을 이해할 수 없게 된 것이다. 또 앨런 신필드Alan Sinfield가 지적했다시피 "이제 작중인물은 문학의 분석 대상에서 제외될" 위험에 처하게 되었다.[10] 헤더 듀브로Heather Dubrow는 "작중인물이란 말은 거의 입에 올려서는 안 될 말이 되고 말았다"고 썼다.[11] 이처럼 작중인물은 비평에서 더 이상 적절한 범주가 되지 못하고, '실제 같은'이란 말은 더 이상 적절한 분석 용어가 되지 못한다.

이렇게 된 요인 중의 하나는 영문학이 전문 학문 연구의 한 분야가 되었다는 것이다. 대학에서의 영문학 연구는 그 역사가 100년밖에 되지 않

---

* 나이 차이가 많이 나는 결혼을 뜻한다. _ 옮긴이

았으며 그 시작도 쉽지 않았다. 당시 영문학은 빈자貧者의 고전 취급을 받았으며 그 용어 또한 비전문적 · 비기술技術적이었다. 독자적 학문 정립이 쉽지 않았던 까닭에 영문학은 역사학, 스칸디나비아 지역학 등과 같은 다른 학과들과 연합하기도 했다. 작중인물들이 실제 같으냐 아니냐에 대해 논의하는 것의 (혹은 작중인물을 다루는 것 자체의) 문제점은 이것이 아마추어들의 영역이란 점이다(여기서 '아마추어'란 문자 그대로 '애호가'라는 의미, 즉 일반적인 희곡의 독자 혹은 연극의 관객을 말한다). 만일 대학의 영문학과가 하는 일이 특별한 훈련도 받지 않고, 보수도 받지 않는 일반 독자들이 하는 것과 똑같다면 어떻게 이 학과의 존재를 정당화할 수 있겠는가? 그러므로 지난 40년간 학문적 논의 가운데 작중인물들이 사라진 것은 어쩌면 전문 학자와 일반 독자 사이의 밥그릇 싸움의 일환이라고 볼 수도 있을 것이다(신화 30을 볼 것).

최근 들어 셰익스피어극의 작중인물에 대한 관심이 부활하고 있다. 그러나 그것은 허구적 인물을 실제 인물처럼 다루는 옛날 방식이 아니라 보다 정교한 방식이다. 예를 들어 실제와 같은 인물 구성과 재현의 경계가 무엇인지, 그리고 재현된 인물이 실제 인물처럼 보이게 만드는 방법에는 어떤 것이 있는지 등을 살펴보는 것 등이 이에 속한다. 이제 우리는 실제와 같은 인물 구성에 대한 관심이 셰익스피어와 동시대의 다른 작가들을 구분하는 한 요소임을 알았다. 따라서 그것은 우리의 지속적인 관심을 요구한다.

셰익스피어는 셰익스피어를 쓰지 않았다?

만일 여러분이 셰익스피어의 작품을 셰익스피어가 쓰지 않았다고 생각한다면 이 글은 그저 또 하나의 날조에 불과할 것이다. 반대로 셰익스피어가 쓴 것이 맞다고 생각한다면 굳이 골치 아프게 이 글을 읽지 않아도 될 것이다. 우리의 모든 신화들 가운데 이 신화는 가장 처리하기 어렵다. 왜냐하면 두 진영 모두 조금도 물러서지 않기 때문이다. 요약하자면 학계의 사람들은 1623년의 작품집에 실린 작품들을 (그리고 학자들 사이에 약간의 이견이 있지만 어쩌면 몇몇 다른 작품들도) 틀림없이 스트랫퍼드 어폰 에이번의 윌리엄 셰익스피어가 썼다고 주장한다. 이에 반해 셰익스피어 전문가가 아닌 일군의 사람들, 예를 들어 법률, 연극계 인사들, 지그문트 프로이트, 오슨 웰스, 헨리 제임스Henry James 등과 같은 사람들은 셰익스피어가 쓰지 않았다고 생각한다. 이들 중에는 셰익스피어가 아닌 다른 사람이 썼다고 생각하는 사람도 있고, 온라인 청원서에 쓰인 표현대로 셰익스피어의 저작 사실에 대한 "의심할 만한 합리적인 이유"가 있다고 생각하는 사람도 있다.[1] 두 진영 사이에는 때때로 싸움이 벌어지기도 했다. 예를 들어 이 논쟁에 관한 기사가 신문에 실리거나, 셰익스피어 극의 진정한 저자로 새로운 인물을 제시하는 책이 출간되거나 롤런드 에머리히 Roland Emmerich의 〈위대한 비밀Anonymous〉(2011년에 개봉한 이 영화의 홍보 문구는 '셰익스피어는 사기꾼이었는가?'였다)과 같은 영화가 개봉하면 예의 논쟁이 다시 벌어졌다. 학자들은 때로는 무자비하게, 때로는 가소롭다는 듯한 태도로 반대 진영의 주장에 대응했다. 그러나 학자들은 이 아마추어들이 보여주는 구체적인 지식과 그들의 질문에 반증을 들기보다는 단순히 그들을 무시하고 폄하했을 뿐이다. 때때로 이 논쟁은 매우 격렬해지기도 했다. 예를 들어 2005년, 하버드 대학의 셰익스피어 전공 교수 스티븐 그린블랫은 ≪뉴욕타임스≫에 기고한 글에서 이렇게 질문했다. "(셰익스피어의 저작 여부에 관한 논의를) 요구하는 것은 언뜻 무해하게 보인다. 그러나 그 함의에 대해 생각해보면 결코 무해하지 않다. (나치에 의한) 홀로코스트가 일어나지 않았다는 주장을 대학 강의의 한 부분으로 다루어야 하는가?" 이처럼 셰익스피어의 저작 사실과 유대인 학살이 동급으로 간주된다면 균형 잡힌 논의가 이루어지기는 분명 어려울 것 같다.

이 짧은 논문에서 그동안 나온 모든 논의와 셰익스피어 작품의 진짜 작가라고 주장된 사람들 모두에 대해 살펴보는 것은 불가능하다. 따라서 우리는 애초에 이 논쟁이 생겨나게 된 원인과 그 초기 양상을 살펴보고, 양쪽 진영의 주요 주장들의 큰 줄기를 검증해보고자 한다. 제일 먼저 지적할 것은 셰익스피어 사후에 출판된 그의 첫 작품집의 공동 편집자이자

왕실 극단의 동료 배우였던 존 헤밍과 헨리 콘델이 희곡 작품을 누가 썼
는지에 대해 아무런 의심도 내비치지 않았다는 사실이다. 그들은 첫 2절
판(1623)의 표지에 "윌리엄 셰익스피어 씨의 희극, 이야기, 비극들"이라고
적었고, 이와 함께 뻣뻣하게 풀을 먹인 높은 칼라 사이로 삐죽이 솟은 대
머리 얼굴 초상을 배치함으로써 작품 뒤에 있는 작가를 강조했다(비슷한
시기인 1616년에 출간된 벤 존슨의 『작품집』과 비교해보라. 존슨의 책 표지에
는 알레고리적인 인물 조각상들이 새겨진 육중한 건축물이 그려져 있는데 이를
통해 고대 작품의 전통 계승을 암시한다). 헤밍과 콘델은 셰익스피어와 수십
년 동안 알고 지냈고 셰익스피어는 유언장을 통해 이들에게 자신을 추모
할 반지를 살 돈을 남겼다. 그러므로 이들이 조작 음모에 가담하지 않았
다면 이들의 증언에는 의심의 여지가 없어 보인다.

실제로 조작 음모는 셰익스피어의 저작자 논쟁의 핵심이다. 근대 초에
는, 그리고 19세기 이전까지는 아무도 그의 저작 사실에 대해 의문을 제
기하지 않았다. 음모설을 제기하는 사람들의 논리에 따르면 스트랫퍼드
의 셰익스피어가 실제로 썼음을 입증하는 당대의 많은 증거는 (사람들로
하여금 그렇게 믿게끔) 조작된 것이다. 그러나 이들에 의하면 진짜 중요한
것은 조작의 증거가 없다는 사실 그 자체이다. 다시 말하면 셰익스피어
가 셰익스피어의 작품들을 썼다는 사실을 의심하기 위해서는 그가 썼다
는 것을 증명하는 많은 증거들을 무시한 다음, 그가 아닌 다른 사람이 썼
을 가능성을 찾아봐야 한다는 것이다. 셰익스피어는 당대의 여러 자료에
배우와 극작가로 이름이 올라 있다. 또한 이 인물과 스트랫퍼드 어폰 에
이번에서 태어나서, 결혼하고, 매장된 같은 이름의 인물을 연결시킬 수
있는 많은 자료가 있다. 그러나 이 증거들은 셰익스피어 작품의 진짜 저
자라고 주장되는 사람들 중의 하나인 크리스토퍼 말로가 1593년에 죽었

고, 또 다른 후보자인 옥스퍼드 백작이 1604년에 죽었다는 사실(셰익스피어 작품은 이후에도 계속 발표된다)보다 더 나은 증거가 아닌 것으로 간주된다. 이 역사적 사실들은 무시되거나 아니면 음모의 일부분으로 재해석되었다. 말로 협회는 2002년, 웨스트민스터 사원에 있는 말로 기념 창문에 새겨진 그의 사망연도 뒤에 물음표를 붙이는데 성공했다. 말로가 셰익스피어의 작품을 썼을지도 모른다는 가능성을 열어두기 위해서였다. 말로 협회는 또한 "일반적으로 윌리엄 셰익스피어가 썼다고 알려진 작품들을 실제로는 크리스토퍼 말로가 썼다는 것을 셰익스피어 학계에 입증할 수 있는, 반박의 여지없이 확실한 증거를 제시하는"[2] 학자에게 큰 상을 주겠다고 공언했다. 지금까지 그 상은 수여되지 않았다.

셰익스피어의 저작자 논쟁은 이데올로기적 측면에서 모순적이다. 한편으로는 애초에 이 의문이 제기된 것은 셰익스피어 연극의 철학적 성격에 대한 분석을 통해서였다. 19세기에 들어 셰익스피어 연극의 정치적 과격성이 인지되자 그 때문에 진짜 저자가 정체를 감췄을 수도 있다는 가정이 생겨났다. 이러한 해석적 전통을 만든 것은 미국의 작가이자 학자인 델리아 베이컨Delia Bacon이다. 그녀는 『셰익스피어 연극의 철학 해설The Philosophy of the Plays of Shakespeare Unfolded』(1857)이란 두꺼운 책에서 자신의 주장을 뒷받침하기 위해 너새니얼 호손Nathaniel Hawthorne과 랠프 월도 에머슨Ralph Waldo Emerson까지 동원한다. 베이컨, 그리고 이 문제에 관해서 그녀의 정신적 후계자들이 펼친 셰익스피어의 연극과 당대 정치의 관계에 대한 주장은 매우 선구적인 측면이 있다. 왜냐하면 근대 초기 영국 연극을 사회적 위반과 정치적 선동의 시각에서 접근한 연구들은 훨씬 후에야 나타났기 때문이다(제임스 샤피로는 최근 셰익스피어의 저작자 논쟁에 관해 비평적·사회학적 관점에서 광범위한 연구를 수행했다. 여기서 그는 베이컨의 아이디어들이 셰익스피어의 저작자 논쟁이란 맥락에서 전개되지 않았더라면 그녀는 "오늘날 신역사주의의 선구자로, 그리고 17세기 중반에 경험한 영국의 정치적 격변을 연극이 예고했다고 주장한 첫 번째 사람으로 높이 평가받았을 것"[3]이라고 지적했다).

이처럼 과격하고 정치화된 희곡 읽기와는 정반대로 사회적인 측면에서 매우 보수적인 성격의 이유 역시 이 저작자 논쟁에 관여한다. 이의 옹호자들은 대학 교육을 안 받은 작은 시골 상업 도시에 사는 장갑 장수의 아들이 그런 작품들을 썼다는 것을 믿지 못한다. 그러므로 셰익스피어를 대신할 저자 후보자가 모두 귀족인 것은 우연이 아니다. 프랜시스 베이컨, 헨리 네빌Henry Neville 경, 옥스퍼드 백작, 더비 백작Earl of Derby, 심지어 엘리자베스 1세까지. 여왕은 컴퓨터 작업에 의해 셰익스피어의 모습과 합성되어 셰익스피어의 첫 작품집 표지에 등장하기도 했다. 후보자들 중 유일한 평민은 케임브리지에서 교육받은 크리스토퍼 말로이다. 그러나 문학적 능력을 사회적 신분이나 출생 성분과 연결 짓는 것은 사회적 편견에 불과하다. 특히 극작가가 장인으로 취급되던 연극계에서는 더욱 그러하다. 이것은 극작이란 새로 생긴 직업을 지칭하기 위해 극작가playwright란 말을 만들 때(신화 21을 볼 것) 수레바퀴 제조인wheelwright이나 배 만드는 목수shipwright 같은 숙련된 장인을 뜻하는 말에서 그 형태를 빌려왔다는 사실에서도 확인할 수 있다. 극작가가 반드시 궁정 귀족이어야 한다든가 귀족 문필가는 평민의 장터인 출판계에 들어가 이름을 더럽힐 수 없다는 주장은 증명된 사실이 아니라 단순한 주장에 불과하다. 이 책의 다른 장에서 우리는 셰익스피어가 박식했고(신화 2), 희곡을 쓰기 위해 외국에 나갈 필요가 없었다는 점(신화 5)을 살펴보았다. 우리가 셰익스피어에 대해서 아는 바로는 (그리고 그의 동시대인들에 의해 충분히 인증된 바에 의하면) 그는 여러 다른 사회 계급의 다양한 인물들의 세계관과 언어적 특징을 구현한 매우 상상력이 풍부하고 흥미진진한 이야기를 지어낼 수 있었다.

19세기와 20세기 초, 셰익스피어 작품의 진짜 저자라고 주장되던 인물들 중에서 가장 선호되던 후보자는 프랜시스 베이컨이었다. 그리고 이 '진실'을 주장하는 주된 방식은 암호해독법이었다. 베이컨이 연극 속에 자신의 이름자를 암호로 숨겨놓았다고 믿는 사람들이 있었고 이를 설명하는 많은 책이 나왔다. 『위대한 암호: 소위 셰익스피어의 연극 속에 있는 프랜시스 베이컨의 암호The Great Cryptogram: Francis Bacon's Cipher in the So-Called Shakespeare Plays』(1888)라는 책에서 이그나티우스 도넬리Ignatius Donnelly는 여러 암호 해독 전략을 써서 다음과 같은 비밀 메시지를 찾아냈다. "셰익스피어는 그것들을 한 자도 쓰지 않았다." 그러나 그의 방법은 생각을 달리하는 유머 작가 및 스트랫퍼드 사람들에 의해 조롱받고 패러디되었다. 그들은 그의 방법을 프랜시스 베이컨 자신의 작품에도 적용시켜보고 셰익스피어의 다른 작품에도 적용시켜 보았다. 그렇게 해서 그들은 다음과 같은 문장들을 얻었다. "윌 선생이 이 연극을 썼다."[4] 이에 굴하지 않고 엘리자베스 갤럽Elizabeth Gallup은 『작품 속에서 발견된 프랜시스 베이컨 경의 두 글자 암호The Bi-Literal Cypher of Sir Francis Bacon Discovered in his Works』(1899)를 출판했다. 에드윈 더닝 로런스Edwin Dunning-Lawrence 경은 『베이컨이 셰익스피어다Bacon is Shakespeare』(1910)라는 책에서 『사랑의 헛수고』(5막 1장 40)에 나오는 'honorificabilitudinitatibus'라는 이상한 단어를 적당히 변형해 "F. 베이컨의 소산인 이 희곡들이 세상을 위해 보존되었다"라는 라틴어 문장으로 읽어냈다. 나탈리 라이스 클라크Natalie Rice Clark는 『셰익스피어 속에 있는 베이컨의 문자표Bacon's Dial in Shakespeare』(1922)에서 『템페스트』의 에필로그 위에 우주론적 다이어그램을 덮어 씌워 "나, W. S.는 F. 베이컨이다"라는 매우 분명한 선언을 찾아냈다.

그러나 베이컨의 별은 이지러졌다. 현재 셰익스피어 작품의 진짜 저자로 거론되는 사람들 중에서 가장 유망한 후보자는 옥스퍼드 백작인 에드워드 드비어이다. 이 주장의 논거는 그의 삶과 작품 속에 나타난 경험의 유사성이다. 즉, 셰익스피어 희곡에 표현된 전기적 요소들은 셰익스피어보다 옥스퍼드의 삶과 더 유사하다는 것이다. 현재까지도 셰익스피어의 최고의, 그리고 가장 신중한 전기 작가로 간주되는 새뮤얼 쇼언바움에 의하면 셰익스피어의 생애에 대한 글쓰기의 문제점은 "고상한 주제와 기록 자료에 나타난 세속적이고 하찮은 삶 사이의 현기증 나는 간극"[5]을 메우는 것이다. 옥스퍼드 백작을 미는 사람들의 입장에서 볼 때 기록에 나타난 셰익스피어의 삶은 세속적인 정도가 아니라 거의 밑바닥이다. 셰익스피어는 그의 연극을 쓰는 데 필요한 사회적 환경이 결핍되어 있다. 그뿐 아니라 그는 인색하고, 신분 상승에 목매달며, 모리배 짓을 하고, 처자를 버렸다는 의혹이 있다. 이와 반대로 옥스퍼드의 생애는 『햄릿』의 소재가 되었을 수 있다(결말을 제외하면 말이다). 그는 유럽을 여행했고, 엘리자베스 1세의 궁정과 친분이 있었고, 그의 장인 버글리Burghley 경은 폴로니어스의 모델로 알려져 있다. 또 그는 오비디우스의 『변신 이야기』의 번역자인 아서 골딩Arthur Golding과 친분이 있었는데 이 작품은 『비너스와 아도니스』, 『한여름 밤의 꿈』, 『타이터스 앤드러니커스』 등의 작품에 활용되었다.

실제로 이런 유사성이 있는지 아닌지는 중요하지 않다. 중요한 것은 이러한 논의가 잘못된 가정, 즉 셰익스피어의 작품이 전기적이라는 가정에 기초를 두고 있다는 것이다. 다른 후보자들의 경우에도 이는 마찬가지이다. 예를 들어 헨리 네빌 경이 후보자로 거론된 것은 1601년의 에식스 반란 이후 그가 감옥에 갇혔다는 사실 때문이다. 셰익스피어의 작품은 이 시기를 분수령으로 해 가벼운 희극에서 한층 어두운 희극, 더 나아가 비극으로 전환되는데 바로 이 투옥 사건이 그에 대한 설명을 제공해준다는 것이다(사실 이 전환이란 것은 약간 과장된 측면이 있다. 설령 그렇다손 치더라도, 그것은 작가의 심경이 아니라 관객의 취향 변화와 더 큰 관련이 있을 것이다). 러틀랜드 백작이 거론된 이유는 그가 『햄릿』의 출판 직전에 덴마크를 방문했기 때문이다(사실 이 연극의 집필을 자극한 자료들은 영국에도 있었다. 그리고 이런 기록 자료에도 사건의 무대는 덴마크로 되어 있었다). 만일 연극이 전기적이라면 우리는 군인(맥베스, 코리올라누스, 타이터스, 오셀로는 모두 군인이다)을 찾거나, 남장 여인(『베로나의 두 신사』, 『베니스의 상인』, 『뜻대로 하세요』, 『십이야』, 『심벨린』의 남장 여인)을 찾거나, 성년의 딸을 둔 아버지(『타이터스 앤드러니커스』, 『베로나의 두 신사』, 『헛소동』, 『베니스의 상인』, 『뜻대로 하세요』, 『리어 왕』, 『페리클레스』, 『겨울 이야기』, 『템페스트』, 『심벨린』)를 찾을 수도 있을 것이다(그러고 보니 셰익스피어 역시 성년 딸들을 둔 아버지였다). 다시 진지한 이야기로 돌아가자. 문학 텍스트, 특히 근대 초기 희곡 속에 전기적 데이터가 삽입되어 있다는 주장은 베이컨을 후보자로 미는 사람들이 주장하는 텍스트 속에 암호가 들어 있다는 이야기와 마찬가지로 문학에 대한 이해 부족을 드러내는 것이다.

문학 이론가들은 이미 1960년대에 "저자의 죽음"(롤랑 바르트)을 선언했다. 그리고 문학 작품에 대한 전기적 해석의 파산은 그보다도 한참 전에 선언되었다. 그러므로 셰익스피어 작품으로 알려진 작품들을 셰익스피어가 썼느냐, 혹은 다른 사람이(마크 트웨인이 장난스럽게 제시했듯이 동명이인일 수도 있다) 썼느냐는 문제가 되지 말아야 한다. 그러나 실제로는 문제가 된다. 어떤 희곡이 새롭게 셰익스피어 작품으로 판명 나면(최근의 예로는 『에드워드 3세』가 있다) 곧이어 새로운 작품집, 새로운 연극 공연, 새로운 연구 등을 통해 관심이 집중됨으로써 그 작품의 질을 한층 높게 보이게 한다. 『에드워드 3세』는 물론 이미 알려져 있던 작품이었으나 작가 불명으로 분류되어 있었다. 조너선 베이트는 미학적으로 결함이 많다고 평가받던 『타이터스 앤드러니커스』를 편집할 때의 심경을 다음과 같이 고백했다. "이 희곡을 매우 칭찬하고 싶었던 나는 예전에 아든 출판사의 편집자들처럼 이 작품을 버리지는 않았다. 그 대신 셰익스피어 단독 집필이라는 주장을 무비판적으로 받아들였다." 여기서도 저자 문제와 문학적 가치는 연관되어 있다(신화 17을 볼 것).[6]

셰익스피어의 저작자 논쟁에는 분명 약간의 미스터리가 있다. 어떻게 그 많은 작품을 다 썼을까? 어떻게 그의 작품은 끊임없이 각색되고, 또한 그것이 쓰였던 문화와는 너무도 다른 감성과 사상을 가진 사람들에게도 잘 읽힐까? 그러나 이것은 그 작품들의 작가로 셰익스피어가 아닌 다른 사람을 든다고 해서 해결될 문제가 아니다. 왜냐하면 문제는 "대학도 못 간 그가 어떻게 그것을 썼느냐?"가 아니라 더 근본적인 질문인 "어떻게 그가 그것을 썼느냐?"이기 때문이다. 조너선 베이트는 "'천재'라는 말은 특별히 셰익스피어의 특성을 설명하기 위해 발명된 것이다"라고 주장했다.[7] 『슈퍼맨』(1947년의 DC 코믹스에서 낸 만화책)과 〈닥터 후〉(2007년에 방영된 에피소드)에서 셰익스피어가 시간 여행의 동반자로 설정된 것은 우연이 아니다. 만일 셰익스피어가 그의 작품들을 쓴 것이 아니라면 오직 슈퍼 히어로만이 그것을 할 수 있다.

이 신화와 관련된 책이나 웹 사이트를 살펴보면 셰익스피어의 저작 사실을 의심하는 사람들의 주요 논증 도구는 구체적인 디테일인 것을 알 수 있다. 그중 중요한 것으로는 다음과 같은 것들이 있다. "『햄릿』의 폴로니어스는 '테니스장에서 다투는 젊은이들'에 대해 언급하는데 이것은 아마도 옥스퍼드와 시드니가 테니스코트에서 벌인 말다툼을 가리키는 것으로 보인다",• 'every'와 'ever'는 드비어(옥스퍼드 백작)에 관한 암호화된 언급이다, 프랜시스 베이컨의 책에 셰익스피어의 희곡에 나오는 문장들이 있다 등등.[8] 그러나 이러한 수많은 디테일과 논쟁은 이 신화가 제기하는 더 큰 질문을 가리는 무의식적인 연막에 불과하다. 그리고 그 질문이란 바로 천재, 정전, 계급, 문학적 가치에 대한 질문이다. 또한 누가 셰익스피어를 소유하는가에 대한 질문이다. 그것은 대학 교수들인가, 아니면 셰익스피어의 열렬한 팬들인가?

• 1579년 8월 말, 필립 시드니 경이 테니스를 치고 있는데 옥스퍼드 백작이 나타나 나가라고 했다. 시드니가 불손한 대답을 하자 백작은 화가 나서 '개새끼'라고 했고, 시드니는 그가 거짓말쟁이라고 비난했다. 결국 결투가 벌어질 뻔했으나 이 일은 엘리자베스 1세의 중재로 무마되었다. _ 옮긴이

나오며

/

셰익스피어 연구자이자 교육자인 우리는 이런 질문을 꽤 자주 듣는다. "아무리 봐도 셰익스피어에 대해 할 이야기는 더 없는 것 같은데요?" 셰익스피어가 세계에서 가장 활발하게 연구되는 작가이고 매년 그에 대한 출판물이 수없이 쏟아지는 사정을 고려하면 이것은 아주 합리적인 질문이다.

1823년에 4절판『햄릿』의 초판이 발견되었다. 1603년에 출판된 것이었다(오늘날까지 이 초판본은 두 개밖에 없다). 이 짧은 대본은 우리가『햄릿』에 대해 알고 있던 것과 알고 있다고 생각했던 것을 크게 바꾸어놓았다. 우리는『햄릿』이 언제 초연되었는지, 어떻게 대본이 전수되었는지, 셰익스피어나 그의 극단이 공연하면서 대본의 어떤 부분을 수정했는지 등에 대해 새롭게 알게 되었다. 4절판『햄릿』초판본의 존재로 인해 제기된 의문들에 대해서는 아직도 논의가 진행 중이다. 그러나 해답을 찾아가는 과정에서 이 초판이 결정적인 증거가 될 것이라는 점에 대해서는 아무도 이의를 제기하지 않는다.

늘 이런 새로운 발견을 할 수 있는 것은 아니다. 하지만 아주 작은 진전이 축적되는 것은 패러다임의 전환만큼이나 중요하다. 이런 진전 중 다수가 셰익스피어의 동시대인 및 셰익스피어 시대를 연구하는 가운데 이루어지고 있다.

10년 전에 맥도널드 잭슨MacDonald Jackson은 『끝이 좋으면 다 좋다』에서 이탈리아군 스피니 연대에 속한 인물 '스퓨리오Spurio'를 찾아냈다. 그의 이름은 두 번 등장한다(2막 1장 41, 4막 3장 166). 하지만 극에 등장하지는 않는다. 이 이름은 흔한 이름은 아니다. 딱 한 번, 르네상스 시대의 연극인 미들턴의 『복수자의 비극』(1607)에 등장했을 뿐이다. 이 연극에서 스퓨리오는 공작의 (가짜spurious) 사생아로 등장하니 상징적으로 적절한 의미를 지닌다고 할 수 있다. 이것을 근거로 잭슨은 미들턴이 이 이름을 만들었고, 셰익스피어가 그것을 따왔다는 결론에 이르렀다. 이로 인해 『끝이 좋으면 다 좋다』의 집필 시기가 흔히 알려진 1602년이 아니라 1606년 이후임이 밝혀졌다. 셰익스피어가 이 이름을 사용한 것에 대해 연구자들 사이에서는 이런 농담까지 생겼다. 미들턴의 작품에서 스퓨리오는 공작의 사생아지만, 『복수자의 비극』의 작중 대화에서 한 번도 그 이름이 언급되지 않는다(이 이름은 지문에만 나타난다). 반면 셰익스피어 스퓨리오는 언급되기는 하지만 한 번도 무대에 등장하지 않는다. 이 사실은 셰익스피어가 『복수자의 비극』을 대본의 형태로 보았든 1607년이나 1608년에 출간된 인쇄본으로 보았든 이 작품을 잘 알고 있다는 것을 시사한다(게리 테일러는 셰익스피어가 미들턴의 비극에 출연했을 것이라고 주장한다).[1] 집필 시기가 5년 뒤로 미루어진 『끝이 좋으면 다 좋다』는 1601년부터 1604년 사이에 출간된, 좀처럼 서로 어울리지 않던 세 편의 '문제극'[나머지 두 작품은 『트로일러스와 크레시다』(1602)와 『자에는 자로』(1604)이다] 범주에서 떨어져 나와 후기 작품[이 역시 아직 논의 중인 범주이다(신화 20을 볼 것)] 최초의 극이 되었다. 여기서 중요한 점은 미들턴의 연극을 읽음으로써 우리가 알고 있던 셰익스피어의 이력이 바뀌게 되었다는 사실이다.

디지털 프로젝트 또한 우리의 연구 풍토를 비약적으로 바꾸어놓고 있다. 셰익스피어 또는 그의 동시대인의 어휘에 대한 통계는 더 이상 셰익스피어 중심으로 쓰인 옥스퍼드 사전 초판에 의존하지 않는다(신화 21을 볼 것). 이제는 사적인 편지, 여성들이 쓴 원고까지도 디지털화되었다. 셰익스피어를 이해할 수 있는 맥락은 어마어마하게 확대된 것이다.

우리는 우리가 사랑해 마지않는 엘리자베스 1세 시대에 대해, 아직도 밝혀낼 사실들이 많이 남았다고 확신한다. 영국은 미답의 기록보관소로 끈기 있는 연구자와 디지털화를 기다리고 있다. 일례로 런던의 여러 동업조합을 들 수 있다. 비록 셰익스피어는 동업조합에 가입하지 않았지만, 그와 동시대인 중 많은 사람이 조합의 회원이었다. 각 동업조합은 풍부한 자료를 가지고 있는데, 그중 대다수가 출판되지 않은 자료 혹은 선별적으로 출판된 자료이다. 데이비드 캐스먼은 동업조합의 기록에 나오는 배우들의 이름을 밝혀냈고, 그 덕에 우리는 그들의 전기와 활동에 대해 더 잘 알게 되었다. 장례식 방명록에서도 비슷한 발견을 기대할 수 있다. 헤럴드 대학College of Heralds에는 유명 인사의 장례식에 조문을 온 사람들의 목록과 일람표가 상당량 소장되어 있다. 이를 통해 우리는 누가 누구와 알고 지냈는지를 알 수 있다.

런던 외의 지역에서는 토론토의 REED(초기 영국 연극 기록Records of Early English Drama) 프로젝트에 참여한 학자들이 카운티의 기록을 뒤지고 문서(배우에게 준 임금, 극단을 방문한 사람들의 명단)를 필사하며 런던 연극과 지방 사이에 존재했던 상호작용을 증명해냈다. 소머홀Sohmer-Hall상賞을 수상한 샐리-베스 매클린Sally-Beth Maclean과 스콧트 맥밀린Scott McMillin의 『여왕극단The Queen's Men』은 REED 프로젝트 덕분에 세상에 나올 수 있었다. 이 책에서 저자들은 여왕 극단의 정규 순회공연 경로를 분석한 후, 순회공연이 기존의 생각처럼 역병 때문에 런던에서 공연할 수 없을 때나 하는 활동이 아니라 특권적인 활동이었다고 주장했다(지방을 차별하는 풍조는 런던을 영국 극장 문화의 중심지로 만든 롱런시스템long-run system의 산물로, 19세기 무렵부터 시작되었다).

한 가문의 구성원들이 몇 세대에 걸쳐 살아온 저택에는 다수의 문서 자료가 소장된 경우가 많다. 최근의 문학사를 보면 이 민간 기록보관소가 얼마나 커다란 공헌을 했는지 알 수 있을 것이다. 비타 색빌웨스트Vita Sackville-West는 손수 쓴 그녀의 원고를 빠짐없이 보관했다. "출판된 책, 출판되지 않은 책, 자신의 꿈을 기록한 노트, 정원 일지, 습작 소설, 시, 이야기, 희곡, 서평들을 아우를 경우 그 양은 9000쪽에 이른다."[2] 그녀의 아들 나이절 니컬슨Nigel Nicholson은 시싱허스트Sissinghurst에 40년간 보관되었던 이 기록을 2002년 7월 10일 소더비 경매에서 팔았다. 400년 넘게 팔리지 않고 있는 기록물들도 있다. 2010년 캐서린 덩컨-존스는 버클리 성Berkley Castle의 기록보관소에서 중요한 사실을 발견했다. 1590년대 셰익스피어 극단의 유명한 배우였던 윌리엄 켐프가 1610년 11월까지 살아 있었을 뿐 아니라, 그때까지도 공연을 한 증거가 나온 것이다. 덩컨-존스는 이 사실을 7대 버클리 남작인 헨리(1534~1613)의 가계부에서 발견했다. 헨리의 집사가 쓴 이 기록을 보면 그는 1610년 11월 말에 "주인이 계시는 런던"에서 "여주인 레이디 헌스던Hunsdon이 후원하는 윌리엄 켐프에게 4파운드 4실링"[3]을 주었다고 한다. 켐프는 대중 공연에서 은퇴한 후 후원자의 집에서 공연을 했던 것이다. 이처럼 연극사의 금덩어리같이 소중한 정보가 한 가정의 재정 기록에 있었다.

집안일을 기록한 문서 외에도 유서 깊은 저택에는 큰 서재가 있는 경우가 많다. 물론 이 장서들은 잘 정리되어 있지만, 사람들이 여기 있는 모든 책을 펼쳐보거나 각각의 페이지를 꼼꼼히 읽어보지는 못했을 것이다. 학자들은 지금도 책 앞뒤의 면지에서 벤 존슨의 서명을 발견하기도 한다. 언젠가는 셰익스피어의 서명이 있는 책을 발견할 수도 있을 것이다.

그러나 새로운 발견의 다수는 옛 자료의 발굴보다는 연구 방법의 변화가 있었기에 가능했다. 20세기 초에는 셰익스피어에 관한 논문이 과학적 절차를 모델로 삼아 마치 셰익스피어라는 리트머스 시험지의 색이 변하기라도 한 양 의기양양하게 "그러므로 …… 라고 볼 수 있다"라고 결론을 내렸다. 오늘날의 문학 연구자는 완벽한 답을 내놓는 것에 구애받지 않고 문제를 제기하는 것 자체에 가치를 둔다. 우리는 편안한 기분으로 모순과 공백을 지적하며, 서로 어긋나는 것들의 합을 다루는 데 능숙해졌다. 이로써 우리는 부정적인 증거를 고려할 수 있게 되었다. 종종 위대한 연구는 이를테면 '셰익스피어는 왜 종교시를 쓰지 않았는가(신화 7을 볼 것)?' 같은 질문을 변주하는 데서 시작한다.

기록보관소에서 유익한 시간을 보낸 연구자라면 극장을 방문해서도 유익한 경험을 얻을 것이다. 당신은 이 책을 읽으며 하나의 아이디어가 공연 안에서 어떻게 구현·발견되는지에 관한 원칙의 증거를 찾기 위해 우리가 얼마나 자주 극장 공연에 의지했는지 알 것이다. 극장은 결코 학문과 적대적인 영역이 아니다. 오히려 그것과 같은 영역에 뿌리를 두고 있다. 공연을 보는 것은 책을 읽는 것과 마찬가지로 텍스트를 꼼꼼히 연구해서 셰익스피어를 해석하는 일이다. 2011년 스트랫퍼드 어폰 에이번에서 공연된『카르데니오』가 그런 경우이다. 이미 우리가 신화 17에서 언급했듯 1613년에 플레처와 공동으로 집필한 이 연극은 셰익스피어의 후기 작품에 속하는데, 현재는 유실되었다(대본은 18세기까지 남아 있었다. 윌리엄 워버튼의 요리사가 그것을 제과용 종이로 써버릴 때까지 말이다). 우리는 그것의 기원이 된 작품(세르반테스의『돈키호테』)을 알고 있고 루이스 시오볼드가 1727년에『이중 거짓말Double Falsehood』이라는 제목으로 플레처와 셰익스피어의 연극을 번안한 것까지 알고 있다. 기원이 된 작품과 번안 작품(그리고 최근 역사가 마이클 우드Michael Wood[4]가 발견한 음악)을 알고 있으므로 우리는 잃어버린 연결 고리와 유사한 것을 만들어낼 수 있을 것이다. 2011년, 그레그 도란이 이 일을 해냈다. 그는 기원이 된 작품과 번안 작품, 학자와 희곡작가를 동원해 사라진 연극을 무대에 올렸다.[5] 그러니 아직도 셰익스피어에 관해 밝혀낼 수 있는 것들이 무궁무진할 것이다. 기록보관소에서 아무도 모르던 사실을 발견하든 극장에서 새로운 해석을 내놓든 말이다. 지난 10년간 얼마나 짜릿한 발전이 있었는지를 보라. 미들턴판, 켐프에 대한 언급,『끝이 좋으면 다 좋다』[그리고『토머스 모어 경』(신화 17을 볼 것)]의 출판 시점 조정, 유실된 연극에 사용된 로버트 존슨Robert Johnson의 음악 등등. 분명 셰익스피어 연구에는 아직도 크게 놀랄 일이 많이 나올 것이다.

미래의 발견에는 과거와 현재의 믿음(우리가 '신화'라고 불렀던 것)을 이해하는 일, 즉 이러한 가정들이 우리 자신과 우리의 국민 시인에게 어떤 문화적 기능을 했는지를 이해하는 일도 포함될 것이다. 이 책에서 우리는 목적지보다는 발견을 향한 여행 자체를, 결론보다는 독해 자체를 부각시키려 애썼다. 우리는 30장에 걸쳐 어떻게 해석을 통해 의미가 만들어지고 그것이 재창조되는지에 관심을 쏟았다. 또한 어떻게 같은 증거가 다른 방식으로 사용되는지, 어떻게 이야기 속에 있는 소중한 정보를 구분해내는지, 어떻게 이 이야기 혹은 신화가 생겨나는지, 그것들이 어떤 매력을 발휘하는지, 그것들에 반박하거나 그것들을 증명하기 위해 어떤 증거가 사용될 수 있는지에 대해서도 관심을 가져왔다. 종종 셰익스피어 자신에 대한 신화가 셰익스피어 텍스트를 대체하기도 했다. 그러나 19세기에 해즐릿William Hazlitt은 셰익스피어의 텍스트와 텍스트에 대한 평을 구분했다. "천재적인 인간의 힘을 알고 싶다면 셰익스피어를 읽어야 한다. 인지人智의 하찮음을 알고 싶다면 셰익스피어 비평가들의 글을 읽으면 된다."6 천재 대 하찮음이라는 해즐릿의 이분법이 극단적이기는 하지만, 해즐릿의 보편적인 원칙은 타당하게 들린다. 텍스트를 꼼꼼하게 읽는 것보다 나은 것은 없다. 헤밍과 콘델은 1623년에 셰익스피어 연극 모음집을 편집하면서 서문에 이런 명령을 했다. "그의 작품을 읽어라, 읽고 또 읽어라." 400년이 지난 지금도 이보다 더 나은 조언을 찾을 수가 없다.

더 읽 을 거 리

/

매일 매시간 셰익스피어에 관한 책이나 논문이 쏟아져 나오고 있다. 여러분은 그것들을 다 읽을 수 없을 것이다. 우리 역시 읽을 수 없다. 그렇다면 무엇을 읽어야 할까? 그것들을 어떻게 선별해낼 수 있을까? 지금부터 더 읽을 만한 자료 몇 가지를 소개하고자 한다. 우리는 이 추천 도서들이 어떤 내용인지, 또한 그것들이 비평적인 측면에서 왜 우리를 매료시켰는지를 설명할 것이다.

셰익스피어의 생애

셰익스피어의 삶을 다룬 가장 표준적인 전기는 여전히 새뮤얼 쇼언바움의 『셰익스피어: 기록에 남겨진 삶Shakespeare: A Documentary Life』(1975)[또는 『기록에 남겨진 간략한 삶Compact Documentary Life』(1987)]이다. 여기에서 쇼언바움은 증거가 되는 기록을 제시하며 여러 어려운 문제를 편견 없이 신중하게 다룬다. 그가 집필한 『셰익스피어의 삶Shakespeare's Lives』(1991, 페이퍼백은 1993년에 출간)은 셰익스피어 전기의 역사를 다루는 동시에 셰익스피어의 생애에 대해 아주 독특한 해석을 제시하며 앞의 책을 완벽하게 보완해준다. 추천할 만한 다른 전기는 셰익스피어가 가장 왕성하게 활동한 해에 초점을 맞춘 제임스 샤피로의 『1599: 윌리엄 셰익스피어의 삶 속 한 해1599: A Year in the Life of William Shakespeare』(2005, 페이퍼백은 2006년에 출간)와 스티븐 그린블랫의 『세계 속의 윌리엄: 셰익스피어는 어떻게 셰익스피어가 되었는가Will in the World: How Shakespeare Became Shakespeare』(2004, 페이퍼백은 2005년에 출간), TV 시리즈로도 나온 마이클 우드의 책 『셰익스피어 탐색 In Search of Shakespeare』(2003)가 있다. 우리는 이 책에서 우리의 동료 캐서린 덩컨-존스의 상세한 전기도 여러 차례 인용했다. 그리 호감 가지 않는 셰익스피어의 일면을 다룬 『셰익스피어: 고약한 삶Shakespeare: An Ungentle Life』(2010, 이 책은 그녀가 2001년에 쓴 『고약한 셰익스피어Ungentle Shakespeare』의 개정판이다)이 그것이다. 또 그녀는 『셰익스피어: 우아한 백조가 된 건방진 까마귀, 1592~1623Shakespeare: Upstart Crow to Sweet Swan, 1592~1623』(2011)를 통해 어떻게 그가 빠르게 명성을 얻었는가를 설명하기도 했다. 스트랫퍼드에 살던 초기의 셰익스피어에 대해 알아보려면 파크 호넌Park Honan의 『셰익스피어 평전Shakespeare: A Life』(2000)●이 특히 도움이 된다. 조너선 베이트의 『당대의 영혼: 윌리엄 셰익스피어의 삶과 정신, 세계Soul of the Age: The Life, Mind and World of William Shakespeare』(2008, 페이퍼백은 2009년에 출간)는 『뜻대로 하세요』의 자크가 주장한 '인생은 곧 연극이다'라는 발상("온 세상이 하나의 무대고, 모든 남녀는 배우일 뿐이지요", 2막 7장 139~140)에 기초해 셰익스피어와 그를 둘러싼 맥락을 살피고 있다. 찰스 니콜의 『실버 스트리트의

● 파크 호넌, 『셰익스피어 평전』, 김정환 옮김(대한교과서, 2003).

하숙인 셰익스피어The Lodger: Shakespeare on Silver Street』(2008)*는 셰익스피어가 증인(회피적인 증인이라 해야 할 것이다)으로 출두한 재판을 심층적으로 분석하고 있다. 로이스 포터의『윌리엄 셰익스피어의 삶: 비판적 전기The Life of William Shakespeare: A Critical Biography』(2012)는 단지(!) 셰익스피어의 전기가 아니다. 극장에 대한 포터의 독보적인 이해가 담긴 이 책은 셰익스피어의 극장 세계를 다룬 전기이다.

셰익스피어의 작품

데이비드 캐스턴David Kastan이 편집한『셰익스피어 지침서A Companion to Shakespeare』(1999)의 저자들은 연극이 집필되고 인쇄되는 환경을 포괄적으로 잘 다루었고 캐스턴의『셰익스피어와 책Shakespeare and the Book』(2001)은 편집과 참고문헌의 변화 및 그것들이 중요한 이유를 설득력 있게 설명한다. 대영도서관의 디지털 웹사이트(http://www.bl.uk/treasures/shakespeare/homepage.html)를 통해서 셰익스피어의 초기 인쇄본을 볼 수 있다. 또 폴저 셰익스피어 도서관Folger Shakespeare Library 사이트(www.folger.edu)를 통해 수많은 첫 2절판의 디지털 사본을 볼 수도 있다. 논쟁을 불러일으킨 루카스 언의『문학적 극작가 셰익스피어Shakespeare as Literary Dramatist』(2007)는 셰익스피어 연극의 긴 버전과 짧은 버전 사이의 관계에 대한 기존의 관념을 완전히 뒤엎어버렸다. 그는 셰익스피어가 자신의 극을 출판하는 데 관심이 많았던 사람이라고 확신했다.

존 조엣의『셰익스피어와 텍스트Shakespeare and Text』(2007)는 풍부한 지식을 제공할 뿐 아니라 쉽게 읽을 수 있다. 그가 편집한『아테네의 타이먼』

---

* 찰스 니콜,『실버 스트리트의 하숙인 셰익스피어』, 안기순 옮김(고즈윈, 2009).

(2004)과 『토머스 모어Thomas More』(2011)는 협업 관행에 대한 논의를 확장 시켰다. 앤드루 거의 『셰익스피어 극단, 1594~1642The Shakespeare Company, 1594~1642』(2004)은 훗날 왕실 극단이 되는 체임벌린 극단의 구조와 작업 방식에 초점을 맞추고 셰익스피어의 작품을 연구한다. 티파니 스턴이 쓴 『근대 초기 영국의 공연에 관한 문서들Documents of Performance in Early Modern England』(2009)은 근대 초기의 연극에 관한 사람들의 인식을 완전히 바꾸어 놓은 책 중 하나이다. 그녀는 그 당시의 극이 아든 출판사나 월드 클래식 출판사에서 내는 통일된 텍스트와는 전혀 다르며, 오히려 노래, 편지, 대사, 에필로그, 개막사 등 여러 단편의 모음집에 가까웠음을 밝혀낸다. 데이비드 크리스털은 셰익스피어의 언어 전문가로서 『셰익스피어의 말들 Shakespeare's Words』(2002, 벤 크리스털Ben Crystal과 공저)과 『"내 말들을 생각한다": 셰익스피어의 언어 탐구"Think on My Words": Exploring Shakespeare's Language』(2008)를 포함해 방대한 양의 책을 써냈다. 프랭크 커모드의 『셰익스피어의 언어Shakespeare's Language』(2001)는 독자로 하여금 셰익스피어가 어떻게 수사와 어휘를 시적으로 사용했는지를 연상할 수 있도록 해준다.

극장 속 셰익스피어

엘리자베스 시대의 극장을 다룬 앤드루 거의 고전은 또 있다. 『셰익스피어의 무대The Shakespearean Stage』(4판, 2009)와 『셰익스피어의 런던에서 연극 구경하기Playgoing in Shakespeare's London』(3판, 2004)가 그것이다. 크리스티 카슨Christie Carson과 파라 카림-쿠퍼Farah Karim-Cooper의 『셰익스피어의 글로브: 연극적 실험Shakespeare's Globe: A Theatrical Experiment』(2008)은 런던의 강가에 새로 지어진 글로브 극장에서 10년 동안 상연된 작품들을 통찰력 있게 분석한다. 티파니 스턴의 책 『셰익스피어 만들기: 무대에서 책으로Making

Shakespeare: From Stage to Page』(2004)는 셰익스피어 작품의 문학적 맥락과 극장 사이의 관계를 잘 이해하도록 도와주며, 그녀가 쓴 『셰익스피어의 대사들Shakespeare in Parts』(2007, 사이먼 팰프리Simon Palfrey와 공저)은 셰익스피어의 배우들이 자신의 역할을 어떻게 이해했는지를 연구한 획기적인 저서이다. 마틴 위긴스Martin Wiggins의 『셰익스피어와 당대의 연극Shakespeare and the Drama of His Time』(2000)은 셰익스피어를 근시안적으로 바라보는 우리의 태도에 정면으로 도전한다는 점에서 추천할 만하다. 그리고 아서 키니Arthur Kinney가 쓴 『르네상스 연극: 놀이와 오락의 선집Renaissance Drama: An Anthology of Plays and Entertainments』(2판, 2005)은 동시대 작가들의 모습을 살피기에 가장 적합한 책이다. 케임브리지 대학 출판부에서 시리즈물로 낸 『셰익스피어 배우들Players of Shakespeare』(전 6권, 1985~2004)은 마이클 돕슨Michael Dobson의 책 『오늘날 셰익스피어 비극 공연Performing Shakespeare's Tragedies Today』(2006)을 보완한 것으로 일련의 독특한 관점들을 제공한다. 배우들이 자신의 역할을 성찰하며 쓴 이 에세이는 각 배우들의 역할에 관한 정교한 분석과 그들이 공연하는 연극에 대한 깊은 이해를 접목시켰다. 캐럴 러터Carol Rutter의 저서 『떠들썩한 목소리들: 현대의 관점에서 본 셰익스피어의 여성들Clamorous Voices: Shakespeare's Women Today』(1988) 역시 셰익스피어의 극에 등장하는 여성 인물들에 대해 비슷하게 접근한다. 배우들은 『자에는 자로』의 이사벨라나 『뜻대로 하세요』의 로잘린드를 자신이 어떻게 해석하고 있는지 이야기하면서 특정 역사적 순간의 특정 공연 속에 깃든 성의 정치학을 들춰낸다. 바버라 허지든Barbara Hodgdon, 워선W. B. Worthen, 캐럴 러터, 브리짓 에스콤Bridget Escolme은 극장 속 셰익스피어에 관한 글을 썼는데 모두 방법론적으로 정교하며 공연에 관해 진정으로 일깨움을 주는 책이다. 그들의 저서는 다 읽어볼 만한 가치가 있다.

셰익스피어의 해석

셰익스피어를 해석하는 데는 왕도가 없다. 우선 최근의 개관서 몇 권 제시하겠다. 이 개관서들은 다양한 해석의 방법론과 지침을 소개하고, 더 읽을거리를 원하는 사람을 위해 폭넓은 조언을 제공할 것이다. 끝부분에서는 그 특유의 통찰력과 지적 자극으로 우리의 관심을 끌었던 몇몇 비평서들을 조명하며 이 글을 마무리하겠다.

셰익스피어를 소개하는 책은 많다. 그중에서 특히 유용한 책으로는 로버트 쇼너시Robert Shaughnessy의 『라우틀리지판 윌리엄 셰익스피어 가이드 The Routledge Guide to William Shakespeare』(2011)가 있는데, 이 책은 극들의 역사적·연극적·비평적 맥락을 관통한다. 스탠리 웰스와 리나 코웬 올린Lena Cowen Orlin이 쓴 『셰익스피어: 옥스퍼드의 가이드Shakespeare: An Oxford Guide』(2003)는 구체적인 예시들을 들어가며 다른 해석상의 접근들을 선보인다. 마그레타 드 그라치아Margreta de Grazia와 스탠리 웰스가 편집한 『새로운 케임브리지의 셰익스피어 지침서The New Cambridge Companion to Shakespeare』(2011)는 각기 다른 역사적·비평적 양상들을 다루며 더 읽을거리가 필요한 이들에게 유익한 제안들을 건넨다. 루스 맥도널드Russ McDonald는 『셰익스피어: 비평과 이론 모음집, 1945~2000Shakespeare: An Anthology of Criticism and Theory, 1945~2000』(2003)에서 중요한 20세기 비평을 한데 모았다. 탁월한 두 시리즈 『옥스퍼드판 셰익스피어의 화젯거리The Oxford Shakespeare Topics』(옥스퍼드 대학 출판부)와 『아든판 비판적 지침서Arden Critical Companions』(아든 출판사, 블룸즈버리)는 전기부터 종교와 문학 이론에 이르는 다양한 주제를 아우르며 가장 새로운 해석들을 보여준다. 딤나 캘러헌이 편집한 『셰익스피어에 대한 페미니즘적 지침서A Feminist Companion to Shakespeare』(2000)와 소니아 마사이Sonia Massai가 편집한 『세계 속의 셰익스피어들: 영화와 공연에서 보이는 지역별 변주들World-Wide Shakespeares: Local Appropriations in Film and Performance』(2005), 그리고 애니아 룸바Ania Loomba와 마틴 오킨Martin Orkin이 편집한『후기 식민지 시대의 셰익스피어들Post-Colonial Shakespeares』(1998)은 이 분야가 어떻게 변화해왔는지 알 수 있게 해준다. 우리와 우리 학생들은 셰익스피어의 작품을 꼼꼼하게 읽고 분석한 사이먼 팰프리의 탁월한 저서『셰익스피어를 하다Doing Shakespeare』(2판, 2011)를 몹시 좋아한다. 논쟁을 불러일으키는 마저리 가버의 에세이 모음집『프로파일링 셰익스피어Profiling Shakespeare』(2008)는 활력이 넘친다. 마이클 닐Michael Neill의『질문 속에 담긴 역사: 영국 르네상스 연극 속 권력과 정치, 그리고 사회Putting History to the Question: Power, Politics and Society in English Renaissance Drama』(2000)는 명료하면서도 인정 넘치는 역사학자의 논증을 제시한다.

게리 테일러의『셰익스피어 재발명: 왕정복고부터 현재까지의 문화사 Reinventing Shakespeare: A Cultural History from the Restoration to the Present』(1990, 페이퍼백은 1991년에 출간)는 주인공이 수 세기에 걸쳐 변신을 거듭하는 버지니아 울프의 소설『올랜도』의 비평 버전 같은 느낌이 든다. 테일러의 글은 모두 읽어볼 만하다. 테일러는 이 책에서 공연사公演史와 출판사出版史, 정치사를 한데 묶고, 덤으로 각 장을 해당 장이 다루는 시기의 문체로 썼다. 알렉산더 레가트Alexander Leggatt는 30년에 걸쳐 셰익스피어 작품의 전 장르를 다룬『셰익스피어의 사랑 희극Shakespeare's Comedy of Love』(1974, 2005년에 재판이 나왔다)과『셰익스피어의 정치극Shakespeare's Political Drama』(1988),『셰익스피어의 비극Shakespeare's Tragedies』(2005)을 순차적으로 출간했다. 그는 연극 대사와 연극이 주는 연극적 효과를 근거로 비판적 해석을 행한다. 이처럼 한정적인 주제에 천착한 비평가는 레가트 외에는 없었다. 레가트의 비판적 통찰력이 이를 가능케 했다. 누탈A. D. Nuttall의『사상가 셰익스피어

Shakespeare the Thinker』(2007)와 토니 태너Tony Tanner의 『셰익스피어의 서두 Prefaces to Shakespeare』(2010)는 각 작품을 하나하나 상세히 설명하고 있다. 따라서 연극을 보러 가기 전에 가물가물한 기억을 되살리고 싶다면 읽어볼 것을 적극적으로 권한다. 누탈은 셰익스피어의 사상에, 태너는 셰익스피어의 사상을 표현하는 언어에 초점을 맞추고 있다.

우리의 마지막 권고는 셰익스피어 작품 자체를 읽어야 한다는 것이다. 특정 독자층을 겨냥한 수많은 판들은 이미 차고 넘친다. 출판사들이 셰익스피어 시리즈를 낱권으로 내고 있기는 하나, 일률적으로 어느 한 시리즈를 추천하기는 어렵다. 여러분에게는 자기 나름대로의 선정 기준 - 휴대하기 용이한지, 가격은 적절한지, 활자 크기는 적당한지, 전자책인지 종이책인지, 책 중간중간 삽입되는 설명문의 양이 얼마나 되는지, 조판 디자인은 마음에 드는지 등등 - 이 있을 것이다. 각자가 서로 다른 판을 고르는 이유는 실로 다양하다. 최신 정보와 힘찬 도입부가 있는 뉴펭귄판은 강의 교재로 알맞다. 베드퍼드 성 마틴Bedford St. Martin 출판사의 텍스츠 앤드 콘텍스츠Texts and Contexts 시리즈는 각 연극의 역사적 배경을 알 수 있도록 해주는 역사적 문헌을 제공한다. 아든 시리즈 3에는 상당한 양의 연구 논문과 주석이 포함되어 있다. 케임브리지 대학 출판부가 펴낸 셰익스피어 인 프로덕션Shakespeare in Production 시리즈는 셰익스피어의 모든 정전을 내지는 않았지만, 이 시리즈의 신간을 통해 실제 극화 과정에서 다양한 의미로 해석되는 텍스트를 읽어볼 수 있다. 대본의 각 행들은 배우와 연출자가 해당 부분을 어떻게 해석해왔는지 알 수 있게 조정되어 있고, 그 덕에 우리는 셰익스피어 작품에 대한 다양한 해석에 쉽게 접근할 수 있다. 예를 들어 엘리자베스 세이퍼Elizabeth Schafer가 편집한 『말괄량이 길들이기』(2002)는 입문용으로 특히 훌륭한 작품이다. 어쩌면 여러분은 '새로 나온 판을 살 필요가 있는 거야? 예전에 학교에서 읽었던 걸 다시 읽는 게 낫지 않을까?'라는 의문을 느낄지도 모른다. 하지만 셰익스피어의 작품에 대한 해석은 계속해서 발전해왔으며, 이 책에서 보듯 새로운 자료들이 계속 발견되고 있다. 이런 변화와 발전은 우리가 읽는 텍스트에도 영향을 미친다. 그러므로 출판사들은 기존 판을 계속 업데이트하거나 개정해 이와 같은 진화를 반영하고 있다.

셰익스피어 작품에 관한 새로운 연구 논문들은 대부분 다음 세 학술지를 통해 나오고 있다. 바로 폴저 셰익스피어 도서관에서 내는 ≪계간 셰익스피어Shakespeare Quarterly≫와 팔레이 디킨슨 대학 출판부Farleigh Dickinson University Press에서 내는 ≪셰익스피어 연구Shakespeare Studies≫, 케임브리지 대학 출판부에서 내는 ≪셰익스피어 조사Shakespeare Survey≫가 그것이다. 라우틀리지 출판사에서 나오는 ≪셰익스피어Shakespeare≫는 앞선 3개에 비해 후발 주자이다. 미국에는 셰익스피어 전문 학회인 미국 셰익스피어 협회Shakespeare Association of America가 있다. 인도, 일본, 독일, 호주, 뉴질랜드, 노르웨이, 한국, 남아프리카 공화국, 그 외의 여러 나라에서도 학회가 결성되어 있다. 수많은 교사, 극장 관계자, 학자, 열성 애호가가 영국 셰익스피어 협회British Shakespeare Association(http://www.britishshakespeare.ws/)에 몸담고 있다. 이 학회의 웹사이트에는 새 저작물, 셰익스피어 관련 언론 보도 내용, 셰익스피어 관련 행사와 셰익스피어 관련 동영상이 소개되고 있다.

주

/

들어가며

1 Karen Armstrong, *A Short History of Myth*(Edinburgh: Canongate, 2005).

2 Scott Lilienfield, Steven Lynn, John Ruscio, and Barry Beyerstein, *Fifty Great Myths of Popular Psychology: Shattering Widespread Misconceptions about Human Behavior*(Oxford: Wiley-Blackwell, 2009), p.3.

3 Stanley Wells, *Is It True What They Say about Shakespeare?*(Ebrington, Glos.: Long Barn Books, no date).

신화 1: 셰익스피어는 당대에 가장 인기 있는 작가였다?

1 http://wiki.answers.com/Q/Was_shakespeare_popular_in_his_day

2 Quoted in Emma Smith(ed.), *Blackwell Guides to Criticism: Shakespeare's Comedies*(Oxford: Blackwell Publishing, 2004), p.1.

3 F. J. Furnivall, C. M. Ingleby, and L. T. Smith, *The Shakespere Allusion-Book*(London: Oxford University Press, 1932), vol.2, p.536; vol.1, p.88.

4 http://www.lostplays.org

5 Lukas Erne, "The Popularity of Shakespeare in Print," *Shakespeare Survey*, vol.62(2009), pp.12~29(pp.13~14).

6 David Cressy, *Literacy and the Social Order: Reading and Writing in Tudor and Stuart England*(Cambridge: Cambridge University Press, 1980), p.177.

7 Francis Meres, *Palladis Tamia. Wits Treasury*(London, 1598), pp.282, 284(sigs. 2O2^r, 2O3^v).

신화 2: 셰익스피어는 교육을 제대로 받지 않았다?

1   Lois Potter, *The Life of William Shakespeare: A Critical Biography*(Oxford: Wiley-Blackwell, 2012), p.398.

2   Peter Holbrook, *Shakespeare's Individualism*(Cambridge: Cambridge University Press, 2010), p.187.

3   G. C. Taylor, *Shakespeare's Debt to Montaigne*(Cambridge, MA: Harvard University Press, 1925), p.5.

4   F. O. Mathiessen, *Translation: An Elizabethan Art*(Cambridge, MA: Harvard University Press, 1931; repr. New York: Octagon Books, 1965), p.143.

5   필리프 데상은 "플로리오의 번역판이 원고 형태로 1597~1598년쯤에 런던의 문필가들 사이에서 떠돌았을 것이다"라고 언급했다. Cited in Richard Scholar, "French Connection: The Je-ne-Sais-Quoi in Montaigne and Shakespeare," in Laurie Maguire(ed.), *How to Do Things with Shakespeare*(Oxford: Wiley-Blackwell, 208), pp.11~33(p.14).

6   Scholar, "French Connections," p.14.

신화 3: 셰익스피어의 연극은 엘리자베스 시대 의상으로 공연해야 한다?

1   Ben Jonson, *The Alchemist*, ed. Richard Harp(New York and London: W. W. Norton, 2001).

2   R. A. Foakes, *Illustrations of the English Stage 1580~1642*(Stanford, CA: Stanford University Press, 1985), p.48.

3   Gabriel Egan, "Theatre in London," in Stanley Wells and Lena Cowen Orlin(eds.), *Shakespeare: An Oxford Guide*(Oxford: Oxford University Press, 2003), pp.20~32(p.28).

4   Carol Rutter, *Clamorous Voices: Shakespeare's Women Today*(London: The Women's Press, 1988), p.3.

신화 4: 셰익스피어는 자신의 연극을 출판하는 일에 관심이 없었다?

1   Francis Meres, *Palladis Tamia. Wits Treasury*(London, 1598), pp.281~282(sigs. 201^V~202^r).

2   라틴어로는 다음과 같다. "Est virgo haec penna, meretrix est stampificata," quoted by

Douglas Brooks in *Printing and Parenting in Early Modern England*(Aldershot: Ashgate, 2005), p.4.

3 사우샘프턴 백작에게 보낸 편지는 *Venus and Adonis* 1594년 재판본에 나온다.

4 Benedict Scott Robinson, "Thomas Heywood and the Cultural Politics of Play Collections," *Studies in English Literature*, vol.42, no.2(2002), pp.361~389(p.366), citing Peter W. M. Blayney, "The Publication of Playbooks," in John D. Cox and David S. Kastan (eds.), *A New History of Early English Drama*(New York: Columbia University Press, 1997), pp.383~422.

5 Lukas Erne, *Shakespeare as Literary Dramatist*(Cambridge: Cambridge University Press, 2003).

6 Douglas A. Brooks, *From Playhouse to Printing House*(Cambridge University Press, 2000), p.38.

7 이 판은 개스코인이 모르는 상태에서 출간되었다. 개스코인은 1575년에 공인판을 냈다.

8 *Letters of Sir Thomas Bodley to Thomas James*, ed. G. W. Wheeler(Oxford: Clarendon Press, 1926), letters 220 and 221.

신화 5: 셰익스피어는 여행을 한 적이 없다?

1 Samuel Schoenbaum, *Shakespeare: A Documentary Life*(Oxford: Oxford University Press, 1975), pp.118~119.

2 John Aubrey, *Brief Lives*, ed. Richard Barber(Woodbridge: The Boydell Press, 1982), p.90.

3 찰스 니콜(Charles Nicholl)이 쓴 『계산하기(The Reckoning)』(London: Jonathan Cape, 1992), p.92를 볼 것.

4 "Fair Verona to Stage Weddings on Juliet's Balcony," *Independent*, 14 March 2009.

5 존 오코너(John O'Connor)와 캐서린 굿랜드(Katharine Goodland)의 리뷰는 *A Directory of Shakespeare in Performance*, vol.1: *Great Britain, 1970~2005*(Basingstoke: Palgrave Macmillan, 2007), pp.1496~1544에서 볼 수 있으며, 캐나다와 미국과 관련된 부분은 vol.3(*A Directory of Shakespeare in Performance since 1991*), pp.1882~1970에서 볼 수 있다.

6 Jonathan Bate, *Soul of the Age: The Life, Mind and World of William Shakespeare*(London: Penguin 2008), p.305.

신화 6: 셰익스피어의 연극은 정치적으로 올바르지 않다?

1 Matt Cartmill, *A View to a Death in the Morning: Hunting and Nature through History* (Cambridge, MA: Harvard University Press, 1993), pp.76~78.

2 Coppélia Kahn, *Man's Estate: Masculine Identity in Shakespeare*(Berkeley, CA: University of California Press, 1981), p.108.

3 John Fletcher, *The Woman's Prize; or The Tamer Tamed*, ed. Celia Daileader and Gary Taylor, Revels(Manchester: Manchester University Press, 2006).

4 Jean Howard, "*Othello* as an Adventure Play," in Peter Erickson and Maurice Hunt (eds.), *Approaches to Teaching Shakespeare's "Othello"*(New York: MLA, 2005), pp.90~99.

신화 7: 셰익스피어는 가톨릭교도였다?

1 G. Wilson Knight, "*Measure for Measure* and the Gospels," in *The Wheel of Fire: Essays in Interpretation of Shakespeare's Sombre Tragedies*(Oxford: Oxford University Press, 1930), pp.83~84, 90.

2 Dympna Callaghan, "Shakespeare and Religion," *Textual Practice*, vol.15(2001), pp.1~4 (p.2).

3 Robert Bearman, "John Shakespeare's 'Spiritual Testament': A Reappraisal," *Shakespeare Survey*, vol.56(2003), pp.184~202; Colin Burrow, "Who Wouldn't Buy It?", review of Greenblatt's *Will in theWorld, London Review of Books*, 20 January 2005.

4 Stephen Greenblatt, *Will in the World*(London: Jonathan Cape, 2004), pp.108~109.

5 이 모든 자료를 잘 정리한 최고의 요약본은 존 콕스(John D. Cox)의 주의 깊은 논문이다. "Was Shakespeare a Christian, and if so, What Kind of Christian Was He?", *Christianity and Literature*, vol.55(2006), pp.539~566.

6 Clare Asquith, *Shadowplay: The Hidden Beliefs and Coded Politics of William Shakespeare*(New York: Public Affairs, 2005), pp.xiv, 289, 293, 297, 299.

7 Richard Wilson, *Secret Shakespeare*(Manchester: Manchester University Press, 2004), pp.295, 19.

8 Gary Taylor, "Forms of Opposition: Shakespeare and Middleton," *English Literary Renaissance*, vol.24(1994), pp.283~314(p.314).

9 Stephen Greenblatt, "Resonance and Wonder," in *Learning to Curse*(New York: Routledge, 1990), pp.161~183을 볼 것.

10 Stephen Greenblatt, *Hamlet in Purgatory*(Princeton, NJ: Princeton University Press, 2001), pp.248~249; id., *Will in the World*, p.103.

11 David Cressy, *Birth, Marriage and Death: Ritual, Religion, and the Life-Cycle in Tudor and Stuart England*(Oxford: Oxford University Press, 1997).

12 William Allen(1581), quoted in Peter Lake, 'Religious Identities in Shakespeare's England', in David Scott Kastan(ed.), *A Companion to Shakespeare*(Oxford: Blackwell, 1999), pp.57~84 (p.57).

13 James Shapiro, *1599: A Year in the Life of William Shakespeare*(London: Faber & Faber, 2005), p.167.

14 George Santayana, "The Absence of Religion in Shakespeare," in *Interpretations of Poetry and Religion*(New York: Scribner's, 1916), p.152.

신화 8: 셰익스피어의 극에는 무대 배경이 없다?

1 Alan Dessen, *Elizabethan Stage Conventions and Modern Interpreters*(Cambridge: Cambridge University Press, 1984); id., *Recovering Shakespeare's Theatrical Vocabulary*(Cambridge: Cambridge University Press, 1995).

2 Shelden P. Zitner, "Aumerle's Conspiracy," *Studies in English Literature*, vol.14(1974), pp.239~257.

신화 9: 셰익스피어 비극이 희극보다 더 진지하다?

1 Edwin Wilson(ed.), *Shaw on Shakespeare: An Anthology of Bernard Shaw's Writings on the Plays and Production of Shakespeare*(Harmondsworth: Penguin, 1969), p.79.

2 George Puttenham, *The Arte of English Poesie*, ed. Gladys Willcock and Alice Walker (Cambridge: Cambridge University Press, 1936), pp.25~26.

3 Philip Sidney, *An Apology for Poetry; or The Defence of Poesy*, ed. Geoffrey Shepherd (London: Thomas Nelson, 1964), p.117.

4 www.oxford-shakespeare.com/Nashe/Terrors_Night.pdf(page 11, accessed 18 February 2012).

5 Jan Kott, *Shakespeare our Contemporary*(London: Methuen, 1964), p.178.

6 Thomas Hobbes, *Leviathan*, ed. Richard Tuck(Cambridge: Cambridge University Press,

1991), p.43.

7 Henri Bergson, *Le Rire*(1900), trans. F. Rothwell as *Laughter*, in Wylie Sypher(ed.), *Comedy*(New York: Doubleday, 1956), p.74.

8 Georges Feydeau, *A Flea in Her Ear*, trans. John Mortimer(Old Vic theater program, 1986).

9 Quoted in Emma Smith(ed.), *Blackwell Guides to Criticism: Shakespeare's Tragedies*(Oxford: Blackwell Publishing, 2004), p.19.

신화 10: 셰익스피어는 아내를 싫어했다?

1 http://www.nationalarchives.gov.uk/museum/item.asp?item_id=21을 볼 것.

2 Samuel Schoenbaum, *William Shakespeare: A Compact Documentary Life*(Oxford: Oxford University Press, 1987), p.297.

3 같은 책, p.82.

4 James Joyce, *Ulysses*, ed. Jeri Johnson, World's Classics(Oxford: Oxford University Press, 1998), p.183.

5 Michel de Montaigne, *The essays or morall, politike and militarie discourses of Michaell de Montaigne*, trans. John Florio(London, 1603): 'On Friendship', p.92(sig. I4^V).

6 Germaine Greer, *Shakespeare's Wife*(London: Bloomsbury, 2007), p.1.

7 이 작고 까다로운 충돌은 다음 자료에 수록되어 있다. *Times Literary Supplement*, 18 and 25 November 1994.

8 Carol Ann Duffy, *The World's Wife*(London: Picador, 1999), p.30.

신화 11: 셰익스피어는 일상 언어의 리듬으로 썼다?

1 Terry Eagleton, *Literary Theory: An Introduction*(Oxford: Basil Blackwell, 1983), p.2.

2 Derek Attridge, *Poetic Rhythm: An Introduction*(Cambridge: Cambridge University Press, 1995), p.166.

3 Cicely Berry, *The Actor and the Text*(New York: Applause Theater Books, 1987), p.63.

4 Thomas de Quincey, "On the Knocking at the Gate in *Macbeth*," in *Miscellaneous Essays*(The Project Gutenberg EBook of Miscellaneous Essays, by Thomas de Quincey; accessed 8 July 2012; http://www.gutenberg.org/files /10708/10708-8.txt).

5   *Gammer Gurton's Needle, in Five Pre-Shakespearean Comedies*, ed. Frederick S. Boas(1934; reissued Oxford: Oxford University Press, 1970).

6   Thomas Dekker, *The Shoemaker's Holiday*, ed. Robert Smallwood and Stanley Wells, Revels(Manchester: Manchester University Press, 1999).

7   George Peele, *The Old Wife's Tale*, ed. Charles Whitworth(London: A. & C. Black, 1996).

8   다른 셰익스피어 판에서는 이 부분이 모두 4막 3장 133줄이다.

9   George Chapman, *The Gentleman Usher*, ed. Robert Ornstein in *The Plays of George Chapman* (Urbana: University of Illinois Press, 1970).

10 John Marston, *Antonio and Mellida*, ed. G. K. Hunter(London: Edward Arnold, 1965).

11 Michel de Montaigne, *The essays or morall, politike and militarie discourses of Michaell de Montaigne*, trans. John Florio(London, 1603): 'An Apology of Raymond Semond', p.254 (sig. Z1^V).

신화 12: 햄릿이라는 이름은 셰익스피어의 아들에게서 따온 것이다?

1   Sigmund Freud, *The Interpretation of Dreams*, trans. and ed. James Strachey(New York: George Allen & Unwin/Hogarth Press, 1965), p.299.

2   John Caird, in Michael Billington(ed.), *Directors' Approaches to "Twelfth Night"*(London: Nick Hern Books, 1990), p.40.

3   같은 책.

4   Augustine, *Confessions*, ed. R. S. Pine-Coffin(Harmondsworth: Penguin, 1961), p.76.

5   Christopher Rush, *Will*(London: Beautiful Books, 2007), p.10.

6   Peter Ackroyd, *Shakespeare: The Biography*(London: Vintage, 2006), p.82.

신화 13: 천박한 부분은 하층민을 위한 것, 철학은 상류층을 위한 것?

1   Alfred Harbage, *Shakespeare's Audience*(New York: Columbia University Press, 1941), p.90.

2   같은 책, p.166.

3   Ralph Berry, *On Directing Shakespeare: Interviews with Contemporary Directors*(London: Hamish Hamilton, 1989), p.57.

4   Ann Jennalie Cook, *The Privileged Playgoers of Shakespeare's London, 1576~1642*(Princeton, NJ: Princeton University Press, 1981), p.8.

5   Anthony Scolaker, *Diaphantus*(London: 1604). 덩컨-존스는 17세기 초 10년 동안 남자아

이 이름 중에 '햄릿'이 많았다는 사실을 이 연극이 인기를 누렸다는 증거로 제시하고 있다. *Ungentle Shakespeare: Scenes from his Life*, Arden(London: Thomson Learning, 2001), p.180.

6 Stephen Gosson, *The School of Abuse*(London, 1579), sig. F2.

7 G. Blakemore Evans(ed.), *Elizabethan-Jacobean Drama*(London: A. & C. Black, 1987), p.5; Tanya Pollard, *Shakespeare's Theater: A Sourcebook*(Oxford: Blackwell Publishing, 2004), pp.192~193.

8 William Fennor, "The Description of a Poet," in *Fennors Descriptions*(London, 1616).

9 John Webster, "To the Reader," in *John Webster: Three Plays*, ed. David Gunby (Harmondsworth: Penguin, 1972), p.37.

10 Quoted in Arthur F. Kinney, *Shakespeare by Stages: An Historical Introduction*(Oxford: Blackwell Publishing, 2003), p.85.

11 Blakemore Evans, *Elizabethan-Jacobean Drama*, p.99.

12 Andrew Gurr, *Playgoing in Shakespeare's London*, 3rd edn.(Cambridge: Cambridge University Press, 2004), pp.197~212, 214.

13 같은 책의 인용 부분, p.225.

14 포먼의 언급은 옥스퍼드판 『맥베스』의 부록에 있다(*Macbeth*, ed. Nicholas Brooke, pp. 235~236; *The Winter's Tale*, ed. Stephen Orgel, p.233). 『오셀로』를 본 잭슨의 감상은 다음 자료에 실려 있다. *Othello* is in the Oxford edition, ed. Michael Neill, p.9.

15 Robert Bridges, "The Influence of the Audience on Shakespeare's Drama," in *Collected Essays Papers &c. of Robert Bridges*(Oxford, 1927), pp.28~29.

16 Gurr, *Playgoing in Shakespeare's London*, p.3.

신화 14: 셰익스피어는 그의 고향 스트랫퍼드의 극작가였다?

1 게릭이 셰익스피어 탄생 200주년 기념행사 때 처음 시도한 이래 현재까지 이어지고 있는 마을 축제의 역사에 대해서는 다음 자료를 볼 것. 'The Borough of Stratford-upon-Avon: Shakespearean Festivals and Theatres', in *A History of the County of Warwick*, vol.3: *Barlichway Hundred*, ed. Philip Styles(1945), pp.244~247; http://www.british-history.ac.uk/report.aspx?compid=57017(accessed 10 July 2012).

2 George Puttenham, *The Arte of English Poesie*, ed. Gladys Willcock and Alice Walker (Cambridge: Cambridge University Press, 1936), p.xciii.

신화 15: 셰익스피어는 표절자였다?

1   Quoted in Samuel Schoenbaum, *Shakespeare: A Compact Documentary Life*(Oxford: Oxford University Press, 1987), p.151.

2   Seneca, *Epistulae morales* 84, quoted in Brian Vickers(ed.), *English Renaissance Literary Criticism*(Oxford: Clarendon Press, 1999), p.24.

3   Ben Jonson, *Discoveries*, in *Jonson*, ed. Ian Donaldson, Oxford Authors(Oxford: Oxford University Press, 1985), pp.585~586.

4   T. S. Eliot, *The Sacred Wood*(London: Methuen, 1920; reissued Faber & Faber, 1997), pp.105~106.

5   홀린셰드에 관해서는 http://www.english.ox.ac.uk/holinshed를 볼 것.

6   Quoted in Emma Smith(ed.), *Blackwell Guides to Criticism: Shakespeare's Tragedies*(Oxford: Blackwell Publishing, 2004), p.20.

7   http://entertainment.timesonline.co.uk/tol/arts_and_entertainment/stage/article6870086. ece

신화 16: 우리는 셰익스피어의 생애에 대해 잘 모른다?

1   이 인용구와 그 변형들은 출간된 책들과 인터넷 등지에서 찾을 수 있다.

2   Bill Bryson, *Shakespeare: The World as a Stage*(London: HarperCollins, 2007), p.7.

3   Colin Burrow, "Who Wouldn't Buy It?," review of Stephen Greenblatt's *Will in the World, London Review of Books*, 20 January 2005.

4   Germaine Greer, *Shakespeare's Wife*(London: Bloomsbury, 2007); Lois Potter, *The Life of William Shakespeare: A Critical Biography*(Oxford: Wiley-Blackwell, 2012), ch.3, citing David Cressy, *Birth, Marriage and Death*(Oxford: Oxford University Press, 1997), p.74.

5   Katherine Duncan-Jones, *Ungentle Shakespeare: Scenes from his Life*, Arden(London: Thomson Learning, 2001), p.91; Potter, *The Life of William Shakespeare*, p.59.

6   Potter, *The Life of William Shakespeare*, p.48.

7   Stanley Wells, *Shakespeare and Co.*(London: Penguin, 2007), p.129.

8   William Urry, *Christopher Marlowe and Canterbury*(London: Faber & Faber, 1988), p.28; Christopher Marlowe, *Dr Faustus: The A-Text*, ed. Roma Gill, New Mermaids(London: A. & C. Black, 1989), p.2, quoting Urry, "Marlowe and Canterbury," *Times Literary Supplement*, 13 February 1964.

9 *The Three Parnassus Plays*, ed. J.B. Leishman(London: Nicholson&Watson, 1949).

10 Potter, *The Life of William Shakespeare*, pp.235~236.

11 Duncan-Jones, *Ungentle Shakespeare*, p.109.

12 Potter, *The Life of William Shakespeare*, p.404.

13 *Sir Thomas More*, ed. John Jowett, Arden(London: A. & C. Black, 2011).

14 Peter Whelan, *The School of Night*(London: Warner Chappell Plays, 1992), pp.57~58.

신화 17: 셰익스피어는 혼자서 작품을 집필했다?

1 Stanley Wells, *Shakespeare and Co.*(London: Penguin, 2007), p.248 n.40, citing Eric Rasmussen, "Collaboration," in Michael Dobson and Stanley Wells(eds.), *The Oxford Companion to Shakespeare*(Oxford: Oxford University Press, 2001).

2 For an account of this insalubrious character see Charles Nicholl, *The Lodger: Shakespeare on Silver Street*(London: Penguin, 2008).

3 See Laurie Maguire and Emma Smith, "'Time's Comic Sparks': The Dramaturgy of *A Mad World My Masters and Timon of Athens*," in Gary Taylor and Trish Thomas Henley(eds.), *The Oxford Handbook of Thomas Middleton*(Oxford: Oxford University Press, 2012), pp.181~195.

4 Laurie Maguire and Emma Smith, "Many Hands: A New Shakespeare Collaboration?", *Times Literary Supplement*, 20 April 2012, pp.13~15.

5 *Sir Thomas More*, ed. John Jowett, Arden(London: A. & C. Black, 2011).

6 브라이언 비커스 다음 자료에서 셰익스피어의 저작에 관한 문제를 다룬 새롭고 중요한 연구 다수를 조사했다. "Shakespeare and Authorship Studies in the Twenty-First Century," *Shakespeare Quarterly*, 62(2011), pp.106~142.

7 *The Merry Wives of Windsor*, ed. Giorgio Melchiori, Arden(Walton-on-Thames: Thomas Nelson, 2000).

신화 18: 셰익스피어의 소네트는 자전적이다?

1 Katherine Duncan-Jones, *Shakespeare: Upstart Crow to Sweet Swan, 1592~1623*(London: A. & C. Black, 2011), pp.140~146.

2 같은 책.

3　Dympna Callaghan, *Shakespeare's Sonnets*, Blackwell Introductions to Literature(Oxford: Wiley-Blackwell, 2007), p.3; Lois Potter, *The Life of William Shakespeare: A Critical Biography*(Oxford: Wiley-Blackwell, 2012), p.414.

4　Edward Bullough, "'Psychical Distance' as a Factor in Art and an Aesthetic Principle," *British Journal of Psychology*, 5(1912), pp.87~118(p.113).

5　같은 글, p.115.

6　같은 글.

7　Peter Holbrook, *Shakespeare's Individualism*(Cambridge: Cambridge University Press, 2010), pp.193~194.

8　같은 책, p.194.

신화 19: 셰익스피어가 현대에 태어났다면 할리우드 극본을 쓸 것이다?

1　Tanya Pollard, extracting Philip Stubbes, *The Anatomie of Abuses*(1583) in *Shakespeare's Theater: A Sourcebook*(Oxford: Blackwell Publishing, 2004), p.121.

2　Linda Ruth Williams, *The Erotic Thriller in Contemporary Cinema*(Edinburgh: Edinburgh University Press, 2005), pp.52~54(p.52).

3　인용된 부분은 다음 자료에 나온다. Pollard, *Shakespeare's Theater*, p.245.

4　John Manningham's Diary, 1602, quoted in *King Richard III*, ed. Janis Lull(Cambridge: Cambridge University Press, 1999), p.24.

5　키드의 『스페인 비극』에서 자식의 복수를 하는 아버지. 신화 1을 볼 것.

6　Peter Thomson, "Tarlton, Richard(*d*. 1588)," *Dictionary of National Biography*(Oxford: Oxford University Press, 2004).

7　http://www.wwnorton.com/college/english/nael/16century/topic_4/tplatter.htm

신화 20: 『템페스트』는 셰익스피어가 무대에 고하는 작별인사였다?

1　『템페스트』에 나오는 고별사는 다음과 같다. "The cloud-capped towers, the gorgeous palaces, / The solemn temples, the great globe itself, / Yea, all which it inherit, shall dissolve; / And, like this insubstantial pageant faded, / Leave not a rack behind."

2　Edward Dowden, *Shakspere: A Critical Study of His Mind and Art*(Cambridge: Cambridge University Press, 1875), pp.319~320.

3   Lytton Strachey, "Shakespeare's Final Period," in *Literary Essays*(London: Chatto & Windus, 1948), p.2.

4   Anthony B. Dawson, "Tempest in a Teapot: Critics, Evaluation, Ideology," in Maurice Charney(ed.), *"Bad" Shakespeare: Reevaluations of the Shakespeare Canon*(Rutherford, NJ: Fairleigh-Dickinson University Press, 1988), p.62.

5   Strachey, "Shakespeare's Final Period," pp.11~12.

6   Gary Taylor, "Shakespeare's Midlife Crisis," *Guardian*, 3 May 2004.

7   *The Tempest*, ed. Frank Kermode(London: Methuen, 1954; repr. 1958), p.xxv; *The Tempest*, ed. Virginia Mason Vaughan and Alden T. Vaughan, Arden(London: A. & C. Black, 2001), pp.39~40.

8   Reviews by Eric Shorter and Michael Billington, excerpted in John O'Connor and Katharine Goodland, *A Directory of Shakespeare in Performance 1970~2005*, vol.1: *Great Britain, 1970~2005*(Basingstoke: Palgrave Macmillan, 2007), pp.1357~1358.

신화 21: 셰익스피어의 어휘는 엄청났다?

1   David Crystal, *Think on my Words: Exploring Shakespeare's Language*(Cambridge: Cambridge University Press, 2008), pp.2~3.

2   이 목록은 www.thinkonmywords.com의 'Additional Material' 항목에 있다.

3   Jonathan Hope, "Shakespeare's 'Native English,'" in David Scott Kastan(ed.), *A Companion to Shakespeare*(Oxford: Blackwell, 1999), p.253.

신화 22: 셰익스피어의 극은 시간을 초월한다?

1   New York: HarperCollins, 1996.

2   A. E. B. Coldiron, "Canons and Cultures: Is Shakespeare Universal?", in Laurie Maguire (ed.), *How To Do Things with Shakespeare*(Oxford: Wiley-Blackwell, 2008) pp.255~279 (p.261).

3   같은 글.

4   *The Witch*, ed. Elizabeth Schafer, New Mermaids(London: A. & C. Black, 1994), p.xvi 를 볼 것.

5   Marion O'Connor in *Thomas Middleton: The Collected Works*, ed. Gary Taylor and John

Lavagnino(Oxford: Clarendon Press, 2007), p.1128.

6 Helen Gardner, "Milton's 'Satan' and the Theme of Damnation in Elizabethan Tragedy," in F. P. Wilson(ed.), *English Studies 1948*(London: John Murray, 1948), pp.46~66(p.47).

7 다음 자료에서 언급되어 있다. *Macbeth* 2.3.8, in *William Shakespeare: Complete Works*, ed. Jonathan Bate and Eric Rasmussen(Basingstoke: Macmillan, 2007).

8 Alison Shell, *Shakespeare and Religion*, Arden(London, 2010).

9 Gillian Woods, "Catholicism and Conversion in *Love's Labour's Lost*," in Maguire(ed.), *How To Do Things with Shakespeare*, pp.101~130.

10 Gary Taylor, *Reinventing Shakespeare: A Cultural History from the Restoration to the Present* (London: Vintage, 1991), pp.21~22.

11 Raphael Holinshed, *Chronicles*, vol.4(1587): the Oxford Holinshed Project, http://www.english.ox.ac.uk/holinshed/texts.php?text1=1577_5319를 볼 것.

12 *Edward II*, ed. Roma Gill(Oxford: Oxford University Press, 1967; repr. 1978), p.19.

13 Stevie Simkin, *Marlowe: The Plays*(Basingstoke: Palgrave, 2001), pp.66~67.

신화 23: 『맥베스』는 극장에서 징크스를 겪는다?

1 Max Beerbohm, *Around Theatres*(London: Rupert Hart-Davis, 1953), pp.1~2, 8~9.

2 Stanley Wells, "Shakespeare in Max Beerbohm's Theatre Criticism," *Shakespeare Survey*, 29(2001), pp.133~145.

3 사망을 포함해 저주받은 공연에 관해서는 Marjorie Garber, *Shakespeare's Ghost Writers* (London: Methuen, 1979), pp.88~89와 Richard Huggett, *The Curse of Macbeth with Other Theatrical Superstitions and Ghosts*(London, Picton Publishing, 1981)를 볼 것.

4 Stephen Pile, *Cannibals in the Cafeteria*(New York: Harper & Row, 1988), p.17.

5 John Jump(ed.), *Dr Faustus*, Casebook series(London: Routledge, 1965), p.43.

6 Harriet Hawkins, *Measure for Measure*, New Critical Introductions(Brighton: Harvester Press, 1987), pp.33~35.

7 Glynne Wickham, "Hell-Castle and its Door Keeper," *Shakespeare Survey*, vol.19(1966), pp.68~76(p.73).

8 Alexander Leggatt, "*Macbeth* and the Last Plays," in J. C. Gray(ed.), *Mirror up to Shakespeare: Essays in Honour of G. R. Hibbard*(Toronto: University of Toronto Press, 1984), pp.189~207(p.206).

신화 24: 셰익스피어는 극을 수정하지 않았다?

1   W. W. Greg, *The Editorial Problem in Shakespeare*(Oxford: Clarendon Press, 1942), p.xix.
2   4절판에는 'flectkted'라고 되어 있는데 이 단어는 존재하지 않으며 명백히 'fleckled'의 오기이다.
3   Lois Potter, *The Life of William Shakespeare: A Critical Biography*(Oxford: Wiley-Blackwell, 2012), p.283.
4   Stanley Wells and Gary Taylor, with John Jowett and William Montgomery, *William Shakespeare: A Textual Companion*(Oxford: Clarendon Press, 1987), p.18.
5   Greg, *The Editorial Problem*, pp.111~112.
6   A. E. Housman, "The Application of Thought to Textual Criticism," in *The Classical Papers of A. E. Housman*, vol.3, ed. J. Diggle and F. R. D. Goodyear(Cambridge: Cambridge University Press, 1972), pp.1058~1069(p.1064).
7   *Complete Works: The RSC Shakespeare*, ed. Jonathan Bate and Eric Rasmussen(Basingstoke: Macmillan, 2007), "Preliminary Pages of the First Folio," ll. 83~85.
8   Grace Ioppolo, *Revising Shakespeare*(Cambridge, MA: Harvard University Press, 1991); E. A. J. Honigmann, *The Stability of Shakespeare's Text*(London: Edward Arnold, 1965); interview with Vladimir Nabokov(1962) at: http://lib.ru/NABOKOW/Inter01.txt(accessed 28 September 2011); Ernest Hemingway, "The Art of Fiction," interview in *The Paris Review*, vol. 21(1956): http://www.theparisreview.org/interviews/4825/the-art-of-fiction-no-21-ernest-hemingway(accessed 12 July 2012).

신화 25: 여성 대역을 한 소년 배우들?

1   John Chamberlain, *The Letters of John Chamberlain*, ed. Norman Egbert McClure(Philadelphia: American Philosophical Society, 1939), vol.1, p.172.
2   코리에이트가 쓴 *Crudities*의 전문은 다음 사이트에서 볼 수 있다. www.archive.org
3   Quoted by Marvin Rosenberg in his "The Myth of Shakespeare's Squeaking Boy Actor - or Who Played Cleopatra?", *Shakespeare Bulletin*, vol.19(2001), p.5.
4   David Kathman, "How Old Were Shakespeare's Boy Actors?", *Shakespeare Survey*, vol.58(2005), pp.220~246(p.221).
5   Tanya Pollard, *Shakespeare's Theater: A Sourcebook*(Oxford: Blackwell Publishing, 2004), p.226.

6 *The Problems of Aristotle*(1595), quoted in Kathman, "How Old Were Shakespeare's Boy Actors?", p.222.

7 Kathman, "How Old Were Shakespeare's Boy Actors?", pp.224~225.

8 Stanley Wells, "Boys Should Be Girls: Shakespeare's Female Roles and the Boy Players," *New Theatre Quarterly*, vol.25(2009), pp.172~177(p.175).

9 Stephen Orgel, "Nobody's Perfect; or, Why Did the English Renaissance Stage Take Boys for Women?", *South Atlantic Quarterly*, vol.88(1989), pp.7~29.

10 Carol Rutter, *Clamorous Voices: Shakespeare's Women Today*(London: The Women's Press, 1988), p.xxiv.

신화 26: 셰익스피어 연극은 영화로는 성공할 수 없다?

1 Quoted in Richard Cavendish, "Five Oscars for Olivier's *Hamlet*," *History Today*, vol.49 (1999); http://www.historytoday.com/richard-cavendish/five-oscars-oliviers-hamlet (accessed 12 July 2012).

2 Laurence Olivier, *On Acting*(London: Weidenfeld & Nicolson, 1986), p.186.

3 Grigori Kozintsev(1967), quoted in Judith Buchanan, *Shakespeare on Film*(Harlow: Pearson/ Longman, 2005), p.4.

4 다음 자료를 볼 것. Neil Taylor, "The Films of *Hamlet*," in Anthony Davies and Stanley Wells(eds.), *Shakespeare and the Moving Image: The Plays on Film and Television*(Cambridge: Cambridge University Press, 1994), pp.180~195.

5 http://uk.imdb.com/video/screenplay/vi1608515865/

6 Samuel Crowl, *Shakespeare and Film: A Norton Guide*(New York and London: W. W. Norton, 2008), p.109.

7 Brian Cox(Titus in the Royal Shakespeare Company production directed by Deborah Warner, 1987), in Russell Jackson and Robert Smallwood(eds.), *Players of Shakespeare 3: Further Essays in Shakespearian Performance*(Cambridge: Cambridge University Press, 1993), p.175.

신화 27: 요릭의 해골은 진짜였다?

1 Elizabeth Maslen, "Yorick's Place in *Hamlet*," *Essays and Studies*, 36(London: John

Murray, 1983), pp.1~13(p.12).

2 언급된 부분은 다음 자료에 나온다. Pascale Aebischer, *Shakespeare's Violated Bodies: Stage and Screen Performance*(Cambridge: Cambridge University Press, 2009), pp.86~87.

3 Richard Sugg, *Murder after Death*(Ithaca, NY: Cornell University Press, 2007), p.20.

4 엘리자베스 더턴이 연출한 『호프먼의 비극』의 스테이지 리딩(배우들이 무대에서 대본을 읽는 것)은 다음 주소에서 볼 수 있다. http://media.podcasts.ox.ac.uk/engfac/hoffman/hoffman_full.mp4

5 Michael Frayn, "Business Worries," in *Collected Columns*(London: Methuen, 2007), pp.44~47(pp.46~47).

6 Andrew Sofer, "Felt Absences: The Stage Properties of Othello's Handkerchief," *Comparative Drama*, vol.31(1997), pp.367~394(p.367).

신화 28: 엘리자베스 1세는 셰익스피어의 연극을 즐겼다?

1 Helen Hackett, *Shakespeare and Elizabeth: The Meeting of Two Myths*(Princeton, NJ: Princeton University Press, 2009), pp.39~40. Michael Dobson and Nicola J. Watson, *England's Elizabeth: An Afterlife in Fame and Fantasy*(Oxford: Oxford University Press, 2002)도 볼 것.

2 Nicholas Rowe, "Some Account of the Life, &c. of Mr. William Shakespear," in *The Works of Mr. William Shakespear. Volume the first*(London, 1709), pp.ix~x.

3 Holinshed(1587), p.1583(www.english.ox.ac.uk/holinshed).

4 Katherine Duncan-Jones, *Ungentle Shakespeare: Scenes from his Life*, Arden(London: Thomson Learning, 2001), p.9.

5 *Henry V*, ed. Gary Taylor(Oxford: Oxford University Press 1984), p.7.

6 블레어 워든(Blair Worden)은 이때 상연된 연극이 셰익스피어의 작품이라는 주장에 의심을 드러내며 셰익스피어 전문가들을 비난한다. 그에 의하면 전문가들은 이 정치적 논란에 셰익스피어를 끌어들이기 위해 명백한 증거들을 등한시했다(Blair Worden, "Which Play Was Performed at the Globe Theatre on 7 February 1601?", *London Review of Books*, 10 July 2003). 이 증거들을 재검토한 폴 해머(Paul J. Hammer)는 전문가들이 증거를 등한시했다는 워든의 주장에 동의하면서도 그날 공연된 연극은 틀림없이 셰익스피어의 『리처드 2세』라고 주장했다(Paul J. Hammer, "Shakespeare's *Richard II*, the Play of 7 February 1601, and the Essex Rising," *Shakespeare Quarterly*, vol.59, no.1(2008), pp.1~35].

7 *Complete Works: The RSC Shakespeare*, ed. Jonathan Bate and Eric Rasmussen(Basingstoke:

Macmillan, 2007), p.2395; *Daily Telegraph*, 21 April 2007.

8   Helen Hackett, "'As the diall hand tells ore': The Case for Dekker, Not Shakespeare, as Author," *Review of English Studies*, vol.63(2012), pp.34~57.

신화 29: 셰익스피어의 작중인물들은 실제 인물과 같다?

1   Paul Yachnin and Jessica Slights(eds.), *Shakespeare and Character*(London: Palgrave Macmillan, 2009), p.8.

2   Edward Pechter, *"Othello" and Interpretive Traditions*(Iowa City: University of Iowa Press, 1999), p.188.

3   Sir Thomas Overbury, *Miscellaneous Works in Prose and Verse*, ed. Edward F. Rimbaut (London: Reeves & Turner, 1890), p.160.

4   같은 책, p.149.

5   같은 책, p.101.

6   이 장면은 첫 작품집에는 빠져 있다. 이것은 스탠리 웰스와 게리 테일러의 옥스퍼드판 689쪽에 첨가되었다.

7   Maria di Battista, *Novel Characters*(Oxford; Wiley-Blackwell, 2010), p.9.

8   Linda Charnes, "'So unsecret to ourselves': Notorious Identity and the Material Subject in Shakespeare's *Troilus and Cressida*," *Shakespeare Quarterly*, vol.40(1989), pp.413~440 (p.416).

9   A. B. Dawson, "Is Timon a Character?", in Yachnin and Slights(eds.), *Shakespeare and Character*, pp.197~213(p.210).

10 Alan Sinfield, *Faultlines*(Berkeley, CA: University of California Press, 1992), p.58.

11 Heather Dubrow, *Captive Victors*(Ithaca, NY: Cornell University Press, 1987), p.17.

신화 30: 셰익스피어는 셰익스피어를 쓰지 않았다?

1   http://doubtaboutwill.org/declaration

2   http://www.marlowe-society.org/reading/info/hoffmanprize.html

3   James Shapiro, *Contested Will: Who Wrote Shakespeare?*(London: Faber & Faber, 2010), p.109.

4   Samuel Schoenbaum, *Shakespeare's Lives*(Oxford: Clarendon Press, 1991), pp.406~407.

5 같은 책, p.568.
6 Jonathan Bate, "In the Script Factory," review of Brian Vickers, *Shakespeare, Co-Author*, *Times Literary Supplement*, 18 April 2003.
7 Jonathan Bate, *The Genius of Shakespeare*(London: Picador, 1997), p.163.
8 http://www.shakespeare-oxford.com/

나오며

1 Gary Taylor, "Divine []sences," *Shakespeare Survey*, vol.54(2001), p.24 n.53.
2 Nigel Nicholson, "A Place of Greater Safety for Vita's Work," *The Times*, 2 July 2001.
3 Katherine Duncan-Jones, "Shakespeare's Dancing Fool: Did William Kemp Live On as 'Lady Hunsdon's Man'?", *Times Literary Supplement*, 11 August 2010.
4 우드는 『카르데니오』에 삽입된 노래가 비슷한 시기에 다른 후기 로맨스의 음악을 작곡했던 로버트 존슨의 작품일 것이라 가정하고 연구를 진행한 끝에 그의 음악임을 밝혀냈다. *In Search of Shakespeare*(London: BBC Books, 2003), pp.363~365.
5 그해 늦게, 셰익스피어의 글로브 극장은 리드 낫 데드(Read Not Dead) 시리즈의 일부로 게리 테일러의 연극을 상연했다(2011년 11월). 2008년 스티븐 그린블랫은 미국 극작가인 찰스 미와 공동으로 이 극의 현대판을 만들었다.
6 William Hazlitt, "On the Ignorance of the Learned," first published in the *Edinburgh Magazine*, July 1818.

찾 아 보 기

/

지은이

로리 맥과이어 Laurie Maguire는 런던 대학교 킹스 칼리지에서 영문학 박사 학위를 받았다. ≪타임스 리터러리 서플리먼트(Times Literary Supplement)≫에 정기적으로 연극에 대한 리뷰를 썼고 미국과 영국 등지에서 강연을 해왔다. 현재 옥스퍼드 대학교 영문과 교수이자 모들린 칼리지의 지도 교수로 있다. 주요 저서로는 *Othello*, *Thirty Great Myths about Shakespeare*(공저), *Helen of Troy: From Homer to Hollywood*, *Shakespeare's Names* 등이 있다.

에마 스미스 Emma Smith는 옥스퍼드 대학교에서 철학 박사 학위를 받았다. ≪타임스 리터러리 서플리먼트≫에 정기적으로 서평을 썼으며 미국과 영국 등지에서 강연을 해왔다. 현재 옥스퍼드 하트퍼드 칼리지의 지도 교수로 있다. 주요 저서로는 *Women on the Early Modern Stage*(공저), *Christopher Marlowe in Context*(공저), *The Elizabethan Top Ten: Defining Print Popularity in Early Modern England* co-edited with *Andy Kesson*(공편) 등이 있다.

옮긴이

강문순은 서강대학교 영문과를 졸업하고 동 대학원에서 영문학 석사, 미국 케이스 웨스턴 리저브 대학교에서 영문학 박사 학위를 받았다. 현재 한남대학교 영어교육과 교수로 있다. 주요 역서로는 『동물농장』, 『노인과 바다』, 『문화 코드, 어떻게 읽을 것인가?』(공역), 『스토리텔링의 이론, 영화와 디지털을 만나다』(공역), 『젠더란 무엇인가』(공역) 등이 있다.

박종성은 충남대학교 영문과를 졸업하고 서강대학교에서 영문학 석사, 영국 런던 대학교(퀸 메리 칼리지)에서 영문학 박사 학위를 받았다. 현재 충남대학교 영문과 교수로 있다. 주요 저서로는 『탈식 민주의에 대한 성찰』, 『영국문학 길잡이』, 『영어권 탈식민주의 소설연구』(공저) 등이 있고, 주요 역서 로는 『문화 코드, 어떻게 읽을 것인가?』(공역), 『젠더란 무엇인가』(공역)가 있다.

유정화는 이화여자대학교 영문과를 졸업하고 동 대학원에서 영문학 석사와 영문학 박사 학위를 받았 다. 현재 목원대학교 경제학과 교수로 있다. 주요 역서로는 『무기여 잘 있거라』, 『위대한 개츠비』, 『낭만시를 읽다』(공역), 『탈식민주의 길잡이』(공역), 『문화 코드, 어떻게 읽을 것인가?』(공역), 『젠더 란 무엇인가』(공역) 등이 있다.

윤교찬은 서강대학교 영문과를 졸업하고 미국 노스캐롤라이나 대학교에서 영문학 석사, 서강대학교 에서 영문학 박사 학위를 받았다. 현재 한남대학교 영어교육과 교수로 있다. 주요 역서로는 『문학비평 의 전제』, 『허클베리 핀의 모험』, 『탈식민주의 길잡이』(공역), 『미국 인종차별사』(공역), 『문화 코드, 어떻게 읽을 것인가?』(공역), 『젠더란 무엇인가』(공역) 등이 있다.

이봉지는 서울대학교 불어교육과를 졸업하고 미국 노스웨스턴 대학교에서 18세기 프랑스 문학 연구로 박사 학위를 받았다. 현재 배재대학교 연극영화과 교수로 있다. 주요 저서로는 *Le Roman à l'éditeur*, 『서사학과 페미니즘』 등이 있고, 주요 역서로는 『캉디드』, 『새로 태어난 여성』, 『보바리 부인』, 『육체와 예술』(공역) 등이 있다.

이혜원은 고려대학교 국어교육과를 졸업하고 동 대학원 국문과에서 석사와 박사 학위를 받았다. 현재 고려대학교 미디어문예창작학과 교수로 있다. 주요 저서로는 『현대시의 욕망과 이미지』, 『적막의 모험』, 『생명의 거미줄: 현대시와 에코페미니즘』, 『현대시 운율과 형식의 미학』, 『지상의 천사』, 『현대시의 윤리와 생명의식』 등이 있고, 역서로는 『젠더란 무엇인가』(공역)가 있다.

조애리는 서울대학교 영문과를 졸업하고 동 대학원에서 영문학 석사와 영문학 박사 학위를 받았다. 현재 카이스트 인문사회학부 교수로 있다. 주요 저서로는 『성·역사·소설』, 『19세기 영미소설과 젠더』, 『역사 속의 영미소설』 등이 있고, 주요 역서로는 『제인 에어』, 『빌레뜨』, 『설득』, 『밝은 모퉁이 집』, 『문화 코드, 어떻게 읽을 것인가?』(공역), 『젠더란 무엇인가』(공역) 등이 있다.

최인환은 서울대학교 영문과를 졸업하고 동 대학원에서 영문학 석사, 미국 오리건 대학교에서 박사 학위를 받았다. 현재 대전대학교 영문과 교수로 있다. 주요 역서로는 『와인즈버그, 오하이오』, 『해는 다시 떠오른다』, 『문화 코드, 어떻게 읽을 것인가?』(공역), 『젠더란 무엇인가』(공역) 등이 있고, 주요 논문으로는 "Empire and Writing: A Study of Naipaul's *The Enigma of Arrival*" 등이 있다.

한애경은 이화여자대학교 영문과를 졸업하고 서울대학교에서 영문학 석사와 영문학 박사 학위를 받았다. 현재 한국기술교육대학교 문리 HRD 학부 교수로 있다. 주요 저서로는 『플로스강의 물방앗간 다시 읽기』, 『19세기 영국 소설과 영화』 등이 있고, 주요 역서로는 『사일러스 마너』, 『미들마치』, 『위대한 개츠비』, 『프랑켄슈타인』, 『멈추지 말아야 할 이유』, 『자메이카 여인숙』(공역), 『플로스강의 물방앗간』(공역), 『문화 코드, 어떻게 읽을 것인가?』(공역), 『젠더란 무엇인가』(공역) 등이 있다.

한울아카데미 1890

셰익스피어를 둘러싼 오해와 진실
30가지 신화를 벗기다

지은이 **로리 맥과이어 · 에마 스미스** | 옮긴이 **강문순 · 박종성 · 유정화 · 윤교찬 · 이봉지 · 이혜원 · 조애리 · 최인환 · 한애경**
펴낸이 **김종수** | 펴낸곳 **한울엠플러스(주)**
편집책임 **이수동** | 편집 **박준규**

초판 1쇄 인쇄 **2016년 4월 15일** | 초판 1쇄 발행 **2016년 4월 22일**

주소 **10881 경기도 파주시 광인사길 153 한울시소빌딩 3층** | 전화 **031-955-0655** | 팩스 **031-955-0656**
홈페이지 **www.hanulmplus.kr** | 등록번호 **제406-2015-000143호**

Printed in Korea.
ISBN 978-89-460-5890-3 03840

* 책값은 겉표지에 표시되어 있습니다.